TARA DUNCAN
L'impératrice maléfique

타라 덩컨

사악한 여제

TARA DUNCAN, L'impératrice maléfique
by SOPHIE AUDOUIN-MAMIKONIAN

Copyright©XO EDITIONS (Paris), 2010
Korean Translation Copyright©SODAM&TAEIL Publishing Co.Ltd., 2011
All rights reserved.

This Korean edition was published by arrangement with XO EDITIONS (Paris)
through Bestun Korea Agency Co., Seoul

이 책의 한국어판 저작권은 베스툰 코리아 에이전시를 통해 저작권자와의 독점계약으로 (주)소담&태일에 있습니다.
저작권법에 의해 한국 내에서 보호를 받는 저작물이므로 무단전재와 무단복제를 금합니다.

TARA DUNCAN
L'impératrice maléfique

타라 덩컨
사악한 여제

펴 낸 날 | 2011년 7월 11일 초판 1쇄
         2012년 11월 30일 초판 6쇄

지 은 이 | 소피 오두인 마미코니안
옮 긴 이 | 이원희
펴 낸 이 | 이태권
펴 낸 곳 | (주)태일소담
         서울시 성북구 성북동 178-2 (우)136-020
         전화 | 745-8566~7 팩스 | 747-3235
         e-mail | sodam@dreamsodam.co.kr
         등록번호 | 제2-42호(1979년 11월 14일)

ISBN 978-89-7381-693-4 04860
     978-89-7381-857-0 (세트)

- 책 가격은 뒤표지에 있습니다.
- 잘못된 책은 구입하신 곳에서 교환해드립니다.

www.dreamsodam.co.kr

TARA DUNCAN
L'impératrice maléfique

타라 덩컨

사악한 여제

소피 오두인 마미코니안 지음 | 이원희 옮김

소담출판사

소중한 남편 필리프,
그리고 매력적인 두 딸 디안과 마린,
엄마 프랑스 베베르, 동생 세실,
당신들과 함께하는 삶은 경이로운 모험입니다.

―소피 오두인 마미코니안

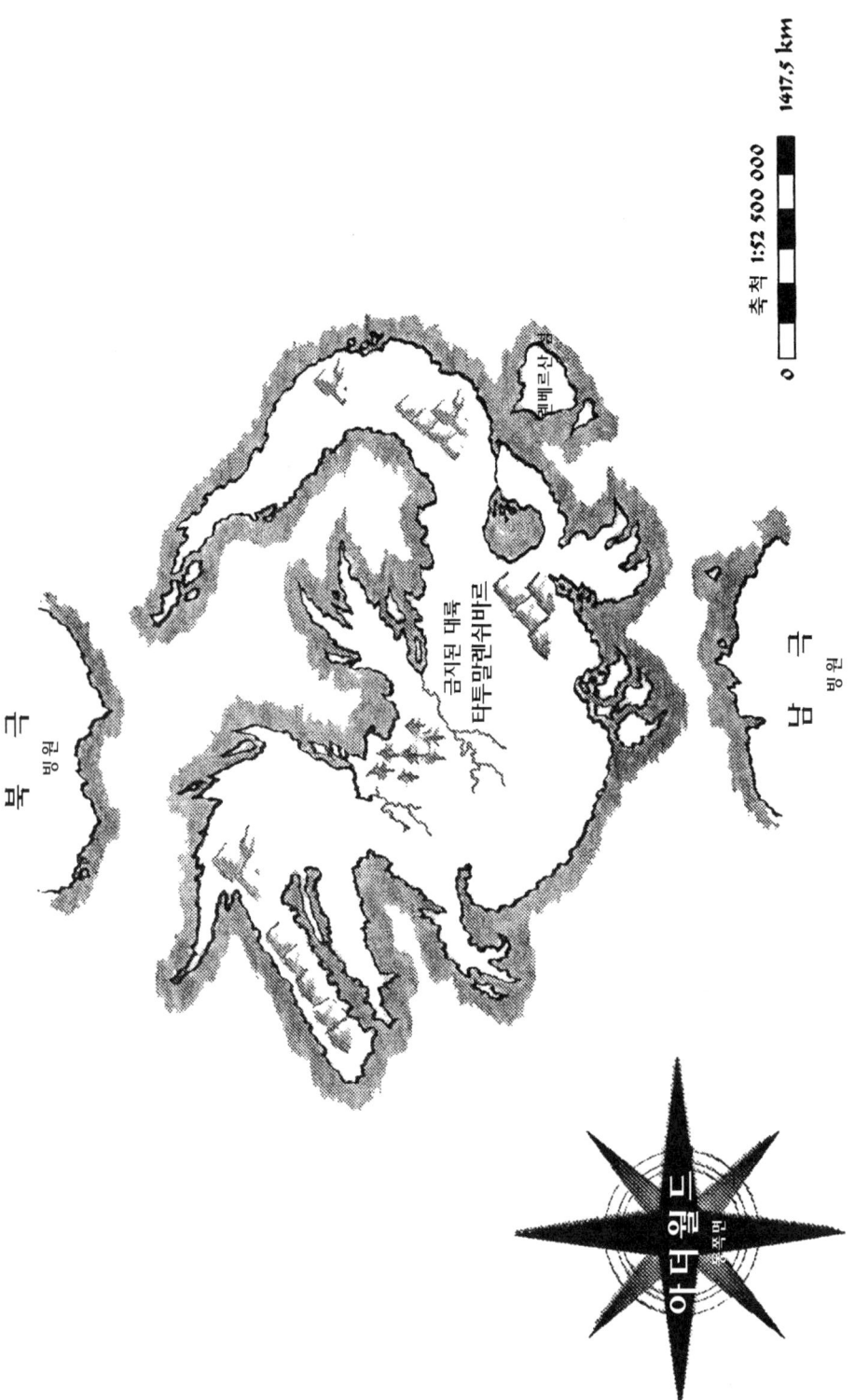

::『타라 덩컨 1』,「아더월드와 마법사들」::

타라 덩컨은 자신의 탄생에 관한 비밀을 모른 채 프랑스의 타공 마을에서 할머니와 평화롭게 살고 있다. 어느 날 갑자기 나타난 마지스터의 공격으로 할머니 이사벨라가 중상을 입으면서 타라는 자신이 마법사라는 것과 아마존 정글에서 바이러스에 감염되어 죽은 줄 알았던 어머니 셀레나가 살아 있다는 사실을 알게 된다.

한편 마법의 세계를 지배하고, 마법 능력이 없는 인간들을 노예로 만들겠다는 야망에 불타는 마지스터는 악마의 힘을 지닌 사물들을 얻기 위해 타라를 납치하려고 혈안이다. 영문도 모른 채 마지스터의 끈질긴 추격을 받는 12세 소녀 타라는 영생하는 마법을 사용하다 잘못되어 사냥개로 변한 증조할아버지 마니투와 마법의 행성 아더월드로 피신한다.

아더월드의 랑코비트라는 나라에서 살게 된 타라는 페가수스와 정신적으로 결합되는 놀라운 경험을 한다. 아더월드는 수많은 종족의 마법사들과 수시로 풍경을 바꾸는 살아 있는 궁전, 뱀파이어, 키마이라, 하르퀴아, 유니콘 같은 전설의 동물들, 악마…… 등이 버젓이 활개를 치는 무시무시한 세계지만, 다행히 타라는 지구의 친구 파브리스, 공주의 신분인 무아노, 어린 도둑 칼리반 달 살란, 난쟁이 파프니르, 하프 엘프 로빈 등을 만나면서 신기하기 이를 데 없는 마법의 세계에 빠져든다.

데미데루스의 직계 후손인 타라와 오무아 제국의 여제 리스베스만 악마의 힘을 지닌 사물에 접근할 수 있기 때문에 마지스터는 타라를 납치한다. 그러나 소녀 마법사는 친구들의 도움으로 억류되어 있던 어머니를 구하고, '실루르의 옥좌'를 파괴한다.

마지스터는 사라지기 직전 죽은 것으로 알고 있는 타라의 아버지가 사실은 오무아의 황제 단비우 탈 바르미 압 산타 압 마루이며, 따라서 타라가 아더월드의 오무아 제국을 계승할 후계자라고 밝히는데…….

::『타라 덩컨 2』,「비밀의 책」::

칼이 살인죄로 고소되어 감옥에 갇히자 타라는 하는 수 없이 아더월드로 돌아간다. 땅신령들이 흉악한 마법사에게 억류된 식구들을 구해달라는 조건으로 칼을 탈옥시킨다. 그러나 땅신령들의 함정에 걸려든 칼이 치명적인 벌레에 감염되었기 때문에 타라와 친구들은 악당 마법사와 맞서 싸울 수밖에 없다. 마침내 문제의 마법사를 굴복시키고 땅신령들을 구하지만 칼의 무죄를 증명하기 위해서는 악마들의 세계 림보에 있는 조각상 재판관이 있어야 한다. 죽음을 무릅쓴 모험 끝에 그들은 목적을 달성하고 무사히 아더월드로 돌아온다.

그러나 이번에는 불과 며칠 사이에 아더월드를 정복한 영혼 약탈자의 기상천외한 공격에 맞서야 한다. 타라의 목숨이 위험해지자 마지스터가 그 싸움에 개입하게 되고, 드래곤으로 변신한 타라와 마지스터는 서로 협력하여 영혼 약탈자를 물리치기에 이른다. 일단 영혼 약탈자를 제거한 뒤에 마지스터는 림보로 홀연히 사라지고, 타라는 마지스터가 죽었다고 생각한다.

한편 자식이 없는 오무아의 여제는 타라가 자신의 후계자라는 걸 알게 되고, 타라를 아더월드로 데려가겠다고 주장한다. 거절하면 지구가 위험에 처하게 되는데……

::『타라 덩컨 3』,「저주받은 왕홀」::

폭탄 테러로 어머니가 부상당했다는 소식을 듣고 황급히 아더월드로 돌아간 타라는 림보로 영원히 사라졌다고 믿었던 상그라브들의 보스 마지스터가 돌아왔음을 알게 된다.

공간이동의 문 폭발 사고, 도서관의 좀비 살해 사건 등 테러 행위와 이상한 사건이 잇달아 발생하는 가운데 타라는 오무아의 궁전에서 공식적으로 여제 후계자 수업을 받기 시작한다.

여제를 함정에 빠뜨려서 악마의 힘을 지닌 사물들 중 '저주받은 왕홀'을 손에 넣은 마지스터는 아더월드에 있는 모든 마법사의 능력을 빼앗아버린 데 이어서 악마 군단을 앞세워 오무아 제국을 침략하고 드래곤들을 몰살하겠다고 선전포고한다.

여제와 황제가 포로로 잡혀 있기 때문에 타라는 여제 후계자로서 오무아 제국과 아더월드를 지키기 위해 또다시 온갖 위험을 무릅써야 한다. 하는 수 없이 타라는 각자의 조국으로 돌아가 있는 친구들을 오무아로 불러들이고 의문의 사건들에 얽힌 미스터리를 하나씩 풀어나간다. 그리고 마지스터가 심복인 여자뱀파이어와 스파이를 궁전에 심어놓았음을 알게 된다.

타라는 이번에도 하프엘프 로빈, 지구소년 파브리스, 면허 받은 도둑 칼리반, 난쟁이 파프니르, 개로 둔갑한 증조할아버지 마니투, 특히 놀라운 기지를 발휘한 '야수'

무아노의 도움, 그리고 상그라브들의 감옥에서 탈출한 스너피가 전해준 정보 덕분에 마지스터와 가공할 만한 악마 군단을 물리치기에 이른다.
한편 타라는 자신의 열네 번째 생일파티를 엉망으로 만드는 것을 시작으로 말썽을 일으키고 다니는 쌍둥이 남매가 놀랍게도 친동생들이라는 사실을 알게 된다.
여러 가지 이유로 타라의 유전자가 조작되었을 거란 의혹이 제기되면서 어제는 정밀분석을 지시한다. 로빈은 마침내 사랑을 고백하기 위해 타라를 만나러 가지만 소녀의 방은 텅 비어 있다. 후계자가 사라진 것이다…….

::『타라 덩컨 4』, 「드래곤의 배반」 ::

아더월드 오무아 제국의 실험실에서 드래곤과 유전학자가 맞서고 있다. 이 싸움의 결과에 지구의 미래와 어린 마법사들의 운명이 달려 있다. 그러나 학자가 사망하면서 사건은 오리무중에 빠진다.
한편 아더월드를 몰래 빠져나온 타라는 이집트의 한 박물관에서 양피지 문서를 훔치는 데 성공하지만, 유전자 조작으로 너무 강력해진 마법 능력 때문에 목숨이 위태롭다. 게다가 로빈을 공격한 하르퀴아들에게서 알아낸 정보 때문에 초능력 있는 지구소년을 구하러 가지 않을 수 없는 상황에 처한다.
두렵지만 단호하게 결정을 내린 타라는 영국 스톤헨지 유적지로 향한다. 증조할아버지 마니투와 하프엘프 로빈, 난쟁이 파프니르, 야수 무아노, 파브리스, 칼의 도움을 받아 타라는 스톤헨지에 얽힌 비밀로 최대 위기를 맞는 지구를 구하고, 유진자 조작으로 인한 마법 능력의 수수께끼를 풀 수 있을까?

::『타라 덩컨 5』, 「금지된 대륙」 ::

마지스터가 지구에 사는 타라의 친구 베티를 납치하는 사건이 발생한다. 그런데 베티가 억류되어 있는 곳은 드래곤들이 접근을 금하고 있어서 아무도 들어갈 수 없는 대륙이다. 그러나 마지스터는 마법의 장벽을 넘어 베티를 가둬놓는 데 성공한다. 게다가 하르퀴아의 독에 감염된 베티를 살리려면 후계자의 피가 있어야 한다는데…….
마법 능력을 잃고 모처에서 비밀리에 요양하고 있던 타라는 지구의 친구를 구하기 위해 오무아의 황궁으로 돌아가고, 랑코비트에 있는 친구들을 소집한다. 그러나 오무아 여제의 음모에 걸려든 로빈이 행방불명된 상태다.

우여곡절 끝에 마법 능력을 되찾은 타라가 엘프 군단을 이끌고 마침내 금지된 대륙을 향해 출발한다. 그런데 거기서 발견한 것은 붉은 여왕이 지배하는 무시무시한 세계……. 그리고 드래곤들이 비밀에 부치던 끔찍한 비밀을 알게 되는데…….

타라는 흉악한 붉은 여왕에게서 베티를 구해내고 철천지원수 마지스터를 궁지에 몰아넣을 수 있을까?

:: 『타라 덩컨 6』, 「마지스터의 함정」 ::

셀레나에게 접근하는 자는 누구든 죽이겠다고 선포하는 마지스터. 그 협박 때문에 타라는 마지스터가 유일하게 접근하지 못하는 드래곤들의 행성으로 어머니 셀레나를 피신시킨다.

그러나 뱀파이어들이 악마의 마법을 연구한다는 이유로 젠드라의 별과 크라에토비르의 반지를 보관하고 있다는 사실을 알게 된 타라는 크라살비로 향한다. 공식적으로는 약혼녀를 구해달라는 드라고쉬 선생님의 청을 받아들여서 셀렌바를 변호하러 가는 것이지만, 실은 크라에토비르의 반지를 훔쳐 마지스터를 제압하기 위해서다.

우여곡절 끝에 타라는 반지를 손에 넣지만, 이번에는 드래곤들의 여왕으로 선출된 샤름(셈 선생님의 약혼녀)의 대관식에 초청을 받는다. 타라는 오무아 제국의 사절단을 이끌고 드란보우글리스펜쉬르 행성에 도착하지만 쿠데타의 소용돌이에 휘말리게 된다. 위기 상황을 맞은 타라와 친구들은 드래곤들의 행성에 지금까지 알려진 열세 개의 악마의 사물 외에 두 개가 더 있다는 것과 일부 드래곤들이 지구를 정복하려는 엄청난 음모를 꾸미고 있었다는 사실에 경악한다.

타라에게서 멀리 떠나보내려는 속셈으로 위험천만한 해적 소탕 작전에 로빈을 들러리로 이용하는 여제 리스베스, 티라니크 수상과 마지스터의 관계를 밝히려다 살해당하는 엘레아노라, 짝사랑하던 엘레아노라를 잃은 칼의 슬픔, 마법의 힘이 약해 패밀리어를 잃고 실의에 빠져 있다가 돌연 마지스터와 함께 사라지는 파브리스…… 등 우정과 사랑, 모험과 배신이 얽히고설킨다.

한편 아버지의 유령을 소생시키겠다는 일념으로 타라는 양피지에 적힌 조제법에 따라 묘약을 만들지만, 중요한 실수를 저지르는 바람에 저승의 문이 열리고 수많은 유령이 분노의 고함을 지르면서 쏟아져 나오는데…….

:: 『타라 덩컨 7』, 「유령들의 습격」 ::

　아버지를 소생시키는 묘약을 만들던 타라의 실수로 수많은 유령들이 습격해오면서 파멸의 위기에 처하는 아더월드.
　순식간에 여제, 장관들, 모든 권력자들이 유령에 들리면서 아더월드는 유령들의 세상이 된다. 타라는 화를 면하지만, 타라가 보는 앞에서 로빈이 유령에 의해 죽고 만다.
　유령들을 피해서 살아 있는 궁전에 숨어 있는 타라는 자포자기에 빠지고, 칼은 그런 친구에게 삶의 의욕을 불어넣기 위해 온갖 노력을 한다.
　유령이 리스베스 여제를 장악하고 있는데 제국의 후계자까지 없다면, 타라의 강력한 마법이 없다면 아더월드를 구할 희망이 사라지는 것이다.
　엘프족, 난쟁이족, 뱀파이어족, 인간족은 무자비한 침략자들에 대항하기 위해 레지스탕스를 조직하기에 이른다.
　수배령이 내려지고 목에 현상금까지 걸린 타라는 유령들을 퇴치할 방법을 찾아 모험을 떠나는데…….
　타라는 아더월드를 구해내고, 살아갈 의욕을 찾을 수 있을까?

:: 『타라 덩컨 8』, 「사악한 여제」 ::

　이 이야기는 이제부터 읽어야지요. 그럼 친애하는 독자 여러분, 재미있게 읽기 바랍니다. 준비하시고…… 읽기 시작!

TARA DUNCAN
L'impératrice maléfique

타라 덩컨

사악한 여제 상 | 차례

프롤로그		18
1장	숨바꼭질	22
2장	뱀파이어	30
3장	천재 발명가	33
4장	유혹 주문	58
5장	공격	93
6장	파프니르	111
7장	암컷 늑대	127
8장	킬라	143
9장	상그라브	167
10장	빌랭 왕국의 용병	184
11장	실버	198
12장	칼	213
13장	로빈의 딜레마	225
14장	사라진 반지	232
15장	마지스터	249
16장	출발	265
17장	여행	295
	아더월드의 용어 해설	317

• 일러두기
이 책의 본문에 표시된 ＊부분은 뒤페이지의 '아더월드의 용어 해설'에 자세히 설명해두었습니다.

사악한 여제 상

프롤로그

*

그냥 하나의 반지였다. 은빛 유니콘 장식이 있는 반지.
위험해 보이지 않는 예쁜 반지였다.
은빛 유니콘은 눈속임을 위한 겉모습에 지나지 않았다. 크라에토비르의 반지를 지니고 있는 이들은 손가락/발톱/촉수/위족에 이걸 끼고 있는 것이 얼마나 위험한 일인지 모르는 게 틀림없었다.
아무튼, 이것은 크라에토비르의 반지 시제품이다. 5000년 전에 악마들이 무기로 사용했을 것이 틀림없는 진짜 완제품은 인간들이 압수하여 무력화시켰기 때문이다.
드래곤들과 대적하는 데 이용할 치명적인 마법의 토네이도를 만들기 위해 이 반지 속에는 헤아릴 수 없이 많은 악마의 영혼이 갇혀 있었다. 따라서 아주 위험한 무기였다. 완제품보다 기능이 좀 떨어지긴

해도 몇 번의 시험을 거친 시제품인데(시험하다가 표적 대신에 성년의 악마 둘이 폭발하는 사고가 일어나는 등 몇 가지 문제점이 있었지만) 포기했다는 건 악마들이 큰 실수를 저지른 것이었다.

그래서 반지는 혼자 있게 되었다. 초기에는 너무 불편해서 불만에 차 있었다.

그러다 한 인간이 주워서 지니고 있다가 잃어버렸고, 그다음에는 한 트리톤의 수중에 있다가 잊혀갔고, 다시 한 사이렌이 분실하는 바람에 붉은 여왕 드래곤이 수천 년 동안 사용하면서 반지는 일종의 인식능력을 얻기에 이르렀다. 비록 아더월드 행성의 강력한 마법 때문에 시커먼 철 반지로 전락해 있지만 오랜 세월이 흐르면서 반지는 철 속에 갇힌 악마의 영혼들과 혼연일체가 되어, 사악한 힘을 지니게 되었다. 영혼들은 복수심에 불타고 있었고, 그것은 명확한 동기부여가 되었다.

영혼들을 가두었던 모든 존재에 대한 복수심이었다. 수많은 영혼을 하나둘 가차 없이 희생시키면서 그 힘을 이용했던 존재들에 대한 복수심이었다.

악마들.

드래곤들.

인간들.

마법 행위를 할 때마다 반지 속 영혼들의 수가 줄어들기 때문이었다. 반지를 낀 존재가 마법으로 포도주 한 잔을 만들면 한 영혼의 4분의 1이 죽는 것이고, 궁전 하나를 지으면 영혼 1000정도가 소모되었이다. 다시 말해 희생되어 사라지는 것이다.

이따금 반지는 임자(반지는 감히 자기를 손가락/갈퀴발톱/촉수/위족에 끼는 존재들을 '임자'라고 명명했다)를 폭발시켜놓고 만족스러워했다. 인식능력을 유지하려면 살아 있는 존재와 접촉할 필요가 있기 때문에 만족하는 시간은 아주 짧았다.

시간이 갈수록 반지는 복수하고 싶은 욕망이 커졌다. 잔혹해지고, 난폭해지고 싶었다. 소용돌이로 변하여 무모한 존재들을 집어삼킬 수 있는 균열이 필요했다. 5000살이 넘었는데 어리석게 파괴될 반지가 아니었다.

그런데 지금, 정확하게 표현해서, 시제품 크라에토비르의 반지는…… 지겨웠다.

반지가 최근에 맞이한 임자는 순종적이지 않았다.

반지는 살육, 강물을 이루는 눈물, 끝없는 고통을 꿈꾸는데 새 임자는 완강하게 저항했다. 반지가 임자를 완전히 제압하지 못한 것이다. 따라서 대부분의 시간은 임자의 손가락에 무력하게 끼여 있었고 자신의 계획에 방해가 되는 아주 결정적인 행동을 할 때만 개입하였다.

유감스럽지만 지금은 섣불리 나서지 말아야 한다.

드러나지 않는 그림자로 있어야 한다.

사악한 힘을 지니고 있다는 걸 감안하면 그림자로 있는 건 당연한 일이 아닌가.

아더월드에서 여러 종족을 거치면서 반지는 많은 걸 배웠다. 드래곤들과 마찬가지로 인간의 세계에는 이상한 개념들이 있었다. '우정', '명예', 그리고 '동맹'이란 개념은 가장 최악이었다.

처음에는 동맹이란 말이 잘 이해되지 않았다. 반지에게 속에 들어 있는 영혼들 말고는 모두 적이었다. 더 강력하고 더 막강해지기 위해 다른 존재들에게 의지하는 드래곤, 인간…… 등 여러 존재들의 손가락/갈퀴발톱/촉수/위족에 끼여 있는 상태로 수천 년이 흐르고 나서야 마침내 반지는 동맹이란 개념을 이해하기에 이르렀다.

반지에게 필요한 건 동맹군이었다. 반지 자신처럼 그림자로 있는 걸 좋아하는 존재들이 필요했다.

그리고 피를 좋아하는 존재들이 필요했다.

임자의 기억 깊은 곳에서 한 이미지가 떠올랐다.

긴 이빨과 빨간 눈, 공포를 불러일으키는 존재.

그렇다, 이 존재야말로 반지에게 필요한 동맹군이었다.

뱀파이어들.

반지는 임자를 돕기 위해, 마지못해서 인간의 피를 빨아 먹은 뱀파이어들을 치료할 때 이미 그들을 상대한 적이 있었다. 경험이 있으니 어렵지 않을 것이다.

반지를 만들어놓고 포기해버렸던 림보의 악마들과 그토록 오랜 세월 떨어져 있게 한 이 작은 세계를 정복하고 굴복시키기 위한 반지의 군단을 창설할 것이다.

만약 입이 있다면 반지는 광란의 히스테릭한 웃음을 터뜨렸을 것이다.

이 순간 반지는 아주 잠깐 반짝거리는 것으로 만족했다.

그리고 블랙 마법을 작동했다.

숨바꼭질
어쩌다 인간을 젖소로 착각해서 뼈저리게 후회할까

*

　먹잇감이 코앞에 있었다. 뱀파이어 반역자가 카리스마를 발휘하면서 눈부신 모습으로 변했다. 은빛 갈기, 완벽한 얼굴, 빛나는 피부, 루비처럼 빨간 눈, 살아 있는 미의 화신으로 보이지만 실제로는 치명적인 악의 화신이었다.
　뱀파이어가 표적으로 삼은 금발 소녀가 스스럼없이 다가왔다. 뱀파이어는 비웃음을 흘렸다. 체크무늬 미니스커트에 허벅지 중간쯤 올라오는 검정 스타킹, 짧은 재킷, 약간 흐릿한 파란 눈, 반지들을 낀 가는 손가락을 감춰주는 벙어리장갑.
　아주 예쁜 소녀였다.
　나이트클럽 뒤쪽의 좁은 골목에서 별처럼 빛나는 뱀파이어에 홀린 소녀가 점점 가까워지고 있었다.

뱀파이어의 긴 이빨들은 당장이라도 깨물어버릴 기세였다. 뱀파이어가 너무나 맛있어 보이는 하얀 목을 향해 얼굴을 숙일 때 소녀는 불쑥 말했다.

"성급하시네." 소녀의 목소리는 차분했다.

깜짝 놀란 뱀파이어가 소녀를 쳐다봤다. 이제는 선명해진 쪽빛 눈이 영리한 빛을 반짝이고 있었다.

"뭐라고?"

"내 나이를 물어보지도 않았잖아요."

"뭐라고?"

"이제 열여섯 살이 되어가고 있어요." 소녀는 마치 엄청난 비밀이라도 되는 듯이 속삭였다.

뱀파이어는 눈을 깜박였다.

"그래서?"

"나는 나이트클럽에 들어가지 못한다고요."

"그게 무슨 말이……."

뱀파이어는 갑자기 알아차렸다. 뱀파이어의 예상처럼 소녀는 나이트클럽에서 나온 것이 아니었다.

사냥은커녕 먹잇감이 되다니, 주객이 전도된 것이다. 그래서 물러서려고 했지만 이미 너무 늦었다. 갑작스럽게 소녀의 공격을 받은 뱀파이어는 넘어지다 쓰레기통에 부딪혔다. 와장창! 요란한 소리에 질겁한 쥐 한 마리가 찍찍거리면서 달아났다.

뱀파이어가 얼이 빠져서 일어났는데 소녀는 이미 준비가 되어 있었다. 소녀가 왼손을 흔들어 마법의 파란 불을 날렸다. 아슬아슬하게 방패를 만들었기에 망정이지 뱀파이어는 꼼짝없이 마비될 뻔했다.

하지만 소녀는 뱀파이어가 더 이상은 아무것도 할 겨를을 주지 않았다. 소녀가 다른 손으로 뭔가를 날렸는데…… 뱀파이어는 움직일 수가 없었다. 박쥐나 늑대로 변신하려고 했지만 아무것도 할 수가 없었다. 뭔가가 뱀파이어를 옭아매고 있었다. 뱀파이어는 헐떡이다가 땅바닥에 주저앉아서 몸을 뒤틀어보지만 옴짝달싹하지 못했다.

"빌어먹을!" 뱀파이어는 으르렁거렸다. "나한테 무슨 짓을 한 거야?"

"뱀파이어에게 맞서는 마법인데 모르셨구나." 좀 전까지만 해도 먹잇감이었던 소녀는 친절하게 대답해주었다. "우리 집안의 무기 전문가 모우르무르 덩컨이 거미줄로 만든 발명품이죠. 솔직히 제대로 작동할지 자신이 없었는데 성공! 내가 여기서 제일 가까운 공간이동의 문을 통해 아더월드로 보낼 때까지는 아마 꼼짝하지 못할 거예요. 아, 그보다는 할머니에게 근사한 선물로 주는 게 나을 수도 있겠네……."

"오, 내 조상의 혼령들이시여!" 갑자기 공포에 질린 뱀파이어가 탄식했다. "누군지 알겠어! 타라 덩컨! 하지만 추방된 걸로 아는데!"

"하긴 내가 좀 유명하죠!" 타라는 빈정거렸다. "아더월드에서 추방된 건 맞는데 지구에 있다고 빈둥거리는 건 아니에요. 내가 충고하는데 인간을 젖소로 착각하고 우유 먹듯 피를 빨아 먹는 당신 친구들에게도 알려주는 것이 좋을 거예요."

"뭘 알려주라는 건지?"

"지구는 당신들의 놀이터가 아니라는 것. 젖소들에게도 지켜주는 개가 있다는 것."

타라가 코앞으로 바짝 몸을 숙이자 놀란 뱀파이어의 눈이 사시가 되었다.

"그러니까 내가 여기 있다는 것, 그리고 나도 깨문다는 걸 알려주라는 거죠!"

뱀파이어가 뭐라고 한마디 덧붙이기 전에 타라는 트란스미투스 주문을 읊었다. 타라의 손이 파란빛으로 번쩍이면서 마법을 발사했고, 뱀파이어는 사라졌다.

타라는 안도의 숨을 내쉬었다. 다른 사람을 향해 트란스미투스를 사용할 때마다 변덕을 부리는 자신의 마법이 뱀파이어의 일부만 목적지로 보내고 나머지는 이 자리에 남겨놓을까 봐 불안했던 것이다. 타라는 부르르 떨면서 앞으로 그런 일은 절대로 일어나지 않기를 빌었다.

그동안 반역하는 뱀파이어나 마법사들에게 강력한 힘을 보여주려고 허세를 부렸지만, 대적할 때마다 속으로는 매번 공포에 떨었다. 마법이 걸핏하면 변덕을 부리는 통에!

강력하게 보이려고 걸어놓은 주문을 감추기 위해 정신을 집중하던 타라는 마법의 흐름이 사라지자 몸이 으스스 떨렸다. 심한 두통이 느껴졌다.

갈랑이 타라가 뱀파이어를 유인하기 위해 벗어놨던 망토를 가져왔다. 타라는 망토를 걸치고 축소한 페가수스에게 미소를 보냈다.

"이번에는 잘된 것 같아, 갈랑. 아무래도 드라마에 나오는 뱀파이어 사냥꾼 버피가 유리하겠지. 가벼운 잡담을 나눌 필요도 없이 가슴을 푹, 찌르면 끝이니까. 하지만 나는 생포해야 되잖아. 그게 쉽지가 않단 말이야!"

페가수스는 울음소리를 냈다. 갈랑은 정말이지 지구가 마음에 들지 않았다. 이목을 끌지 않으려고 개의 모습으로 지내는 때가 많은 데다 날아다닐 수 없다는 것이 짜증스러웠다. 갈랑은 타라의 머릿속으로 지구의 인간들에게 마법사들과 괴물이 존재한다는 걸 알려주고 나름대로 해결하게 내버려두자는 이미지를 보냈다.

타라는 고개를 끄덕였다.

"그래, 그러면 훨씬 쉽겠지. 하지만 정치적인 문제라서 간단하게 생각할 일이 아냐. 현재는 몇몇 나라의 수뇌부들만 알고 있을 뿐 다른 사람들은 전혀 모르고 있어. 이런! 빨리 집으로 가자. 뱀파이어 때문에 너무 늦어서 까딱하면 저녁 굶겠어."

타라가 주문을 읊으려는 순간 손목에서 소리가 울렸다. 손목에 차는 팔찌 모양의 크리스털 볼인데 최첨단 신제품이었다. 또 다른 뱀파이어의 이미지가 나타났다. 타라는 이를 악물었다.

"진짜 미치겠다! 나를 가만히 내버려두지를 않네!"

화가 난 타라는 두 손을 쳐들고 주문을 읊었고, 덩달아 화가 난 페가수스가 일으키는 미니 돌풍과 함께 사라졌다.

주위가 조용해지자 쓰레기통 위로 넘어지는 뱀파이어를 보면서 줄행랑쳤던 쥐가 다시 나타났는데 몹시 예민해져서 코를 벌름거렸다.

눈독들이던 고기 조각을 먹을 겨를도 없이 시커먼 실루엣이 나타났다. 이번에도 또 방해를 받자 쥐는 왕짜증을 내면서 후퇴했다.

아직 이 자리에 있었다면 타라도 철천지원수 마지스터를 보고 후퇴했을 것이다. 금빛 마스크로 얼굴을 가린 잿빛 마법복 차림의 마지스터가 고통스러운지 오른쪽 옆구리를 잡고 있었다.

"완전히 개판이군!" 마지스터가 내뱉었다. "세상에서 가장 강력한 마법사를 고작 셈샤나쉬[1]를 사냥하는 데 이용하다니! 도저히 믿을 수가 없어!"

"인간의 피를 먹은 뱀파이어였어요, 나리." 마지스터 뒤에서 또 하나의 실루엣이 말했다. "타라의 마법이 엄청나게 강력하지만 그렇게 쉽게 물리칠 수 없었을 거예요. 여기 지구에서는 마법이 약하기 때문에."

실루엣이 어둠 속에서 나왔다. 허리를 졸라맨 빨간 가죽옷의 날씬한 몸매, 딱 벌어진 어깨에 개미허리, 긴 다리, 은빛 머리에 핏빛 눈, 달빛 속에서 마지스터의 위험한 사냥꾼 뱀파이어 셀렌바[2]의 차가운 얼굴이 드러났다.

"타라는 마법을 잘 통제하고 있어. 잠재적 능력을 최고에 이르게 하려면 아직은 많은 훈련이 필요하지만." 마지스터는 약간 유감스러운 어조로 말했다. "물론, 지금 내 상태로는 그 아이와 대적할 수도 없고. 무엇보다……."

마지스터는 말을 중단했다.

"우리는 때를 기다리면서 기발한 작전을 짜야 한다, 셀렌바."

셀렌바가 번득이는 빨간 눈으로 마지스터를 쳐다봤다. 보스가 자신의 약점을 고백하다니, 처음 있는 일이었다. 어떤 면에서는 감동을

---

1. 난쟁이, 엘프, 드래곤, 타트리스, 사이렌, 트리톤, 땅신령, 꼬마도깨비, 하르퓌아, 오크, 요정 등 어떤 종족이든 상관없이 반역하는 마법사를 셈샤나쉬라고 한다.
2. 셀렌바는 마지스터의 오른팔이자 왼팔이기도 하다. 길에서 셀렌바와 마주치면 목숨을 보존할 가능성이 희박하다.

받았다. 셀렌바는 목소리에서 동정심이 묻어나지 않게 가다듬고 물었다.

"더 아프세요?"

마지스터가 흠칫 놀라듯 옆구리를 잡고 있던 손을 뗐다. 검은색 천이 피에 젖어 있었다.

"아니, 견딜 만하다."

"제가 치료해드릴게요."

"나중에. 가자."

마지스터는 멀쩡하다는 걸 보여주려는 듯 강력한 트란스미투스 주문을 읊었다.

뱀파이어는 한숨을 쉬었다.

그리고 마지스터와 셀렌바는 사라졌다.

어딘가에 숨어 있다가 톡 나온 쥐가 경계하는 눈으로 오른쪽, 왼쪽을 살폈다. 아무것도 없었다. 안심하고 고기 조각에 달려들려는 순간 이번에도 또!!! 새로운 실루엣이 어둠 속에서 불쑥 나타났다.

오, 어머니의 콧수염이여! 이놈의 골목은 왜 이렇게 불쑥불쑥 나타나는 것이 많아? 쥐는 그 쪼끄만 까만 눈을 찡그리면서 이번에는 또 얼마나 위험한 존재인지 살폈다.

실루엣이 걸어 나오자 이번에는 달빛을 받아 우아한 전사의 모습이 드러났다.

쥐가 소녀였다면 달빛 속에 살아 있는 미의 화신처럼 당당하게 서 있는 청년의 모습에 완전히 반해버렸을 것이다. 강한 어깨에서 허리까지 내려오는 긴 머리, 태양처럼 빛나는 금빛 눈, 반듯한 코, 도톰한

입술, 넓은 이마. 청년의 피부는 마치 촘촘한 비늘에 덮여 있는 듯 달빛에 반짝거렸다.

쥐는 냄새를 킁킁 맡다가 주춤했다. 무슨 냄새가 나는 것 같았다. 청년에게서 유황과 불을 연상시키는 냄새가 나고 있었다. 쥐는 고기 조각을 단념하고, 더 쾌적하고 한적한 곳의 쓰레기통을 찾아 떠나기로 했다.

청년은 주변을 둘러봤다.

"오, 아버지!" 청년은 서글프게 말했다. "왜 나를 피하십니까?"

그러고 나서 청년은 주문을 읊었고, 좀 전의 존재들과 마찬가지로 사라졌다.

뱀파이어

*어딘가로 위험한 소포를 보낼 때는
잘 도착했는지 확인하는 편이 나은데……*

*

    타라가 할머니의 저택으로 보냈다고 생각한 뱀파이어는 캐나다 북쪽 지방의 한 숲에서 유형화되었다. 더 정확히 말하면 둔탁한 소리를 내면서 눈구덩이에 처박혔다. 그 바람에 순록 한 마리를 추격하던 늑대 무리가 혼비백산했다.
    일단 충격이 가라앉자 뱀파이어는 빨간 눈을 뜨다가 휘둥그레졌다. 감옥 같지는 않았다. 소녀가 실수로 잘못 이동시킨 걸까?
    이상한 일이었다.
    이상하지만, 언제든 환영할 일이었다.
    뱀파이어가 주문을 읊고 몸을 움직이자 거미줄에서 풀려났다. 달아날 힘이 없어서 늘어진 순록을 발견하고는 달려들어서 깨물었다.
    인간의 피만큼 맛있지는 않지만 만족해야 했다.

뱀파이어는 피를 실컷 빨아 먹고 나서 순록을 놓아주었다. 늑대를 아주 좋아하기 때문에 녀석들의 저녁거리까지 빼앗을 이유는 없었다.

뱀파이어는 곰곰이 생각하기 시작했다.

아주 희한한 일이 일어났다. 어떤 마법사도 트란스미투스 실수는 하지 않는데. 분명히 따뜻한 곳에 있었는데 여기는 추웠다. 본능적으로 같은 대륙이 아니라는 걸 알아차렸다. 자신을 지구로 파견한 뱀파이어에게 상황을 보고해야 했다. 그리고 지구에 있는 다른 뱀파이어들에게도 알릴 필요가 있었다.

사실, 지구에는 뱀파이어들의 출입이 금지되어 있었다. 그런데 놀랍게도 수학적 지식을 탐내는 뱀파이어 연구자들이 지구의 대학이나 대기업의 연구자들 속에 섞여 있기 때문에 완전히 금지되어 있는 것이 아니었다. 만약 창백한 얼굴로 컴퓨터에 미쳐서 집 밖으로 거의 나가지도 않고, 사회생활이 전혀 없고, 냉장고가 텅 비어 있는데도 칩거하는 사람이 있다면 아더월드의 뱀파이어로 의심해볼 수 있다. 게다가 '지크[3]'는 전형적인 뱀파이어의 언어로 크라살비에서 '0과 1의 세계(컴퓨터는 디지털 신호로 0과 1의 조합이다―옮긴이)에 사는 사람'을 뜻한다.

반면에 오직 사냥과 피를 낙으로 삼으며 인간의 피를 빨아 먹는 뱀파이어들은 지구에 체류하는 것이 전적으로 금지되어 있었다.

....

3. 앵글로색슨 문화어에서 컴퓨터에 미쳐 있는 사람을 가리킨다. 크라살비에서 티케이케이티 지크(Tkkt Geek)는 마법을 사용하여 주저 없이 정신적으로 컴퓨터에 접속하는 뱀파이어를 가리킨다. 이들은 0과 1의 세계에 빠져 살고 있다. 컴퓨터는 가상세계를 만들어서 생존 가능성을 실험하는 자궁과 같다고 생각하기 때문이다. 아더월드 사람들은 컴퓨터에 빠져 있는 이들을 '미치광이'라고 부른다.

별빛을 받아 거무스름한 후광이 제2의 그림자처럼 뱀파이어를 에워쌌다.

뱀파이어는 한숨을 내쉬면서 트란스미투스 주문을 읊었다. 잠시 후, 눈구덩이에는 뱀파이어가 남긴 흔적과 거미줄 몇 개가 달빛에 반짝였다.

절뚝거리면서 멀어져 가던 순록이 차가운 어둠을 가르는 늑대 울음소리에 부들부들 떨었다.

늑대 무리가 다시 추격해오고 있었다.

천재 발명가

집과 도시를 몽땅 폭발시키지 않고
상대를 제압하는 방법을 터득해야 되는데……

*

상대는 집요했다. 몇 초 사이에 마비시켜서 꼼짝 못하게 하는 초강력 파랄리수스, 두 번의 임모빌리수스, 트란퀼루스 주문을 연거푸 타라에게 날렸다. 주문을 피하려고 어찌나 뛰어다녔는지 타라는 숨이 찼다.

잘 버텨내야지, 아니면 고양이 밥 신세가 될 판이었다. 하지만 새벽 2시였고, 저녁도 먹지 못한 데다 몹시 피곤했다. 나무 뒤에 숨은 타라가 위험을 무릅쓰고 살펴보니 상대는 커다란 바위에 가려 있었다. 바위를 공중 부양시키는 것이 가장 좋겠지만, 바위를 공중으로 띄우는 주문과 상대를 제압하는 주문을 동시에 날릴 수가 없었다.

하지만 정말 두 주문을 동시에 할 수 없는 걸까? 물론 한 번도 시도해본 적이 없었다. 다른 마법사들은 어릴 적부터 주문을 날리는 훈련을 했다. 반면 타라는 마지스터에게 납치되었을 때 다른 마법사들과 달리 주문을 읊지 않고도 마법을 걸 수 있다는 걸 알았다. 그리고 마법으로 대적하는 중에 창조적인 주문을 사용하지 않으면 죽는다는 것도 깨달았다. 강력한 주문이면 다 되는 것이 아니라 머리를 써야 했다. 하지만 이렇게 주문에 쫓기는 타라는 점점 더 바보가 되는 느낌이었다.

이 모든 것은 타라가 체포해서 트란스미투스로 보낸 뱀파이어가 이사벨라의 저택에 도착하지 않았기 때문이다. 무기 전문가가 발명한 또 다른 기구들이 거미줄의 에너지 신호를 감지했기 때문에 뱀파이어가 캐나다 북부 지방에서 유형화되었다가 사라졌다는 걸 확인할 수 있었다.

타라는 자신의 마법이 걸핏하면 변덕을 부려서 불안했지만, 죽을 고비를 넘긴 몇 번의 경험으로 마법의 힘이 엄청나게 강력하다는 것을 오래전부터 알고 있었다. 그렇지만 이번에는 마법의 배신을 이해하기 힘들었다.

할머니(정확히는 외할머니지만 일상적으로 할머니로 호칭—옮긴이)는 역시 기대를 저버리지 않고 분통을 터뜨렸었다.

"타라!" 할머니는 만성 변비에 걸린 브르리르처럼 으르렁거렸다. "너는 지구에서 피를 밀수입하는 자들과 내통하는 뱀파이어를 놓쳤어! 이제 어떡할 거니?"

"난 분명히 할머니 집으로 보냈단 말이에요!" 타라는 반박했다. "그 뱀파이어가 다른 데로 갈 이유가 없다고요. 나도 도무지 이해가 안 가서 미치겠어요!"

타라가 나무 뒤에 숨어서 이런 생각을 하고 있을 때 상대는 아몰리수스 주문으로 공격했다. 젤리처럼 물렁물렁해진 나무가 주저앉으면서 타라의 모습이 드러났다. 그들이 싸우고 있는 평원은 나무와 바위가 많아서 숨을 곳이 충분했다.

타라는 날아오는 마법을 피해 전속력으로 달렸다. 그러다 갑자기 공중제비로 몸의 방향을 바꾸면서 상대를 향해 솔리두스 주문으로 응수했다.

솔리두스 마법이 상대 앞의 공기를 고체화시키면서 하마터면 목숨을 앗아갈 뻔했다. 맙소사! 타라가 바랐던 대로 다행히 상대의 머리가 아니라 윗몸이 고체가 된 공기의 벽에 부딪혔다. 상대는 땅바닥에 데굴데굴 굴러서 또다시 커다란 바위 뒤로 숨었다.

슬루르크!

타라는 선택의 여지가 없었다. 수플리시우스 공격을 피하면서 두 개의 주문을 날리기 위해 펄쩍 뛰었다. 한 손으로는 커다란 바위를 들어 올리기 위해 오토매틱 레비투스―무기 전문가가 발명한―를, 다른 손으로는 파랄리수스를 날렸다.

완벽한 실패! 상대 역시 필요한 기구들을 갖추고 있는 것이 분명했다. 놀라울 정도로 천천히 바위가 공중으로 떠오르자마자 상대도 똑같은 공격을 했다. 파랄리수스 공격에 바위는 끄떡도 않았지만, 주문을 날리느라고 노출되어 있던 타라에게 던진 거미줄 함정은 완벽하게 작동했다.

찢어지지 않는 거미집 속에 갇힌 타라는 분노의 고함을 질렀다. 즉시 마법을 작동했지만 너무 늦었다.

데스트룩투스 주문이 타라를 후려쳤다.

방패를 만들 겨를이 없던 타라는 그대로 뻗어버렸다.

타라를 쓰러뜨린 상대가 히죽거리면서 다가왔다. 지구로 추방된 오무아의 전 후계자 타라 덩컨을 이렇게 쉽게 이기다니! 승리자가 꿈쩍도 못하는 타라를 향해 몸을 숙였다.

타라가 한쪽 눈을 떴다. 눈물이 글썽한 시퍼런 눈.

"슬루르크! 매번 이렇게 죽다 살아나야 하나? 진짜 되게 아프네!"

"너를 죽일 수도 있는데 내가 참는 줄이나 알아!" '누나' 소리하면 큰일 나는 것처럼 건방을 떠는 남동생 자르가 검은색 눈으로 쏘아보면서 이죽거렸다. "그러니까 너도 나를 이기면 되잖아. 그래야 더 스릴 있지!"

"언젠가 내 몸이 정말 죽었다고 생각하는 날이 오겠지. 그때는 하직 인사를 하고 천사들에게 인사하러 갈게."

"천사? 천사가 뭔데?" 지구의 종교를 전혀 모르는 자르가 물었다.

"천국, 지옥…… 관두자. 네 말 잘 알았으니까 이제 마음대로 해."

"원한다면." 자르가 악동다운 미소를 흘리면서 대꾸했다.

자르가 주먹을 꽉 쥐더니 공중에 떠 있는 바위를 치자 요란한 소리를 내면서 바닥으로 떨어졌다. 먼지가 구름같이 일어났다.

"이게 뭐 하는 짓이야?" 기침을 간신히 가라앉히면서 타라가 소리쳤다.

"마음대로 하라면서?" 자르는 태연하게 응수했다.

타라는 일어나서 거미줄을 떼어냈는데 얼굴은 먼지를 뒤집어쓰고 있었다.

"말이 그렇다는 거지! 아휴, 내가 뭐라고 설명한들 네가 이해하겠냐?"

자존심이 상한 자르는 벼르고 있던 말을 따발총처럼 퍼부었다.

"넌 우리의 죽은 아버지를 소생시키겠다는 이기심으로 아더월드와 비욘드월드 사이의 소용돌이 통로를 열어 아더월드를 큰 혼란에 빠뜨렸어. 너 때문에 아더월드를 습격한 유령들이 군주들의 육신을 장악하면서 전쟁이 일어났단 말이야. 너 때문에 수많은 사람이 목숨을 잃었는데 무슨 잘난 척이야?"

타라는 이맛살을 찌푸렸다. 그 점에 대해서는 할 말이 없었다.

"그 엄청난 사건으로 오무아의 후계자 신분을 박탈당했으면서!" 어머니와 닮은 자르의 눈에 조롱의 빛이 어렸다. "그 벌로 마법이 약한 지구로 쫓겨난 주제에! 하는 일 없이 놀고먹게 할 수 없기 때문에 오무아 제국과 아더월드의 여러 나라 정부가 인간에게 사기를 치는 마법사, 엘프, 트리톤, 뱀파이어들을 잡아서 아더월드로 돌려보내는 일을 너한테 맡긴 거라고! 네가 아직도 그렇게 대단한 줄 착각하지 마!"

자르는 잠시 말을 중단했고, 그사이에 타라는 입술을 깨물고 있었다. 내뱉고 싶은 말이 혀끝에 맴돌았지만 자르와 얘기하는 것은 벽에 대고 헤딩하는 거나 마찬가지임을 경험으로 알고 있었다. 대화를 해 봐야 말이 통하지 않아서 머리만 지끈거렸다.

"나라면 너를 참수했을 텐데 너무 관대했어." 자르가 마침내 말했다. "하긴 한심한 셈샤나쉬들이나 잡는 사냥꾼으로 만든 것도 그리 나쁘지 않은 생각일지 모르지."

타라는 자르를 쳐다봤다. 동생을 두꺼비로 둔갑시키는 것은 할 짓이 아니고, 무엇보다 자르가 반격할 위험이 있었다.

페가수스가 구체적인 이미지를 타라에게 보냈다. 자르와 싸울 때는 왜 자기를 이용하지 않느냐면서 배후에서 골탕을 먹이는 공격쯤은 즐겁게 할 수 있다는 의미였다.

'자르는 주저 없이 너를 다치게 할 아이이기 때문이야.' 타라는 정신적으로 갈랑에게 대답했다. '난 너를 위험에 빠뜨리고 싶지 않아. 네가 아프면 나도 아파. 너를 사랑하기 때문에 가슴이 너무 아프단 말이야. 갈랑, 자르는 패밀리어가 없어. 그래서 패밀리어가 다치면 정신적 동반자가 얼마나 고통스러운지 몰라.'

페가수스는 이 생각에 동의하지 않았다. 마지스터에게 교육을 받은 자르는 고통과 학대에 대해 잘 알고 있었다. 자르는 필요하다고 생각되면 누구든 인정사정없이 해칠 수 있는 아이였다. 갈랑은 타라가 자르와 시합할 때 유심히 지켜봤었다. 자르가 늘 우세한 것은 타라가 전력을 다하지 않기 때문이기도 했다.

'난 마법 조절이 잘 안 되잖아. 자르에게 중상을 입힐까 봐 겁이나.' 타라가 말했다. '많은 실수를 저질렀는데 친동생까지 해칠 수는 없어. 솔직히 가끔 혼내주고 싶은 마음도 있지만.'

페가수스가 보내주는 당나귀 머리에 돼지 귀를 가진 자르의 모습을 인지하면서 타라는 킥킥, 웃었다.

'그래, 네 말이 맞아. 착한 애는 아니지. 하지만 자르와 마라는 내 동생들이야. 난 책임감을 느껴.'

갈랑이 이번에는 애늙은이 같은 타라의 이미지를 보냈다.

'할머니로 만들다니! 이건 너무했다!' 타라가 발끈했다.

맙소사, 갈랑의 생각이 맞았다. 열네 살 소년의 몸속에 파고든 야심은 오무아 제국의 새로운 후계자로서 미래의 황제가 되길 갈망하고 있었다. 그런데 이상하게도 자르는 후계자 지위를 상실한 타라를 용서하지 않고 있었다. 그 자리를 호시탐탐 노리면서도 마치 어떤 면에서는 타라가 자기를 배신이라도 한 것처럼 반응했다.

이사벨라에게 마법사 연수를 받기 위해 지구로 떠났던 자르(이때만 해도 자르가 후계자 자리를 차지할 야심으로 타라를 죽이지 못하게 막으려는 것이 더 큰 이유였다)가 마침내 타라와 일종의 같은 유배지에서 재회하게 된 것이다.

자르가 기회만 있으면 비열한 짓을 일삼으면서 괴롭히는데도 누나라는 사실 때문에 타라는 꾹 참으면서 심하게 반격하지 않았다.

그래서 매번 타라는 쓰러졌다. 벌써 여섯 번째로. 무엇보다 너무 아팠다.

자르가 창을 던지거나 말거나 무시하고 돌아선 타라는 체력단련실을 나와 문을 닫고 걸쇠를 잠그는 시늉을 했다.

몇 분 동안은 자르를 가둬둘 수 있겠지. 문이 부서져라 두드리는 소리를 들으면서 타라는 악동 동생에게 그 정도의 골탕을 먹이는 것으로 만족했다.

며칠 후에 열여섯 살이 되는 타라는 그동안 악마, 드래곤, 유령들과 대적했고, 뱀파이어로 둔갑해서 고통을 받았고, 대륙을 해방시켰고, 사랑을 잃었다가 되찾았고, 가짜 신들에게 도전하면서 죽을 고비를 넘겼다. 물론 날마다 못살게 구는 남동생을 대하다 보면 여섯 살 계집애처럼 머리끄덩이를 잡고 흔들면서 혼을 내주고 싶은 마음이 굴뚝같았다.

타라는 벽에 기대고 눈을 감으면서 마음을 가라앉히기로 했다.

"나는 누나야. 그러니까 참아야……."

"타라! 너 꼬락서니가 그게 뭐니? 흙먼지를 뒤집어쓰고서 복도를 더럽히다니! 저택이 좋아하지 않아!"

할머니의 쌀쌀맞은 어조에 타라는 정신이 번쩍 들었다. 은발의 할머니가 초록빛 눈으로 노려보면 타라는 심장이 벌렁거렸다. 할머니를 두려워하는 건 아니었다.

아니, 아주 조금 무섭기는 했다.

이사벨라는 타라에게 미친 듯이 화가 나 있었다. 마법사들의 사교계 모임에 나가서 '여러분, 내 손녀딸 타라는 오무아 제국의 후계자입니다'란 말을 이제는 할 수 없기 때문이다.

할머니가 화를 내는 이유는 바로 그거였다.

다른 마법사들이 어떻게 생각하는 것이 중요해서가 아니라 손녀가 제국의 후계자라는 것은 정치적 힘을 얻을 수 있기 때문이었다. 랑코비트에서 너무 멀리 떨어져 있어서 이제는 점점 더 비밀리에 활동할 수 없게 된 이사벨라는 빨리 조국으로 돌아가고 싶었다. 지구에 체류하기로 계약된 기간이 지금부터 10년 후면 끝나는데 조커 하나가 사라져버렸으니.

타라의 끔찍한 잘못 때문에 이사벨라의 위신이 크게 떨어져 있었다. 그래서 타라는 고분고분하게 할머니의 말을 듣다가도 이따금 너무 매정한 할머니에게 화가 치밀었다. 아더월드 사람들이 하는 대로 오, 젤리소르의 충치여! 할머니는 왜 사교계 모임에 가서 '여러분, 내 손녀딸 마라가 오무아 제국의 후계자라는 거 아시죠?'라고 말하지 않는 걸까? 할머니에게는 같은 손녀들인 데다 이름, 정확하게 말하면 '타'를 '마'로 바꾸기만 하면 되는데!

"자르와 한판 붙고 나오는 거란 말이에요." 타라는 매서운 초록빛 눈을 뚫어져라 쳐다보면서 설명했다.

한밤중에 벌이는 시합을 계획한 사람은 할머니였는데 피곤하다는 걸 전혀 고려해주지 않다니. 새벽 1시 반에 시작해서 타라는 30분이나 남동생과 숨바꼭질을 했다.

"맞아요. 근데 이번에도 내가 뻗어버리게 했어요. 친애하는 이사벨라." 마침내 체력단련실 문의 빗장을 풀고 나온 자르가 타라를 노려보면서 말했다. "이번이 여섯 번째예요."

이사벨라는 고개를 끄덕였다. 그러고는 타라가 마법으로 대적하면서 저질렀던 실수를 모두 짚어주기 시작했고, 공정하게 자르의 실수도 지적했다. 자르는 짜증이 났지만 주의 깊게 들었다.

어머니 셀레나처럼 아주 약간 금빛이 도는 검은색 눈에 갈색 머리의 자르, 초록빛 눈에 은발의 이사벨라, 얼굴은 닮은 데가 거의 없었다. 그런데 집요한 야심은 두 사람이 어쩌면 그리도 닮았는지 타라는 놀라울 따름이었다.

자르는 절대로 '할머니'라고 부르지 않고 '친애하는 이사벨라'라고 호칭했다. 타라는 버릇없는 태도라고 생각했는데 이사벨라는 즐거워하는 것이 분명했다. 차라리 이사벨라와 자르 사이에서 우울해하고 있을 것이 아니라 저택을 발칵 뒤집어놓은 무기 발명가 모우르무르 덩컨에게 따지러 가는 편이 나았다.

8개월 전 어마어마하게 많은 짐을 싸들고 느닷없이 지구에 온 모우르무르 덩컨은 이사벨라 앞에 나타나서 말했었다.

"나는 자네들을 도와주러 왔네. 내 이름은 모우르무르 덩컨이고, 자네 부친의 아내 마젠티의 남동생이다. 다시 말해 자네의 외삼촌이지."

그렇게 말하면서 모우르무르가 시커먼 손을 내밀었지만, 이사벨라는 본 척도 하지 않고 무시해버렸다.

"네, 압니다. 우리 집안 사람인데 모를 리 없지요." 이사벨라는 냉랭하게 말했다. "하지만 사망한 것으로 알고 있는데요?"

이사벨라의 어조에서 외삼촌이 사망하지 않은 걸 유감스러워하는 것이 느껴졌다.

둔한 걸까, 아니면 모른 체하는 걸까? 모우르무르는 억울해서 죽겠다는 얼굴로 펄펄 뛰는데 다리를 심하게 절었다.

"아니, 아니. 나는 동면 주문에 걸려 활동이 중지되어 있었을 뿐이야. 마침내 내 조수들이 주문을 풀어주었는데 그게 10년이 걸렸으니!"

"내 잔디밭에 있는 잡동사니들은 다 뭡니까?" 이사벨라가 퉁명스럽게 물었다.

"나는 발명가야." 모우르무르는 화내지 않고 대답했다. "랑코비트를 위해 많은 무기를 만들었지. 지구에 있는 동안 오무아의 전 후계자에게 무슨 일이 일어날까 불안하기 때문에 랑코비트 정부에서 자네들을 도와주라고 나를 보낸 것이네."

모우르무르가 꾀죄죄한 헝겊을 꺼냈는데 랑코비트의 문장인 은빛 초승달 아래 은빛 유니콘 문양이 새겨 있었다. 교서가 쓰인 헝겊으로 무언가 끈적거리는 기름을 닦았던 것이 분명했다. 모우르무르는 그 헝겊을 이사벨라에게 내밀었다.

어떤 상황이 닥치든 이사벨라는 표정 변화가 없었다. 어느 산꼭대기에서 오렌지색 마법복 차림의 키 작은 대머리 남자와 천 년 동안 쌀과 빗물로 연명하며 수련이라도 한 것처럼.

하지만 타라는 할머니의 얼굴이 일그러지는 걸 봤다. 정말 불안해서 일그러지는 얼굴이었다. 물론 오래가지는 않았다. 이사벨라는 눈 깜짝할 사이에 표정을 지우고 불가피한 일로 받아들였다. 곧이어 손을 씻으러 나갔고, 랑코비트에 연락해서 미친 발명가를 돌보는 일은 의무에 포함되어 있지 않다고 따졌다. 하지만 소용없었다.

모우르무르가 거주하게 되면서부터 이사벨라의 저택은 난장판이 되었다. 타라는 제임스 본드의 장비를 담당하는 Q와 비슷한 발명가가 집 안에 있는 것이 기뻤다. 할머니가 걸핏하면 모우르무르와 티격태격 싸우느라고 손녀에게 신경 쓸 시간이 줄어든 것도 타라가 기뻐하는 이유였다.

모우르무르가 텔레비전 연속극에 빠지면서 저택은 차츰 진정되었다. 그는 특히 법의학 드라마 〈본즈〉와 미국 해군 범죄수사대의 활약상을 그린 〈NCIS〉 등 단서를 찾기 위해 온갖 장비를 사용하는 드라마를 열렬히 좋아했다. 모우르무르는 얼마 후, 텔레비전에서 본 여러 종류의 실험실들을 재현해놓았다. 타라가 드라마에 나오는 것들은 허구라서 현실에서는 불가능한 일이라고 아무리 설명해도 소용이 없었다. 모우르무르는 오로지 한 가지, 즉 누군가 저택에서 살해되면

단서가 될 만한 것들을 분석하여 범인의 정체를 밝혀내고야 말겠다는 꿈에 부풀어 있었다.
　물론, 그럴 수 있게 도와준 사람이 아무도 없었지만.
　모우르무르는 타라에게 뱀파이어를 체포하는 미션을 끝내고 나면 곧바로 찾아오라고 했다. 문제점을 발견하는 즉시 보완하기 위해서였다. 그러면 당연히 효과적이겠지만, 타라는 너무 힘들다고 생각했다(새벽 2시가 넘었는데!). 특히 이번만은 설령 저택의 지붕이 머리 위로 무너져 내린다고 해도 그냥 방으로 가서 잘 생각이었다. 타라는 할머니에게 고갯짓으로 인사하고 또 무슨 미션을 받기 전에 도망쳤다.
　타라가 아침에 지나간 복도와 비슷한 복도로 들어설 때였다. 타라가 배고프다는 걸 알아챈 저택이 야채샐러드와 먹기 좋게 썰어놓은 고기 한 접시, 식탁과 의자를 코앞에 나타나게 했다. 이어서 갈랑을 위한 귀리와 물이 나타나자 페가수스가 기쁨의 울음소리를 냈.
　오케이! 복도는 타라가 길을 잘못 들지 않게 멈춰 세우고 그 틈에 먹이려는 것이었다.
　"고마워, 저택. 네가 없다면 내가 어떻게 되었을지 모르겠다." 타라가 말했다.
　저택과의 의사소통을 도와주는 은빛 유니콘이 벽에 나타나서 정답게 인사했다. 타라는 잠시 멈춰서 늦은 저녁을 허겁지겁 먹은 다음 벽 밑바닥에 접시를 내려놨다. 저택은 접시를 흡수했고, 아무런 흔적도 남기지 않았다.
　요기를 했기 때문에 마음을 바꾼 타라는 어깨에 올라앉은 페가수스와 함께 실험실로 가기 위해 끝없이 긴 층계를 내려갔다. 수 킬로미터에 이르는 지하에 100개의 실험실이 모여 있었다. 풍력 1에서 12계급까지의 실험실들, 무중력상태의 실험실, 절대영도(영하 273.15℃)의 실험실, 악마의 세계 림보의 기후를 완벽하게 재현하는 실험실에 이르기까지 상상할 수 있는 모든 기상 조건을 갖추고 있었다.

한밤중이라서 모두 자고 있다고 생각한다면 큰 오산이었다. 마니투의 작고한 아내 마젠티[4]의 남동생이자 타라에게는 외외외종조부(외할머니의 외삼촌을 부르는 호칭임. 이하 '모우르무르 할아버지'로 통일함―옮긴이) 위대한 발명가 모우르무르의 불쌍한 조수들은 잠잘 권리가 없는 것 같았다.

모우르무르는 이사벨라에게 전속된 타쉴과 망구스도 조수로 끌어들였다. 늘 나무토막을 갖고 다니면서 조각하는 키다리 타쉴과 인생은 아름답다면서 웃고 다니는 땅딸보 망구스는 타라가 보기에 24시간을 꼬박 일하는 것 같았다. 기진맥진한 조수 50명은 얼굴이 붉으락푸르락하고 건강 상태도 좋아 보이지 않았다.

타라는 흰색 타일을 붙인 널찍한 방으로 들어갔는데 모우르무르의 발명품들, 이를테면 화재나 홍수, 폭발, 파괴 등 모든 것으로부터 보호힐 수 있는 타일이었다.

모우르무르가 열두 시간 만에 실험실을 두 번이나 폭발시키자 이사벨라는 방어 시스템을 설치했다.

....

[4] 마젠티는 남동생이 발명한 실험용 쓰레기통을 사용하다가 다른 영역으로 빨려 들어서 사망했다는 소문이 있지만 중상모략에 불과하다.

"에이! 이번에는 기록을 깼다고 생각했는데……." 그을음을 뒤집어 쓰고 일어난 모우르무르가 떨리는 목소리로 말했었다.

레파루스 주문에도 불구하고 이틀 동안 귀가 들리지 않는 모우르무르를 보면서 아무도 비난할 수가 없었다.

이사벨라가 난리를 치면서 어찌나 고함을 질러대는지 모우르무르로서는 차라리 귀가 안 들려서 다행일 정도였다.

폭발 사고가 빈번히 일어나자 이사벨라는 아더월드에 있는 자신의 조국 랑코비트에 살아 있는 궁전의 혼을 보내달라고 강력하게 요구했다. 살아 있는 궁전은 '자기가 무성생식으로 복제되는' 걸 기뻐했다. 그렇게 해서 살아 있는 궁전의 복제된 혼이 포함된 네 개의 돌이 지구에 있는 저택에 놓였다.

사실, 이사벨라는 저택을 지키는 것이 중요하다면서 오래전에 요청해놓은 상태였다. 그런데 후계자였던 타라가 지구로 추방되고, 오무아의 후계자가 될 가능성이 있는 자르까지 저택에서 지내기 때문에 일이 빨리 진행되었던 것이다. 집이 자이언트 보디가드가 된 셈이다. 그리고 저택은 겉으로 보이는 모습보다 내부 공간이 훨씬 컸다.

이때부터 좀 상황이 복잡해졌다.

살아 있는 궁전은 성깔이 좀 있었다. 따라서 저택도 마찬가지였다. 사람들이 요구하는 것을 싫은 기색 없이 들어주다가도 기분이 나쁠 때는 화장실 가는 것도 위험할 수 있었다.

모우르무르는 그을음이 묻은 신발로 복도를 돌아다녔다가 호된 신고식을 치러야 했다. 자신의 몸체를 함부로 더럽힌 것에 발끈한 저택이 모우르무르의 발밑에 호수를 나타나게 했다.

그런데 이번에는 환영이 아니었다. 불쌍한 발명가는 무슨 일인지 알아차리기도 전에 물에 빠져버렸다.

물론 살아 있는 저택은 모우르무르가 수영할 줄 모른다는 사실을 알 리 없었다.

타쉴과 망구스가 모우르무르가 삼킨 물 몇 리터를 토해내게 한 뒤에야 비로소 살아 있는 저택이 미안하다고 사과했다.

그런데 저택을 대변하는 유니콘이 사과하면서 비아냥거렸기 때문에 모우르무르는 사과를 받아들이지 않았다.

이때부터 인간과 살아 있는 저택 사이에 팽팽한 긴장감이 감돌았다. 타라는 자신에게 불똥이 튀지 않기를 바랐다. 마법 조절이 안 되는 타라로서는 절대로 폭발 사고를 내지 않는다고 장담할 수 없었다.

실험실 밖에서도 결과를 볼 수 있도록(그래야 폭발이 일어나도 한꺼번에 죽는 대형 사고를 면할 수 있으니까) 투명한 칸막이로 나눈 100개의 실험실에서 많은 사람이 바쁘게 일하고 있었다.

인간들만 있는 것이 아니었다. 발명가의 조수들은 아더월드의 방방곡곡에서 온 존재들이었다. 피 못지않게 수학을 좋아하는 뱀파이어들과 함께 머리가 둘인 타트리스들이 복잡한 계산에 빠져 있었다. 그리고 초록 트롤들, 털북숭이 거인들, 촉수가 달린 카흠보움들, 트리톤들, 물방울 속의 사이렌들, 엘프들, 작은 요정들, 꼬마도깨비들, 다른 존재의 생각을 읽을 수 있는 왕방울 눈에 입이 없는 키다리 식물 진실의 입들, 이 식물들과 유일하게 의사소통을 할 수 있는 땅신령들, 한 성깔 하는 켄타우로스, 난쟁이들, 자이언트 거미 셋 등이 있었다. 트라둑투스 통역 주문에도 불구하고 서로 다른 수십 개의 언어로 소리치거나 고함지르고, 외치고, 징징거리고, 끙끙거리고, 헐떡거리고, 웃는 소리로 소란스러운 데다 같은 목적으로 모인 온갖 종족에게서 나는 땀 냄새는…… 뭐라고 표현할 수 없게 오묘했다.

특히 꼬마도깨비 파보의 냄새는 키에 반비례하는지 가장 독한 것 같았다.

실험실에 있는 이들은 모두 특수 보호복을 착용했는데 타라의 체인지라인처럼 충격을 흡수하는 능력이 있었다. 특히, 위험 물질로부터 실험하는 이들의 얼굴과 머리를 완전히 격리시킬 수 있었다.

따라서 그들의 비명소리가 들리지 않는다고 안심할 수는 없었다.

타라는 경계하면서 홱 돌아섰다. 분명히 등 뒤에서 기척을 느꼈는데 아무도 없었다. 갑자기 검댕이 묻은 커다란 머리가 불쑥 나타났다. 타라는 비명을 지르면서 펄쩍 물러섰다.

"아이고, 미안해라." 모우르무르가 사과했다. "새로 만든 인비지블루스를 시험하는 중인데 제대로 작동하지 않아서 놀라게 했구나."

타라는 침을 삼키면서 쿵쿵 뛰는 가슴을 진정시켰다. 놀랍게도 모우르무르의 신체 일부가 나타났다가 사라졌다. 발명가는 마침내 발명품을 끄고 완전한 모습을 드러냈다.

머리카락이 헝클어진 모우르무르는 각성제를 복용한 거북과 올빼미를 섞어놓은 모습 같았다.

물론 흥분 작용을 하고 정력을 넘치게 하는 각성제는 '숨을 거두려는 위급한 상황의 환자에게만 사용하는 약물로 판매가 금지'되어 있었다. 타라는 백발의 작달막한 모우르무르가 무엇으로 힘을 얻는지 알 수 없지만 그가 보여주는 활력과 에너지는 정말 놀라울 따름이었다.

주위 사람들에게는 아주 피곤한 인물이지만.

모우르무르는 다리를 저는 데도 천천히 하는 것이 없었다. 아더월드에서는 샤먼의 주문 덕분에 병자나 중증 장애자가 거의 없기 때문에 타라는 의아했었다. 대체로 건강이 넘치거나 죽어서 소멸되는 일은 있어도 어중간한 경우가 없는데, 모우르무르는 예외였다. 젊었을 때 등산을 좋아해서 타도르 산의 북쪽 사면을 오르다 눈사태에 휩쓸리면서 왼쪽 다리가 부러졌는데 치료할 수 없기 때문에 죽을 거라고 생각하면서 의식을 잃었다. 난쟁이들에게 발견되었을 때 모우르무르는 보랏빛으로 변해 있었지만 아직 살아 있었다. 그 뒤로 난쟁이들의 친구가 되었지만, 레파루스 주문에도 불구하고 다리는 비틀린 상태였다. 그 이유를 아무도 모르고 있었다.

"그래서 내 오토매틱 레비투스가 제대로 작동은 했니?" 모우르무르가 물었다. "거미줄 함정은? 이사벨라의 말로는 네가 뱀파이어를 놓쳤다고 하던데 설마 내 발명품 때문은 아니겠지?"

"고맙습니다, 나는 괜찮아요." 타라가 대꾸했다. "걱정해주셔서 고맙습니다."

"뭐라고? 내가 뭘 걱정해?" 발명가는 참지 못하고 재촉했다. "내 발명품이 어땠냐니까?"

타라는 한숨을 내쉬었다. 모우르무르 할아버지에게는 '이긴 이렇고, 저건 저렇다' 식으로 꼭 집어서 말해줘야지 암시를 하거나 함축된 뜻을 전혀 알아채지 못했다.

타라는 단념했다.

"거미줄 함정은 아주 괜찮았어요." 타라는 자이언트 거미 중 한 마리를 가리키면서 말했다. "트르르르에게 고마워해야겠어요, 훌륭했거든요. 반면에 레비투스는 그리 빠르지 않았어요. 그걸 날렸는데 자르가 주문을 읊어서 바위와 함께 공중 부양을 했으니까요. 속도가 더 빨라야지 그 정도로는 아무짝에도 소용없어요."

모우르무르는 머리를 긁었다.

"순간이동 같은 레비투스가 필요하단 말이지? 흠…… 속도를 높이는 것이야 불가능한 건 아닌데 그게……."

모우르무르는 뭐라고 구시렁거리는 것으로 말끝을 흐렸다. 귀에서 연기만 나지 않을 뿐 발명가는 깊은 생각에 잠겨 있었다.

일단 보고를 끝냈기 때문에 타라는 조용히 잠을 자러 갈 생각이었다. 지금부터 며칠 동안 모우르무르는 레비투스의 문제점을 해결하는 데 전념할 것이다. 자르는 두고 보면 알 테고!

망구스가 다가왔는데 어두운 얼굴이었다. 모우르무르가 저택에 들이닥치면서부터 쉰 살이 넘은 젊지 않은 나이에 졸지에 발명가의 조수가 된 망구스는 불룩하던 뱃살이 빠지기 시작했다.

오, 그나마 남은 머리카락마저!

"아가씨, 미친 과학자가 한 번만 더 나한테 폭발물에 무엇이든 쏘으라고 시키면 살인이라도 저지를 것 같아요." 망구스가 타라에게 하소연했다. "왜 죽였느냐고 쫓아다니는 그의 유령에게 평생 동안 시달림을 받는 한이 있어도 말이에요."

눈은 물론이고 눈썹까지 빨개진 망구스는 피곤에 지친 표정이었다.

"미안해요, 망구스." 타라가 위로했다. "하지만 지구에 셈샤나쉬가 점점 많아지고 있어서 우리에게는 그분의 발명품이 정말 필요해요. 이런 식으로 계속 많아지면 감시 팀을 배치해야 될 거예요. 아니면 지구인들이 이빨이 아주 긴 괴물들이 존재한다는 걸 너무 빨리 알게 되니까요."

"나는 조수가 되겠다는 사인도 하지 않았는데……." 망구스는 검댕이 묻은 소매를 털면서 반박했다. "내가 원하는 건 아가씨의 할머니이자 강력한 마법사이신 덩컨 부인을 보좌하는 것이지 미치광이 발명가의 모르모트 노릇이 아니라고요!"

그때 비명소리가 들렸다. 모우르무르 앞에 있던 타쉴이 맞은편으로 나가동그라지는 순간 저택이 번개처럼 충격을 완화시키기 위해 벽을 스펀지로 바꿔놓았다. 그러고는 불쌍한 타쉴을 타라와 망구스 앞에 조심스럽게 데려다 놨다.

사팔눈이 된 타쉴이 아직도 빙글빙글 도는지 일어나지 못하자 망구스가 손을 잡고 일으켜주었다.

"아이고, 아이고!" 타쉴이 신음소리를 냈다.

타쉴은 이 소리밖에 낼 수 없었다. 순간이동 레비투스가 실패한 것이었다. 타라는 타쉴에게 안쓰러운 미소를 지어 보이고는 모우르무르에게 붙잡히기 전에 달아났다.

어깨에 올라앉은 갈랑과 함께 엘리베이터를 거들떠보지도 않고 층계를 뛰어올라갔다. 몇 개의 복도를 지나 마침내 사신의 방이 있는 층에 이르렀다. 저택의 변덕 때문에 타라의 방은 다소 높은 층에 있었다. 잠자러 가는데 수백 개의 계단을 올라가지 않는 것만으로도 행운이었다.

지구에서는 변화가 심한 마법 때문에 이틀 동안 엘리베이터가 정지된 뒤로 사람들은 이용을 꺼리고 있었다.

　게다가 지구에서는 마법이 약하기 때문에 저택은 전력처럼 마법을 저장해서 관리해야 했다. 이따금 변덕을 부려서 탈이지만.

　저택은 헬스 프로그램이 필요한 사람들이 있다고 알리면서 식당과 주방에서 흡수한 칼로리에 따라 층계를 오르도록 관리하고 있었다. 이때부터 밖으로 나가서 외식하는 사람이 늘어났다. 그 바람에 근처의 제과점이 돈을 벌고 있었다.

　타라와 갈랑은 방으로 들어갔다. 널찍한 방은 숲 쪽으로 완만한 경사를 이루는 공원 쪽으로 나 있었다. 아더월드에서 죽을 고비를 몇 번이나 겪으며 너무 살벌하고 삭막하게 살았기 때문에 지구에서는 방을 여성스럽게 핑크와 와인 색으로 꾸몄다. 변화를 좋아하면서도 한동안 잠잠하던 저택이 어느 날 타라의 방을 천장부터 바닥까지 금빛으로 바꿔놓았다.

　번쩍거리는 방은 흡사 열기 없는 태양의 중심 같아서 눈이 부셨다. 저택에게 핑크와 와인 색으로 바꿔달라고 설득하는 이틀 동안 선글라스를 끼고 지내야 했다.

　타라의 목덜미에 달라붙어서 약간의 피를 얻는 대가로 코디네이터/무기고/보디가드/은행/……의 역할을 하는 체인지라인이 옷을 벗겨주었다. 타라는 안도하면서 샤워기 밑에 섰다. 물의 원소는 뜨거운 물을 쏟아지게 했다. 절로 기분이 좋아지며 긴장이 풀렸다. 늘 그렇듯 타라는 샤워하면서 상황 판단을 했다.

　친구들의 소식을 전혀 모르고 있었다.

　타라는 그것이 가장 견디기 힘들었다.

리스베스 고모가 블랙아웃 명령을 내려서 타라와 아더월드 사이는 통신이 두절되어 있었다. 페스트에 걸린 전염병 환자도 아닌데 이런 식으로 아무도 못 만나게 격리시키는 것으로도 모자라서 연락도 못 하게 하다니……

타라는 샤워기 밑에 머리를 들이밀고 물이 마치 수많은 손가락처럼 두피를 마사지하게 내버려두었다. 면허 받은 도둑 칼, 빨간 머리 난쟁이 전사 파프니르, 멋진 하프엘프 로빈, 랑코비트의 야수 무아노, 늑대인간 파브리스. 타라는 친구들을 정말 사랑했고, 보고 싶어 미칠 지경이었다. 지구인 친구 베티와 인간으로 둔갑한 드래곤 살루가 할머니의 저택에서 200미터쯤 떨어진 곳에 살고 있어서 그나마 다행이었다.

아더월드에서 끔찍한 경험을 한 베티는 타라에 대해 모든 걸 알게 되었다.

정말 위안이 되었다. 베티와 함께 있으면 아무것도 감출 필요가 없었다. 이따금 이상한 일이 하도 많이 생기기 때문에 타라는 또래의 친구와 얘기할 필요가 있었다. 베티의 도움이 없었다면 아마 미쳤을 것이다.

그런 데다 할머니 이사벨라는 타라를 고등학교에 보내는 것으로 상황을 아주 복잡하게 만들었다. 타라는 할머니의 머릿속에 무슨 꿍꿍이가 있는지 전혀 알 길이 없었다. 타라에게 불쾌감을 표시하는 수많은 방식 중 하나일까? 타라로서는 아더월드에서 받은 교육이 지구의 교육보다 천 배는 더 어렵고 복잡하기 때문에 수학과 물리 수업을 따라가는 것이 그리 힘들지는 않았다. 하지만 셈샤나쉬들이 밤낮으

타라 덩컨 53

로 나타나서 사고를 치는 통에 학교 공부에 집중할 수가 없었다. 지구인과 아더월드인으로서의 의무를 동시에 지켜야 하는 타라는 이따금 마법으로 비마들의 정신을 조작하여 날마다 학교에 출석하고 있다고 믿게 만들 수밖에 없었다.

전화위복이라고나 할까. 뱀파이어들은 어른들보다 남의 말을 쉽게 믿고, 다루기 쉽고, 유혹하기도 쉬운 고등학생들을 노렸다. 무엇보다 뱀파이어에게 깨물렸다고 말하는 학생이 있어도 '공상과학영화를 너무 본 거 아냐?' 하는 얼굴로 쳐다볼 뿐 그 말을 믿는 사람이 없었기에 제격이었다.

게다가 뱀파이어들은 신중해져 있었다. 희생양들의 피를 다 빨아먹는 것이 아니라서 시신이 없으니 경찰 수사도 필요 없었다. 다만 희생양은 깨어나면서 심한 빈혈을 느끼고 목이 좀 아픈 정도였다.

그래서 베티와 살루가 많이 도와주었다. 베티와 살루도 타라와 함께 고등학교에 다녔는데 살루는 드래곤들의 과학과 의학이 지구보다 훨씬 앞서 있다는 걸 지적할 수밖에 없었다. 베티는 살루의 입단속을 하려고 옆에 붙어 다니는데도 살루가 수업 중에 걸핏하면 비웃기 때문에 곤혹스러울 때가 한두 번이 아니었다. 뱀파이어들을 사냥할 때는 베티와 살루가 함께 사는 것이 도움이 되었다. 베티가 미끼 노릇을 하고 살루가 뱀파이어를 묵사발로 만드는 작전이었다. 한두 번은 통했지만 베티가 하마터면 당할 뻔했다. 그래서 타라가 베티 대신 미끼 노릇을 했다. 방어할 마법 능력이 없는 베티보다는 자신이 덜 위험하기 때문이었다.

타라는 뱀파이어들의 대통령이 뭘 하는 건지 이해가 되지 않았다. 누구보다도 먼저 특별수사대를 파견해서 셈샤나쉬를 추적할 텐데……. 몇 달 전부터 지구에 뱀파이어 반역자가 점점 늘고 있었다. 그래서 크라살비에 메시지를 계속 보내는데도 특별수사대는 코빼기도 보이지 않았다.

무슨 일이 생긴 것이 틀림없었다. 몇 년 전 처음 마법에 대해 알았을 때의 순진한 타라가 아니었다. 이제는 무의식 속에서 위험 신호가 감지되었다.

타라는 물의 원소에게 중단하라는 신호를 보냈다. 바람의 원소가 몸을 말려주자 체인지라인이 머리를 빗겨주고 나서 예쁜 잠옷을 입혀주었다. 타라는 양치를 하고 침대에 누웠다.

갈랑의 보드라운 털을 쓰다듬으면서 한숨을 쉬었다. 그러고는 페가수스의 날개에 얼굴을 묻고 등을 토닥여주었다. 신선한 풀과 향기로운 건초를 먹은 덕분인지 상큼한 냄새를 풍기면서 갈랑이 행복한 울음소리를 냈다. 타라는 갈랑이 마사지를 아주 좋아한다는 걸 알고 있었다. 아더월드에서는 많이 돌봐주지 못했지만 지구에 있게 되면서부터 아름다운 은빛 페가수스와의 관계가 긴밀해져 있었다. 한밤중이나 구름이 잔뜩 낀 날 정도만 공원의 상공을 날 수 있는 게 고작인데도 함께 시간을 보낼 때는 정말 행복했다.

어느 날은 하늘을 날면서 갈랑이 똥을 갈긴 적이 있었다. 하필이면 그때 지나갈 게 뭐람, 술에 취한 남자가 비틀비틀 걷다가 그 똥을 뒤집어쓸 줄이야. 다음 날 문제의 남자가 날아다니는 외계인들이 똥으로 공격했다고 떠들고 다니자 그 소문이 삽시간에 마을에 퍼졌다. 하지만 마을 사람들이 재미있어하면서 우스갯소리로 넘겼기에 타라는 기억을 지우는 주문을 날릴 필요가 없었다.

로빈이 너무 보고 싶은 타라는 갈랑에게 이따금 아더월드의 아름다운 페가수스들이 그립지 않느냐고 물었다. 갈랑은 머리를 흔들면서 하품하는 것으로 답변을 피했다. 하지만 갈랑이 아더월드로 돌아가기를 얼마나 애타게 기다리는지 쉽게 짐작할 수 있었다. 이럴 때마다 타라는 아버지를 소생시키겠다고 법을 어기는 바람에 추방된 것이 정말 후회되었다.

새벽 2시 반이 넘었는데도 금방 잠이 오지 않을 것 같았다. 눈을 감자마자 사랑하는 로빈의 모습이 떠올랐다. 애정이 가득한 아름다운 크리스털 눈, 환하게 미소 짓는 얼굴이 어른거렸다. 로빈이 가장 그리웠다. 로빈의 따뜻한 품에 안겨서 함께 숨 쉬면 정말 보호받는 느낌이 들었다. 타라는 한숨이 나왔다. 느긋한 마음으로 사랑을 받아본 지가 언제인지 까마득한 옛날 같았다.

타라는 로빈에게 연락하려고 노력했지만 연결이 되지 않았다.

아더월드의 마법 저장소인 살아있는 돌도 온갖 술책을 다 써봤지만 오무아 제국의 통신망이 마법이든, 전자공학이든 외부 접속을 완전히 차단하고 있었다. 이런 도전을 받게 된 살아있는 돌은 몹시 짜증날 뿐이었다.

살아있는 돌이 흥분하면 타라와 마찬가지로 의외의 사건을 일으킬 수 있다는 것이 문제였다.

통신을 담당하는 수많은 기사들이 갑자기 파리를 아주 좋아하는 초록색의 끈적거리는 동물로 둔갑한 적이 있었다. 살아있는 돌이 통신망을 차단한 암호를 깨뜨리는 데 실패한 것이다.

성난 개구리들이 잔뜩 우글거리는 상자를 짊어진 아더월드의 심부름꾼들이 쏟아져 들어오자 타라는 살아있는 돌에게 당장 그만두라는 지시를 내려야 했었다.

오, 아더월드의 모든 신이시여! 지구에 온 지 거의 1년이 되어가고 있었다. 친구들을 보지 못한다는 것은 참을 수 없는 고통이었다. 물론 타라는 할머니 이사벨라나 사냥개로 둔갑해 있는 증조할아버지 (외외증조부가 정확한 호칭이지만 증조할아버지로 통일함—옮긴이) 마니투—지구에 와 있었다—를 통해 아더월드의 소식을 듣고 있었다. 하지만 거인들과 난쟁이들이 무역협정을 체결하든 말든 그런 것에 관심도 없고, 알고 싶지도 않았다. 타라는 그저 친구들과 얘기하고 싶을 뿐이었다.

이따금 친구들에게 잊힌 것은 아닌지 의문까지 들었다. 물론 바보 같은 생각이다. 끝까지 도와주고 지지해주었던 친구들인데. 하지만 그들의 이 긴 침묵은 타라에게 아무런 관심이 없다는 증거가 아닐까?

갑자기 심장이 오그라드는 것 같았다. 아니, 아니, 그런 생각은 하지 말아야지. 의기소침하면 안 돼! 나도 연락할 방법을 찾지 못했잖아.

하지만 잠들기 전에 또다시 타라는 자신이 생각하는 것만큼 친구들도 자기를 생각하는지 의문이 들었다.

그리고 며칠 후에 맞이할 가슴 아픈 일을 생각했다.

며칠 있으면 타라의 생일이었다.

4
유혹 주문

하필이면 물냉이-당근-파-감자 수프 그릇에
얼굴을 처박고 생을 마감하다니

*

타라의 생일이었다. 이제는 오무아의 후계자가 아닌데도 새벽부터 선물이 답지했다.

리스베스 여제가 타라에게 어떤 우편물도 보내는 걸 금했기 때문에 오무아만 제외되어 있었다.

그러나 아더월드 여러 나라의 궁인들은 정치라는 것이 얼마나 변화가 많은지 잘 알고 있었다. 따라서 타라는 아더월드의 방방곡곡에서 오는 값비싸고 거추장스러운 선물들(특히 아기 드래코-티라노사우루스, 안개 대양의 사이렌과 트리톤들이 보내준 붉은색의 거대한 발문, 살테렌스의 카샤가 선물한 사막의 초록 사자 두 마리)에 파묻혀버렸는데 대부분 지구에서는 처치 곤란한 것이었다.

맙소사!

저택의 식구들은 아기 드래코-티라노사우루스를 공원에 놓아주었다. 신바람이 난 모우르무르는 즉시 이 아기 드래코가 배가 고플 때 마음껏 먹을 수 있게 해주는 기구를 발명했다. 이 기구를 목에 매달아놓으면 제일 좋아하는 살찐 브르르르아아아의 이미지를 투사하기 때문에 동물을 쫓느라고 운동을 하게 되고, 아기 드래코가 브르르르아아아를 따라잡았다고 느끼는 순간 신선한 살코기로 유형화되는 기능이 있었다.

물론, 불청객이 공원으로 들어왔다가 다칠 경우는 아기 드래코-티라노사우루스가 모든 책임을 뒤집어쓰게 되는 것이지만.

어쩌면 아기 드래코가 다이어트를 하기로 마음을 바꿀지도 몰랐다.

사자 두 마리도 마찬가지였다. 하지만 드래코보다 더 영리하고 게으른 사자들에게는 살코기를 코앞에 나타나게 했다. 이런 식이면 머지않아 뒤룩뒤룩 살이 쪄서 뚱보 사자들이 되겠지만, 불청객이 공원에 나타날 경우에는 아기 드래코와 마찬가지로 사자들이 모든 책임을 뒤집어쓰는 것이고.

다행히도 저택에 거주하는 이들과 공원 입구에서부터 저택으로 이르는 길은 마법의 보호를 받고 있었다.

안개 대양의 사이렌과 트리톤들이 전 후계자가 계속 신선한 젖과 버터를 먹을 수 있도록 보내준 붉은 발분을 위해 저택은 짠물 호수를 만들었다(별안간 터전을 잃은 개구리들은 당황했고, 짠물에서는 알을 까지 못하는 모기들에 대한 식욕도 떨어졌다). 모우르무르가 발빠르게 지구에 발분 양식장을 만들 계획을 세우자 이사벨라는 자본주의적 사고방식에 제동을 걸었다.

모우르무르는 그래도 세계에서 가장 맛있는 젖을 생산하는 붉은색 발분을 활용하자는 것이라며 이사벨라를 설득했다. 발분의 노래는 훌륭한 가수로 통할 수도 있었다.

저택의 식구들은 타트리스족이 보내준 피라미드를 축소시켰다. 타트리스족이 이집트와 아메리카, 유럽에 피라미드를 세운 이유를 모르지만, 수학과 시공간의 관리와 연관이 있었다. 타라는 타트리스 국가에서 왜 피라미드를 선물했는지 이해가 되지 않았다. 게다가 피라미드 안에는 순금 석관묘가 들어 있는데(왜 석관묘가 들어 있을까?), 붕대로 싸맨 미라가 없는 건 그나마 천만다행이었다.

살을 아귀아귀 파먹는 쇠똥구리도 없었다.

그리고 수십 개의 보석과 신기한 기구, 묘약, 마법 도구들은 저택의 깊이를 알 수 없는 지하실로 가져갔다.

타라는 답례로 써 보내야 할 카드 더미를 상상하면서 한숨을 쉬었다. 이렇게 말하면 실례일지 모르지만 많은 선물 중 어떤 것도 애정이 담긴 것이 없었다. 하나같이 이해타산을 따져서 보낸 것들이었다.

이사벨라는 선물을 주지 않았다. 아직도 손녀에게 화가 많이 나 있다는 뜻이었다.

누나라고 부르지도 않을 정도로 타라를 좋아하지 않는 자르의 선물도 없었다. 반면에 마라는 면허 받은 도둑의 작업복을 보내주었는데…… 맙소사, 두 사이즈나 작은 것이었다.

타라는 이상한 선물이라고 생각하면서 동봉한 크리스털 볼을 작동하자 마라의 메시지가 나타났다.

"내 말 잘 들어." 어머니 셀레나를 빼닮은 여동생의 이미지가 말했다. "이 끔찍한 상황에서 나를 구해줘. 내가 보낸 작업복 봤지? 내 옷이야. 자랑스러운 도둑의 작업복 맞아. 인형처럼 옷을 입혀놓고 이거 해라, 저거 해라, 온갖 간섭을 하는 후계자 수업은 정말 지긋지긋해. 게다가 자르는 자기가 선택되지 않았다는 이유로 나를 얼마나 미워하는지 굳이 말할 필요도 없고. 언니가 돌아와야 해, 알았지? 난 정말 더는 참을 수가 없어!"

갑자기 메시지가 꺼졌다. 약간 흔들리다 다시 켜졌을 때 타라는 흠칫 놀랐다.

"생일 축하해." 마라는 어색한 미소를 지으면서 덧붙였다. "랑코비트의 면허 받은 도둑들을 통해서 보내야 했어. 우리의 고모가 공식적으로는 타라의 '타' 자만 꺼내도 격분하기 때문에. 하지만 비공식적으로는 고모가 언니를 많이 그리워하고 있다고 생각해. 옷의 주머니 안에 선물을 넣어놨어."

이번에는 크리스털 볼이 꺼졌다.

타라는 작업복 주머니에 손을 넣으면서 빙긋이 웃었다. 빛을 흡수하는 천의 주머니 안에 일종의 카세트가 있었다. 타라가 추방된 뒤로 아더월드에서 출시된 음악과 미술, 영화 분야의 모든 것이 들어 있었다. 카세드롤 건드리면 홀로그래피 이미지가 튀어나와서 가로와 세로가 2미터 크기로 펼쳐졌다. 음향은 완벽했다.

마라는 화가 나 있으면서도 선물을 보내주었다. 타라는 감동을 받았다. 남동생 자르와 여동생 마라랑 어릴 적에 함께 살아본 적이 없어서 친동생들인데도 사이가 많이 서먹했다.

시간이 흐를수록 타라는 초조해졌다. 친구들에게서는 소식이 감감

했다.

또다시 끔찍한 생각이 들었다. 친구들이 나를 원망하고 있는 걸까? 관계를 완전히 끊어버릴 정도로? 전화조차 걸어주지 않는 친구들, 그 점은 이해가 되었다. 타라 역시 여러 번 시도했지만 전화 연결이 전혀 되지 않았으니까. 하지만 마라의 선물이 도착했다는 것은 친구들도 마음만 먹으면 소식을 전할 수 있다는 건데…….

이내 타라는 부끄러움을 느꼈다. 시계를 봤는데 오후 4시였다. 아직 하루가 다 지난 것도 아니었다. 그리고 지금은 어머니와 만날 시간이었다. 늑대 둘의 호위를 받으면서 셀레나가 타라의 방에 도착했다. 늑대들은 곳곳을 다니며 냄새를 맡고, 문과 창문, 침대와 소파 밑을 확인하고 나서야 방을 나갔다.

딸의 생일을 축하해주기 위해 어머니 셀레나는 마니투와 함께 지구에 와 있었다.

리스베스 여제는 셀레나까지 딸을 만나지 못하게 할 수 없었다. 타라는 어머니가 선물한, 아더월드의 빨간색과 파란색 진주를 박은 아름다운 금목걸이를 목에 걸고 있었다.

셀레나는 새로운 연인 틸과 함께 와 있었다. 금지된 대륙 타투말렌쉬바르의 각 지방을 대표하는 늑대들이 대통령 틸을 수행하였다. 그래서 그 옛날 드래곤들의 왕에게 납치되어 억류되어 있던 아나자시 종족의 후예, 즉 검은색 머리에 날카로운 이목구비를 가진 남녀 늑대인간들은 마치 자기들의 집인 양 저택을 점령하고 있었다.

오죽하면 저택이 영역 표시를 위해 오줌을 눌 경우는 가차 없이 침대에서 떨어뜨리겠다고 경고했을까.

그 경고에 늑대인간들은 웃음을 터뜨렸다. 진지하고 침착한 종족인 늑대인간들은 긴 세월 누리지 못했던, 아니 금지되었던 여러 가지 상황을 즐기는 법을 배우고 있었다. 폭군이었던 붉은 여왕은 노예들이 웃는 걸 좋아하지 않았기 때문이다.

타라는 늑대인간들에게 아주 소중한 존재였다. 늑대인간들이 오랜 노예 생활에서 해방된 것은 타라 덕분이었다(사실 정확하게 말하면 타라가 의도적으로 한 일이 아닌데 기정사실이 되어버린 것이다. 마치 어떤 일이 일어난 동기보다 그 사실의 결과를 기록하는 역사처럼).

타라는 아주 곤혹스러웠다. 그들은 타라를 여신처럼 떠받들었다.

함께 있을 때 타라의 냄새를 킁킁 맡는 것만 빼면 아주 착한 종족이었다.

아침에 늑대인간들이 도착한 뒤로 타라는 벌써 두 번이나 샤워를 했다.

타라는 냄새를 맡는 것이 늑대인간들의 의식에 속한다는 걸 잘 알고 있었다. 냄새를 맡는 것은 자기들과 다른 인간들을 식별하는 나름의 방식이었다. 하지만 타라는 늑대인간들이 냄새를 맡을 때마다 예민해지는 것은 어쩔 수가 없었다.

평소에는 어머니의 연인들을 아주 미워했다. 대부분 어리석었고, 메델루스는 몹시 위험한 인물이었다. 그런데 틸은 당당하고 신의가 있고 정직한 성품이라서 미워할 수 없었다. 거만하지 않고 친절한 데다 유능하면서도 우월감이 없었다. 타라는 유감스럽게도 틸에게서는 흠잡을 데를 찾지 못하고 있었다.

모든 대통령이 그렇듯 틸은 업무에 많은 시간을 보내고 있었다. 따라서 틸이 대통령인 자신을 보좌하러 지구에 와 있거나 아더월드에 남아 있는 장관들과 연락하는 동안 셀레나와 타라는 실컷 수다를 떨 수 있었다.

"엄마를 정말 많이 사랑하는 것 같아요." 타라가 말하는 사이에 틸의 보좌관 중 한 명이 여섯 번째로 셀레나에게 별일 없는지, 필요한 건 없는지 확인하러 들어왔다.

푹신한 안락의자에 앉은 셀레나는 기지개를 켜면서 활짝 웃었다. 그녀가 구불구불한 머리를 매끈하게 가다듬은 다음 앞머리를 내리자 훨씬 젊고 예쁜 눈이 또렷해 보였다. 금빛 퓨마 셈보르는 발치에 엎드려 있고, 셀레나는 하얀 등이 드러난 민소매 원피스 차림이었다. 타라가 아는 한 셀레나는 마법복을 거의 입지 않는 마법사 중 한 사람이었다. 셀레나는 옷매무새를 가다듬으면서 대답했다.

"인생은 선택의 연속이야. 책임져야 할 때도 있고, 후회할 때도 있지. 그래, 틸은 좋은 분이야. 다정하고 관대하고 재미있고. 아니 굉장히 진지하니까 재미있는 건 아니지만 유머는 있어. 셈보르와 사이가 점점 더 나빠져서 걱정이지만. 원래 늑대와 퓨마는 사이가 좋지 않으니까(셀레나는 가르랑거리는 패밀리어의 털을 쓰다듬었다). 하지만 중요한 건 틸이 나를 진정으로 사랑하고 있다는 거야. 나도 사랑하고."

타라는 가슴이 미어졌다. 아버지가 죽었다는 걸 알면서도 왠지 모르게 비욘드월드에 있는 아버지에 대해 미련을 버리지 못하고 있었다. 언젠가는 아버지, 어머니와 함께 사는 날이 올 거야.

늑대인간을 사랑하는 어머니가 그 꿈을 깨뜨리고 있지만.

"엄마, 인간이든 괴물이든 남성들은 왜 엄마만 보면 모두 사랑에 빠질까요? 아주 이상한 일이에요." 타라가 지적했다(오랫동안 정말 많이 생각했던 의문이었다). "드란보우글리스펜쉬르의 최고 비늘 드래곤 안드레아도 엄마에게 홀딱 빠졌었잖아요. 그리고 마지스터는 엄마에게 미친 거나 다름없고!"

셀레나는 부르르 떨면서 일어났다.

"나도 그게 의문이야. 네 아버지가 양탄자에서 뚝 떨어졌을 때 나는 어머니의 강요로 트레보르 달 멘그라 백작과 약혼한 상태였어. 백작은 친절한 사람이었지만 당시에는 전혀 마음이 끌리지 않았지. 차분하고 온화한 성품인데 발로르키데 재배에만 관심이 있는 거야."

셀레나는 얼굴을 찌푸렸다. 타라는 어머니의 마음을 이해할 수 있었다. 스무 살 때는 열정과 모험을 즐기고 싶은 시절인데 발로르키데에만 빠져 있었으니!

"차분한 성품이 얼마나 좋은 건지 그때는 몰랐거든." 셀레나는 아직 익숙하지 않은 앞머리를 옆으로 넘기면서 한숨을 쉬었다.

"그래서 아빠와 사랑에 빠졌군요."

"그건 아냐. 양탄자에서 떨어지면서 부상당했기 때문에 우리 집으로 데려가서 치료를 해주는데 나한테 기상천외한 찬사를 퍼붓는 거야. 결국 나는 사랑에 빠지게 되었어. 그렇게 열렬한 애정 표현을 받고 어떻게 넘어가지 않을 수 있겠니?"

타라는 소리를 내지 않고 숨을 들이쉬었다. 아! 나도 똑같은데! 관심을 갖기도 전에 소년들이 먼저 타라에게 빠지지 않았던가. 슬루르크! 혹시 유혹하는 주문에 걸려 있는 건 아닐까? 그런 의문이 든 적이 있었다. 타라가 아는 한 이토록 오랫동안 효력을 유지하는 주문은 없었다. 마법사들은 어떤 마법의 효력을 유지하려면 정기적으로 주문을 갱신해야 했다. 그런데 셀레나는 마지스터에게 10년 동안이나 억류되어 있었다. 따라서 무슨 마법이든 새로 작동하는 것은 불가능했다. 정말 이상한 일이었다.

"할머니가 트라비아에서 멀리 떨어진 사촌의 집으로 엄마를 데려가서 탑에 가뒀다고 했죠?"

셀레나의 얼굴에 미소가 번졌다.

"할머니가 신화를 너무 많이 읽었던 모양이야. 그런데 먼 사촌마저 나를 사랑하게 될 줄은 예상하지 못했지."

"그래서 아빠가 탑을 지키는 트롤들과 사촌을 때려눕히고 엄마를 구출해낸 거예요?"

"응, 정말 용맹했어. 트라비아로 돌아갔을 때 나는 난생처음으로 어머니에게 대들었지. 단비우와 결혼을 허락하든가 아니면 집을 나가서 절대로 돌아오지 않겠다고 맞섰거든. 어머니는 깜짝 놀랐지. 딸이 그렇게 반항한 적이 없었으니까. 어머니는 결국 받아들였어. 단비우를 싫어하면서도 어쩔 수 없이 손을 들고 말았지."

타라는 뻣뻣해지면서 갑자기 생각에 잠겼다.

"정상적인 일이 아니에요." 타라는 중얼거렸다.

"나도 같은 생각이야. 장모들은 원래……."

"아니, 그게 아니라…… 남자들이 우리와 사랑에 빠지는 것이 정상적인 일이 아니라는 거예요. 뭔가가 있는 것 같아요. 할머니에게 물어볼 게 있어서 일단 엄마한테 먼저 얘기를 꺼낸 건데 내 생각이 더

욱 굳어졌어요."

셀레나가 몸을 앞으로 숙였는데 불안 때문에 금빛이 도는 초록빛 눈이 어두워졌다.

"타라, 나도 뭔가 이상하다는 생각에 최고의 마법사들과 이름난 약제사들을 찾아다니면서 진찰을 받아봤어. 그들은 단호했지. 어떤 마법도 그토록 오랫동안 지속될 수는 없다고. 그런 마법은 존재하지 않는다고 했어. 이건 타고난 것으로 봐야 할 거야. 그러니까 우리가 매력적인 것은 집안의 내림이라고 할 수 있겠지."

타라는 입술을 삐죽거렸다.

"아니에요. 그럼 할머니는요? 무시무시하고 냉혹하고 조작이 능한 할머니는 매력적인 것과는 거리가 멀어요. 그리고 마라를 유심히 살펴봤어요. 자르와 마찬가지로 사람들에게 겁을 주고 있어요. 마라가 쫓아다녔던 걸 생각하면 벌써 오래전에 칼도 마라에게 빠졌어야 해요. 더군다나 지금은 엘레아노라도 죽고 없는데. 따라서 엄마와 나만 그런 거예요. 하지만 그렇게 오랫동안 효력이 유지되는 마법이 정말 없다면 엄마 말대로 집안의 내림이라고 할 수 있겠죠. 그러니까 어떻게 된 일인지 확인해야 돼요. 엄마, 우리는 확실히 알아야 해요. 이긴 정말 중요한 일이에요."

셀레나는 타라가 무엇을 불안해하는지 잘 알고 있었다. 그 마음을 충분히 이해했다. 남자들의 마음을 사로잡았던 것이 마법 때문이라는 걸 알게 되면 딸은 자신감이 흔들릴 수 있었다. 그런데 타라는 어린 나이에 이미 너무 많은 시련을 겪지 않았던가.

타라가 벌떡 일어나자 깜짝 놀란 셀레나와 셈보르도 덩달아 일어났다.

타라가 보내는 무언의 지시에 복종하면서 갈랑은 정신적 동반자의 어깨에 날아가 앉았다.

"할머니에게 물어봐야겠어요." 타라가 단호하게 말했다.

"하지만……."

"엄마도 이상하다고 생각했으니까 마법사들을 찾아가서 알아본 거잖아요. 이번에 이 문제를 확실히 밝혀야 해요. 곧 돌아올게요."

셀레나가 눈살을 찌푸리면서 말했다.

"나도 같이 가자."

"엄마가 가면 할머니는 아무 말도 하지 않을 거예요." 타라는 반대했다. "엄마는……."

"나도 너 못지않게 모질게 할 수 있어!" 셀레나가 눈에 힘을 주면서 말을 잘랐다. "나는 어리석었던 거지 순하기 때문이 아냐. 네 아버지 단비우와 살 때는 행복했기 때문에 그런 의문이 들지 않았어. 그다음은 마지스터에게 납치되었기 때문에 더는 깊이 생각하지 못했고. 그리고 마침내 시간적 여유가 생기면서 의문이 들었어. 오무아와 타투말렌쉬바르에서 약제사들이 어떤 주문도 그렇게 오랫동안 지속적으로 많은 남자에게 영향을 줄 수 없다고 했어. 하지만 내가 여제 후계자의 어머니라는 것과 늑대인간들의 강력한 대통령의 연인이라는 걸 알 테니 다들 내가 듣고 싶어하는 말만 하지 않았겠니? 그러니까 이번에는 반드시 너와 내가 그 진상을 명백히 파악하는 거야. 어서 가자."

이사벨라는 커다란 거실에 앉아 있었다.

살아 있는 저택은 거실을 변형시켜놓았다. 사실, 커다랗다기보다 어마어마하게 크다는 표현이 맞을 것이다. 롤러스케이트를 타고 달려도 끝까지 가려면 족히 30분은 걸릴 것 같았다. 왁스로 반들반들하게 닦은 마룻바닥에 색색의 거미줄로 짠 고급 양탄자가 깔려 있었다. 그리고 아더월드와 지구의 모티프를 섞어놓은 이미지들이 벽에서 뛰놀고 있었다. 드래곤, 유니콘 같은 아더월드의 동물과 기린과 코뿔소, 오카피(기린과의 하나로 당나귀와 비슷하다—옮긴이), 오리너구리 같은 지구의 동물을 표현한 이미지들이었다.

아더월드의 예술가들에게는 지구의 동물들이 환상적으로 보이지 않았을까? 특히 오카피나 오리너구리는 여러 동물을 혼합해놓은 것 같기 때문에 당연히 신기하게 보였을 것이다.

이날, 이사벨라가 의상과 벽 색깔로 선택한 것은 파란색 계열이었다. 마지스터가 죽인 패밀리어 호랑이 이미지를 표현한 파란색 마법복 차림의 이사벨라는 지구에 출현한 마법사들에 관련된 최신 자료들을 살피고 있었다. 귀한 목재를 쪽매붙임한 커다란 책상은 서류와 홀로그램이 잔뜩 널려 있었다.

셀레나와 타라가 거실에 들어갔을 때 이사벨라는 혼자서 소리를 지르고 있었다.

"도대체 아더월드의 엘프 경찰은 뭘 하고 있는 거야? 공간이동의 문이 무슨 여과지도 아니고! 뱀파이어 반역자들이 왜 이렇게 몰려드는지 알 수가 없네. 이건 드라큘 대통령이 해결해야 했는데 대체 뭘 하고 있는 건지!"

이사벨라는 고개를 들다가 딸과 손녀를 발견했다.

"생일파티는 6시에 시작인데 너무 일찍 내려왔구나!" 이사벨라는 쌀쌀맞게 말하면서 마치 큰 선심이라도 쓰듯 덧붙였다. "그리고 오늘은 미션이 없다."

열여섯이 되는 생일이라서 셈샤나쉬 추적을 하루 면제해주는 걸 고맙게 생각하라는 말투였다.

"엄마에게 할 말이 있어서 왔어요." 셀레나가 응수했다. "타라와 나는 아주 이상한 사실을 알아챘거든요."

그렇게 말하면서 셀레나가 어머니를 향해 몸을 숙이면서 위협적인 태도를 보이자 이사벨라는 흠칫 놀랐다.

"엄마가 우리에게 주문을 걸어놨죠?" 셀레나는 단도직입적으로 물었다.

타라는 웃음을 꾹 참았다.

'뭐야, 나 못지않게 모질게 할 수 있다더니 겨우 요거였어?'

하지만 이사벨라는 당황하기는커녕 호기심이 가득한 얼굴로 빤히 쳐다봤다.

"마법을 걸어? 내가 왜?"

"남자들이 우리를 사랑하게 만드는 마법을 걸지 않았어요?"

이사벨라는 초록빛 눈을 찡그렸다.

"그런 마법이 존재한다면 오래전에 특허를 내서 상품화했을 거다. 그랬으면 백만장자가 되었을 텐데. 따라서 너희에게 마법을 걸지 않았다가 내 대답이다."

타라가 질문하지 않은 것은 정말 잘 한 일이었다. 성급함 때문에 할머니의 눈에서 미세한 떨림을 놓쳤을 테니까.

할머니는 거짓말을 하고 있었다. 태연자약하지만 거짓말이었다.

타라가 깜짝 놀라는 시늉을 하자 셀레나는 눈치를 챘다.

"엄마! 나 그렇게 바보 아니거든요! 오늘은 내 딸 덕분에, 남자들이 끊임없이 나에게 매혹되는 것에 대해 강한 의문을 갖게 됐어요. 지금 내 곁에 틸이 없다면 아마 아더월드에서 가장 영향력 있는 늑대인간 수백 명에게서 프러포즈를 받았을 거예요. 도대체 우리에게 무슨 짓을 한 거예요?"

"아니라니까!" 이사벨라가 화를 벌컥 냈다. "네가 예뻐서 남자들이 좋아하는 건데 그게 내 잘못이니?"

타라는 할머니의 역정에 콧방귀를 뀌었다. 플랜 A가 통하지 않는단 말이지! 그럼 곧바로 플랜 B로 돌입.

"그래서 우리가 자꾸 위험에 빠지는 거예요." 타라는 조용히 끼어들었다. "특히 엄마는 스스로 감당할 수 없을 정도예요. 마지스터 때문에 엄마는 여러 번 죽을 뻔했어요. 그리고 그 영향이 나한테도 미쳤다고요, 할머니! 마지스터의 아들 실버도 원래는 여자에게 무관심했는데 나에게 반했고, 내가 형제처럼 생각하는 파브리스도 그랬단 말이에요. 더는 안 되니까 끝내야 해요, 할머니. 또 다른 재앙이 일어나기 전에."

"내 조상들의 피에 걸고 분명히 말하는데 난 너희에게 마법을 걸지 않았어!" 이사벨라가 고함을 질렀다.

하지만 할머니가 거짓으로 화를 내고 있다는 걸 간파한 타라는 속으로 말했다. '오케이, 플랜 B도 안 통한단 말이지, 그럼 플랜 C로 전환!'

플랜 D는 없기 때문에 타라는 제발 잘되기를 빌면서 말했다.

"그럼 모우르무르 할아버지에게 부탁할게요." 타라가 차분하게 말했는데 목소리에 자신감이 넘쳤다. "상대를 공격하기 전에 어떤 묘약이나 주문의 보호를 받고 있는지 확인하는 기발한 것을 발명했어요. 그런데 아주 복잡하게 얽힌 주문도 있기 때문에 지금은 여러 개의 주문을 벗겨낼 수 있는 조치를 취하고 있거든요. 우리는 결심이 섰어요."

모우르무르는 그런 것을 발명하지 않았는데 타라가 속임수를 쓴 것이다. 이사벨라의 눈에 아주 잠깐 불안한 빛이 번뜩였다. 하지만 노련한 마법사 이사벨라는 그렇게 만만한 상대가 아니었다. 모호한 손짓을 하면서 또다시 큰소리쳤다.

"그래, 나를 믿든지 말든지 너희 마음대로 해! 모우르무르는 아무것도 찾아내지 못할 테니까!"

타라는 빙긋이 미소를 지었다. 상어의 미소라고 해야 할까. '마음대로 생각하세요. 마지막에 웃는 건 나니까!'

"엄마?"

"응?"

"할머니랑 여기 계실 수 있죠? 나는 가서 그 발명품을 갖고 곧 돌아올게요."

이사벨라의 얼굴이 일그러졌다. 셀레나와 타라가 실험실로 내려가는 사이에 할머니가 모우르무르에게 연락할 것을 예상하고 타라가 미리 선수를 친 것이었다.

너무나 순간적이라서 이사벨라의 난처한 표정을 알아채지 못한 셀레나는 몇 분 전부터 등 뒤에서 대기하는 안락의자에 앉았다. 그러고는 주문을 읊어 따뜻한 차 한 잔을 불러냈다.

"걱정하지 마, 내 딸. 여기서 가만히 기다리고 있을게."

"하는 수 없구나. 유혹의 묘약을 조금, 아주 조금 썼는데 효과가 그렇게 좋을 줄이야!" 이사벨라는 도리어 분통을 터뜨렸다. "이왕 그렇게 됐는데 지금 와서 뭘 어떡하라고?"

타라는 다리가 후들거렸지만 충격을 받은 얼굴로 할머니를 향해 걸어갔다.

"설마 할머니가 정말 그런 거예요?"

셀레나가 부르르 떨면서 벌떡 일어나는 바람에 찻잔이 깨지고 안락의자는 자빠졌다. 안락의자가 일어나려고 뒤뚱거리는 사이에 셀레나는 어머니를 노려봤다.

"오, 내 조상들의 피여! 나한테 왜 그랬어요?"

"너는 트레보르와 결혼할 생각이 없고, 그 멍청한 인간은 빌어먹을 놈의 꽃에 미쳐서 너에게 마음을 주지 않았어." 항복할 수밖에 없게 된 이사벨라가 말했다. "그래서 내가 아버지 마니투에게 트레보르의 눈에 네가 매혹적으로 보이게 만드는 묘약과 주문을 부탁했다. 그런데 아버지가 만드는 것이 모두 그렇듯 배합이 잘못됐는지 부작용이 생겼어."

아연실색한 셀레나는 손으로 입을 가렸다.

"오, 아더월드의 신들이시여! 단비우가 나를 사랑한 것도 그거 때문이었어요?"

퓨마가 항의의 표시로 으르렁거렸다. 이사벨라는 어깨를 으쓱했다.

"그래, 그랬을 거다. 효과가 순간적인 것으로 끝나야 하는데 그렇지 않았어. 가까운 친척을 제외한 모든 남성을 사로잡았으니까. 바리우스 남작의 경우는 나도 깜짝 놀랐다. 아버지와 나는 이유를 알아내서 바로잡으려고 계속 노력했어. 하지만 아버지가 인간으로 돌아오지 못하게 된 뒤로는 묘약의 효과를 제거할 수 없게 되었다."

타라는 울컥했다.

"나한테도 똑같은 일이 일어나고 있어요, 이사벨라.(이런 엄청난 잘못을 저질렀는데 할머니라고 부를 이유가 없지!) 나도 엄마처럼 유혹의 마법에 걸려서 그런 거예요?"

타라는 가슴 한편으로는 할머니가 아니라고 대답하기를 바랐다. 하지만 이사벨라는 초록빛 눈으로 손녀의 쪽빛 눈을 응시하면서 고개를 끄덕였다.

"맞아. 사내아이들의 눈에 네 모습은 완벽한 이상형이지. 남자들이 늘 꿈꾸는 미의 화신이니까."

경악하는 손녀의 얼굴을 보면서 이사벨라는 달래듯 말했다.

"하지만 그 주문은 여자들에게는 통하지 않아. 따라서 네 여자친구들은 유혹 주문과 아무런 관계없으니까 그건 의심하지 않아도 된다."

타라가 눈을 감자 눈물이 주르륵 흘러내렸다.

"내가 믿고 있는 모든 것, 로빈의 사랑, 칼과 파브리스의 애정, 그게 다 가짜였다는 거잖아요? 빌어먹을 놈의 마법 때문에!"

타라는 눈을 뜨고 할머니를 쏘아봤다.

"할머니가 미워요!"

그렇게 말하고 타라가 뛰쳐나가자 페가수스가 허겁지겁 날아갔다.

또 자빠뜨릴까 봐 안락의자가 뒷걸음칠 준비를 하고 있다는 걸 아는지 모르는지, 셀레나는 안락의자에 털썩 주저앉았다.

"뭐든지 엄마가 원하는 대로 되어야 직성이 풀리는 거예요?" 셀레나는 신랄하게 쏘아붙였다. "우리 인생인데 그런 것까지 개입하다니 엄마가 얼마나 끔찍한 폭군인지 알아요? 엄마가 선택한 남자와 결혼시키겠다고 딸에게 마법을 사용한다는 것이 말이 돼요? 엄마가 어떻게 딸의 인생을 망가뜨릴 수 있어요?"

하지만 이사벨라는 물러서지 않고 반격했다.

"내가 네 인생을 뭘 그렇게 망가뜨렸는데? 트레보르는 훌륭한 신랑감이었어. 부자에다 랑코비트 서열 6위의 왕위 계승자니까 행복하게 살았을 거야. 그리고 결과적으로는 그 묘약에도 불구하고 너는 사랑하는 남자와 결혼해서 예쁜 아이를 셋이나 낳았잖아. 그리고……"

"그리고 내 남편을 죽인 끔찍한 인간에게 납치되어 10년 동안 억류된 채 내 딸과 헤어져 살았죠! 그걸 잘 알면서도 엄마는 사과는커녕 아무런 노력도 하지 않았어요. 엄마가 한 일이니까 엄마가 해결해요. 내 인생을 망치는 것으로도 모자라서 엄마가 내 딸의 인생까지 망치게 내버려두지 않겠어요, 절대로!"

이번에는 이사벨라가 벌떡 일어났다. 묵직한 안락의자는 자빠지지 않았다.

"내가 아무런 노력도 하지 않았다고? 너 어떻게 그런 말을 할 수 있니?" 화가 난 이사벨라는 거칠게 내뱉었다. "그놈의 삼류 화가와 너를 묶어버린 주문을 풀기 위해 내가 얼마나 별의별 짓을 다 했는데!"

"나와 단비우를 이혼시킬 생각으로 묘약의 효과를 제거하기 위해 노력한 건 아니고요?" 감정이 격해진 셀레나가 눈을 부릅뜨면서 맞섰다.

"당연하지!" 이사벨라는 마지못해서 대꾸했다. "오무아의 황제였는지 몰랐으니까. 너를 이용하려는 건달이라고 생각했어. 하지만 그 묘약이 생식기능에 효험이 있는 게 아닌지 의심이 들 정도로 빨리 임신을 했지. 타라가 태어나면서 단비우와 너를 떼어놓는 것이 소용없게 되었어. 아이에게는 아빠가 필요하니까. 네 말대로 나는 폭군일지도 모르지만 공정하지 못한 사람은 아니다. 네가 단비우와 살면서 인생을 망치려고 해서 나는 할 수 있는 모든 노력을 했던 거니까. 물론 내가 원한다고 해서 가능한 일도 아니었고. 아무튼 아버지 마니투는 묘약에 넣었던 재료를 기억하지 못했고, 여러 가지 실험을 해봤지만 제대로 듣지 않았어. 다만 한 가지 실험, 사람들이 나를 두려워하게 만드는 실험은 성공했지."

이사벨라의 하얀 얼굴에 흡족한 미소가 번졌다.

셀레나는 거칠게 숨을 들이쉬었다. 자신이야 묘약과 주문 때문이라는 걸 모른 채 이왕 오랜 세월을 살았으니 어쩔 수 없다지만, 딸의 인생까지 망치게 놔두어서는 안 될 일이었다. 앞으로 누군가가 사랑을 고백할 때마다 딸 타라가 진정한 사랑이 아니라 묘약의 효력이라고 의심할 걸 생각하면…….

"왜 지금까지 숨겼어요?"

이사벨라는 대답하지 않으려고 하다가 딸의 단호한 눈빛을 보면서 항복했다.

"지금도 산도르와 결혼하길 바라기 때문에."

셀레나의 눈이 휘둥그레졌다.

"산도르? 황제요? 엄마, 미쳤어요?"

"내 딸은 그럴 자격이 있어. 랑코비트는 그리 큰 왕국이 아닌 데 반해 오무아는 거대한 제국이니까."

이사벨라의 눈이 반짝이고 목소리는 흥분해 있었다.

"리스베스에게 무슨 일이 생길 경우, 여제에게 자식이 없으니 네가 산도르와 결혼하면 타라가 다시 후계자가 되는 거야. 아주 순조롭게 진행될 수 있어. 산도르는 이미 너를 사랑하고 있으니까."

어머니의 파렴치함에 어이가 없는 셀레나는 말문이 막혔다.

"이번에는 산도르가 마음에 들어요? 틸은 왜 안 되는데요? 늑대인간들과 거대한 대륙의 대통령인데."

"그깟 후진국의 대통령이 뭐가 좋다고!" 이사벨라는 거만하게 응수했다. "내가 늑대인간이 아니고, 늑대인간이 될 생각도 없기 때문에 틸은 내 충고를 들으려고도 하지 않을 것이고. 하지만 산도르는 아더월드를 위해 최선을 다하는 일이라면 내 말에 귀를 기울일 테니까!"

"오, 아더월드의 신들이시여!" 셀레나는 불쾌한 얼굴로 중얼거렸다. "마지스터와 엄마, 둘 중에서 누가 더 나쁜지 모르겠네요."

옥좌에 앉은 영광의 순간을 꿈꾸던 이사벨라는 이맛살을 찌푸렸다.

"그렇게 심하게 말하지 마, 셀레나. 마지스터와 나는 아무 상관없으니까. 이제 내 계획을 알았는데 어떡할 거니? 내 선택이 최선의 방법이야. 그리고 그 주문은 아무도 깨뜨리지 못해!"

"틀렸어요." 셀레나가 일어나면서 말했다. "마니투 할아버지와 엄마가 나에게 걸어놓은 주문을 풀기 위해 두 분보다 능력이 있는 사람에게 도움을 청할 생각이에요."

이사벨라가 경계하는 시선을 던졌다.

"아무도 풀지 못한다니까!"

셀레나는 고개를 설레설레 저었다.

"두 분처럼 마법 능력과 지능이 중간 정도밖에 안 되는 마법사들은 성공하지 못했지만 천재는 그렇지 않죠. 그런데 천재가 이 집에 있잖아요."

이사벨라의 표정이 갑자기 불안해졌다.

"너 설마……."

"네, 맞아요. 아까 타라가 말한 대로 내가 직접 가서 모우르무르 할아버지에게 그 주문을 풀어달라고 하겠어요!"

타라는 침대에 엎드려서 엉엉 울었다. 생일이 상상했던 것과는 전혀 다르게 지나가고 있었다.

모든 것이 와르르 무너졌다. 로빈은 타라를 사랑한 것이 아니라 주문 때문에 사랑한 것이었다. 타라도 멋진 하프엘프가 그렇게 빨리 자기에게 관심을 가졌던 걸 아주 이상하다고 생각했었다. 만난 지 몇 시간 만에 사랑에 빠지지 않았던가. 실버도! 제레미도! 물론 제레미는 또 다른 주문 때문이었지만, 타라는 제레미 역시 하루 이틀 사이에 사랑에 빠졌으리라는 걸 알고 있었다.

할머니는 어떻게 의붓딸도 아닌 친딸에게 그런 끔찍한 일을 저지를 수 있을까. 타라는 늘 그랬듯 마법을 저주했다.

빌어먹을 놈의 마법!

갈랑이 보드라운 날개로 타라를 어루만져주었다.

갈랑은 타라가 주문에 걸린 것이든 아니든 사랑하고 있었다. 이것이 가장 중요한 것 아닌가?

타라는 절망의 신음소리를 내면서 페가수스를 안심시켰다. 물론 이렇게 패밀리어와 결속되어 있는 것은 정말 멋진 일이었다. 하지만 인간들의 사랑……, 아니 혼혈 인간과의 사랑도 멋진 일이었다. 타라는 로빈이 너무 보고 싶었다.

그 순간 깜짝 놀란 갈랑이 딸꾹질을 하면서 타라의 눈앞에서 멈췄다.

자신과 직접적인 관련도 없는 주문 때문에 타라가 사랑을 포기하려는 건가? 셀레나가 표적이었던 유혹 주문이 타라에게도 영향을 주었기 때문에 그 효력이 약할 것이 틀림없는데.

"할머니 말로는 남자애들의 눈에 내가 완벽한 모습으로 보인대." 타라는 침울하게 말했다. "너는 이해가 되니? '완벽한' 타라? 웃기잖아, 이 세상에 완벽한 사람이 어디 있다고!"

갑자기 어떤 생각이 떠오른 타라는 눈이 동그래졌다.

"지금까지도 증조할아버지의 묘약과 주문이 엄마에게 아주 강하게 작용하고 있어. 맙소사, 갈랑, 내가 크면서 엄마랑 똑같이 된다고 생각해봐. 얼마나 끔찍한 일이야!"

빌어먹을 주문 때문에 쫓아다니면서 사랑을 고백하는 남자들을 상상하면서 타라는 공포에 질렸다.

페가수스는 뭐라고 대답할 수가 없었다. 페가수스들에게는 짝을 찾는 것이 걱정할 일이 아니기 때문에 갈랑은 타라의 불안을 이해하기 힘들었다. 페가수스에게 미의 기준은 반짝거리는 털과 보드라운 날개라서 다른 건 중요하지 않았다.

불안에 사로잡힌 타라는 갈랑이 보내는 이미지에 반응하지 않았다. 페가수스는 한숨지으면서 영혼의 동반자가 힘든 시련을 연달아 겪고 있다고 생각했다. 사랑하는 로빈이 죽었다고 믿던 타라가 하필이면 다른 남자친구와 포옹할 때 로빈이 나타났었다. 그리고 추방되어 있는 지금, 남자들이 타라에게 마음을 빼앗기는 것이 유혹 주문 때문이었다는 걸 알게 되었으니.

갈랑은 타라가 한 번만 더 절망에 빠지면 이사벨라의 삶을 끔찍하게 만들어주리라 다짐했다.

타라는 오랫동안 불안에 빠져 있지 못했다. 셀레나가 얼굴이 발그레해서 뛰어들어왔던 것이다.

그런데 이상했다. 셀레나의 흰 드레스에 수액이 묻어 있었다.

"타라!" 셀레나는 딸의 초췌한 얼굴을 보면서 외쳤다. "걱정하지 마, 모우르무르께서 몇 분 후면 이 문제를 해결해주실 거야. 이미 주문을 깨뜨릴 기구를 만드는 중이야."

타라는 침대에서 일어나 앉았다.

"뭐라고요?" 버릇없는 표현이라고 생각하는 어머니가 눈살을 찌푸리자 타라는 얼른 말을 수정했다. "주문을 깨뜨릴 수 있다고요? 방법을 아신대요?"

셀레나는 낙관적으로 말했지만 타라는 어머니의 목소리가 떨리는 걸 느꼈다. 셀레나가 도착하기 몇 분 전 실험실에서 엄청난 폭발음이 났었다.

"나에게 실험해보겠다고 하시는데 너도 참석할래?"

타라가 질겁해서 벌떡 일어났다.

"엄마에게 실험을 한다고요? 그건 좋은 생각 아닌데……. 모우르무르 할아버지의 발명품은 폭발하는 경향이 있어요. 천재지만, 약간 머리가 이상해서 아주 위험하다고요."

셀레나는 숨을 들이쉬었다.

"좀 전에 실험 대상이 박살이 난 걸 보고 나도 알아차렸어. 커다란 바오바브나무라서 다행이었지만 그래도 충격이었어."

아! 그래서 셀레나 드레스에 푸르스름한 수액이 묻어 있던 것이다.

"하지만 어쩔 수 없어." 셀레나는 단호하게 덧붙였다. "'남자들이 나를 사랑하는 것이 나 때문일까, 아니면 주문 때문일까?' 평생 동안 이런 의문을 갖지 않고 정상적으로 살려면 이 방법밖에 없어."

어머니의 고뇌하는 눈빛에 타라의 마음이 흔들렸다. 틸의 사랑이 인위적인 결과일지 모른다는 생각에 셀레나도 확인하고 싶은 것이 분명했다.

"알았어요, 엄마. 가요, 엄마 말이 맞아요. 할머니가 더는 우리의 인생을 좌지우지하지 못하게 이번에 끝내야 해요."

셀레나와 타라는 실험실을 향해 내려갔고, 갈랑과 셈보르가 뒤따랐다.

모우르무르는 기뻐서 어쩔 줄 몰라했다. 검댕이 묻은 얼굴에 그 어느 때보다 흔들거리는 올빼미 머리. 발명가는 뭐라고 중얼중얼하면서 이상한 기구 주위를 절룩절룩 돌아다니고 있었다. 실험실은 마법으로 모아놓은 듯한 잡다한 기구가 잔뜩 널려 있었다.

모우르무르는 한 시간 남짓 일에 몰두하면서 조수들이 빠르게 움직이지 않을 때는 성난 얼굴로 손가락마디 꺾는 소리를 냈다.

타라와 셀레나는 불안한 얼굴로 지켜보고 있었다. 실험실은 알록달록한 빛깔로 가득했다. 오르락내리락하는 시험관들, 금속으로 된 부분과 생물체로 된 부분, 빠르게 뛰는 심장같이 생긴 것……. 타라는 이 복잡한 실험기구들 속에 빨간 달팽이가 있는 이유를 알 수가 없었다.

게다가 수족관 유리벽에 툭 튀어나온 눈을 찰싹 붙이고 있는 초록색 문어 두 마리도 비난의 눈길을 던지고 있었다.

마니투도 참석해 있었다. 검은색 사냥개가 계속 구시렁거렸다.

"묘약의 재료들만 기억났으면 내가 벌써 오래전에 운명적인 유혹의 묘약 주문을 무효화시켰을 텐데."

"운명적인 유혹의 묘약 주문이요?" 모우르무르가 호기심을 보였다.

"묘약과 주문을 섞었기 때문에 내가 그렇게 이름 붙였지." 마니투가 대답했다. "그런데 묘약 주문을 만들다 보니 영생할 수 있는 주문도 만들 수 있다는 생각을 하게 되었지. 그걸 만들고 나서 얼마 후 펑! 폭발음이 난 뒤로 많은 기억을 잃어버렸어. 아무튼 갬볼 가루를 사용했던 건 확실해. 림보의 마법을 간접적으로 이용하기 위해 냉동시킨 에프리트 한 조각도 넣었고."

모우르무르의 눈이 휘둥그레졌다.

"냉동시킨 에프리트? 그건 금지되어 있어요. 굉장히 위험해서……."

하지만 그 목소리에서 비난보다 오히려 부러움이 느껴졌다.

"그건 나도 알지. 아무튼 알음알음으로 어렵게 구했으니까. 그리고 그 당시에는 사용하지 말라고 했지 완전히 금지한 건 아니었지. 5004년에 법으로 금지되었으니까."

"그래서 결과는 어떻게 됐어요?" 마니투의 주장을 믿지 못하는 모우르무르가 물었다,

"내가 사냥개로 둔갑했지."

"아니, 나는 유혹의 묘약에 대해 물어본 겁니다."

"아아, 당연히 잘됐지. 그랬으니까 지금 우리가 여기 와 있는 거잖아."

"약을 어떻게 처방하셨는데요?"

"이사벨라가 셀레나에게 음료수에 탄 독극물을 먹여놓은 다음에 묘약을 마시게 만들었지"

셀레나는 소스라쳤다.

"뭐라고요?"

엄마가 평소 버릇없다고 꺼리는 표현을 쓰다니! 타라는 할머니가 왜 참석하지 않았는지 이해되었다. 이 자리에 있었다면 셀레나가 어머니 이사벨라를 지렁이로 둔갑시켰을 게 틀림없었다.

"내 생각이 아니었어." 마니투가 변명했다. "하지만 고집불통인 이사벨라는 네가 트레보르와 결혼하길 바랐어."

하지만 셀레나는 물러서지 않았다.

"나에게 독극물을 먹였다면서요? 친어머니가 맞아요?"

"해독제가 있어서 치명적인 독극물은 아니었어." 마니투가 얼른 말했다. "그래야 치료한다면서 자연스럽게 묘약을 먹일 수 있으니까. 아무 이유도 없이 역한 냄새가 나는 물약을 삼키라고 하면 의심할 게 뻔하잖니."

"오, 내 조상들의 오염된 피여!" 셀레나는 격분했다. "맞아요, 기억나요. 굉장히 많이 아팠던 적이 있었어요!"

"조상들의 오염된 피라니!" 마니투가 반박했다. "우리 피는 아주 건강해!"

"세상에 그런 일이!" 어이가 없어서 달리 할 말이 없는 모우르무르가 중얼거렸다. "이제 묘약 얘기로 돌아갈까요?"

"이사벨라가 묘약을 먹일 때 나는 주문을 날렸지. 즉시 작동하지는 않았어. 셀레나가 회복되자마자 이사벨라는 트레보르를 초대했지. 그런데 트레보르는 두 시간 동안 발로르키데와 새로 교배시킨 잡종 식물 얘기만 하는 거야."

"맞아요." 셀레나가 퉁명스럽게 말했다. "그날 어찌나 지겨운지 하품만 했던 기억이 나네요."

"우리는 묘약의 효력이 없다고 생각했어. 그러던 어느 날 네가 어디선가 갑자기 나타난 이방인을 데려왔는데 너한테 완전히 미쳐 있는 것 같았다. 얼마 후, 이방인이 청혼을 하자 네 어머니가 너를 사촌의 집으로 보내버렸어. 그런데 맙소사, 그 사촌까지 너한테 푹 빠져버린 거야. 정말 있을 수 없는 일이었는데."

"그게 왜요?" 기분이 상한 셀레나가 물었다.

"네가 잘생긴 남자였다면 그와 행복한 날을 보냈을지도 모르지."

"아, 동성애자였군요!"

"그래서 네 어머니와 나는 묘약의 효과가 나타나고 있다는 걸 알아차렸지. 그런데 효과가 너무 강력했어. 탑을 지키는 트롤들까지 너에게 홀딱 반하더니 그 집에 있는 사람은 모조리 정신을 못 차릴 정도로 너한테 반해버렸으니까. 그 와중에 단비우가 와서 너를 데리고 갔지. 그때부터 묘약은 2단계로 넘어갔다."

셀레나의 불안한 표정을 보면서 타라는 목이 메었다.

"두 번째 단계요?" 공포에 질린 셀레나의 목소리가 떨렸다.

"그렇게 두려워할 필요 없다." 마니투가 말했다. "2단계부터는 묘약의 효력이 정지되니까. 단비우가 네 짝으로 정해지면서 묘약이 2단계로 넘어갔기 때문에 효력이 정지되었지. 마지스터가 너에게 빠진 것은 단비우가 의식을 잃고 죽어가는 상태였기 때문이야."

"그 상그라브가 나를 납치했어요. 그게 다 그놈의 묘약 때문이었다니! 나는…… 악마의 사물 때문이거나 내가 타라의 엄마이기 때문이라고 생각했는데 처음부터 그 묘약 때문이었잖아요!"

충격을 받고 털썩 주저앉는 셀레나를 보면서 셈보르가 위협적으로 으르렁거리자 검둥개 모습의 마니투가 납작 엎드렸다.

진심으로 미안하고, 약간 불안한 표시로 검둥개는 혀를 늘어뜨렸다.

온화한 셀레나가 느닷없이 귀를 잡고 거칠게 비틀었을 때 마니투는 어찌나 놀랐는지 심장이 멎을 뻔했다.

"할아버지면서 어떻게 내 인생을 갖고 장난을 치세요?" 셀레나는 분노로 치를 떨었다. "어머니 때문이라는 말은 하지 마세요. 할아버지가 만든 묘약을 실험해보고, 영생의 묘약에도 적용할 수 있는지 알고 싶었던 거니까요. 할아버지는 나를, 손녀딸을 모르모트로 이용한 거예요. 그러니까 지금부터 할아버지는 있는 힘을 다해서 그놈의 묘약에 뭐가 들어갔는지 낱낱이 기억해내세요, 알았어요? 나는 늑대인간들의 친구이고, 늑대는 개를 아주 싫어한다는 거 아시죠?"

버둥거리던 마니투는 꼼짝하지 않았다. 거만하게 굴던 늑대들이 떠올랐던 것이다. 게다가 이빨은 또 얼마나 길고 무시무시한지.

"아…… 알았다. 최선을 다하마."

"좋아요."

"우선 내 귀부터 놓아줘야……."

셀레나는 잠시 쏘아보다가 귀를 놓아주었다.

마니투는 발로 귀를 비비다가 모우르무르를 쳐다봤다.

"처남은 자식이 없던가?"

"여섯을 두었지만 내 귀를 비트는 아이는 없지요. 나도 정말 그러고 싶었던 적이 있었는데 아내는 내가 아이들을 모르모트로 이용하는 걸 절대 용납하지 않았죠. 혹시라도 내가 그럴 마음을 먹었다가는 아마 비욘드월드에서 당장 돌아올 겁니다. 또 기억나는 거 없어요?"

"아주 단순한 유혹 주문이라서 묘약 없이는 몇 시간 동안만 효력이 있는 것이었어. 그리고 아더월드에 있는 또래의 모든 처녀들과 마찬가지로 셀레나도 유혹 주문에 걸려들지 않게 대비가 되어 있었지."

타라는 이제 상황 파악이 되었다. 주문이 난무하는 아더월드에서 마음이 선택하는 연인을 찾으려면 유혹 주문에 걸려들지 않게 조심해야 하는데……. 그걸 누구보다 잘 아는 할머니가 자기 딸에게 오히려 강력한 유혹 주문을 걸어놓다니. 타라는 할머니의 행동을 용납할 수 없었다.

"내가 만든 묘약은 생각보다 훨씬 강력했던 거야. 아! 노래로 먹잇감을 유인하는 해저 식물인 사이렌샹퇴즈의 침을 넣었던 기억이 나. 그리고 매혹적인 향기를 풍기는 열정의 꽃도 넣었고."

"그가 그런 말을 했는데……." 셀레나가 쉰 목소리로 중얼거렸다. "내 냄새가 향기롭다고."

"틸이 그랬죠?" 타라가 물었다. "늑대는 냄새에 민감하게 반응하거든요."

"응, 틸이 나를 사랑하는 것도 열정의 꽃향기 때문이었던 거야. 나라는 존재가 온통 거짓이라는 거잖아!"

셀레나의 뺨을 타고 눈물이 흘러내렸다. 타라는 어머니를 끌어안았다.

마침내 자신이 얼마나 이기적이었는지 깨달은 마니투는 기억이 나는 대로 묘약의 재료를 말했다. 모우르무르는 재료들을 받아 적었고, 하나씩 매직컴에 입력했다.

이어서 모우르무르가 셀레나와 타라를 앞에 세우자 매직컴에서 마법의 광선과 빛이 쏟아졌다. 지구의 전자공학과 아더월드의 마법을 결합한 기계였다.

모우르무르는 실험실 한복판을 차지하는 희한한 기계 주위를 빙빙 돌기 시작했다.

"16년도 넘게 자리 잡은 주문을 몇 시간 만에 소멸시켜달라니! 이거야 원……." 모우르무르가 구시렁거렸다.

"시간이 더 필요한 거예요?" 셀레나가 힘없는 목소리로 물었다.

"천만에. 내가 누군데! 나는 천재야." 모우르무르가 대답했다. "너무 쉬웠다고 말하려던 참이다. 나에게 불가능이란 없지. 이건 기계를 어떻게 조종하느냐의 문제인데……."

모우르무르가 버튼을 누르자 문어 두 마리가 있는 수족관으로 전류가 흘러들었다. 순식간에 뻣뻣해진 문어들이 물속에서 뿜어대는 초록빛 먹물이 구름처럼 일었다.

"흠, 잘되어 있는 건 틀림없는데 반응이 영 신통치가 않아. 그렇다고 강도를 높이면 기계가 파괴될 것이고. 미카일 해의 문어들은 포획하기가 쉽지 않은데 이를 어쩐다?" 혼자 중얼거리던 모우르무르가 마니투를 쳐다보면서 말했다. "매형이 묘약의 구성 성분 중 적어도 4분의 1은 빠뜨렸으리라는 것도 고려했거든요. 매직컴은 다양한 주문들을 통합해버리기 때문에 셀레나는 주문에서 풀리거나 폭발하거나 둘 중 하나일 겁니다."

타라는 아직 꿈틀거리는 문어 두 마리와 어머니의 창백한 얼굴을 쳐다보다 결정했다.

"나부터 실험하세요. 그 주문의 효과가 나한테는 그리 강하지 않으니까 엄마보다는 덜 힘들 거예요. 기계가 망가질 위험도 적고요. 나에게 실험하세요."

모우르무르는 듣고 있지 않았다.

"아, 배고파!" 모우르무르가 중얼거렸다.

갑자기 모우르무르가 고함을 질러서 모두 깜짝 놀랐다.

"타월!"

"네, 선생님?"

"내 수프 어디 있나?"

타쉴이 체념한 목소리로 대답했다.

"뒤돌아보세요. 30분 전부터 대기하고 있으니까요."

절룩절룩 돌아선 모우르무르는 의심스러운 눈길로 김이 모락모락 나는 수프를 쳐다보며 어깨를 으쓱했다. 그리고는 드래곤 무늬를 새긴 그릇에서 수프를 국자로 떠서 후루룩후루룩 핥아먹기 시작했다.

타라가 무슨 말을 하려고 입을 열려는 순간 누군가의 손이 어깨를 잡으면서 막았다.

"아무 말도 하지 마요, 아가씨." 언제 옆에 와 있었는지 타쉴이 속삭였다. "저분은 지구의 물냉이(잎이 매운 샐러드용 채소―옮긴이)와 당근을 먹으면 뇌가 약간 이상해지거든요. 수프를 먹게 내버려두는 것이 나아요. 위험할지도 모르니까요."

타라는 입을 다물고, 별난 발명가가 수프를 다 먹을 때까지 잠자코 기다렸다. 모우르무르는 손등으로 입을 닦고 시원하게 트림을 하더니(타라는 할아버지의 식사 습관이 정말 지저분하다고 생각했다) 셀레나를 기계 앞에 앉혀놓고 패밀리어를 멀리 떨어져 있게 했다. 셀레나가 저항하기 전에 기계의 손잡이를 눌렀다.

기계가 윙윙거리더니 엄청난 섬광이 번쩍하면서 셀레나를 후려쳤다.

너무 눈이 부셔서 음매, 하는 소리가 나는데도 다들 뭐가 나타났는지 알아차리는 데 시간이 좀 걸렸다.

멋진 브르르르아아아 한 마리가 옅은 갈색 눈으로 그들을 쳐다보고 있었다.

"오, 젤리소르의 충치여!" 질겁한 마니투가 중얼거렸다. "모우르무르, 셀레나를 털북숭이 암소로 둔갑시켜놓다니!"

그들이 대응하기 전에 브르르르아아아가 신음소리를 내면서 줄어들었다. 이번에는 빨간색의 귀여운 개구리가 절망적인 낯짝으로 그들을 쳐다봤다. 개구리가 부풀어 오르더니 금빛 스파슌으로 둔갑했다. 그리고 검은색 뱀에 이어서 하얀 코뿔소가 머리를 숙이면서 성난 울음소리를 냈다. 이런 식으로 얼마나 더 오랫동안 계속되려나. 하지만 모우르무르가 기계를 탁탁 치자 두 번째 섬광이 번쩍하면서 실험실의 퓨즈가 나갔다.

타라가 마법의 불을 불러내려고 할 때 모우르무르가 소리쳤다.

"안 돼, 마법을 사용하면 안 돼! 지금은 이 방이 아주 불안정한 상태라서 모든 것이 폭발할 수 있어!"

"엄마, 괜찮아요?" 타라가 불안해서 미칠 것 같은 얼굴로 외쳤다.

기침 소리가 났다. 셀레나가 대답하기 위해 기관지를 힘껏 벌리는 데 성공한 것이었다.

"으윽, 어…… 어떻게 된 거야?"

"모우르무르 할아버지께서 주문을 풀려고 노력하는 중에 엄마가 다양한 동물로 둔갑되었어요."

"아, 그래서 구더기가 먹고 싶었나? 음, 그랬던 거야."

"엄마, 정말 괜찮은 거예요?"

셀레나는 약간 불안한 어조로 대답했다.

"괜찮아. 하지만 나한테 가까이 오지 않는 것이 낫겠어. 나는……"

파바밧, 고통스러운 비명소리가 났다.

이윽고 모우르무르가 뭔가를 하자 불빛이 돌아왔다.

머리가 곤두서고 눈썹이 그을린 셀레나에게서 섬광이 일었다. 셀레나를 도와주려고 달려갔던 타쉴이 그 옆에 널브러져 있었다.

"오! 아주 좋아." 모우르무르는 흡족한 얼굴로 말했다. "아마 10분쯤 계속 그럴 거다. 그 현상이 멈추면 주문이 깨질 거야. 자네의 패밀리어는 멀리 떨어져 있게 해. 아니면 이 멍청한 조수처럼 감전될 테니까."

눈이 동그래지고 귀를 늘어뜨린 채 셀레나가 여러 동물로 둔갑하는 과정을 지켜봤던 셈보르는 조심스럽게 두 발짝 물러났.

모우르무르는 타라가 좀 전에 했던 말에 대답하려고 돌아섰다. 그러고는 타라의 눈앞에서 종이 한 장을 흔들었다.

"이거 보이지?"

도표와 선이 가득했다.

"네, 뭐예요?"

"네 엄마의 신체를 분석한 것이다. 머리끝에서 발끝까지 마법에 걸려 있어. 이것도 보겠니?"

그러면서 또 다른 종이를 내밀었는데 도표가 가득했다.

"그건 뭔데요?"

"즉 주문의 근원은 네가 아니라는 걸 알려주는 분석표지. 따라서 너를 먼저 실험해보는 것은 아무 소용이 없다는 뜻이야. 네 어머니를 억압하는 주문을 없애면 너를 억압하는 주문도 소멸되는 것이지."

"아주 쉽게 말씀하시네요." 타라가 말했다. "내 어머니와 내 인생을 망친 주문인데……."

모우르무르는 뻣뻣해졌다.

"쉽게 말하는 것이 아니야. 절대 쉬운 일이 아니지만 내가 천재라서 쉽다는 거지. 지구나 아더월드에서는 아무도 실현시킬 수 없어. 이제 실험실에서 모두 나가야 한다. 이 기계를 축소해서 공격하는 자들의 방어 주문을 파괴할 수 있는 기구를 만들어야 하니까. 상대를 12톤에 이르는 이 기계 앞에 세우는 것은 아무래도 불편할 테니까."

타라가 질문하려는 순간 폭발이 일어났다.

그리고 또다시 불빛이 꺼졌다.

"모우르무르, 무슨 짓을 하는 건가?" 마니투가 고함쳤다.

"내 잘못 아니에요." 모우르무르가 반박했다.

불빛이 돌아왔을 때 그들은 경악했다.

잿빛 마법복 차림의 한 남자가 모우르무르의 수프 그릇에 얼굴을 처박은 채 엎어져 있는 것이 아닌가.

그리고 그 뒤에서 빨간 머리의 난쟁이가 수프 그릇에 엎어진 자의 등에서 도끼를 뽑아 들고 자랑스럽게 미소를 지었다. 타라는 난쟁이를 대번에 알아봤다.

파프니르!

공격

아이들의 70퍼센트가 부모의 직업을 선택한다는 걸 알면
공격하기 전에 면허 받은 도둑의 자식들인지
그것부터 알아보는 것이 현명한데……

*

마법의 행성 아더월드에서 사건이 일어났다.

그리고 사건은 칼리반 달 살란의 집에서부터 시작되었다.

자신의 방, 전자기술과 마법을 결합시킨 기발한 기구들 앞에서 잿빛 눈에 천진난만한 얼굴의 칼이 욕설을 퍼붓고 있었다.

오무아 제국의 암호를 해킹하는 데 칼을 따라올 자가 없었다.

평소에는 그랬다.

칼은 벌써 몇 달째 오무아 제국의 지시를 교묘히 피하면서 지구에 있는 타라 덩컨과 연락할 방법을 모색하고 있었다. 그러나 아무 소용없었다. 암호 체계가 어찌나 촘촘한지 깃털 하나 비집고 들어갈 틈이 없었다.

칼은 타라가 너무 보고 싶었다. 한 해, 한 해 가까이 지내면서 겪을

수록 타라는 정말 최고의 친구였다. 얘기를 나눌 수도, 함께 누군가의 흉을 볼 수도, 면허 받은 도둑으로서 최근에 올린 성과를 자랑할 수도 없다는 것이 너무 따분했다. 타라와 함께 친구들이 마지스터를 물리친 뒤로 아더월드는 따분하기 짝이 없었다. 난쟁이 전사 파프니르의 말대로 '타라가 있으면 한바탕 신나게 싸움판을 벌일 텐데!' 안타깝게도 이제는 타라가 없으니.

칼은 잠시나마, 치료해줄 수 있는 사람이 타라밖에 없다는 이유를 대기 위해 뱀파이어로 변신할 생각도 했었다(사실은 변신하려고 애를 썼지만 실패했다. 피의 맛이 끔찍한 것도 천만다행이었다!).

타라에 대한 그리움으로 지쳐가고 있을 때 둔탁한 소리가 났다.

칼은 단박에 무슨 소리인지 알아차렸다.

부모님의 응접실에서 누군가가 심하게 넘어지는 소리였다. 칼은 경계를 하면서 고개를 쳐들었고, 해킹을 하느라고 만지작거리던 크리스털 볼을 내려놨다. 그리고 단검을 뽑아 들고 방문 쪽으로 살금살금 걸어갔다. 형제들이 무장했다고 놀릴지도 모르지만 잘난척하다 죽는 것보다 미쳤다는 소리를 듣더라도 살아남는 게 낫지.

칼이 방을 나갔을 때 큰형 벤자민과 여동생 키시(어머니가 칼을 마지막으로 더는 낳지 않으려다 생긴 막내딸)도 층계참에 나와 있었다.

그들도 마법을 작동하고 있었다.

칼과 마찬가지로 벤자민은 면허 받은 도둑이었다. 키시는 면허 받은 도둑이 아니기 때문에 두 형제는 숨어 있으라는 손짓을 한 뒤에 소리를 내지 않고 부모님의 응접실로 향했다.

하지만 응접실에서 싸우는 소리가 워낙 요란하기 때문에 노래를 부르면서 탭댄스를 춰도 들키지 않을 것 같았다.

　벤자민이 발길질로 문짝을 차면서 공격 자세를 취했다. 그러나 상그라브 둘은 부모와 싸우느라고 등 뒤에 누가 있는지 신경 쓸 겨를이 없었다.

　상그라브들은 쉬운 상대와 싸울 것이라고 생각했었다.

　정원에서 불쑥 나타난 상그라브 넷이 창문을 깼을 때 알리아나는 즉시 반격했다. 그녀가 미암을 깎고 있다 날린 칼이 첫 번째 공격자의 목에 꽂혔고, 동시에 마법의 광선은 두 번째 공격자를 후려쳤다. 나머지 상그라브 둘의 공격은 데오르 드레온이 즉시 불러낸 단단한 방패에 막혔다.

　창문턱을 넘어서지도 못한 채 땅바닥에 널브러져 있는 두 상그라브만 봐도 완전히 잘못 생각한 것이었다. 알리아나 레안드린 달 살란은 랑코비트의 면허 받은 도둑 중에서도 이름난 사람이었다. 나이가 들었는데도 반사적 행동이나 마법 실력은 그대로였다. 면허 받은 도둑이었으나 지금은 은퇴한 남편 드레온 역시 상그라브가 쉽게 덤빌 수 있는 만만한 상대가 아니었다.

　칼과 벤자민이 들이닥치면서 상그라브들이 불리해졌다. 알리아나와 드레온이 공격하기 전에 갈색 마법복에 은빛 마스크를 쓴 상그라브들이 트란스미투스 주문을 읊었고, 부상당한 상그라브늘을 들쳐업고 순식간에 사라졌다.

　그들은 아연실색해서 서로를 처다봤다. 알리아나가 화려한 나비들로 장식된 빨간색 소파침대에 털썩 주저앉자 나비 몇 마리가 날아갔다. 파란색 벽화 속의 멋진 동물들이 불안한 눈길을 던졌다.

"오, 내 조상들이시여!" 알리아나는 떨리는 손으로 흰머리가 희끗희끗한 갈색 머리를 쓸어 넘기면서 말했다. "이게 무슨 일이지?"

"상그라브들에게서 뭔가 훔쳐온 거요?" 남편이 차분한 목소리로 물었다. "그놈들은 건드리지 말라고 내가 분명히 말했는데!"

그렇게 말하고 나서 드레온도 다리가 후들거려서 의자에 주저앉았다.

"천만에요!" 알리아나는 칼과 똑같은 잿빛 눈을 부릅뜨면서 격분했다. "내가 미쳤어요? 그런 짓을 하게. 나는 테러 조직이 아니라 정부의 물건만 훔친단 말이에요! 난 면허 받은 도둑이지 좀도둑이 아니라고요!"

아직도 충격에서 벗어나지 못한 칼은 머리를 문질렀다.

"그런데 왜 상그라브들이 우리를 공격한 걸까요?"

갑자기 드레온의 얼굴이 창백해지면서 손으로 왼팔을 잡았다.

"이…… 이상해. 팔이 아파." 드레온이 몽롱한 목소리로 말했다.

갑자기 드레온이 눈을 파르르 떨다가 쓰러졌다.

"여보!" 알리아나가 달려들면서 외쳤다.

"아빠!" 칼과 벤자민 그리고 방금 응접실로 들어온 키시가 소리쳤다.

드레온이 의식을 잃었다. 알리아나는 남편을 소파침대에 눕히고 재빨리 진찰하면서 면허 받은 도둑들이 사용하는 응급처치를 했다.

"심장마비가 틀림없어! 애들아, 너희들이 아버지의 심장을 받쳐줘야 돼. 레파루스로 심장 근육 주위를 치료해야 되는데 아주 조심해야 된다. 주문은 내가 읊을 테니까 모두 준비해. 자, 지금이야!"

칼과 키시, 벤자민의 마법이 드레온의 몸을 후려치는 사이에 불안에 빠진 알리아나는 주문을 읊었다.

"*레파루스의 이름으로 우리가 심장을 받쳐주는 동안 내 남편의 심장에서 피가 마르지 않고 세게 뛰게 할지어다!*"

드레온의 심장이 다시 뛰기 시작했다. 쓰러지고 몇 초도 지나지 않았을 때 레파루스 치료를 했기 때문에 뇌 손상이 일어나지 않았다. 그러나 드레온은 여전히 의식이 돌아오지 않고 있었다.

"샤먼에게 데려가야겠다." 남편이 일단 고비는 넘겼다는 생각에 차분해진 알리아나가 말했다. "아이들을 모두 불러와. 트란스미투스를 사용하지 말고 양탄자를 타고 가는 것이 좋겠어."

알리아나는 상그라브들이 정말 떠났는지 철저하게 확인했고, 그들은 집을 떠났다.

아버지에 대한 걱정 때문에 칼은 지구에 있는 타라와 연락하는 일에 신경 쓸 겨를이 없었다.

아버지에게 심장마비를 일으키게 한 상그라브들을 찾아서 다시는 얼씬거릴 생각도 하지 못하게 만들어야 하기 때문이었다.

랑코비트의 트라비아에 있는 집에서 로빈은 크리스털 볼을 앞에 두고 칼에게서 연락이 오길 초조하게 기다리고 있었다.

하프엘프는 낙담해 있었다. 미치도록 사랑하는 타라에게 갈 수가 없었다. 할 수 있는 것은 다 해봤다. 지구로 향하는 비밀 공간이동의 문도 알아봤지만 법에 위배되기 때문에 걸리면 무조건 감옥행이었다. 로빈은 아버지(엘프)와 어머니(인간)가 타라를 그리워하는 마음을 전혀 알아채지 못하도록 신경을 썼다. 하지만 타라를 만날 수 없다면 미쳐버릴 것 같아 어쩔 도리가 없었다.

오무아의 여제는 로빈이 랑코비트로 돌아가는 걸 수락했었다. 타라가 지구에 있는데 오무아에 남아 있을 이유가 없다고 생각한 로빈은 아버지가 지휘하는 랑코비트의 비밀정보국으로 복귀했다. 아버지와는 달리 로빈은 어린 나이인데도 현장 요원으로 활동하고 있었다. 엘프들이 백 살쯤 되어야 청년기를 벗어난다는 걸 고려하면 아주 어린 나이였다.

로빈이 검은 머리털이 섞인 은발을 쓸어 넘기는데 머리 길이가 아직은 아주 짧았다. 유령에 들려서 죽을 뻔한 뒤로 다 빠졌던 머리가 다시 자라고 있지만 너무 더뎠다. 많은 엘프들, 아니 거의 모든 엘프는 머리가 치렁치렁할 정도로 길었다. 하프엘프라서 은빛 머리에 검은 머리털이 섞여 있는 것으로도 모자라서 이제는 길이까지 짧아졌으니! 하지만 몸이 너무 허약해진 상태라 머리를 자라게 하려고 마법을 쓸 수도 없었다.

다른 엘프들이 몹시 비웃고 있었다. 하지만 현재 몸 상태로는 싸움에서 질 것이 뻔해서 로빈은 그 조롱을 참고 있을 수밖에 없었다.

로빈의 기분을 느낀 히드라 소우르브가 밖에서 시끄럽게 울었다. 하지만 로빈은 반응하지 않았다.

로빈은 자신의 무력함을 저주했다. 가증스러운 유령에 들렸던 것이 거의 1년이 되어가건만 육신과 정신이 완전히 회복되지 않았다.

엘프들의 무시무시한 여왕 빌라라가 깜짝 놀라서 로빈에게 보디가드를 붙여주기로 결정할 정도였다. 사실 로빈의 몸이 허약하기 때문이라는 것은 핑계일 뿐 '언젠가 다시 후계자가 될 가능성이 있는 전 후계자'의 남친이기 때문에 에이스 카드로 써먹을 수 있어서였다.

따라서 로빈은 엘프의 세계에서 가능한 한 제거해야 할 배척받는 하프엘프 신분에서 보호해야 할 병약한 신분으로 바뀌어 있었다.

보디가드는 그토록 로빈을 유혹하려고 애쓰던 발라였다.

하지만 바이올렛 엘프 발라는 더 이상 로빈을 유혹……, 아니 쫓아다니려고 하지 않았다. 발라는 트리톤, 정확하게 말하면 하프트리톤이자 하프엘프인 몽타뉴크리스토에게 훨씬 흥미를 느끼고 있었다. 어머니를 히스테릭하게 만드는 것(발라의 어머니는 잡종을 끔찍하게 싫어했다)이야말로 스릴이 넘치고 짜릿하기 때문이었다.

발라는 어머니와 사이가 아주 좋지 않았다.

그러나 발라는 보디가드 역할을 아주 진지하게 받아들였고, 다섯 살배기 아이처럼 로빈을 보호했다. 로빈은 이제 무엇이 더 끔찍한지 알 수가 없었다. 가슴이 다 드러나는 셔츠에 짧은 반바지로 유혹하는 엘프? 아니면 일거일동을 지켜보는 집요한 감시원?

예전의 발라는 귀찮을 정도로 달라붙었는데 지금의 발라는 로빈을 당황하게 만들었다. 이따금 예전으로 돌아가서 야한 옷차림의 발라가 초록빛 눈을 반짝일 때 로빈이 침을 흘릴 때가 있었다. 하지만 섹시한 모습을 보여주는 것으로 만족하고 발라가 홱 돌아서버렸기 때문에 로빈은 당황하지 않을 수 없었다.

어쨌든 현재 로빈의 상태로는 돌아서는 발라를 붙잡을 기력도 없었다. 한 시간 전만 해도 활을 당겨보려고 했지만 실패할 정도로 힘이 없었다.

 릴란드릴은 정령이 안에 자리 잡고 있는데도 활을 사용하지 않는 로빈에게 단단히 화가 나 있었다. 유령을 퇴치하는 기계가 작동했을 때 무슨 영문인지 활의 정령은 사라지지 않았다.

 그물만 달랑 걸친 차림으로 가슴을 하프엘프의 얼굴 앞에 들이댈 때 정령의 모습은 발라는 저리 가라 할 정도로 고혹적이었다.

 최근에는 발라도 다른 사람들에게는 보이지 않는 릴란드릴과 의사 소통을 할 수 있다는 걸 알았다. 그래서 육신을 갖고 있지 않은 정령이기 때문에 릴란드릴이 로빈에게 보여줄 수 없는 훈련을 발라가 대신 맡았다.

 릴란드릴과 발라는 로빈을 못살게 굴기로 작정을 한 것 같았다.

 로빈은 한숨을 쉬면서 시계를 봤다. 칼은 크리스털 볼을 조작해서 오무아 제국이 정지시킨 통신망을 뚫고 타라와 통화할 수 있는 방법을 찾아내겠다며 두 시간 정도 걸릴 거라고 했었다. 도대체 칼은 뭘 하고 있기에 아직까지 연락하지 않는 걸까?

 로빈은 크리스털 볼을 마법복 주머니에 넣고 내려갔다.

 칼의 부모와 마찬가지로 로빈의 부모도 살아 있는 궁전 내의 공관 외에 사택을 소유하고 있었다. 패밀리어로 히드라를 얻은 뒤로 로빈은 소우르브가 좋아하는 물고기가 가득한 연못을 만들게 했다. 아름다운 저택은 온통 책으로 가득해서 아주 인상적이었다. 로빈의 어머니 메보라는 책을 아끼고 사랑하지만 정리하는 걸 싫어해서 강력한 레비투스 주문으로 많은 책을 떠받쳐놓은 상태였다. 때문에 공중에 떠 있는 것들을 포함하여 집 안 곳곳에 책이 쌓여 있었다. 로빈의 아버지 탕딜루스는 공중에 떠 있는 수 톤의 책 밑을 지나다닐 때는 늘 고개를 숙여야 했다.

로빈이 방심하고 주먹으로 쳤다가 하마터면 책들이 와르르 무너질 뻔했다.

"엄마!" 로빈이 짜증을 부렸다. "아무리 그래도 정리 좀 하시죠!"

"오, 내 조상들의 피여!" 메보라가 중얼거렸다. "내가 확 돌아버리기 전에 내 아들이 사랑스럽게 말할 수 있게 도와주소서!"

메보라 망질이 읽고 있던 책을 내려놓고 활짝 웃는 얼굴로 로빈을 돌아봤다.

"괜찮니, 아들아?"

"엄마가 하는 말 다 들렸거든요." 로빈이 볼멘소리로 대꾸했다. "농담이 아닌 것 같았어요."

메보라는 순진한 얼굴을 했다.

"혼잣말이야. 내가 항상 그러는 거 너도 알잖아. 늙으면 다 이렇게 되는 거란다."

로빈은 아버지 같은 엘프가 홀딱 반할 정도로 아름다웠고, 지금도 스물다섯 살의 아가씨처럼 젊은 어머니를 응시하면서 또다시 한숨을 내쉬었다.

"엄마는 늙지 않았어요. 엄마들 중에서 가장 아름답다는 걸 아시면서. 엄마는 책이 제일 중요하기 때문에 다른 것에는 관심도 없잖아요."

메보라 망질의 입술에서 미소가 사라졌다. 그녀는 기분이 상한 얼굴로 물었다.

"내가 책에 미쳐서 너에게 신경을 많이 써주지 않았다고 생각하는 거니?"

로빈은 그런 뜻으로 한 말이 아니었다. 비록 한 손으로는 우유병을 들고, 다른 손으로는 책을 들고 공부했지만 어머니는 늘 자식을 걱정했다. 로빈은 그저 책에 대한 사랑을 말한 거지 어머니를 자극할 생각이 전혀 없었다.

"아니, 그런 뜻이 아니에요." 로빈이 사랑스럽게 항변했다. "엄마가 아빠와 나를 사랑한다는 거 잘 알아요. 그냥 주문으로 스테이크를 불러내면 되는데도 칼을 뽑아 들고 몇 시간 동안 사냥하러 다니기를 좋아하는 아빠랑 똑같이 나를 사랑한다는 거 알지 왜 모르겠어요."

어머니에게 다가가서 꼭 끌어안은 로빈은 키가 많이 자랐다는 걸 알아차렸다. 어머니의 키가 1미터 75센티미터인데 머리가 로빈의 가슴에 닿았기 때문이었다.

메보라는 아들의 포옹에 기분이 풀렸다.

"책들은 뜻밖의 용도로 사용될 수도 있단다. 안개 대양에서 해적 소탕 작전을 하던 중에 미친 노파에게 납치되어 동료 엘프들과 고문을 당하고 있을 때 너를 구해준 것도 내 책들……."

메보라는 말을 끝맺을 시간이 없었다. 문이 폭발했던 것이다.

집 앞에 유형화된 상그라브들은 강력한 트란페르수스 주문 덕분에 정원의 안티 트란스미투스 보안장치를 뚫었다. 저항할 겨를이 없는 현관문은 데스트룩투스 공격을 받고 박살이 났다. 첫 번째 방으로 뛰어들던 상그라브들은 미로를 이루는 책 더미들에 발이 걸려서 콰당, 넘어졌다.

상그라브들의 치명적인 광선이 본능적으로 몸을 웅크린 로빈과 메보라의 머리 위를 지나갔다.

로빈의 어머니는 무슨 일인지 대번에 알아차렸다. 그녀가 허공에서 뭔가를 끊는 동작을 하자 공중에 떠 있는 30톤에 이르는 책이 와르르 무너져 내리면서 상그라브들이 보기 좋게 깔려버렸다.

표현이 '보기 좋게'라는 것이지 비명소리에 고함소리, 별의별 지저분한 소리가 났다.

그것으로 상그라브들의 공격은 끝났다.

격한 공격과 어머니의 전광석화처럼 빠른 반격에 놀라서 아직도 눈이 동그래져 있던 로빈이 몸을 숙이고 공격자 중 한 명의 장갑을 건드려봤다.

모두 죽은 상태였다. 지식의 무게를 지닌 책들은 과연 가공할 만했다.

너무 친숙한 잿빛 마법복과 가슴 부위에 새긴 빨간 원을 알아보는 순간, 피와 잔해들만 남기고 몸들이 순식간에 사라져버렸다.

로빈은 눈살을 찌푸렸다. 죽거나 부상당하는 경우, 눈 깜짝한 사이에 현장에서 사라지는 데마테리알루스는 아주 어려운 주문이었다. 지금까지 딱 한 번 본 적이 있는데 타라에게 패했을 때 마지스터가 이 주문을 작동했다. 역시 예상대로 방금 전의 공격자는 상그라브들이었다. 마지스터가 권력의 길을 방해한 자들에게 복수하는 것이 분명했다.

예감이 좋지 않았다.

"엄마 말이 맞았어요." 로빈이 몸을 세우면서 생각에 잠긴 얼굴로 말했다.

로빈의 어머니는 두 손을 덜덜 떨면서 소파에 쓰러질 듯 앉았다.

"뭐가 맞아?" 메보라는 떨리는 목소리로 물었다.

"책들은 뜻밖의 용도로 사용될 수도 있다는 말이요!"

상그라브들의 공격은 여러 곳에서 동시다발적으로 일어나고 있었다. 무아노와 부모, 그리고 파브리스는 타도르 산에 위치한 난쟁이 파프니르의 집을 방문해 있었다. 파프니르의 부모 탑두르와 벨리르는 무아노의 부모와 이런저런 얘기를 나누었고, 무아노는 생각에 잠겨서 그들을 응시하고 있었다.

무아노의 아버지 주스티니르와 어머니 자드라 다비일은 오래전부터 난쟁이들의 나라 히믈리아에서 일하고 있었다. 메탈 엔지니어 주스티니르는 수백 미터 깊이의 바위 속에 있는 광석을 탐지해내는 놀라운 재능이 있었다.

자드라는 금속으로 무엇이든 만들 수 있는 메탈 테크니션으로 철광석을 황금이나 백금으로 변화시킬 수 있었다. 아주 희귀한 재능(아더월드에 여섯 명밖에 없다)이라서 메탈 테크니션은 아더월드의 제국이나 공화국 또는 왕국에 전속되어 있었다.

랑코비트 왕비 티타니아의 여동생 자드라는 왕위 후계자가 아니기 때문에 남편과 함께 히믈리아에서 살게 해달라는 특별 면책을 요청했다.

티타니아는 자드라가 만드는 귀금속의 일부를 받는 대가로 수락했다.

덕분에 외동딸 무아노는 어릴 적부터 난쟁이들과 가까이 지내면서 아더월드의 어떤 국민보다 난쟁이들을 훨씬 잘 이해했다.

무아노가 어릴 때 말까지 더듬을 정도로 수줍음이 많은 것은 어머니 자드라의 영향이었다. 검은색 머리의 든든한 남편 옆에 서 있는 갈색 머리 자드라는 정말 왜소했다. 딸보다도 키가 작았으니.

자드라는 딸이 랑코비트의 저주에 걸려 있다는 걸 알고 많이 걱정했다. 미녀와 야수의 후예는 흥분하면 야수로 변신하기 때문이었다. 사실, 타라가 죽음의 소용돌이에 휘말리는 위험에 빠지는 순간 갑자기 야수로 변신하여 친구를 구해낼 때까지 무아노는 자신에게 그런 능력이 있다는 걸 전혀 모르고 있었다. 그 뒤로 야수로 변신하는 일이 너무 잦아지고 있었다. 타라가 지구로 추방된 후, 무아노는 몇 달 동안 곰곰이 생각한 끝에 친구에게 가기 위해 이적 신청서를 제출했다. 지구를 싫어하는 데다 너무 머나먼 행성이라고 생각하는 어머니 자드라는 펄펄 뛰면서 반대했다.

어머니가 얼마나 불안해할지 알지만 무아노가 이런 결정을 내린 것은 두 가지 이유 때문이었다. 절친한 친구 타라가 그리울 뿐만 아니라, 마법이 약한 지구에서는 야수로 변신하는 저주의 힘이 약해질 것이라는 생각이었다. 무아노는 공포를 느끼거나 흥분만 해도 털북숭이 괴물로 변신하는 것이 점점 진저리가 났다.

지구에서 보낸 시간이 아주 짧았던 무아노는 파브리스가 태어나고 자란 행성, 지구라는 이상한 세상을 제대로 알고 싶었다.

파브리스가 강력한 마법 능력을 얻기 위해 친구들을 배신하고 마지스터를 따라간 뒤로 무아노는 교제를 거부했었다. 그리고 지금은 파브리스를 시험하는 중이었다. 무아노는 어떤 파브리스가 더 좋은지 아직은 알 수 없었다. 배신행위까지 하면서 무아노를 포기한 파브리스? 아니면 이 상황을 기꺼이 받아들이는 것 같은 파브리스?

다른 사람들이 보기에 무아노와 파브리스는 늘 함께 있었다. 둘은 손을 잡은 채 거의 붙어 다녔다. 오직 무아노만 이런 태도가 얼마나 위선적인지 알고 있었다. 그렇지만 처음에 파브리스에게 끌렸을 때 느끼던 가슴 두근거리는 사랑보다는 훨씬 마음이 평온해서 이것도 그리 나쁘지 않았다.

그리고 자기 자신도 평범한 인간이 아닌데 늑대인간을 남친으로 갖는 것이 오히려 잘 어울릴지도 모르고.

"에헴, 내 딸은 친구 타라 때문에 미치고 말 거예요." 파프니르의 어머니 벨리르는 진주와 다이아몬드로 장식한 빨간색의 아름다운 수염을 가다듬으면서 한탄했다. "오, 내 할머니의 콧수염이여! 그러니까 지구에 있는 그 어린 인간과 연락할 수 있는 사람이 아무도 없단 말입니까?"

자드라는 고개를 끄덕이는 무아노에게 다정한 미소를 보내면서 말했다.

"우리 딸도 시도해봤지만 오무아 제국에서 통신망을 강력하게 통제하고 있는 모양이에요. 그래서 글로리아('무아노'라는 별명을 더 좋아하는 딸이 눈을 흘겼다)는 지구에 가서 이사벨라 덩컨의 조수로 일할 생각까지 하고 있어요. 그게 다 오직 친구를 만나기 위해서죠." 자드라는 다 알고 있었다는 걸 보여주기 위해 덧붙였다.

파프니르의 아버지 탑두르의 얼굴이 일그러졌다. 아내와 달리 수염은 없지만 더부룩한 금발이 얼굴을 뒤덮고 있어서 털이 휘날리면 파란 눈을 이글거리는 동물 같았다.

"오, 황금 광산이여! 어떻게 그런 끔찍한 생각을! 마법의 행성이 아니라는 것, 그거 딱 하나 마음에 들까. 나 같으면 환경오염이 심각한 행성에 가서 살 생각은 절대 안 하겠는데!"

난쟁이들이 얼마나 자연을 사랑하는지 굳이 말할 필요가 있을까. 인구가 150만인데도 히블리아의 도시는 파란 나무와 붉은 잔디가 넘치고, 공기는 꽃향기로 그윽했다. 난쟁이들은 조각술이 뛰어나기 때문에 아더월드의 동물상을 표현한 멋진 조각상들이 거리와 공원들을 장식하고 있었다. 난쟁이들의 투박한 성품을 잘 아는 무아노는 그들의 예술적 감각과 광산에서 발휘하는 동물적인 힘이 얼마나 대조적인지 확인할 때마다 놀라지 않을 수 없었다.

아더월드의 다른 종족들과는 달리 지칠 줄 모르는 난쟁이들은 마법을 사용하지 않았다. 따라서 하수도와 물을 끌어대는 장치, 수력발전기가 정원에 숨어 있었다.

"지구가 그 정도로 엉망은 아니지, 파브리스?" 무아노는 다정한 목소리로 확인했다.

한마디도 듣지 않고 있던 파브리스는 건성으로 고개를 끄덕였다.

무슨 말인지 못 알아들었을 때는 그냥 동의하는 편이 나았다.

강력한 마법 능력을 포기한 뒤로 파브리스는 무료함을 느끼고 있었다. 더 이상 어렵고 위험한 마법서를 읽지도 않았다. 구역질이 나는 묘약을 만들겠다고 약제사들을 찾아다니지도 않았다. 파브리스가 화이트 매직, 그레이 매직, 블랙 매직에 관계없이 강력한 마법 습득에 관련된 것을 더 이상 사들이지 않자 장사꾼들도 매상이 떨어졌다고 투덜거렸다. 셈 선생님의 말대로 마법은 어떻게 사용하느냐에 따라 유익한 것이 될 수도, 해로운 것이 될 수도 있었다.

파브리스는 무아노의 갸름한 얼굴과 넓은 이마, 하도 잘 엉켜서 늘 신경을 써야 하는, 어깨 뒤로 넘긴 구불구불한 갈색 머리, 반짝거리는 귀여운 눈을 쳐다보고 있었다. 무아노는 지구에 가 있던 어느 날 자전거에 얽힌 재미있는 일화를 이야기하는 중이었다. 파브리스는 듣는 둥 마는 둥 하면서 무아노가 예전 같지 않다는 생각을 했다. 하지만 모르는 척하면서 전혀 내색하지 않았다.

물론 좋은 생각은 아니었다. 무아노의 마음이 멀어지고 있는 건가? 정말 그렇다면 미치고 말 텐데!

무아노가 용서했는데도 냉랭하다는 것은 파브리스가 마법 능력을 포기했다는 사실을 믿지 않는다는 것이었다.

파브리스는 무아노를 정말 사랑하고 있었다.

때로는 무아노에 대한 사랑 때문에 애가 탈 정도였다. 파브리스는 돌아올 희망이라곤 없는, 타라의 어머니 셀레나를 필사적으로 사랑하는 마지스터의 마음이 이해되었다.

공상에 잠겨서 대화를 건성으로 듣던 파브리스가 갑자기 늑대로 변신했다.

정말 놀라운 순발력이었다.

상그라브 여섯 명과 반쪽이 눈앞에 유형화되었던 것이다.

반쪽이라고 한 것은 타도르 산에서는 마법이 몹시 불안정해서 한 상그라브가 절반만 도착했기 때문이다. 상그라브들이 주문을 날리려고 했지만 마법은 작동하지 않았다. 전혀.

반면에 난쟁이들의 도끼는 마법이 필요 없었다. 그리고 늑대로 변신한 파브리스와 야수로 변신한 무아노도 빠르게 움직였다.

탑두르와 벨리르, 파프니르, 무아노와 파브리스가 고함을 지르면서 달려들자 상그라브들이 아연실색했다. 마법이 작동하지 않기 때문에 자드라와 주스티니르는 뒤로 물러서 있었다.

잘되어가고 있었는데…… 느닷없이 마법이 작동하기 시작했다.

살아 있는 상그라브들이 즉시 반격하면서 도망치기 시작했다.

상그라브들이 타도르 산에서는 하지 말라는 트란스미투스를 작동하는 바람에…… 이런, 신체의 일부만 통과하기에 이르렀다.

반쪽만 통과하고, 나머지 반쪽은 그 자리에 남아 있었다.

자드라는 구역질을 참았다. 아무리 비위가 좋아도 그렇지, 인간의 신체 일부가 여기저기 널려 있는데 차마 눈뜨고 못 볼 광경이었다.

아마도 오토매틱 데마테리알루스가 작동하고 있는 걸까. 갑자기 신체 일부들마저 온데간데없이 사라졌다.

부상을 당했기 때문에 트란스미투스 주문을 사용하지 못한 상그라브 중 한 명이 그 광경을 보면서 악마의 마법을 작동했다. 가슴 부위에 붉은색 원이 새겨 있다는 것은 이 상그라브가 마지스터의 측근으로 마법 능력이 강력하다는 뜻이었다.

　파프니르 바로 옆에서 상그라브가 자신의 피로 커다란 원을 그리면서 통로를 만들었다. 즉시 소용돌이가 열렸고, 상그라브는 빨리 뛰어들려다가 비틀거리면서 빨간 머리 난쟁이와 부딪쳤다.

　파프니르는 피할 겨를이 없었다. 소용돌이가 둘을 집어삼켰다.

　공포에 질린 남은 이들의 눈길을 받으면서 둘은 사라졌다.

6
파프니르
누군가에게 질문을 하려면
이왕이면 살아 있을 때 하는 것이 좋은데

*

파프니르는 어지러움을 느끼면서 어디인가에 도착했다. 질겁한 사람들이 소용돌이를 불러냈던 상그라브의 시체를 에워싸고 있었다. 파프니르는 상그라브의 등에서 도끼를 뽑으면서 소리쳤다.

"죽었지만 데마테리알루스 주문이 걸려 있어서 사라질 거예요. 빨리 막아야 해요!"

모우르무르는 번개처럼 빠르게, 벌써 투명해지기 시작한 시체를 향해 보랏빛 광선을 발사했다. 투명해지던 시체가 본래의 모습으로 돌아왔다. 모우르무르는 이상한 기구를 코에 걸치고 두 배로 커진 동공으로 시체를 살피기 시작했다. 그러고는 많은 먼지와 피, 유해 조각을 채취해서 등 뒤에 둥둥 떠 있는 시험관에 넣고 꼼꼼하게 밀봉했다. 전문적인 솜씨였다.

"오, 젤리소르의 충치여!" 모우르무르가 중얼거렸다. "스펙트럼 사진이 없는데 어떻게 해결한다?"

"마법을 사용하면 되잖아요!" 망구스가 눈을 굴리면서 격분했다. "우리에게는 인간들의 기계 따위는 필요 없단 말입니다! 그러니까 텔레비전 좀 그만 보시라고요. 아이구, 답답해!"

"타라!" 빨간 머리 난쟁이가 환호성을 질렀다.

난쟁이가 달려들어서 타라를 와락 끌어안는 바람에 저택이 구해주지 않았다면 타라는 엉덩방아를 찧을 뻔했다.

"너의 쇠망치가 맑은 소리로 울리기를!" 너무 기쁜 난쟁이는 도끼를 크게 휘두르다가 뒤에 있는 조수들의 목을 칠 뻔했다.

"너의 모루가 맑은 소리로 되울리기를!" 아직 충격이 가시지 않은 타라가 난쟁이들의 인사말로 답했다. "파프니르? 네가 여기 웬일이야? 이자는 누구고?"

"공격을 받았어." 파프니르는 시체를 향해 돌아서면서 신이 나서 대꾸했다. "누군지 알아차렸지? 상그라브 여러 명이 우리 집에 쳐들어왔어. 이 멋진 선물을 누가 보내준 건지 모르겠지만 정말 너무 고맙단 말이야! 내 생일은 3주 후인데!"

파프니르는 성큼성큼 걸어가서 죽은 상그라브의 마법복에 대고 도끼를 꼼꼼하게 닦았다.

누군가가 집에 쳐들어와서 공격을 했다고 좋아하는 사람이 파프니르 말고 누가 또 있을까? 저택은 안티 트란스미투스 보안 장치가 그렇게 쉽게 뚫렸다는 것 때문에 성질을 부리기 일보 직전이었다. 타라는 저택을 이해시키려고 일부러 큰 소리로 파프니르에게 물었다.

"공간이동의 문을 이용해서 온 거 아니지? 트란스미투스를 사용한 것도 아니고?"

파프니르는 타라에게 몸을 숙이라는 손짓을 하면서 속삭였다.

"네 어머니 몸에서 전기 스파크 같은 불꽃이 튀는데 저거 정상이야?"

"얘기하자면 길어." 타라는 한숨지었다. "나중에 얘기해줄게."

"알았어. 아무튼 뭔지 모르지만 되게 재미있겠는데! 이 상그라브가 뭘 했는지 모르겠지만 공간이동의 문이 아닌 것은 확실해. 뱀파이어 셀렌바가 사피르를 따돌리기 위해 피로 원을 그려서 달아났다고 네가 말해준 적 있지? 그거랑 비슷한 것 같아. 강렬한 빛 속에 있었고, 여기 도착했을 때 놈이 도망치지 못하게 도끼를 날려버렸어. 내 부모님에게 연락해서 나는 무사하다고 알려줄래? 많이 걱정하고 계실 거야."

이유와 방법 같은 것 따지지 않고 상황에 따라 속전속결로 처리하는 것이야말로 난쟁이들의 장점이라면 장점이었다.

모우르무르가 신호를 보내자 타트리스 조수는 파프니르가 불러주는 번호로 히믈리아와 통신 연결을 했고, 파프니르의 어머니 이미지가 나타났다. 벨리르는 실험실이 보이자 일단 안도하면서 외쳤다.

"파프니르, 우리가 얼마나 걱정했는지 몰라! 거기가 어디니? 이건 지구의 지역 번호인데?"

"타라와 함께 있어요." 파프니르가 활짝 웃으면서 대답했다. "다시는 공격할 꿈도 못 꾸게 만들어버렸……."

통화가 끊어졌다. 파프니르는 눈살을 찌푸리다가 갑자기 불안해져서 크리스털 볼을 꺼내 들고 번호를 눌렀다.

벨리르가 나타났는데 어리둥절한 표정이었다.

"어, 이상하네. 아무 이상 없었는데 갑자기 툭 끊겼어. 그러니까 네가 그 상그라브를 비욘드월드로 보내버렸단 말이지? 잘했다, 내 딸!"

난쟁이 모녀가 미소를 지었다. 이어서 고개를 끄덕이는 벨리르의 얼굴이 심각했다.

"언제 돌아올 거니? 상그라브들이 틀림없이 복수하러 갈 텐데 네가 우리와 멀리 떨어져 있는 게 싫구나."

"내 친구 타라와 조금만 지낼게요. 그리고……."

통화가 또 끊겼다.

"오, 내 조상들이시여!" 파프니르가 발끈했다. "에이, 짜증나!"

파프니르는 세 번째로 다시 전화를 걸었고, 못마땅한 얼굴로 크리스털 볼을 살피면서 말을 끝맺었다.

"여기서 좀 지내다가 돌아갈게요." 파프니르는 도끼를 휘두르면서 다시 말했다. "그리고 나를 공격하는 놈은 도끼의 차가운 맛을 제대로 보여줄 테니까 걱정하지 마세요, 엄마."

그렇게 말하고 파프니르는 전화를 끊었다.

타라는 등에 도끼 모양의 구멍이 뚫린 채 수프 그릇에 얼굴을 처박고 죽은 상그라브의 시체를 살폈다.

"죽었으니 상그라브가 뭘 하려고 했는지, 여기까지 온 이유는 절대 알 수가 없겠네."

"그래, 이제는 질문하기 어렵게 됐지." 파프니르가 인정했다. "죽이지는 말고 팔다리만 부러뜨려야 했는데 내가 너무 흥분했거든."

이 상그라브는 난쟁이를 흥분하게 만드는 것이야말로 죽음을 자초하는 짓임을 몰랐단 말인가!

"파바밧." 셀레나가 웅얼거렸다. "가까이 오지 마……."

그때 또 다른 비명소리가 들렸다. 모우르무르의 조수 한 명이 셀레나와 몸이 닿으면서 감전되었는지 그대로 푹 고꾸라졌다.

"파바밧, 가까이 오지 마, 파바밧, 위험해!" 셀레나가 알렸다.

"무엇보다 살아 있는 저택에서 금속으로 된 것은 어떤 것도 만지면 안 된다!" 모우르무르가 당부했다. "까딱 잘못하면 나, 아니 우리 모두 화를 입으니까."

"그보다 먼저 나는 그 유혹 주문에 대해 더 자세히 알아야겠어요, 파바밧." 셀레나가 물러서지 않겠다는 듯 물었다. "강력한 주문이었어요? 후유증이 있을까요? 아직도 남자들을 유혹할 위험이 있을까요?"

모우르무르는 셀레나를 쳐다보면서 고개를 끄덕였다.

"그래, 아주 강력한 주문이었지. 자네의 할아버지 마니투가 실수만 저지르지 않았다면 아마 아주 굉장한 마법사가 되었을 텐데 안타깝군. 후유증이 있냐고? 그건 나도 모르지. 만약 후유증이 있으면 꼼꼼히 적어놨다가 나한테 와서 말하게. 남자들을 유혹할 위험이 있냐고? 유혹 주문은 내가 확실하게 깨뜨렸으니까 자네는 더 이상 남자를 유혹하지 못할 거야. 물론 내 희망 사항이지만."

셀레나는 모우르무르를 쳐다보면서 그을린 눈썹을 치켜 올렸다.

"그 말로는 충분하지 않아요." 셀레나는 한숨지었다. "파프니르, 어떻게……."

"어허!" 모우르무르가 말했다. "뭐 하는 건가?"

"파프니르에게 몇 가지 물어보고 싶은 것이 있어서……."

"제발 부탁인데 내 실험실에서 나가주겠나? 빨리 모두 나가!" 모우르무르가 말했다.

"하지만 움직이지 말라고 했잖아요." 셀레나가 항의했다.

"그건 조금 전이었지!" 모우르무르가 내뱉듯 말했다. "이제 휴식 시간은 지났으니까 가도 돼."

너무 교양이 있어서일까. 미칠 것 같은 심정인데도 셀레나는 반발하지 않고 고개를 끄덕이면서 아주 조심스럽게 계단을 올라갔다.

그녀는 폭죽처럼 탁탁 소리를 내고 있었다.

"이제 조용히 일을 좀 해야 하니까 모두 나가주시오!" 모우르무르가 무뚝뚝한 어조로 소리쳤다. "지금부터 나는 시체를 부검해야 하니까!"

"하지만 이자가 왜 죽었는지 아는데 굳이 부검할 필요가 있나요?" 망구스는 모우르무르가 〈NCIS〉 드라마[5]에 푹 빠져 있다는 걸 알기 때문에 한마디했다.

"감히 우리를 죽이려고 하다가 죽었으니까 부검을 하든, 뭘 하든 마음대로 하세요." 파프니르가 외쳤다.

"모우르무르 할아버지, 10분이라고 하셨죠?" 혼란스러워하면서 실험실을 나가는 어머니를 걱정스러운 표정으로 지켜보던 타라가 물었다. "10분 후에도 엄마가 계속 사람들을 감전시키면 어떡하죠?"

"그럴 수도 있지만 가능성은 거의 없……." 불안에 사로잡힌 타라의 눈빛과 마주친 모우르무르는 말을 중단했다. "한 시간 후에도 셀

----

5. 미국 해군 소속 연방수사기관 수사대의 활약상을 그린 인기 드라마로, 법의학자는 '죽은 사람들의 마지막 유언을 듣는 사람'으로서 시체들과 대화하는 경향이 있다.

레나의 몸에서 여전히 폭죽처럼 불꽃이 튀면 다시 내려와."

타라는 모우르무르를 뚫어져라 쳐다보다가 한숨을 쉬었다. 그러고는 파프니르에게 따라오라고 손짓하면서 마니투와 셀레나를 뒤따라 계단을 올라갔다.

그때였다. 위에서 나는 비명소리에 타라와 파프니르는 뛰었다. 이미 도끼를 쳐든 파프니르와 마법을 작동한 타라는 검은색과 흰색 대리석이 깔린 홀에 이르렀을 때 아연실색했다. 셀레나가 음험한 미소를 지으면서 이사벨라의 손을 잡고 있는 것이 아닌가. 머리털이 곤두선 이사벨라는 몸을 심하게 흔들고 있었다. 셀레나가 손을 놓자 초주검이 된 이사벨라는 뒷걸음쳤다.

"이런, 벌써 약해졌네요." 셀레나가 통쾌한 표정으로 말했다. "좀 전에 내가 건드린 두 사람은 아직 기절해 있는데."

"셀레나!" 이사벨라가 여전히 몸을 부르르 떨면서 나무랐다. "많이 고통스러우냐고 물었지 내가 언제 내 몸을 만져달라고 했니?"

"아, 그런 거예요? 난 엄마가 직접 느끼고 싶어하는 줄 알았죠, 미안해요." 셀레나는 천연덕스럽게 말했다. "아아, 그래서 몸을 떠는 거예요?"

"네 어머니가 자르를 아주 열렬하게 끌어안으면 정말 고소할 텐데." 타라의 남동생을 싫어하는 파프니르가 속삭였다. "걔 아직 여기 있지? 자르는 철광산에 사는 텔스파스[6] 벌레랑 닮은 것 같지 않아?"

....
6. 난쟁이들이 광산을 떠받치는 지주로 자이언트 강철나무를 사용하는 것은 썩지 않고, 파괴할 수 없는 특성이 있기 때문이다. 하지만 텔스파스 벌레들은 죽은 강철나무만 좋아한다. 따라서 벌레들이 강철나무 받침대를 야금야금 갉아 먹어서 광산을 무너뜨리기 때문에 난쟁이들은 텔스파스 벌레를 끔찍하게 싫어한다.

타라는 킥킥, 웃음이 나왔다. 감전되어 반쯤 마비된 자르의 모습을 떠올리던 타라는 한숨을 쉬었다. 설마, 어머니는 절대 그러지 않을 거야!

"텔스파스가 어떤 벌레인지는 몰라도 자르가 나를 못살게 구는 건 사실이지."

"타라, 왔니?" 셀레나가 말했다. "지금 당장 틸을 만나야겠어."

"엄마!" 타라는 가까이 가지 않은 채 말했다. "틸을 만나러 가기 전에 거울부터 보세요. 팔다리가 온통 브르르르아아아의 시커먼 털로 뒤덮인 엄마의 모습은 정상으로 안 보이거든요."

눈길을 내리던 셀레나가 공포의 비명을 질렀다.

"오, 아더월드의 신들이시여! 이게 무슨 꼴이야!"

"괜찮은데요, 뭐. 조금만 더 길어서 땋으면 정말 예쁠 거예요." 성인 선서식 엑소르드를 할 때까지 수염을 길렀던 파프니르가 말했다.

셀레나는 얼굴이 빨개져서 얼른 방으로 들어갔고, 타라와 파프니르도 뒤를 이었다.

셀레나는 털을 말끔히 제거하고 상큼한 얼굴로 욕실에서 나왔다. 타라는 더 이상 불꽃이 일지 않는 어머니를 보면서 안도의 숨을 내쉬었다.

"파프니르, 죽은 상그라브와 무슨 일이 있었던 거니?" 셀레나가 물었다. "마지스터가 네 가족을 공격한 거니?"

셀레나는 이상하게도 마지스터가 비열한 짓을 저지를 때마다 자기 탓인 것 같았다.

"나를 공격한 거예요." 파프니르가 단언했다. "그리고……."

갑자기 무슨 생각에 충격을 받은 것처럼 난쟁이가 말을 중단했다. 곧이어 경악하는 표정을 지었다.

"오, 할머니의 수염이여! 주의를 기울이지 않았는데…… 상그라브들이 공격한 건 내가 아니라 무아노와 나의 부모님들이었어."

초록빛 눈을 찡그리면서 상그라브들과의 싸움을 떠올리던 파프니르가 벌떡 일어났다.

"타라, 나는 아더월드로 돌아가야겠어. 뭔가 이상한 일이 벌어지고 있는 거야. 마지스터가 나에게 원한을 갖는 건 이해할 수 있어. 하지만 내 부모님을 공격하는 건 아무래도 이상해."

두 소녀는 서로 얼굴을 쳐다봤다. 이윽고 타라가 희미한 미소를 지었다.

"파프니르, 비록 본의는 아니었지만 네가 오늘 와줘서 얼마나 기뻤는지 몰라. 이렇게 말하면 이상하지만 이 뜻밖의 선물을 준 것에 대해 그 상그라브가 고마워."

가족에 대한 걱정에도 불구하고 파프니르는 함박웃음을 지었다.

"말이 나왔으니까…… 내 선물 마음에 들었어?"

"무슨 선물?"

파프니르는 눈살을 찌푸렸다.

"내가 만들어서 보낸 금팔찌. 우리가 함께했던 모험의 몇 장면을 팔찌에 조각해놨는데."

깜짝 놀란 타라는 얼른 생일 선물로 받은 것들이 적힌 목록을 살폈다. 역시 기억대로 파프니르가 보낸 금팔찌는 없었다.

타라는 생일을 잊지 않고 기억해준 친구에 감격해서 난쟁이를 와락 끌어안았다.

"미안해, 파프니르. 받지 못했어. 아마 아더월드의 우편배달에 문제가 생겼나 봐."

"우편으로 보내지 않았어." 파프니르가 말했다. "내 사촌이 직접 선물을 궁전으로 가져갔어. 그리고 열흘 전에 칼리 부인이 직접 나한테 팔찌를 지구에 있는 너에게 보낼 거라고 연락해줬단 말이야. 너와 우리는 통신이 금지되어 있기 때문에 어떻게 접촉할 수 있는지 방법을 묻는 편지도 동봉했는데……."

타라는 혼란스러웠다. 고모는 왜 그 팔찌를 보내주지 않았을까? 이 정도로 유치하지는 않았는데. 도무지 리스베스 여제답지 않은 행동이었다. 황궁에서 일어난 일이니 고모가 선물을 보내지 못하게 막은 건 확실한데.

"선물이 어떻게 된 건지는 나중에 알아보자. 지금은 네 가족이 더 중요하니까. 히믈리아로 돌아가. 그리고 무사한지 엄마나 할머니에게 연락해줘."

파프니르는 타라를 끌어안은 뒤 셀레나에게 인사하고 사라졌다.

하지만 난쟁이는 타라에게 뭔가 이상한 점이 있다는 걸 머리에 새겨두었다.

미신을 전혀 믿지 않으면서도 잘못 생각한 것이기를 빌었다.

그리고 확인하기 위해 지구로 빨리 돌아오리라 다짐했다.

파프니르가 사라지자마자 셀레나는 자신의 방과 틸 대통령의 방을 연결하는 사잇문으로 향했다. 타라가 따라붙었다. 셀레나에게서 더 이상 전기가 일어나지 않는데도 금빛 문에 달린 금속 손잡이를 잡았을 때 저택과 문이 부르르 떨었다.

"진실을 말할 시간이야. 타라, 가자. 셈보르, 너는 여기 있어."

퓨마는 순순히 복종했다. 하긴 명색이 퓨마인데 늑대 떼거리에 포위되어 있는 게 기분 좋을 리 없겠지.

어머니를 따라 틸의 방으로 들어섰을 때 타라는 전시 상황의 사령부에 온 느낌이 들었다. 갈색과 금색의 세련된 정복 차림의 군인들이 뛰어다니면서 바쁘게 움직이고 있었다. 모두 늑대인간들이라서 특별한 에너지가 느껴졌다.

틸과 가까이 지낸 덕분일까, 셀레나는 마치 암컷 늑대라도 되는 듯 늑대의 기분을 느낄 수 있었다. 무언가 상황이 좋지 않은 것 같았다.

등을 돌린 자세로 늑대인간들에게 둘러싸인 틸은 크리스털 볼을 들고 통화하거나 서류를 살피면서 신속하게 지시를 내리고 있었다. 무슨 긴급 상황이라도 발생한 것처럼 몹시 바빠 보였다.

다른 늑대인간들이 셀레나와 타라를 피해서 움직이는데 어딘지 어색하게 느껴졌다. 그 순간 어머니의 반응 때문에 타라는 깜짝 놀랐다. 셀레나가 갑자기 석상처럼 굳어버린 것이 아닌가.

"엄마! 괜찮아요?" 타라는 셀레나가 더 이상 전기가 일어나지 않는

데도 선뜻 손을 잡지 못한 채 속삭였다.

"나를 느끼지 못하고 있어." 셀레나가 하얗게 질린 얼굴로 대답했다. "나한테서 그 꽃향기가 나지 않으니까……."

"굉장히 바쁘잖아요. 저기 봐요, 열 사람과 동시에 말하고 있는데."

셀레나가 타라를 향해 돌아섰는데 아연실색한 눈빛이었다.

"내가 방에 들어가면 틸은 무슨 일을 하든 대번에 나를 느꼈어. 얼른 고개를 처들고 미소를 지어 보이면서 나한테 달려오거나 조금 기다리라는 손짓을 했는데……. 타라, 유혹 주문이 완전히 제거된 건 확실한가 봐. 그래서 틸이 더 이상 나를 알아보지 못하는 거야!"

"무슨 주문?" 셀레나 뒤에서 목소리가 물었다. "내가 왜 더 이상 당신을 알아보지 못한다는 거요?"

틸이 다가와서 호기심이 가득한 얼굴로 셀레나와 타라를 쳐다봤다.

셀레나가 틸 앞에 서서 물었다.

"어떤 느낌이에요?"

틸은 한쪽 눈살을 치켜 올렸다.

"무슨 말인지 모르겠소."

"지금 나를 보면서 어떤 느낌이냐고요?"

"솔직히 말하면 당신에게서 왜 이렇게 전기 스파크가 일어나는 것 같은 이상한 소리가 나는지 알고 싶소."

타라는 미소를 감추었다. 어머니는 아주 이상한 표정이라는 걸 잊고 있었다.

"그러니까 내가 온 걸 느끼지 못한 거예요?"

이번에는 틸이 양쪽 눈살을 치켜 올렸다.

"지금 당신이 하는 이상한 말 중에서 그나마 이해가 되는 질문이군요. 당신의 냄새는 내 가슴속에 박혀 있어서 당신이 이 방에 발을 들여놓는 순간 알아차렸지요. 하지만 아더월드에 너무 심각한 문제가 생겨서 당신에게 기다리라는 손짓조차 할 수 없었던 거요. 그리고 당신이 오라고 해서 지구에 왔다가 이렇게 되었으니……."

셀레나는 깜짝 놀라서 물었다.

"네? 뭐가 어떻게 됐는데요?"

"당신이 내 목숨을 살려주었소."

셀레나는 눈이 동그래져서 뒷걸음쳤다.

"누가, 내가요?"

"흠흠. 상그라브들이 아더월드의 통치권자들을 살해하는 중인 것 같소. 따라서 거기 있었다면 나도 당했을 텐데 지구에 와 있는 바람에 화를 면했으니 당신 덕분이지요."

타라는 자신의 귀를 믿을 수 없었다. 마지스터가 완전히 미쳤나? 아더월드의 통치권자들이 있어야 악마의 사물들을 손에 넣을 수 있는데 왜 죽이는 거지?

타라는 불안이 엄습하여 물었다.

"고모와 내 여동생은 어떻게 됐어요?"

"두 사람 다 무사합니다, 하클라." 틸이 정중하게 대답했다. "하지만 랑코비트의 티타니아 왕비와 빌랭 왕국의 남작들이 부상을 입었

답니다. 타트리스족과 에드라킨족, 엘프족, 뱀파이어족은 화를 면했고, 난쟁이족은 공격받았는데 거인족은 공격받지 않았고요."

하클라는 '구원자'를 뜻하는 늑대인간들의 용어였다. 타라가 그렇게 부르지 말고, 존대도 하지 말라고 당부했지만, 늑대인간들은 천성적으로 복종하지 않기 때문에 소용없었다. 타라는 못 들은 체하는 수밖에 없었다.

불길한 느낌이 들었는지 갑자기 얼굴색이 변한 셀레나가 물었다.
"파프니르의 부모님은 괜찮아요?"
"히믈리아에서 부상당한 난쟁이가 있다는 보고는 없었어요. 그렇게 호락호락 당할 난쟁이란 없으니까요. 내 생각에는 난쟁이들이 먼저 킬러들을 몰살시켰을 겁니다."
"맥은 그렇게 어리석지 않아요." 셀레나가 말했다. "무슨 꿍꿍이가 있는 게 틀림없어요."

타라는 이맛살을 찌푸렸다. 어머니가 철천지원수 마지스터를 '맥'이라고 부르는 것이 너무 싫었다. 털의 표정을 보면 그도 기분이 상한 것 같았다. 털이 몸을 숙이고 셀레나를 끌어안으면서 다정하게 속삭였.

"우리는 익숙해 있어요. 당신도 알다시피 통치자들은 늘 위협을 받지요. 죽기 살기로 덤비는 조직적인 적으로부터 통치자를 보호하는 것이 그리 쉬운 일은 아니지요. 그 멍청한 상그라브의 꿍꿍이가 무엇이든 당신의 털끝 하나 건드리지 못하게 할 테니 걱정 마요."

그 순간 타라의 눈에 뭔가 거슬리는 것이 있었다. 한 여성 늑대인간의 까만 눈에서 이글거리는 빛은…… 질투의 빛인가? 경멸의 빛인가? 분노의 빛인가? 아더월드에서 받은 교육으로 미루어 타라는 어떤 것도 소홀히 할 수 없었다.

타라는 어머니에 대한 위험을 느꼈다. 어머니에게 여성 늑대인간에 대해 귀띔해줘야겠어.

셀레나가 몇 발짝 물러서서 틸을 뚫어져라 쳐다보며 대뜸 털어놓았다.

"처음에 당신이 나를 사랑하게 된 것이 주문 때문일지 모른다는 의문이 들어서 왔어요. 좀 전에 모우르무르 할아버지가 나에게 걸려 있던 유혹 주문을 제거했기 때문에 나에게서 불꽃 튀는 소리가 나는 거예요. 당신은 방금 내 딸을 '하클라' 즉 구원자라고 불렀어요. 당신을 믿지 않는 것 같아서 미안하지만 나는 알아야 해요. 틸, 나는 늑대들의 감각이 없어서 당신이 거짓말을 해도 느끼지 못하지만 솔직하게 대답해줘요. 나를 사랑한 것이 늑대인간들의 구원자, 타라의 어머니이기 때문인가요?"

타라는 숨을 죽였다. 너무 위험한 질문인데!

늑대인간의 눈이 휘둥그레졌다. 타라는 살피고 있던 여성 늑대인간 역시 깜짝 놀라는 걸 눈여겨보았다.

틸은 아주 영리했다. 성난 표정을 지으면서 곧바로 대답하지 않았다. 하지만 파브리스 덕분에 늑대인간들에 대해 알고 있는 타라는 틸이 충격 받았다는 걸 느꼈다. 다른 늑대들이 지켜보는 앞에서 유혹 주문을 언급하다니, 어머니가 너무 경솔하지 않은가.

늑대인간들은 난쟁이들과 비슷했다. 마법을 좋아하지 않았고, 오랜 세월 노예로 사는 동안 드래곤들의 지배를 받았기 때문에 파브리스를 제외한 늑대인간은 아무도 마법을 할 수 없었다. 셀레나가 많은 늑대 앞에서 틸이 유혹 주문 때문에 사랑하게 된 것이라고 고백한 것은 정말 바보 같은 짓이었다. 정치적 감각이 전혀 없는 어머니가 틸을 아주 곤란한 상황에 빠뜨린 것이다.

그렇지만 늑대인간은 발뺌하지 않았다. 틸은 셀레나의 눈을 뚫어져라 응시하면서 손을 잡았다.

"첫째, 당신은 아름다운 여인이요. 둘째, 나는 당신이 방금 말한 주문이 뭔지 전혀 모르오. 셋째, 우리 구원자의 어머니라는 것과 내 사랑을 선택하는 일은 아무 상관이 없소. 나는 마지스터를 상대로 함께 싸우면서 당신을 처음으로 알았고, 딸이 지닌 용기와 힘을 당신에게서도 발견했소. 따라서 당신의 질문은 환영하오. 연인 사이는 오해나 의심, 의문이 있으면 풀어버리는 것이 중요하니까요. 이것이 내 대답이오. 나는 당신이 우리 하클라의 어머니라서 사랑하는 것이 아니라, 아름답고 용기가 있는 멋진 셀레나라서 사랑하는 것이오. 그리고 세계적인 위기가 닥친 상황이 아닐 때 훨씬 로맨틱한 방식으로 할 생각이었지만 당신이 물어보니까……."

틸은 말을 중단하고 심호흡을 했다.

"셀레나 덩컨, 내 아내가 되어주겠소?"

암컷 늑대
늑대인간과 약혼하면
벼룩 걱정은 하지 않아도 되는데

*

여성 늑대인간의 눈빛이 경멸 대신에 놀라움으로 변했다. 타라와 그 자리에 있는 이들도 모두 놀랐다.

셀레나는 흔들렸다. 틸이 무릎을 꿇은 자세로 어디서 꺼냈는지 반지를 내밀었는데 작은 나라의 국민총생산과 맞먹을 정도로 비싸다는 보석, 장밋빛 케빌리아* 반지였다.

케빌리아는 금지된 대륙의 광산에서 채굴한 것이었다. 물론 아더월드 행성에는 케빌리아를 채굴하는 광산이 몇 군데 더 있지만 아주 귀한 보석이었다.

이 보석을 어떻게 묘사할 수 있을까? 어떤 보석과도 닮지 않은 케빌리아, 묘한 크리스털이 뿜어내는 빛깔은 아주 특별했다. 보통 빛깔보다 훨씬 선명하다고 해야 할까. 더 진하고 강렬한 파란빛, 유혹적인 장밋빛, 선글라스가 필요할 정도로 번쩍거리는 노란빛, 눈이 부신 초록빛. 타라가 이제껏 본 것 중 가장 커다란 보석이었다. 오무아의 여제조차 여섯 개밖에 소유하지 못하고 있고, 대관식이나 결혼식 같은 아주 특별한 경우에만 쓰는 왕관 꼭대기에 눈부시게 화려한 노란빛 케빌리아가 장식되어 있었다.

틸의 장밋빛 케빌리아는 작은 태양처럼 반짝였다. 늑대인간들이 웅성거리기 시작했다. 타라는 귀를 세웠다. 찬성하는 웅성거림 같았다. 하지만 모두 찬성하는 것은 아니었다. 타라는 귀를 기울이면서 반대하는 움직임을 느꼈다. 누군가 늑대인간과 인간 마법사의 결혼을 반대하는 것이 틀림없었다.

틸은 무릎을 꿇은 채 늑대의 비인간적인 인내심으로 기다리고 있었다. 늑대인간은 다리에 쥐가 난다거나 무릎이 결릴까 걱정할 필요 따위는 없었다.

반지를 받아 들고 홀린 듯 쳐다보던 셀레나는 잠시 후 아름다운 미소를 지으면서 틸에게 돌려주며 대답했다.

"아니요."

자신에 차서 일어나던 틸은 휘청거렸다. 주위에 있던 늑대인간들도 동요했다.

"뭐라고 했소? 아니라고 했소?"

"당신의 국민은 당신이 늑대인간이 아닌 나와 결혼하는 걸 절대 받아들이지 않을 거예요. 최근 몇 달 동안 유심히 관찰하면서 느낀 걸 말하는 거예요. 나는 당신을 정말 많이 사랑해요, 틸. 하지만 당신이 늑대인간들의 대통령으로 있는 한 이 결혼은 불가능해요. 당신은 방금 내 인생에서 가장 아름다운 선물을 했어요. 이번에는 우리 사이에 어떤 마법도 작용하지 않았으니까요. 고마워요, 틸."

셀레나는 틸의 입술에 입을 맞췄다.

그러고는 아주 의연하게, 주위의 늑대인간들이 귀도 쫑긋하기 전에 틸의 방을 나갔다.

당황한 타라는 틸에게 어색한 미소를 지어 보이면서 어머니를 뒤쫓아 나갔다. 타라는 어머니의 방으로 들어가서 문을 닫은 다음 얼른 비켜서서 수를 셌다.

"셋, 둘……."

예상대로 타라가 하나를 마저 셀 겨를도 없이 틸이 문을 벌컥 열고 질풍처럼 들이닥쳤다.

"오, 내 조상들의 송곳니여! 그렇게 말도 안 되는 핑계를 대다니! 나의 늑대들은 내가 누구와 결혼하든 관심이 없단 말이오!"

셀레나가 활짝 웃으면서 품에 안기는 바람에 틸은 또다시 깜짝 놀랐다.

"주문이 제거되었는데도 당신은 나에게 청혼을 했어요! 지금은 단비우와의 사랑도 확신할 수 없는데……. 당신은 나를 정말 사랑하는 거예요!"

틸의 일그러진 얼굴이 약간 누그러졌다.

"우리 늑대인간들은 평생 동안 짝짓기를 해요." 틸은 검은 눈으로 셀레나의 눈을 뚫어져라 쳐다보면서 선언했다. "하지만 나는 영원히 당신에게 충실할 거요. 당신을 미치도록 사랑하지 않았다면 나는 절대로 청혼하지 않았을 거요."

셀레나는 미소를 지으면서 틸의 얼굴을 어루만졌다.

"알아요, 틸. 하지만 내 대답은 달라지지 않아요. 나를 이해해줘요. 나는 당신 곁에 있는 것 말고는 바라는 게 없어요. 하지만 당신의 국민은 나를 절대 받아들이지 않을 거예요. 그래서 나는 당신의 연인으로 곁에 있을게요. 다른 대통령이 선출될 때까지는."

틸은 어리둥절한 표정으로 셀레나를 쳐다봤다.

"다른 대통령이 선출된다는 말은 무슨 뜻이오?"

"국민이 원해서 선출되었다가 때가 되면 미련 없이 떠날 수 있는 대통령, 그래야 민주주의 아닌가요? 어쨌든 당신의 청혼을 받아들이지만 당장은 아니에요. 당신이 금지된 대륙에서 할 일이 아주 많다는 것과 국민이 당신을 믿는다는 것도 알아요. 하지만 차기 대통령 선거 때 당신이 다른 후보자들에게 자리를 넘기면 그때부터 우리가 사랑할 시간은 충분해요. 경호원 없이 휴가를 떠나서 긴장을 풀고 자유롭게 즐기는 거예요. 그때는 당신과 결혼해서 행복하게 살 거예요."

"하지만 늑대인간들의 수명에 비추어볼 때 내 임기는 족히 100년은 걸릴 텐데!"

타라는 지겨워서 더 이상 듣고 싶지 않았다. 어머니의 애정 문제는 딸이 관여할 일이 아닐뿐더러 상황이 쉽지 않으리라 생각되었다.

이런 문제는 어른들끼리 해결하는 것이 나았다. 어머니가 어떤 점에서는 까다롭다는 걸 알기 때문에 타라는 속으로 빌었다. 틸에게 행운이 있기를!

아더월드에서 벌어지고 있는 통치자 암살 사건 때문에 고모 리스베스 여제와 여동생 마라가 걱정되는 타라는 살금살금 방을 나갔고, 셀레나가 "뭐라고요?" 하고 외치는 순간 조용히 문을 닫았다. 자신의 방으로 향하던 타라는 어머니를 경멸하는 듯한 눈초리로 쳐다보던 여성 늑대인간을 발견했다.

"잠깐 얘기 좀 할까요?" 타라가 외치면서 뛰어갔다.

그 소리에 소스라치게 놀란 여성 늑대인간이 멈춰 섰다. 엉거주춤한 자세로 보아 늑대 모습을 하고 있었다면 귀를 늘어뜨리고 머리를 숙였을 거라고 상상이 되었다.

"네, 하클라?" 여성 늑대인간이 물었다.

휴! 또 하클라. 타라는 자신이 이 호칭을 정말 싫어하는 건지 아닌지 의문이 들었다.

"나는 당신을 모르는데…… 이름이 뭐예요?"

늑대인간들이 자기소개를 하는 방식은 이름으로 소개하거나 개처럼 엉덩이를 흔들어서 냄새를 피우거나 두 가지였다.

타라는 첫 번째 방식이 훨씬 마음에 들었다.

"내 이름은 셀비입니다, 하클라."

"그럼 당신은?"

"틸의 씨족으로 알파 암컷 늑대이고 최고 송곳니입니다."

아! 수상이나 사령관을 '최고 비늘', '최고 발톱'이라고 지칭하는 드래곤들과 마찬가지였다. 하긴 미친 붉은 여왕 드래곤이 길들인 종족이니 당연한 일이었다. 따라서 셀비는 틸의 군대 사령관을 의미했다. 항상 틸 대통령 가까이 있었던 이유는 이해되지만 이상한 점이 있었다. 일반적으로 암컷 늑대는 수컷 늑대보다 힘이 세지 않은 데다 지략이 아무리 뛰어나도 힘이 우선이기 때문에 높은 자리를 차지하지 못하는데…….

따라서 타라는 주의를 기울여야 했다. 이 암컷 늑대인간은 뭔가 남다른 점이 있는 것이 분명했다.

난쟁이들과 마찬가지로 늑대인간들은 대놓고 모욕적인 말을 할 정도로 솔직했다. 타라는 신중하게 행동했다.

"셀비, 왜 내 어머니를 싫어하죠?"

여성 늑대인간은 몸을 더 움츠렸다. 그러고는 신경질적으로 입술을 핥았다.

"늑대인간도 아닌데 그 냄새를 어떻게 맡았죠?"

"나는 코로 냄새를 맡아서 알아채는 것이 아니에요. 유심히 관찰하면 되니까."

"셀레나 부인을 싫어하는 게 아니에요. 우리와 같은 늑대인간이 아닌 한 셀레나 부인은 우리의 욕망을 이해하지 못해요. 그리고 늑대인간이 되는 것도 원치 않으니까요. 분명히 그렇게 말했거든요."

아, 보름달이 뜰 때마다 털북숭이 늑대로 변하는 걸 누가 좋아한단 말인가. 그건 타라도 원치 않았다. 비록 달의 지배를 받는 지구의 늑대인간과는 달리, 아더월드의 늑대인간은 언제든 의지대로 변신할 수 있다고 하더라도.

"솔직히 나는 이해가 되지 않아요." 타라가 말했다. "왜 그러면 안 되는 거죠? 나도 내 어머니가 틸과 결혼하는 걸 원치 않아요. 하지만 그들이 행복하다면 이기적인 생각을 버리고 나보다는 어머니의 행복을 생각할 거예요."

셀비의 얼굴로 보아 타라의 말을 전혀 이해하지 못하는 표정이었다. 타라는 한숨을 내쉬면서 다시 말했다.

"늑대인간이 되는 걸 원치 않는다는 것이 무슨 문제가 되는지 모르겠다고요."

"최고 알파 암컷 늑대는 우리를 보호해줘야 합니다. 늑대는 그럴 수 있는데 인간 모습의 셀레나 부인은 너무 약해요. 따라서 우리가 오히려 셀레나 부인을 다치지 않게 하려고 계속 지켜야 하니까요."

셀비가 입을 다물었고, 타라는 생각에 잠겼다.

"무슨 말인지 알겠어요." 타라는 천천히 말했다. "어머니가 여러분을 보호해줘야 하는데 반대로 여러분이 어머니를 보호해줘야 한단 말이죠?"

셀비가 고개를 끄덕이는데 정말 유감스럽다는 표정이었다.

"네, 셀레나 부인은 우리에게 없는 마법 능력이 있어서 레파루스 치료를 해줄 수 있다는 거 알아요. 하지만 우리의 금지된 대륙에서 셀레나 부인이 부상을 당했는데 가까운 곳에 다른 마법사가 없을 경우에는 아무도 치료해줄 수가 없어요.[7] 우리는 그걸 걱정하는 겁니다. 게다가 틸 대통령도 늘 셀레나 부인이 다칠까 봐 걱정하고 있어요. 그러니까 틸은 약해질 수밖에 없고, 당연히 우리의 단결력도 무

---

7. 자기 자신에게는 레파루스 주문으로 치료할 수 없기 때문에 다른 마법사의 도움이 필요하다. 거울을 보면서 주문을 날리는 마법사들이 있는데 거울이 완전무결하게 아주 깨끗해지지 미세한 흠이라도 있을 경우는 효과가 없다.

너지고 있어요. 계속 이런 식이면 틸은 대통령직에서 물러나고 다른 늑대인간이 그 자리를 차지하게 될 거예요."

타라는 변호인 노릇을 하기로 작정했다.

"이런 질문을 해서 미안하지만 대통령이 해임되면 틸과 어머니의 문제가 해결되는 거 아닌가요? 두 분은 정치적 문제에 신경 쓰지 않고 살 수 있을 테니까."

그때 두 남자가 차가운 시선을 던지면서 지나갔다. 한 사람은 타라에게 고갯짓을 까닥했지만, 다른 사람은 모른 체했다. 타라는 기분이 상한 건 아니지만 그 얼굴을 머릿속에 새겨두었다. 대다수 아나자시족보다 훨씬 키가 크고, 까만 눈빛은 차가웠다. 강력한 아우라가 감돌고 있다는 것은 의심의 여지없이 알파 수컷 늑대였다.

두 남자가 사라졌지만, 셀비는 한참을 기다렸다가 타라에게 대답했다.

"틸과 셀레나 부인의 사랑을 그렇게 간단하게 생각하는 건 잘못입니다. 다른 늑대들은 틸만큼 외부 세계에 열려 있지 않아요. 우리의 문제로 끝나는 것이 아니라 곧 하클라의 문제가 될 텐데 우리의 지배력을 전혀 생각하지 않은 겁니다. 붉은 여왕은 우리를 완벽한 전사로 훈련시켰어요. 아직까지는 틸 이외의 다른 대통령을 원치 않지만, 방금 지나간 테올크는 강력한 정적 중 한 명이에요. 테올크는 블루 늑대 무리에 속해 있어요. 블루 늑대 무리는 붉은 여왕을 위해 금지된 대륙의 일부 지역을 지배하고 있었는데 붉은 여왕이 틸을 더 좋아했죠. 그래서 테올크는 대통령으로 선출된 틸에게 원한을 품고 있어요. 틸의 정권을 무너뜨리기 위해 수단 방법을 가리지 않고 있으니 틀림없이 셀레나 부인도 이용하려고 할 거예요."

아주 긴 이야기였다. 타라는 셀비의 눈빛에서 보았던 것은 경멸과 두려움이 섞인 것임을 알아차렸다.

"알겠어요." 타라는 천천히 말했다. "단순히 어머니와 틸 대통령의 사랑 얘기로 끝나는 게 아니기 때문에 크게 걱정하고 있다는 건 이해하겠어요. 난 정말 이따금 아더월드가 징그럽게 싫어요!"

"어머니에게 얘기할 생각이에요?" 갈색 정복 차림의 셀비가 몸을 세우면서 물었는데 그 눈에서 희망의 빛이 반짝이고 있었다. "알파 파브리스처럼 셀레나 부인이 깨물리는 걸 승낙하면 모든 문제가 해결될 텐데요!"

타라는 얼굴을 찌푸렸다. 틸에 대한 사랑에도 불구하고 어머니는 늑대인간으로 변하는 걸 받아들이지 못할 것 같았다.

"음…… 얘기는 해볼게요."

셀비의 눈빛이 반짝였다.

"하지만 조건이 있어요. 지금 이 얘기는 아무에게도 하지 마세요. 내 어머니가 받아들이지 않는 한 아무 소용없는 거니까요."

고개를 끄덕이는 셀비의 얼굴에 희망이 번졌다. 어린 인간이 어머니를 설득하면 걱정은 끝인데. 설령 실패해도 일단 깨물기만 하면 나중에 사과하면 되는 것이 아닌가. 그때까지 목숨이 붙어 있다면.

게다가 틸은 아까 거짓말을 했다. 타라와 셀레나는 모르고 있지만, 늑대들은 거짓말이라는 걸 알아챘다. 타라와 셀레나의 냄새가 달라져 있었다. 셀레나는 유혹 주문이 제거되었다고 말했다. 따라서 틸이 셀레나와 결혼하려는 것이 주문에 걸려들었기 때문임을 테올크가 입중할 수 있으면 틸을 간단하게 해임시킬 수 있었다.

아주 위험한 상황이었다. 셀비는 늑대인간들의 구원자인 타라에게 고충을 토로한 것으로 만족하면서 여러 가지 계획을 궁리했다. 테올크가 권력을 찬탈하지 못하게 제압하는 반면에 셀레나를 설득해서 감염시켜야 하는데.

늑대인간은 소화불량이라는 걸 모르는 종족인데 셀비는 메스꺼움이 일었다.

하지만 개인의 행복보다 무리의 행복이 더 소중했다.

멀어져 가는 셀비를 바라보다 타라는 방으로 향했다. 하지만 너무 답답해서 생각을 바꾸고 홀로 내려갔다. 그때 초인종이 울렸다. 타라는 눈살을 찌푸렸다. 저택이 워낙 넓기 때문에 초인종 소리를 증폭시킨 것이 틀림없었다. 어찌나 쩌렁쩌렁하게 울리는지 귓속에 빅벤(영국 런던의 국회의사당 동쪽 끝에 세운 시계탑 내부의 거대한 종에 대한 별칭—옮긴이)이 들어앉은 느낌이었다.

현관문이 열리고 베티와 살루가 나타났다. 금지된 대륙에 억류되면서 빼빼 마르고 표독스럽게 굴던 베티가 예전의 뚱뚱하고 명랑한 모습으로 돌아와 있었다. 초콜릿/스튜/푸아그라/케이크류의 음식으로 다시 살이 오른 것이었다. 노예생활을 하다 지구로 돌아온 베티가 균형 있는 영양 섭취와는 거리가 먼 식사, 즉 달콤한 것과 기름진 음식, 맛있는 것 위주로 먹어치운 탓이었다.

블랙 드래곤이던 살루덴리바쉬라쉬부는 붉은 여왕이 먹인 약 때문에 소년의 모습으로 살고 있었다. 약한 마법으로 비마들의 눈에는 파충류의 노란 눈빛이 보이지 않게 위장하고 있었다. 하지만 타라는 마법에 감춰진 노란 눈빛을 볼 수 있기 때문에 인간의 얼굴에 자리한 드래곤의 눈빛이 왠지 마음에 걸렸다. 인간으로 둔갑한 초기에는 피부가 창백했지만 차츰 짙어지더니 이제는 머리털과 피부가 원래 드래곤의 몸을 뒤덮은 비늘처럼 검은색으로 변해 있었다. 드래곤 중에서도 큰 키에 속해 있었기 때문에 살루는 거의 거인에 가까울 정도로 키가 컸다. 베티의 보살핌을 받은 것을 계기로 지구에 있는 소녀의 집에서 함께 살면서부터 살루는 비마들이 의심하지 않게 만드는 주문을 사용하여 먼 사촌으로 행세하고 있었다.

그런데 베티의 사촌이 검은 피부라는 사실 때문에 타공 마을 사람들은 수군거리고 있었다.

베티와 살루는 타라를 보면서 활짝 웃었다. 타라가 달려가서 반겼다.

"이렇게 와줘서 너무 반가워. 둘 다 잘 지내지?"

"우리가 늦었지? 미안해. 살루가 네 생일 선물로 암소를 주겠다고 해서 실랑이를 좀 벌였거든." 베티가 짓궂게 살루의 등을 토닥이면서 말했다. "너는 드래곤이 아니기 때문에 좋아할 가능성이 없다는 걸 이해시키느라고 얼마나 애를 먹었는지 몰라. 그런데…… 너네 집 정원에서 티라노사우루스처럼 생긴 날개 달린 동물과 초록 사자들을 봤는데 무슨 일이야? 길을 따라 도망지는 걸 보고 심장이 멎을 뻔했어."

"선물로 받은 거야." 타라는 한숨을 쉬었다. "그 동물들에게 살루의 암소를 주면 되겠다. 살루, 내 생일을 챙겨줘서 고맙지만, 베티의 말이 맞아. 나는……."

"너는 여자다운 선물이 더 좋지?" 베티가 말을 잘랐다. "생일 축하해, 타라!"

갈색 머리 소녀가 의기양양하게 빨간 매듭 장식으로 포장한 선물을 흔들었다. 기대도 하지 않던 타라는 포장지를 뜯고 흰색 티셔츠를 꺼냈는데 로빈의 초상이 그려져 있는 것이 아닌가! 타라의 눈에 눈물이 글썽였다.

"베티, 너무 근사해! 이걸 어떻게 만들었어?"

"내가 기억을 더듬어서 그렸고, 믿어지지 않겠지만 살루가 수를 놨어. 인터넷 검색으로 하룻밤에 배웠는데 솜씨가 대단했어."

살루는 겸손하게 미소를 지었다. 타라는 웃음을 참았다. 커다란 덩치의 위압적인 블랙 드래곤에서 수놓는 소년으로 바뀌다니, 이보다 놀라운 일이 또 있을까!

"선물 많이 받았지요, 어린 후계자?" 살루가 물었다.

타라는 이맛살을 찌푸렸다. 비록 소년의 몸을 하고 있지만 수천 년을 살아왔다는 사실을 내세우면서 살루는 친절한 아저씨 같은 말투와 행동을 고집하고 있었다. 그리고 아무짝에도 소용없다고 생각하는 존댓말을 하고 있으니 타라 혼자서만 반말을 할 수도 없었다.

"나는 후계자가 아니에요." 타라는 단호하게 상기시켰다. "선물은 많이 받았어요. 이사벨라 할머니가 좋아서 입이 귀에 걸릴 정도로. 엄마에게 유혹 주문을 걸어놓은 것에 대해 우리가 할머니를 몰아붙일 때까지는."

유혹 주문? 베티와 살루의 눈이 휘둥그레졌다. 타라는 그들을 아무도 없는 응접실로 데려갔다. 가까이 다가온 작은 원탁에 베티의 선물을 내려놓자 저택이 타라의 손님들에게 시원한 음료수를 내놓았다.

베티와 살루가 빨간색 응접실의 편안한 소파에 앉자 타라는 오랜 세월 어머니에게 걸려 있던 유혹 주문을 제거한 경위에 대해 알려주었다.

"말도 안 돼. 정말 엄마의 몸에서 불꽃이 튀었어?" 베티가 물었다.

"응, 벼락 맞는 피뢰침 같았어." 타라가 말했다.

"그 유혹 주문이라는 건 완전히 제거된 거야?"

"응, 다행히! 모우르무르 할아버지는 천재야. 나에게 끌렸던 것이 그 빌어먹을 주문 때문이라고 나중에 로빈에게 고백할 때 뭐라고 할지 너무 두려워."

"아직도 연락 못 했어?" 베티가 심각한 얼굴로 물었다.

타라는 울컥하면서 눈물이 나올 것 같아서 심호흡을 했다.

"응." 겨우 떨리는 목소리로 대답했다. "지구에 온 뒤로는 전혀. 고모의 통제가 아주 강력한 모양이야."

"나는 끌리지 않았습니다, 어린 마법사." 살루가 정중하게 말했다.

블랙 드래곤 살루덴리바쉬라쉬부는 오무아에 특사로 파견되어 타라와 대면하던 어느 날 타라에게 꼬리를 잡혀서 공중에서 대롱대롱 흔들리는 치욕을 당했는데 어떻게 끌릴 수 있겠는가. 하지만 타라는 살루에게 괴로운 기억으로 남아 있을 에피소드를 굳이 상기하지 않았다.

"그게 정상이지. 유혹 주문에 걸린 건 엄마라서 난 약간의 영향을 받았을 뿐이야."

"오, 아름다운 셀레나!" 살루가 미소를 지으며 눈빛을 반짝였다. "나는 주문이 필요하지 않은데…….”

베티가 기가 막힌 듯 천장을 쳐다봤다. 타라는 베티와 살루의 사이가 아주 많이 가까워져 있다는 걸 대번에 느꼈다. 사실, 인간의 모습으로 둔갑되어 있다는 것에 크게 충격을 받은 드래곤은 구명튜브에 매달리듯 베티에게 의지했다. 그러면서 차츰 현실을 받아들이게 되었고 지구 생활에도 웬만큼 적응하는 중이었다. 물론 베티도 살루가 몸은 청년기의 인간이지만 정신은 여전히 드래곤이라는 걸 알아차렸다.

아무튼 암소라면 사족을 못 쓰고, 림보의 악마들을 증오하던 드래곤이 인간의 발톱은 우스꽝스럽기 짝이 없다고 구시렁거리다 비틀대면서 한가하게 세월을 보내다니! 살루가 비틀대는 이유는 술에 취해서가 아니라(드래곤들은 알코올이라면 질색하니까) 네 개의 발과 날개가 없다는 걸 자꾸 잊어먹기 때문이었다.

베티와 살루는 친구로 지낼 수는 있어도 그 이상의 관계로 발전할 수는 없었다. 살루는 무슨 수를 써서라도 드래곤이 되어 드란보우글리스펜쉬르로 돌아갈 날을 고대하고 있었다.

오누이처럼 티격태격하며 지내는 살루와 베티를 보면서 타라는 어디로 튈지 모를 정도로 너무 위험한 남동생 자르가 생각나서 부러웠다.

"너랑 있으면 절대 지겹지 않아서 좋단 말이야." 베티가 생각에 잠긴 얼굴로 덧붙였다. "내가 제대로 이해한 거라면 오늘이 네 생일이라는 것 말고도 유혹 주문을 제거했고, 파프니르가 죽은 상그라브와 함께 지하실에 나타났고, 어쩌면 양아버지가 될지 모를 늑대인간이 네 어머니에게 청혼했고, 네 어머니가 늑대인간이 되길 거부한다면 아더월드에서 혁명이 일어날 위험이 있다는 거지?"

물론 베티의 말대로 그것도 큰일이었다. 하지만 그게 다가 아니었다. 마지스터가 아더월드의 통치자들을 암살하고 있다는 얘기가 아직 남아 있었다. 마지스터에게 납치되었던 베티가 그를 얼마나 두려워하고 있는지 알기 때문에 타라는 선뜻 말을 꺼낼 수 없었다.

너무 중요한 문제라서 어떻게 하면 베티 모르게 살루에게 말할 수 있을지 고민할 때 초인종이 요란하게 울렸다. 그들은 동시에 얼굴을 찌푸렸다. 급해서일까, 아니면 초인종을 어떻게 누르는지 몰라서일까? 밖에서 누군가가 초인종을 연거푸 눌러대고 있었다.

베티가 장난기 가득한 미소를 지었다.

"우리 내기하자, 살루. 나는 타라에게 새로운 생일 선물이 왔다는 소식이 아니라 또 심각한 문제가 생겼다는 쪽에 걸게."

드래곤들은 유머가 별로 없었다. 따라서 살루는 베티의 제안을 아주 진지하게 받아들였다.

"가능성이 높은데……. 하지만 나는 도전을 좋아하니까 내기를 받을게. 내가 이기면 네가 설거지 세 번 하기."

베티가 활짝 웃는데 보조개가 귀여웠다.

"애걔, 그건 너무 약해. 내기를 좀 높이자. 지는 사람이 일주일 동안 청소와 설거지하기. 그리고 네가 질 경우 마법 사용 금지! 지난번에 우리 아빠와 엄마가 접시들이 저절로 설거지되는 걸 봤기 때문에 그분들의 기억을 지워야 했잖아!"

살루는 손을 내밀었고, 둘은 손가락을 걸고 약속했다.

"아, 정말 짜증난다!" 타라는 신경질이 났다. "나는 편할 날이 없다니까!"

초인종은 계속 울렸다. 그런데 저택이 아직까지 반응을 보이지 않는 것이 이상했다. 누군가가 현관문을 열어주길 기다리는 모양이었다. 타라는 마지못해서 현관문 쪽으로 걸어갔다. 베티는 히죽거리면서, 살루는 호기심이 가득한 얼굴로 뒤따랐다.

타라가 준비된 것을 보면서 저택이 문을 활짝 열었다.

그 순간 여성 뱀파이어가 송곳니를 드러낸 채 달려들어서 타라를 깔아뭉갤 뻔했다.

8
킬라
인간의 피를 먹은 뱀파이어 군단을 만들려고 하다니

*

타라는 비명을 질렀다. 베티도 비명을 질렀고, 살루는 공격 자세를 취했다.

그러나 여성 뱀파이어는 타라를 해치려는 것이 아니었다. 송곳니를 드러낸 것은 뜨거운 눈물을 흘리고 있어서였다.

뱀파이어의 눈물은 피와 섞여 있기 때문에 정말 보기 안 좋았다. 타라는 마침내 눈물을 펑펑 쏟느라고 일그러진 얼굴을 알아봤다. 뱀파이어들의 강력한 대통령의 딸 킬라 드라큘이었다. 루비 같은 눈이 평소보다 더 빨갰고, 늘 반들거리던 갈색 머리가 삐죽삐죽 뻗쳐 있었다.

"타라, 타라." 킬라가 숨넘어가는 소리로 말했다. "도와줘요. 나를 도와줘요, 아니면 우리 국민은 파멸될 거예요!"

뒤에 서 있던 킬라의 '남친' 엘프 스타일러 아르노 테이라틸이 다가와서 뱀파이어와 타라를 일으켜 세웠다. 멋쟁이 엘프 아르노도 얼굴이 몹시 창백했고, 늘 단정하게 묶고 다니는 갈색 머리를 풀어헤친 상태였다. '움직이는 사고뭉치'들인 킬라와 아르노는 오무아 주재 뱀파이어 대사관에 정착한 뒤로 매직 6총사와 친하게 지내고 있었다.

"오, 내 조상들의 혼령들이여! 킬라, 그렇게 갑자기 달려들면 어떡해? 타라 공주님이 놀랐잖아!" 아르노가 이마 위로 흘러내린 갈색 머리를 쓸어 넘기자 엘프 특유의 수직으로 갈라지는 동공이 드러났.

"문을 때려 부수고 싶었단 말이야!" 킬라가 눈물을 닦으면서 핏대를 올렸다. "문을 빨리 안 열어주잖아! 원시적인 초인종을 그렇게 많이 눌렀는데 빨리 좀 열어주지!"

"들었지?" 베티가 살루를 돌아보면서 말했다. "네가 졌어. 심각한 일이 터진 거야. 아니면 내 이름이 베티가 아니다."

살루는 고개를 끄덕였다.

타라는 옆구리를 문질렀다. 뱀파이어는 인간보다 몸이 훨씬 단단한데 킬라가 느닷없이 달려들어서 깔아뭉갰으니.

"무슨 일이에요?" 타라는 호흡을 가다듬으면서 물었다.

타라가 '또'라는 말만 덧붙이지 않았지 그렇게 물은 것이나 다름없었다.

킬라는 다시 울음을 터뜨렸다. 아르노가 손수건을 내밀었는데 뱀파이어는 딸꾹질이 나와서 아무 말도 할 수 없었다.

"킬라의 아버지가 공격을 당했어요." 아르노가 대신 말했다.

모두 아연실색한 얼굴로 엘프 스타일러를 쳐다봤다.

"공격을 당해요?" 타라가 마침내 말했다. "뱀파이어들의 대통령 베오 드라큘이?"

아더월드에서 강력하기로 이름난 종족들도 만장일치로 가장 두려워하는 뱀파이어가 당하다니. 타라는 자신의 귀가 믿어지지 않았다. 하긴 아더월드의 모든 정부가 공격 대상이라고 했는데 뱀파이어들의 정부라고 모면할 리 있을까.

"네, 나도 대번에 알아채지는 못했어요." 킬라가 말했다. "진군 준비를 하는 우리 군대를 보면서 우연히 알았으니까요."

타라의 가슴이 철렁 내려앉았다. '뱀파이어, 군대, 진군 준비'라니. 도무지 이해가 안 되는 말을 킬라가 하고 있었다.

"알아듣게 설명해봐요, 킬라." 타라는 차분하게 말했다. "공격을 받았다면서 대번에 알아채지 못했다니? 그리고 뱀파이어들의 나라에는 특별수사대만 있지 군대는 없는 것으로 아는데?"

특별수사대는 강력한 군대에 버금가는 뱀파이어 경찰이었다. 트롤들과 싸울 때 개입한 것도 군대가 아니라 특별수사대였다.

아르노의 입술이 일그러졌다.

"우리 엘프들도 그렇게 생각했어요." 아르노가 두 번째 질문에 답변했다. "뱀파이어들은 이미 500년 전에 크라살비의 군대를 해체한 것으로 알고 있었으니까요. 그런데 그게 사실이 아니었던 거예요."

아르노가 다정하게 킬라를 껴안았는데 아름다운 뱀파이어와 엘프의 모습이 묘한 조화를 이루었다. 킬라가 고개를 흔드는데 손수건이 빨갛게 물들어 있었다.

"나도 몰랐어요. 오, 타라, 끔찍한 일이에요! 몇 달 사이에 50만 뱀파이어 군대를 모집해놓다니! 물론 그 정도의 군대로 다른 종족의 군대들을 모조리 당해낼 수는 없겠지요. 하지만 뱀파이어 군대는 강하기 때문에 피비린내 나는 살육전이 일어나고 말 거예요!"

그때 갑자기 뒤쪽에서 나는 목소리에 그들은 소스라쳤다.

"살육전?" 목소리는 아주 관심이 많은 어조였다. "살육전과 군대? 무슨 군대?"

그들이 돌아섰다. 틸의 정적인 늑대인간 테올크가 양옆에 부관들을 거느린 채 눈빛을 반짝이고 있었다. 늑대에게 싸움은 놀이와 같은 의미이지만 늑대인간의 경우는 훨씬 위협적이었다. 더군다나 은으로 만든 무기를 사용해야만 죽일 수 있는 늑대인간들은 아더월드에서 가장 가공할 군대로 이름을 떨치고 있었다.

타라와 달리 늑대인간에 대해 전혀 모르는 킬라는 아버지가 저지른 일에 대해 말했다. 킬라를 조용한 곳으로 데려가야 했는데 타라는 미처 그럴 겨를이 없었다. 타라가 팔을 잡아끌려고 했지만, 킬라는 너무 슬픔에 빠져 있어서 따라갈 수가 없었다. 어쩔 수 없이 교란작전을 펴야 했다.

"공격을 받았단 말이죠?" 타라는 킬라가 너무 많은 걸 털어놓기 전에 말을 끊었다. "그래서 어떻게 됐는데요? 군대와 무슨 관계가 있죠?"

킬라는 타라를 쳐다보면서 또다시 송곳니를 드러냈다.

"오, 타라." 킬라가 울먹이면서 말했다. "아버지가 마지스터에게 당해서 악마의 마법에 감염되었어요!"

그들은 숨이 멎을 뻔했다. 타라는 지구에 뱀파이어가 너무 많아져서 뭔가 이상하게 돌아가고 있다고 생각했었다. 게다가 뱀파이어들이 감쪽같이 자취를 감추고 있는 것도 수상했다. 도처에 흔적을 남기면 감시하는 마법사들의 눈에 즉시 발각된다는 걸 잘 알고 있었다. 피를 많이 빨아 먹힌 시체들을 추적하다 보면 대개는 뱀파이어를 따라잡을 수 있는데 이번에는 너무나 주도면밀했다. 발각되거나 말거나 전혀 개의치 않는, 아니 어떤 공격도 막아낼 자신이 있기 때문인지 오히려 발각되기를 바라는, 마지스터의 오른팔 셀렌바와는 수법이 완전히 달랐다.

옆에서 베티가 부르르 떨고 있었다. 마법 능력도 없는 무고한 베티는 타라의 친구라는 이유만으로 마지스터에게 납치되었다. 그리고 아직도 밤마다 마지스터가 나타나는 악몽에 시달리다 땀에 흠뻑 젖어서 잠을 깨곤 했다. 타라에게는 한 번도 말하지 않았지만 아직도 그때의 정신적인 충격에서 벗어나지 못한 상태였다. 마지스터가 살아 있는 한 평온하지 않을 것 같았다.

악마의 마법? 테올그의 얼굴이 일그러졌다. 붉은 여왕은 림보의 악마들이 아더월드를 정복해서 세계를 파멸시키려 한다는 말을 한 적이 없었다. 하지만 금지된 대륙의 많은 가정에 매직넷이 보급된 뒤로 늑대인간들은 온갖 정보를 접하면서 오랜 세월 고립된 생활로 인한 공백을 따라잡을 수 있었다. 그래서 악마의 마법이 얼마나 위협적인지 잘 알았다.

"내가 제대로 이해한 거라면 뱀파이어들의 대통령이 악마의 마법에 감염되어서 군대를 모집했다는 거군요? 목적이 뭐죠?" 테올크가 느끼한 목소리로 말했다.

킬라는 깜짝 놀란 표정으로 테올크를 쳐다봤다. 코를 킁킁거리다 페로몬 냄새를 맡은 킬라는 앞에 있는 테올크가 인간이 아니라는 것을 알아차리고 간만에 블랙 유머를 날렸다.

"늑대인간 씨, 군대를 모집한다는 것은 무엇을 하기 위해서일까요?"

"정복." 테올크가 짤막하게 대답했다.

"네, 맞았어요. 아버지가 바로 그걸 하려는 것 같아요."

"대통령이 그렇게 말했어요?"

"아뇨." 킬라는 인내심을 잃고 대답했다. "검은색으로 변한 눈빛과 얼굴의 정맥을 봤어요. 처음에는 더 강해지기 위해 특별한 작전을 비밀리에 실시하는 거라고 생각했어요. 그런데 상그라브들처럼 가슴에 빨간 원이 나타나는 걸 보고 눈치를 챘죠. 두려웠지만 무슨 일인지 좀 더 자세히 알기 위해 살펴보고 있었는데……."

킬라가 말을 중단했다가 다시 말했는데 목소리가 어찌나 나직한지 몸을 숙여야 겨우 알아들을 수 있었다.

"병사들에게 인간의 피를 먹이는 걸 보고서 도망쳐 나온 거예요."

모두 숨을 죽였다. 보통 뱀파이어도 강력하고 빠른데 인간의 피를 먹으면 열 배나 더 강력하고 빠른 뱀파이어 병사들이……? 그건 재앙이나 다름없었다!

"뱀파이어 병사들에게 인간의 피를 줬다고요?" 타라가 물었다. "하지만 아더월드에는 인간이 그리 많지 않아서 50만 병사 모두에게 인간의 피를 먹이려면 부족할 텐데."

"물론 그렇죠." 킬라는 손수건으로 코를 시원하게 풀면서 말했다. "그러니까 머지않아 지구로 쳐들어올 거란 뜻이에요!"

타라는 문득, 현관 앞에서 나눌 얘기가 아니라는 걸 깨달았다. 그래서 좀 전에 있던 응접실로 그들을 데려갔다. 타라는 정중하게 늑대인간을 떼어내려고 했지만, 눈치가 없는 건지 알면서 시치미 떼는 건지 그들을 따라온 테올크가 호기심이 가득한 얼굴로 소파에 앉았다.

"내기하지 말걸!" 베티가 앉으면서 살루에게 말했다. "이건 문제가 생긴 정도가 아니라 3차 세계대전이 일어나게 생겼으니!"

"드래곤들이 가만히 있지 않을 거야!" 살루가 단호하게 말했다. "악마들이 파괴한 행성에서 뱀파이어들을 아더월드로 데려온 것이 우리 드래곤들이니까. 하지만 한 가지 조건이 있었지. 어떤 순간에도 뱀파이어들은 의식을 가진 존재들을 잠정적인 먹잇감으로 여기면 절대로 안 된다는 것이었어. 에드라긴족이 전쟁을 일으켰을 때 딱 한 번 그 약속을 어겼지. 우리가 날린 아메모루스 주문에도 불구하고 아더월드 주민들의 집단 무의식 속에 그 기억이 아직도 남아 있어. 그런데 또다시 그런 일이 일어난다면 뱀파이어 종족은 몰살되거나 다른 행성으로 영원히 추방될 거야. 그런 야만적인 행위를 두 번이나 눈감아

줄 수 없으니까."

"네, 알려줘서 고마워요." 샐쭉해진 킬라가 내뱉듯 말했다. "내가 여기 왜 왔다고 생각하는데요? 우리를 구해준 적이 있는 타라가 해결책을 찾아줄 거라고 믿기 때문이에요."

타라는 침을 삼켰다. 왜 또 나야? 지금 나는 힘도 없고 아무 생각도 없는데.

살루가 한 말을 들으면서 뭔가 이상한 걸 느낀 킬라가 이제야 이맛살을 찌푸리면서 소년의 눈을 뚫어져라 쳐다봤다.

"드래곤……?"

"어쩌다 지금은 인간의 몸으로 살게 되었지만…… 그래요, 드래곤 맞아요."

"그런데 어떻게 드래곤 냄새가 안 나죠?"

"얘기하자면 길어요." 살루는 한숨을 내쉬었다. "그리고 지금은 그 얘기를 할 때가 아니죠. 아더월드로 가서 크라살비에서 일어나고 있는 일에 대해 알려야겠어요. 더 알려줄 정보는 없나요?"

킬라가 타라를 향해 돌아섰다.

"어떡하죠?"

"글쎄, 모르겠어요." 타라는 뇌가 마비된 것처럼 머리가 돌아가지 않았다. "단번에 50만 뱀파이어 병사를 치료할 수는 없어요. 평생 동안 해도 다 못할 거예요!"

"장교와 하사관들만 감염됐고, 아직 군대 전체는 아니에요. 크라살비에서 그렇게 많은 인간의 피를 구할 수 없으니까요. 하지만 그들이 피를 확보하기 위해 나라 밖으로 나갈 준비를 하고 있는 것 같아요. 일단 원정이 시작되면 정말 전대미문의 끔찍한 재앙이 일어나는 거예요!"

타라는 느낌이 좋지 않았다. 친구의 절망 앞에서 속수무책이라니! 반역적인 뱀파이어들이 지구에서 인간 사냥을 하는 것이 그들 자신 때문이 아니라 군대에 피를 보급하기 위해서였다니! 뱀파이어들이 희생양을 죽이지 않은 이유가 이제야 이해되었다. 피가 필요했던 거야!

그러나 타라는 추방됐기 때문에 아더월드로 돌아갈 수 없었다. 다른 방법을 찾아야 하는데.

"내 말 잘 들어요, 킬라. 강력한 마법 능력이 있잖아요. 내가 인간의 피를 먹은 뱀파이어로 변했다가 다시 정상으로 돌아오는 과정을 보여줄게요. 잘 기억하고 있다가 킬라가 다른 뱀파이어들에게도 그 방법을 가르쳐서 감염된 이들을 치료하는 게 어떨까요?"

킬라는 타라를 쳐다보다가 갑자기 이빨을 드러내면서 활짝 웃었다.

"좋아요! 정말 기막힌 생각인 것 같아요! 보여줘요!"

"내가 마법사를 뱀파이어로 변신시킨 적이 있는데 내 도움이 없이는 그 마법사가 정상으로 돌아오지 못하더라고요. 뱀파이어에게는 시험해본 적이 없어서 어떨지 모르겠지만. 아무튼 내가 하는 걸 잘 기억했다가 그대로 따라해봐요. 그리고 미리 알려주는데 굉장히 고통스러울 거예요. 저택? 소리가 응섭실 밖으로 새 나가지 않게 해줘!"

모두의 눈길을 받으면서 타라가 마법을 작동하자 킬라는 백짓장같이 창백한 얼굴에 핏빛 눈, 은빛 머리, 인간의 피를 먹은 뱀파이어로 변했다.

킬라가 내지르는 비명소리에 늑대까지 인상을 찌푸렸다. 이어서 타라는 정신적으로 킬라에게 피를 정화하는 방법을 보여주었다. 고통에 몸을 부르르 떨면서 킬라가 천천히 정상적인 모습을 되찾았다.

"휴!" 킬라가 죽는소리를 했다. "구역질이 나서 미치는 줄 알았어요. 미리 말해줬으면 좋았을 텐데."

"이번에는 혼자서 해봐요." 타라는 킬라의 불평을 들은 척도 않고 말했다.

킬라는 심호흡을 하고 나서 타라가 알려준 대로 신진대사를 바꾸기 위해 마법을 작동했다.

칼과는 달리 킬라는 해냈다. 역시 뱀파이어가 다르긴 다르네. 킬라는 인간의 피를 먹은 뱀파이어로 변했다가 다시 정상적인 뱀파이어로 돌아왔다.

"브라보! 성공했어!" 아르노가 외치는 소리에 모두 깜짝 놀랐다.

"이제는 다른 뱀파이어들을 치료할 수 있을 것 같아요." 킬라가 힘없이 대꾸했다. "고마워요, 타라 공주님이 아니었다면……"

"공주님이 아니었다면 우리는 아더월드로 벌써 출발했겠지요." 살루가 가만히 있지 못하고 서성대면서 퉁명스럽게 말했다. "병사들이 악마의 마법에 감염되었다면 치료만으로는 충분하지 않아요. 킬라도 감염될 위험이 있어요."

이걸 농담이라고 하는 거야? 아니면 진담이야? 타라는 킬라의 눈에 글썽거리는 눈물을 보면서 살루의 따귀를 날리고 싶지만 외교 문제가 일어날까 봐 꾹 참았다.

"쉽지 않으리라는 걸 알지만 그래도 가겠어요." 킬라는 아르노의 단단한 어깨에 기대면서 말했다. "아버지가 끔찍한 재앙을 일으키기 전에 어떻게 해서든 악마의 마법에서 구해내야 되니까."

타라는 '다른 뱀파이어들도 구해야지'라고 덧붙이고 싶지만 참았다.

"우리 엘프들의 나라에도 가자." 아르노가 말했다. "엘프들의 여왕 빌라라의 궁정에 가지 않은 지 오래됐지만 사태를 알리면 분명히 귀담아들을 거야."

베티는 주위를 둘러봤다. 마법사, 뱀파이어, 엘프, 드래곤 모두 마법 능력이 있고, 빠르게 결정하고 순식간에 행동하는 전사들이었다. 베티 자신만 어린 인간일 뿐이었다. 쓸모없고, 뚱뚱하고, 느리고, 어리석게 느껴졌다. 베티는 목소리가 떨리지 않게 눈물을 참으면서 말했다.

"난 여기 남을게. 마법의 행성에서는 내가 아무런 도움이 되지 않을 테니까. 빨리 돌아와!"

베티는 신이 난 살루를 보면서 상처를 받았다. 살루는 지구에 살면서 드래곤들의 행성으로 돌아갈 날을 목이 빠지게 기다리고 있었다는 건가? 베티는 좀 더 일찍 알아차리지 못한 것이 후회되었다. 분명 베티 곁에 있겠다고 주장한 것은 살루였다. 그런 그가 지구를 떠난다는 사실에 이토록 눈빛까지 반짝이며 좋아하다니, 베티는 이해하면서도 한편으로는 너무 서운했다.

테올크는 코를 실룩거리면서 호기심을 보였다.

"정말 이상하군요. 드래곤 냄새를 전혀 맡지 못했는데. 우리의 하클라가 아직 알려주지 않은 듯한데 나는 상그라브들의 공격과 뱀파이어들의 감염은 같은 작전이지 별개의 것이 아니라는 걸 지적하고 싶군요."

살루의 눈이 커졌고, 타라는 이맛살을 찌푸렸다.

"아까부터 그 말을 하려고 했는데 겨를이 없었어요."

그렇게 말하면서 테올크는 벌어지고 있는 상황에 대해 대략적으로 설명했다. 이번에는 살루가 코를 실룩거리면서 말했다.

"그 빌어먹을 마지스터는 이미 작전을 개시했는데 우리는 이제 겨우 상황 파악을 했으니. 킬라 양, 갑시다. 내가 보호해줄게요."

킬라는 눈살을 치켜 올렸지만 대꾸하지 않았다. 늑대인간과 드래곤, 둘 중에서 누가 더 믿음직할까? 지금은 비록 소년의 몸을 하고 있지만 그래도 드래곤이 더 확실하지 않을까?

킬라, 아르노, 살루는 각자 할 일을 논의한 다음 출발했다. 베티는 공간이동의 문을 지키는 브주아 지롱 백작에게 그들을 데려가서 자세히 설명했다.

그들과 작별한 뒤에 타라는 할머니와 어머니, 틸을 만나러 갔다.

셋이 모인 자리에 남동생 자르까지 있어서 타라는 깜짝 놀랐다. 그들 모두 할머니 이사벨라가 컴퓨터/영사기/영화 스크린으로 사용하는 대형 크리스털 전광판을 보고 있었다. 할머니는 전광판에 나타난 엘프의 이미지를 응시하면서 눈살을 찌푸렸다.

타라는 누군지 알아보고 심장이 멎을 뻔했다.

로빈이었다.

얘기 중이던 하프엘프가 타라를 발견하고 말을 중단했다. 로빈은 멋진 미소로 얼굴이 밝아졌고, 패밀리어인 히드라 토토, 아니 소우르브는 요란하게 울음소리를 냈다. 타라는 전광판 앞으로 다가가서 로빈의 크리스털 눈과 검은 머리털이 섞인 은빛 머리(너무 짧아져 있었다), 근육질 상체를 뚫어져라 쳐다봤다.

오, 어쩌면 저렇게 잘생겼을까! 짧은 헤어스타일은 별로 마음에 들지 않지만.

알몸 상태의 상체를 드러낸 것은 틀림없이 그럴 만한 이유가 있을 거야. 혹시 마법의 행성에서 요즘 저러고 다니는 것이 유행인가?

타라는 다리가 약간 후들거리고 얼굴에서 바보 같은 미소가 떠나지 않아서 고개를 약간 숙였다.

"로빈, 로빈!" 타라는 목소리가 나오지 않아서 중얼거리듯 말했다.

이제는 주문이 제거되었는데 로빈이 어떤 반응을 보일까?

"오, 내 사랑, 나의 연인, 드디어 너를 보는구나! 너무 보고 싶어서 미칠 뻔했어!" 하프엘프가 쏟아내는 닭살 돋는 표현에 타라는 일단 안심했다. 하지만 이사벨라는 '어린것들이 어른들 앞에서 못 하는 소리가 없어' 하는 표정으로 눈살을 찌푸렸다.

로빈은 여전히 나를 사랑하고 있어! 혀를 차면서 한심하다는 듯 쳐다보는 할머니에 개의치 않고 안도의 숨을 내쉬던 타라는 기절할 뻔했다. 타라가 대답하려고 할 때 로빈 뒤에서 바이올렛 엘프의 얼굴이 보였고, 바로 이어 눈빛과 어울리는 초록색 띠로 풍만한 가슴을 살짝 가린 상체가 나타났던 것이다.

로빈을 집요하게 유혹하는 엘프 여성 전사 발라였다.

타라는 뻣뻣해지면서 분노가 치밀었다.

"전 후계자!" 발라가 로빈의 어깨에 한 손을 얹으면서 질질 끄는 목소리로 말했다. "너의 그 작은 행성에 별일은 없고?"

아더월드가 지구보다 좀 크다고 해서 감히 '작은 행성'이라고 건방을 떨다니!

로빈은 한숨을 쉬면서 피곤한 눈빛으로 천장을 쳐다봤다. 그 뒤에 있는 소우르브가 붕대를 감고 있는데 일곱 개의 머리 중 세 개가 다친 모양이었다.

"발라, 이런 유치한 행동 좀 그만하지?" 로빈이 차분하게 말했다.

바이올렛 엘프가 토라진 기색으로 몸을 세웠다.

"뭐, 유치해? 흥, 트리톤은 엘프들과 달리 양다리를 걸치지 않는데, 몽타뉴크리스토를 먼저 만났다면 너 따위는 쳐다보지도 않았을 거야!"

그렇게 쏘아붙이면서 발라가 로빈의 크리스털 볼이 미치는 영역을 벗어났기 때문에 타라는 안도했다.

로빈의 뒤에서는 발라가 어슬렁거리고, 타라의 뒤에서는 어머니와 할머니, 남동생이 귀를 세우고 있는데 사랑 고백을 하는 것이 그다지 마음에 들지 않지만 타라가 물었다.

"어떻게 연락한 거야? 그리고 네 옷차림…… 윗옷을 왜 안 입었는데? 소우르브에게 무슨 일이 있어?"

하프엘프는 미소를 지었다. 인간들은 알몸 노출을 불편해했다. 로빈의 얼굴에서 미소가 사라지더니 심각한 표정으로 말했다.

"방금 랑코비트의 카흠보움[8] 대사관에 도착했는데 카흠보움족이 더

....

[8]. 노란색 버터 덩어리 같은 생김새에 빨간 눈과 수많은 촉수가 달려 있다. 카흠보움들은 뛰어난 행정관/문서 담당자/도서관 사서들이다. 화가 많이 나면 폭발하는 단점이 있기 때문에 카흠보움에게는 조용한 직업이 가장 바람직하다.

위와 습기를 좋아해서 여기 기온이 40도가 넘어. 그래서 옷을 벗어야 했어. 카흠보움들이 시원하게 하는 마법을 사용하지 못하게 해서. (로빈이 앞에 있는 크리스털 볼을 가리켰다.) 이건 내 것이 아니라 카흠보움 대사의 크리스털 볼이야. 칼, 파프니르, 무아노, 파브리스와 나는 너에게 연락하려고 얼마나 노력했는지 몰라. 하지만 할 때마다 차단되었어. 오늘 아침, 칼이 카흠보움 대사에게 부탁해보자는 제안을 했어. 대사가 왜 칼을 도와줬는지 이유는 묻지 마. 칼이 그 대가로 훔친, 아니 빌린 것이 뭔지 알고 싶지 않지만 결과적으로는 잘된 거니까."

타라와 로빈은 묘한 미소를 주고받았다. 칼이 기지를 발휘해서 혁혁한 공을 세운 것은 헤아릴 수 없이 많아서 언젠가 보복을 두려워하지 않는 누군가가 그 일화들을 기록해두면 귀중한 자료가 될 텐데.

"칼은 네 이름과 성을 말하면 안 된다고 했어. 지구와 아더월드 간에 네 이름이 들리는 순간 통신이 끊어지는 차단 장치가 걸려 있기 때문에."

타라는 입을 멍하니 벌렸다. 아, 파프니르가 아더월드의 부모님과 통화할 때 자꾸 끊어졌던 것이 내 이름을 말할 때였구나! 이 정도까지? 고모가 너무 심한 거 아닌가? 추방은 그렇다 쳐도 페스트 환자도 아닌데 철저하게 고립시키다니! 타라라는 이름을 가진 사람이 전 세계에 단 한 명만 있는 것도 아닌데.

"방금 네 할머니께 나와 칼, 무아노의 가족들을 위한 피난처를 부탁하는 중이었어." 로빈이 말을 이었다. "파브리스는 지구에 돌아가는 허가를 요청한 상태야."

피난처? 타라는 너무 충격을 받아서 곧바로 반응하지 않았다.

"내 대답은 허락이다, 하프엘프." 이사벨라가 차분하게 말했다. "당연히 부모님과 함께 이곳으로 피신해도 된다. 파프니르의 도끼를 맞고 끝장난 상그라브 한 명을 봤는데 이 지구에서는 놈들이 감히 우리를 공격하지 못해. 저택의 방어력으로 얼마든지 물리칠 수 있으니까."

"고맙습니다, 덩컨 부인." 하프엘프가 정중하게 대답했다.

"피신?" 타라가 물었다. "아니 왜?"

타라는 자신이 무슨 말을 하고 있는지 깨닫고 얼른 정정했다.

"아니, 내 말은 너희를 만나는 건 정말 기뻐. 하지만 이해가 되지 않아서……."

로빈이 타라를 만나러 오기 위한 구실을 찾은 걸까. 아니면 무슨 심각한 문제가 생긴 걸까?

"우리 부모님들이 상그라브의 공격을 받았어."

타라는 숨이 탁 막혔다. 내가 왜 이렇게 멍청할까!

"우리 매직 6총사의 식구들이 52시간 전부터 여러 번 시험해봤어." 하프엘프가 말을 이었다. "그런데 우리가 어디에 있든 상그라브들이 귀신같이 찾아내는 거야. 오무아의 궁전으로 피신했는데 거기서도 공격을 받았어. 크산디아르 친위대장은 화가 나서 제정신이 아냐. 상그라브들이 궁전의 안티 트란스미투스 보안 장치를 뚫지 못한 게 분명한데도 계속 우리를 공격했거든! 랑코비트도 사정은 마찬가지였어. 랑코비트 정부도 공격을 받자 살라타르[9] 수상이 우리에

....

9. 랑코비트 왕국의 수상. 사자 머리에 염소의 몸체, 드래곤의 꼬리를 가진 키마이라이며 불을 뿜어낸다. 아주 까다롭고 거짓말을 싫어하기 때문에 정치를 하기에 적합하다.

게 다른 방법을 찾아보라고 했어. 우리를 보호해줄 자신이 없기 때문에. 그래서 부모님들을 일단 지구로 피신시킬 생각을 하게 된 거야. 그런 다음 무슨 일인지, 마지스터가 왜 우리를, 아니 부모님들을 공격하는지 이유를 알아내려고. 소우르브를 셀렌다로 보냈는데 부상을 당했고, 레파루스로 치료했는데도 유령에 들렸던 후유증 때문인지 상처가 아물지 않아. 그래서 결국 내가 데리고 있기로 했어. 나와 헤어진다는 걸 알았을 때 어찌나 괴성을 질어대는지 내 머리가 폭발할 뻔했거든."

타라는 얼굴이 일그러져서 주저앉았다. 친구들의 부모님들이 공격을 받고, 소우르브는 부상당하고. 맙소사, 갈수록 태산이네.

"또 나 때문이야." 타라가 자책했다. "몇 년 동안 우리에게 방해를 받았기 때문에 마지스터가 내게서 너희를 떼어내기로 작정한 게 틀림없어. 너희가 없었다면 나는 벌써 오래전에 그의 노예가 되었을 거야. 너희를 제거하기가 쉽지 않으니까 너희 부모님들을 공격한 것이고. 그래서 상그라브들의 공격으로 부모님들이 부상당했어?"

맙소사! 로빈과의 재회, 아니 얼마 만에 하는 통화인데 이런 얘기를 하게 될 줄이야!

"아니, 칼의 아버지는 심장마비가 일어났지만, 샤먼들의 치료로 지금은 괜찮아지셨어. 마지스터가 완전히 바보 같은 짓을 한 거지. 우리의 부모님들을 공격한 것은 우리의 철천지원수가 되는 거니까!"

"로빈, 마지스터는 이미 우리의 철천지원수야. 너희들이 부모님을 보호하느라고 정신이 없으면 내가 공격을 받아도 도와주러 올 수 없다는 걸 노린 교란작전인 것 같아. 마지스터는 머지않아 이곳을 공격해올 거야. 틀림없이."

로빈이 벌떡 일어나면서 의자를 뒤로 쫓아버렸다.

"금방 갈게."

타라가 무슨 말을 하기도 전에 로빈은 크리스털 볼을 끊어버렸다.

타라는 일어나다가 다리가 후들거려서 도로 의자에 주저앉았다.

"마지스터가 여길 공격할 거라고 생각하니?" 주의 깊게 듣고 있던 할머니가 물었다.

"네, 마지스터가 미친 듯이 사랑하는 엄마가 여기 있잖아요. 유혹 주문은 제거되었지만, 마지스터는 모르고 있어요. 그리고 오무아를 정복하고 드래곤들을 몰아내려는 계획이 우리로 인해 번번이 실패했기 때문에 그 어느 때보다 더 악마의 사물들을 손에 넣고 싶어해요. 일석이조의 효과를 노리는 거죠. 아더월드의 여러 정부들도 공격을 받고 혼란스럽기 때문에 아무도 우리를 도와주러 오지 못할 테니까요. 마지스터는 로빈이 메시지를 보내는 데 성공하고 부모님들을 이곳으로 피신시키겠다는 제안을 하리라고는 생각하지 못했겠죠. 하지만 내 친구들을 끔찍한 함정에 빠뜨렸을까 봐 불안해요. 그리고 마지스터가 왜 뱀파이어들을 악마의 마법에 감염시켰는지 이유를 모르겠어요."

할머니가 벌떡 일어났다.

"뭐라고?"

타라는 응접실에서 있었던 일을 할머니에게 얘기했다. 모두 입을 멍하니 벌린 채 타라를 쳐다봤다. 한 나라의 국민 전체를 악마의 마법에 감염시킬 정도로 마지스터가 강력해졌다니!

자르의 눈이 동그래졌다. 이건 감탄의 뜻? 아니면 공포의 뜻? 타라는 어느 쪽으로 받아들여야 할지 알 수가 없었다.

"마지스터가 뱀파이어들을 감염시켰다고? 하지만 그건 이해가 안 돼. 마지스터가 갖고 있는 악마의 셔츠로는 그렇게 많은 뱀파이어를 감염시킬 수 없어. 악마의 셔츠 안에는 많은 영혼이 갇혀 있지 않기 때문에 네가 파괴한 실루르의 옥좌나 저주받은 왕홀처럼 강력하지 않거든. 그 많은 뱀파이어들, 특히 반대하는 이들도 있었을 텐데 전부 다 어떻게 감염시켜? 도저히 불가능한 일이야! 그리고 뭐 때문에? 뱀파이어들을 감염시키면 악마의 사물들을 가질 수 있게 도와주나? 행성을 유혈의 도가니로 만들고 싶다면 뱀파이어들보다 훨씬 강한 드래곤들을 그렇게 하는 것이 시간이 덜 걸리지. 예전에 마지스터와 함께 살 때 수없이 들었어. 오무아를 점령하려고 했던 것은 타라 너와 우리의 고모 여제가 필요했기 때문이었어. 악마의 사물들이 있는 곳으로 가기 위해서. 마라와 나는 지킴이들에게 알려져 있지 않으니까. 따라서 뱀파이어들을 표적으로 삼았다는 것은 비논리적이야. 그리고 너무 위험해. 나도 타라의 의문에 동의해(아이구, 고마워라! 이제는 철이 좀 드는 건가?). 마지스터가 작전의 일부를 드러내 보였지만 주요 표적은 타라, 그리고 악마의 사물들이야. 아더월드의 통치자들을 공격하고, 뱀파이어들을 감염시키고, 다리를 납치해서 악마의 사물들을 손에 넣으면 아더월드 행성을 지배할 수 있으니까 드래곤들에게 충분히 대항할 수 있지."

열세 살, 아니 거의 열네 살이 되어가는 소년의 정치 분석인데 불행하게도 아주 그럴듯했다.

타라는 셀레나의 눈과 마주쳤고, 공포의 빛을 봤다. 어머니는 두려워하고 있었다. 말문이 막히고 이성적으로 생각할 수 없을 정도로 두려워하고 있었다. 발치에 웅크린 퓨마 셈보르도 두려움을 느꼈는지 송곳니를 드러낸 채 귀를 늘어뜨리고 있었다.

"하는 수 없지!"

침묵을 깨는 이사벨라의 목소리에 모두 소스라쳤다. 냉정한 할머니가 격분해서 일어났다.

"무슨 일인지 전혀 짐작이 안 가. 이 사건으로 아더월드 전체가 혼란에 빠졌으니 이제 타라를 어디로도 보낼 수 없다. 그러니까 지원군을 기다리면서 이 집은 우리가 지켜야 돼. 감히 덩컨 가문에게 싸움을 걸어오다니 놈은 스스로 제 무덤을 판 거야." 이사벨라가 고함을 질렀다. "저택!"

유니콘이 벽에 나타났다.

"경계 태세를 최고 단계로 높인다. 정원과 철책의 방어를 강화해. 스쿠프들을 추가로 배치하여 물 샐 틈 없이 감시한다. 상그라브들이 감히 나타나는 즉시 내게 알려야 한다."

유니콘이 붉게 물들더니 6미터에 이르는 키에 송곳니와 이사벨라의 상체보다 긴 갈퀴발톱이 있는 무시무시한 털북숭이 괴물로 변했다. 괴물이 포효하자 저택의 모든 덧문이 닫혔다. 강렬한 빛이 퍼지면서 저택의 형태가 변하기 시작했다.

주위의 벽들이 크리스털 전광판으로 변했고, 저택과 정원, 그 주변을 비춰주고 있었다. 경기관총 진지, 제초기, 쇳덩어리와 불을 뿜는 기계들이 여기저기 나타났다. 어디서 찾았는지 저택이 데려온 그리

폰(사자의 몸에 독수리의 머리와 날개, 말의 귀, 물고기 지느러미 모양의 볏을 가진 괴물—옮긴이) 여섯 마리, 샤트릭스[10] 열두 마리가 코를 킁킁거리면서 순찰하기 시작했다. 벽은 못으로 뒤덮였고, 정원의 벽들은 적어도 1미터는 더 높아졌다. 나무들이 빽빽해졌고, 저택으로 이르는 길의 땅속에 숨어 있는 블루룹스들이 방어선이었다. 블루룹스는 지나가는 것은 모조리 집어삼키는 동물이라서 그야말로 완벽한 함정이었다. 사람 키 높이에 소용돌이 함정이 놓여 있어서 침입자들을 보이지 않는, 다른 차원의 공간으로 쫓아버릴 수 있었다.

몇 초 만에 저택은 '들어올 때는 마음대로 들어와도 나갈 때는 마음대로 못 나가는' 위험한 요새로 변해 있었다.

"이건 좀 너무 심한데……." 약간 당황한 이사벨라가 중얼거렸다.

괴물이 벽에 있는 플래카드를 가리켰다. '최고 경계 태세'.

"이렇게까지 안 해도 되는데." 이사벨라는 한숨을 내쉬었다. "누구든 여길 들어오더라도 나갈 때는 온전한 상태는 아니겠군."

셀레나는 발로 바닥을 톡톡 차면서 이사벨라를 응시했다.

"그럼 우리 손님들은 어떻게 들어오죠?"

이사벨라가 움찔 놀란 얼굴을 하다 피식 웃었다.

"저택에 '최고 경계 태세'를 지시한 게 처음이라서 나도 놀라고 있다. 따라서 나도 방법을 전혀 몰라. 손님들을 통과시킬 수 있게 홀로그램과 신상정보를 줘야겠지."

....

10. 이빨에 독성이 있는 하이에나와 비슷한 동물로 아더월드에서는 간수들의 보조 역할을 한다. 게다가 냄새가 독하기 때문에 아무도 좋아하지 않는다.

괴물이 하늘을 쳐다보는 시늉을 한 다음 로빈과 칼, 무아노, 파브리스 가족들의 이미지를 복사했다.

"저택, 완벽해. 잠시 너에게 모든 걸 맡기겠다." 이사벨라가 말했다. "나는 지금 아더월드의 베어 왕과 통화해야 하니까."

아더월드의 암호화된 통신을 받기 위한 방이 여러 개 있었다. 할머니가 무슨 일을 꾸미고 있는데 셀레나와 타라에게 알려주려고 하지 않았다.

타라는 눈살을 찌푸리면서 멀어져 가는 할머니를 바라봤다.

"뭔가를 꾸미고 있는 게 틀림없어." 타라의 발밑에서 누군가가 말했다.

타라는 소스라쳤다. 마니투가 콘솔 탁자 밑에 누워 있었는데 검은색 털이 그림자와 혼동되어서 알아보지 못했던 것이다. 타라는 허리를 숙이고 검둥개를 쓰다듬었다. 전에는 증조할아버지의 머리를 쓰다듬는 행위가 버릇없게 보일까 거북했지만, 마니투가 쓰다듬는 손길을 워낙 좋아하기 때문에 타라는 차츰 자연스러워졌다.

"나를 원망하지 마." 마니투가 말했다. "내가 저지른 짓에 대해 사과하마. 정말 진심으로 미안하다, 타라."

"할아버지도 그럴 줄 몰랐잖아요." 타라는 다정하게 말했다. "유혹 주문이 그렇게 강력할지, 아빠 단비우나 다른 남자들처럼 마지스터가 걸려들지 할아버지가 어떻게 알았겠어요."

"하지만 내가 타라 너와 네 어머니 셀레나의 인생을 엉망으로 만들었어."

"아니에요." 타라는 단호하게 대꾸했다. "마지스터는 드래곤들에게 고문당했던 적이 있어요. 엄마와 관계없이 마지스터는 그랬을 거예요. 엄마를 만나기 훨씬 이전부터 드래곤들을 몰아내겠다는 결심을 했던 거니까요. 마지스터는 자신에게 끔찍한 상처를 주고, 사랑하는 존재를 죽인 드래곤들에게 원한을 품고 있어요. 그렇지만 엄마에 대한 사랑 때문에 복수심도 권력욕도 거의 버릴 준비까지 되어 있었어요. 그래서 나는 마지스터가 그렇게 인간미가 없는 건 아니라고 생각해요."

"하지만 네 엄마에게 빠졌던 건 유혹 주문 때문이었잖아?"

타라가 마니투와 불안한 눈길을 주고받을 때 문이 벌컥 열리면서 흥분한 모우르무르가 나타났다.

"무슨 일이야?" 발명가가 눈이 휘둥그레져서 고함을 질렀다. "공격을 받은 건가? 저택이 왜 최고 경계 태세로 들어간 거야?"

"아니에요." 타라는 가능한 한 차분하게(너무 흥분한 나머지 발명가가 폭발물을 갖고 뛰어왔을지도 모르는데) 대답했다. "우리는 공격받지 않았어요. 하지만 그럴 가능성은 있다고 생각해요. 그래서 미리 대비하는 거예요."

"저택!" 모우르무르가 고함쳤다.

벽에 모습을 드러낸 채 전광판들을 감시하던 괴물이 모우르무르를 바라봤다.

"내 조수들을 나가게 해. 공격자들이 너의 방어를 뚫을 경우 조수들이 현장에서 놀라운 일을 할 테니까."

괴물이 눈살을 찌푸리자 몇 개의 전기가 나갔다.

"저택!" 모우르무르가 외쳤다. "이게 아냐! 우리를 자유롭게 하라고!"

 괴물이 으르렁거리다가 머리를 끄덕였다. 흥분한 모우르무르가 절룩거리는 것치고는 엄청나게 빠르게 방을 나갔다.

 타라와 마니투는 불안한 눈길을 주고받았다.

 "오, 아더월드의 신들이시여!" 마니투가 중얼거렸다. "아무도 우리를 공격하지 못하게 도와주소서. 모우르무르가 놈들보다 훨씬 위험할 수도 있는데…… 갑자기 지구가 걱정이 되는구나."

 타라는 고개를 끄덕였다.

 "하지만 아무 일 없이 잘될지도 모르죠."

 이 말을 하면서도 타라는 잘못 생각하는 거란 느낌이 들었다.

 그리고 그 예감이 맞았다.

 바로 그때 첫 번째 폭발음이 울려 퍼졌으니.

상그라브
누군가에게 부탁할 것이 있을 때는
섣불리 죽이겠다고 위협하지 말아야 하는데

*

한 무리의 침입자들이 공원의 벽을 뛰어넘을 때 저택의 반응은 '지금은 요 정도로 봐주지만, 계속 까불면 완전 후회하게 해주지'라는 식의 경고 차원이었다. 그리고 파란 풀 위로 발을 내딛기 무섭게 상그라브들은 스파슌[11]으로 둔갑했다.

갑작스러운 상황에 혼비백산한 상그라브/스파슌들이 펄쩍펄쩍 뛰면서 날아보려고 버둥거렸다.

늑대인간, 아니 늑대늘이 귀를 세운 채 맛있는 스파슌을 보면서 군침을 흘리기 시작했다.

....
11. 칠년조의 일종으로 금빛이며 몸집이 커서 잘 날지 못한다. 털이 아름답다고 우쭐대기 때문에 숲 속에 거울을 놓아두면 제 모습에 취해 있는 스파슌을 쉽게 잡을 수 있다. 이삼일 정도면 알이 부화하고, 성장이 빨라서 일주일이면 다 자란다.

테올크가 상그라브/스파슌들을 추적하겠다고 허가를 요청했지만, 틸은 거부했다. 늑대인간들의 대통령은 무엇보다 셀레나와 타라의 안전이 최우선이기 때문에 섣불리 나서지 말고 지켜보는 쪽을 택한 것이다.

양탄자에 숨어서 지켜보던 나머지 상그라브들이 땅바닥에 닿지 않으려고 조심하면서 고함을 질러 혼비백산한 상그라브/스파슌들을 모아들였다.

공격받은 쪽에서 비웃는 소리가 흘러나왔다.

저택 대 상그라브들, 1 대 0.

그 뒤로 두 시간 동안은 아무 일도 일어나지 않았다. 하지만 불안감이 커지면서 흥분한 상태로 싸움에 뛰어들면 실수를 하기 십상이기 때문에 틸과 저택은 이사벨라의 식구들이 동요하지 않게 안정시켜야 했다. 물론 늑대들이 상그라브들과 싸우려고 안달이 나 있기 때문에 쉽지 않았다.

드디어, 마스크를 쓴 상그라브들이 또다시 공원의 벽을 뛰어넘었다.

이번에는 상그라브들이 둔갑시키는 주문을 막을 수 있는 아주 비싼 신발을 신었고, 식물이나 나무, 꽃을 건드리지 않으려고 조심했다. 저택이 땅바닥만 빼놓고 모든 식물에 마법을 걸어놓은 걸 눈치챈 것이다.

벽에 나타나 있는 괴물이 으르렁거리는 것으로 보아 저택이 몹시 화가 나 있었다.

둔갑되지 않는 걸 확인한 상그라브들이 대거 몰려왔던 것이다.

하지만 저택은 거의 요새나 다름없을 정도로 끄떡도 하지 않았다. 그리고 이토록 강력하게 대응할 줄이야! 상그라브들은 무슨 일인지 알아챌 겨를도 없이 땅바닥에서 튀어나오는 어금니들(어떤 동물의 이빨인지 모를)에 갈기갈기 찢겼다.

이어서 빗발치는 마법의 광선에 쫓기고, 기관총 위협에 옴짝달싹 못하던 상그라브들은 휘몰아치는 강풍 때문에 벽으로 밀려났.

두 번째로 침입한 상그라브 무리도 현장에 많은 시체를 남겨두고 철수했다. 타라는 침을 삼켰다. 진짜 전쟁을 방불케 했다.

원격조종되는 로켓포로 기관총 진지와 자동 마법 로켓들을 무력화시켰을 때는 저택 안의 사람들도 소스라치게 놀랐다.

흥분해 있는 저택은 그 정도로 만족할 것 같지 않았다.

계속된 실패 때문에 미친 듯이 고함을 지르면서 공원으로 몰려온 세 번째 상그라브 무리는 새끼 드래코-티라노사우루스, 사자, 샤트릭스, 그리폰들에게 갈가리 찢겼다.

저택이 상그라브들 대신에 비춰주는 맛있는 동물들의 이미지를 보고 포식동물들이 덤벼들고 있었다. 타라는 저택이 어디서 샤트릭스들을 데려왔는지 정말 궁금했다.

남은 상그라브들은 공격을 멈추고 작전을 바꿨다. 정원으로 침투한 무장 특공대가 수면제를 사용했는지 동물들이 잠들었다.

저택으로 이르는 길이 뚫린 것이다.

상그라브들은 감시하는 스쿠프들을 파괴하려고 했지만, 날아다니는 작은 카메라들은 마법에 반응하지 않기 때문에 파괴 광선을 피할 수 있었다.

총천연색 영화 방식, 즉 테크니컬러 3D로 피와 비명소리까지 생중계가 되고 있기 때문에 방어하는 쪽이 훨씬 유리했다.

게다가 모우르무르의 조수들이 곳곳에 식충류 폭탄을 숨겨놓은 상태였다.

주도면밀한 상그라브들은 마법 탐지기를 지니고 있었다. 그렇지만 모우르무르의 조수들은 그 점을 예상하고 그 위를 밟았을 때 폭탄이 작동하게 만들어놓았다. 폭탄이 열리면서 식사 시간을 애타게 기다리던 식충류들이 튀어나왔다. 오무아의 정글에 서식하는 검은색의 식충류는 자기들끼리 잡아먹을 정도로 왕성한 식욕을 자랑하는 먹보 곤충이었다. 아더월드의 모든 곤충 중에서 가장 위험해서 잡거나 죽이는 것이 쉽지 않았다. 그래서 아더월드에서는 전혀 희망이 없는 상황에 처했을 때 식충류 둥지에 빠졌다고 말한다.

발명가 모우르무르가 식충류를 사육한 모양이었다.

네 번째 공격자들은 완전히 잡아먹혔다. 뼈에 옷까지.

타라는 너무 끔찍해서 귀를 틀어막은 채 쳐다보지 않았다.

마법사들이 죽으면 영혼이 비욘드월드로 떠난다는 건 알지만, 그렇다고 잡아먹고 집어삼키는 등의 살해 행위가 정당화될 수는 없다.

아더월드에서는 왜 항상 잔혹한 행위가 해답일까? 타라가 수없이 해보는 의문이었다.

이번만은 외교술이 중요하다는 걸 느꼈다.

대기하고 있는 상그라브 숫자가 충분하지 않은지 한 시간이 지나서야 다음 공격이 시작되었다.

하지만 이번에는 장난이 아니었다.

마법 갑옷으로 무장한 상그라브들이 양탄자를 탄 상태로 지상과 공중에서 들이닥쳤다. 그들은 식충류들을 태워 죽이고, 기관총 진지를 폭파하고 저택으로 돌진했다.

드디어 작전 성공이었다. 그런데 상그라브들은 아주 사소한 것을 잊고 있었다. 지구에서는 마법이 약하기 때문에 저택이 공원 전체에 마법의 세기를 높여놓은 상태였다. 하지만 저택이 마법을 강화할 수 있다는 것은 그 반대로 약화할 수도 있다는 뜻인데.

저택은 모우르무르의 발명품 중 하나를 이용하여 마법을 완전히 없애버렸다. 아이쿠, 아무리 침입자들이지만 쯧쯧…….

양탄자들이 모조리 으스러졌고, 상그라브들은 작동이 안 되는 갑옷에 갇혀 꼼짝 못하고 있었다.

저택은 즐거운 시간을 가졌다.

상그라브들이 저택을 겨우 할퀴는 정도의 상처를 냈을 뿐이었다. 하지만 방어가 지겨워진 저택이 공격했다.

물론 상그라브들은 예상하지 못했다. 갑자기 모우르무르의 조수들과 함께 틸과 테올크의 늑대들이 나타났으니!

파란색 갑옷으로 무장한 모우르무르의 조수들은 파괴 마법을 발사했다. 늑대들은 가차 없이 이빨과 갈퀴발톱으로 활동을 개시했다. 저택이 상그라브들에겐 마법을 사용하지 못하도록 만들었지만, 집 안의 식구들은 마법을 사용할 수 있었다.

스파슌으로 둔갑해 있던 상그라브들은 침입한 걸 정말 많이 후회했다.

정말 안됐지만 상그라브들은 저택에 틸의 늑대인간들이 있다는 걸 모르고 있었다. 마지스터의 사령부에서도 전혀 예상하지 못한 일이라서 은으로 만든 무기를 제공하지 않은 건 당연했다. 직무에 충실한 스쿠프들은 가장 인상적인 장면들을 포착하고 있었다. 검으로 일격을 가해서 조수를 구해주는 늑대. 세 개의 단검으로 고정시키고 목을 노리는 상그라브에게서 늑대를 구해주는 조수. 그들은 서로 도왔다. 그리고 싸움에서 승리했다.

반면 상그라브들은 협동이 되지 않았다. 그들은 어떤 희생을 치르더라도 저택을 공격하라는 한 가지 명령만 받았는지 동지가 위험에 처해도 도와줄 생각을 하지 않았다.

15분도 안 돼서 아수라장이 된 싸움터는 본래의 형체를 알아보기 힘든 부상자들의 신음소리로 가득했다. 화분으로 둔갑한 상그라브도 있었으니.

늑대들은 부상자들을 살려둘 수 없었다. 일단 늑대인간에게 물리면 상그라브들도 늑대가 되는 것은 의문의 여지가 없었다.

늑대들은 인정사정없이 공격했다.

타라는 입술을 깨물었다. 마지스터가 어떻게 정면 공격으로 이렇게 많은 부하를 희생시킬 수 있지? 마지스터가 꽤 오랫동안 잠잠했던 이유를 알 것 같았다. 많은 사람을 모집하는 데 시간을 보냈던 것이다.

마침내 모우르무르의 조수들, 틸과 테올크의 늑대들은 후퇴했다. 수월한 승리로 그들은 기세가 등등해서 목소리를 높였다. 고함지르고, 허세 부리고, 크게 웃고 떠들면서 거칠게 등을 두드려주는 것으로 살아남은 걸 축하했다. 들것에 실려서 공중에 떠 있는 부상자들도 환호성을 질렀다.

타라는 가슴이 아팠다. 승리한 자들의 흥분을 이해하지만 희생자들이 내내 맘에 걸렸다. 희생자 대부분이 상그라브라 할지라도.

"테올크, 입가에 깃털이 묻었어요." 이사벨라가 늑대인간을 응시하면서 지적했다.

늑대는 이사벨라를 향해 흡족한 눈길을 던지다가 발로 깃털을 없앴다.

정말 이상했다. 마지스터는 이런 식으로 공격한 적이 없었다. 그는 위험한 싸움보다 항상 계략을 택하는데 이번에는 왜 이러는 거지?

자르와 타라는 이왕 마음이 통한 김에 모우르무르의 조수들과 함께 싸우려고 했지만(자르는 싸우고 싶어서 안달이었다), 셀레나와 이사벨라는 허락하지 않았다.

따라서 남매는 화를 억누르고 전광판으로 싸움을 지켜보면서 상그라브들의 일거일동을 유심히 살폈다.

살육전을 보면서 깜짝 놀란 자르가 얼굴을 찡그렸다.

"이건 정상이 아냐. 아무래도 뭔가 이상해!"

"이상해, 뭐가? 상그라브들이 우리를 죽이려고 달려드는 거? 아니면 맥없이 쓰러지는 거?" 타라가 받아쳤다.

싸움을 관찰하는 데 몰두해 있어서 자르는 타라의 가시 돋친 말에 개의치 않았다.

"나는 마지스터를 잘 알아. 태어날 때부터 봤으니까. 물론, 마지스터 곁에는 어떤 나라를 정복할 경우 조언해줄 능력이 있는 참모들이 있어. 하지만 마지스터는 어리석지 않아. 특히 군대 인원은 그리 많지 않아. 그런데 우리를 상대로 저렇게 많은 부하들을 희생시킨다는 것은 필사적이라는 뜻인데 우리 어머니와 네가 갑자기 가장 큰 목표가 된 이유를 모르겠어. 갑자기 그렇게 된 이유가 정말 궁금해."

"마지스터는 엄마를 사랑하니까." 자르의 주장에 약간 충격을 받은 타라가 반박했다.

"응, 인정."

"악마의 사물들을 손에 넣으려면 내가 필요하니까."

"응, 인정."

"유령이었을 때 우리가 오무아와 세계를 동시에 지배할 수 없게 방해했으니까. 그리고 내가 죽였으니까."

"응, 인정."

"무슨 이유가 더 필요한데? 마지스터는 복수하려는 거야."

"아냐."

"아니라고?"

"응." 자르는 단호했다. "마지스터는 드래곤들에게 원한이 있어. 일을 방해하기 때문에 너를 좋아하지 않는 거지 원한이 있는 건 아냐. 너를 잡아서 복수할 목적으로 군대를 희생시킨다는 건 말이 안 돼. 악마의 사물을 손에 넣기 위해서라면 몰라도 도대체 지금은 왜 이러는 거지?"

머리가 복잡해진 타라는 밖에서 벌어지고 있는 싸움에 정신을 집중했다. 동생의 말이 맞았다. 타라도 평소의 마지스터와는 다르다고 생각하고 있었다.

갑자기 타라는 소스라쳤다. 전광판 화면에 로빈의 불안한 얼굴이 나타난 것이다.

"타라?"

"응, 여기 있어." 타라는 기뻤다. 내 이름을 불렀는데 통신이 끊어지지 않는다는 건 로빈이 지구에 왔다는 거잖아!

"상그라브들의 공격을 받은 거야? 타공 마을에 군인들이 쫙 깔렸어. 브주아 지롱 백작의 성에 있는 공간이동의 문을 통해 방금 도착했는데 위험해서 부모님과 함께 저택으로 접근하는 것이 불가능하겠어. 어떻게 된 거야?"

"나도 잘 모르겠어." 타라는 솔직하게 대답했다. "마지스터는 두 시간 전부터 공격을 퍼붓고 있어. 부하들이 죽는데도 계속하고 있어. 파브리스의 아버지는 무사하셔? 상그라브들이 브주아 지롱의 성 공간이동의 문을 통해 들어왔는지, 아니면 불법으로 문을 만들어서 들어왔는지, 우린 아직 그것도 모르고 있어."

하프엘프는 입술이 묘하게 일그러졌다.

"불법으로 만든 문을 통해 들어온 게 틀림없어. 공간이동의 문들은 지난번 사건으로 침략할 경우는 자동 빗장이 걸려 있거든. 그들은 이곳에 발을 들여놓지 않았어. 그랬다면 우리도 붙잡혔겠지. 악마들의 림보를 통해 들어온 게 틀림없어. 너희는 괜찮아? 군대가 동네를 완전히 장악하고 있어. 주민들을 가둬놓고 수면제를 먹인 것 같아. 주민들이 깨어날 때는 모든 것이 끝나 있겠지. 부모님들에게 위험을 무릅쓰게 할 수는 없어. 아무래도 성에 있다가 기회를 봐서 도망쳐야 할 것 같아."

"안 돼, 특히 그건 안 돼!" 타라가 외쳤다. "그러다 붙잡히면 나를 협박할 거야. 그냥 그 성에 계속 머물고 있어. 지금은 두려울 게 없으니까. 상그라브들은 우리의 방어를 뚫지 못해. 저택은 랑코비트의 살아 있는 궁전의 복제판이거든. 그러니까 걱정 안 해도 돼."

하프엘프의 눈이 휘둥그레졌다.

"뭐라고? 랑코비트 정부에서 그 귀중한 궁전을 복제하게 허락했단 말이야?"

"저택이 우리의 목숨을 구해줬어. 저택이 아니었다면 우리는 버티지 못했을 거야!"

"그래, 알았어." 로빈이 화가 난 표정으로 말했다. "지금은 싸움에 끼어들지 않고 지켜보고 있을게. 하지만 타라, 나를 비롯하여 파브리스와 칼, 무아노, 파프니르는 네가 위험에 빠지면 네가 원하든 원치 않든 도와주러 갈 거야!"

"얼마 만에 만나는 건데 우리의 재회가 이렇게 될 줄이야!" 타라가 한숨지었다. "하지만 걱정하지 마, 다 잘될 거야. 상그라브들은 절대로……."

타라는 말을 끝낼 수 없었다. 상그라브들이 저택 밖에서 폭탄을 터뜨리면서 통신이 끊겼기 때문이다.

"알았어, 알았다고!" 타라는 갑자기 시커메진 전광판을 보면서 말했다. "지금부터는 다 잘될 거란 말을 하지 않을게."

용케 폭발을 피한 스쿠프들이 공원과 주변을 보여주었다.

공원을 벗어나지 못하고 맴맴 돌면서 싸워야 하는 것에 지친 상그라브들은 필요 없는 것들을 치우기로 결정했다.

저택으로 이르는 길과 함께 소용돌이, 블루룹스 등 저택과 모우르무르가 준비한 함정들이 완전히 파괴되었다.

저택과 모우르무르는 합창으로 으르렁거렸다. 적군이 좋은 생각을 했다는 자체가 기분 나빴던 것이다. 게다가 강력한 공격력을 선보였으니.

그들이 반격하기 전에 상그라브들은 저택의 현관문 앞까지 접근하는 데 성공했다.

상그라브들에게 포위된 것이었다.

저택은 모든 통로를 봉쇄했지만 이따금 흔들리는 것으로 보아 벽이 혹독한 시련을 겪고 있는 것 같았다. 저택이 집 밖의 마법을 차단했지만, 주도면밀한 상그라브들은 지구의 폭발물을 사용하고 있었다. 구체적으로 C4와 셈텍스(C4보다는 물에 강한)처럼 폭발력이 강하고, 짧은 거리에서 아주 효과적인 폭발물이었다. 더구나 물렁거리는 흰색 진흙 같아서 파괴하려는 대상의 모양으로 만들 수 있는 장점이 있었다. 그래서 상그라브들은 돌쩌귀와 자물쇠들을 공격했다.

저택은 눈 깜짝할 사이에 문이란 문은 모조리 사라지게 했다.

폭발물들이 픽, 픽, 소리를 내면서 바닥으로 떨어졌고 먼지를 일으켰다. 격분한 상그라브들이 이번에는 구멍을 내기로 결정하고 벽에 폭발물을 붙였다.

그런데 덕지덕지 기름칠한 벽이었으니.

폭발물이 또다시 바닥으로 미끄러졌다.

번번이 당한 상그라브들은 씩씩거리면서 이번에는 미끄러지지 않게 샌드위치처럼 벽에 폭약을 붙이고 그 위에 진흙을 발랐다.

그런데 저택이 폭발물을 삼켜버렸으니. 그것도 한 번에 꿀꺽!

벽에 나타난 괴물이 의기양양하게 상그라브들을 향해 비웃음을 흘렸다. 상그라브들의 대장이 고함을 지르면서 벽을 공격했지만 꿈쩍도 하지 않았다. 상그라브들의 대장은 더 크게 고함쳤는데 이번에는 절규에 가까운 소리였다.

괴물도 질세라 더 크게 비웃음을 흘렸다.

격분한 상그라브들의 대장이 폭약을 채운 로켓포로 포격했다. 저택은 옆이나 위로 지나가는 로켓포를 폭발하게 두고, 나머지는 모두 삼켜버렸다. 하지만 이내 몇 개가 연속적으로 폭발하면서 벽에 상처를 주었다. 사나운 동물처럼 거대한 돌의 몸통을 파고들면서 조금씩 목적을 달성하고 있었다.

저택은 있는 힘을 다했지만 그리 오래 버티지 못할 것 같았다.

안에서는 이사벨라가 지시를 내리고 있었다. 특별한 문제없이 평화로울 거라고 생각하던 지구 여행에서 갑자기 전투를 벌이게 되다니, 늑대인간들에게는 정말 뜻밖의 보너스였다.

테보리르[12]!

얼마 전까지만 해도 아버지라고 생각하며 살았던 마지스터에게 맞서는 것을 자르는 약간 불안해하면서도 즐거워했고, 타라는 손톱을 물어뜯으면서 이제 곧 들이닥칠 첫 번째 군대를 공격할 작전을 궁리하고 있었다.

"오, 흉측한 벤드룩이여!" 이사벨라가 크리스털 전광판 앞에서 소리쳤다. "지원군을 요청해도 10년은 걸리게 생겼어. 오, 젤리소르의

---

12. 미친 듯이 즐기거나 배불리 먹고 나서 기쁨을 나타내는 표현.

충치여! 상그라브들의 공격을 받으면 내 손녀딸이 위험한데 도대체 어느 나라 언어로 말해야 도움을 받는단 말인가!"

자르는 타라를 쏘아봤다. 타라, 타라, 언제나 타라 타령! 위험하긴 마찬가지인데 할머니는 자르를 걱정해주는 적이 없었다. 자르는 몸에 잔뜩 들어가 있는 긴장을 풀려고 애를 썼다. 언젠가는 복수하고 말 테야! 하지만 지금은 상그라브들과의 싸움에 집중해야 했다. 이 싸움에서 타라에게 무슨 일이 생길 경우 뭘 할 수 있을까?

벽에 나타난 괴물이 울부짖었고, 동시에 문짝 하나가 떨어지는 둔탁한 소리가 났다.

상그라브들이 드디어 저택에 들어온 것이다. 여러 개의 전광판에 복도로 몰려드는 잿빛 마법복에 검은색과 회색 또는 금빛 마스크를 쓴 상그라브들이 보였다. 저택은 침입자들의 발밑으로 호수를 만드는 장난을 쳤고, 이에 질세라 모우르무르는 한술 더 떴다.

벽들이 갑자기 좁혀지면서 익사하지 않은 자들을 짓이겨버렸기 때문에 상그라브들은 공중 부양해봐야 아무 소용이 없었다. 하지만 이런 방어 장치에도 불구하고 침입자들의 수가 더 많아졌고, 벽들을 폭파하고 기둥을 파괴하면서 머리 위로 지붕이 무너져 내리거나 말거나 전신했다.

믿을 수 없을 정도로 무모해 보였다. 저택은 거주자들을 보호하려면 더 이상 벽이 무너지게 내버려둘 수 없었다. 따라서 상그라브들과 싸우는 걸 멈춰야 했다.

"모두 실험실로! 빨리, 빨리!" 모우르무르가 외쳤다.

저택이 계단을 만들자 모두 몰려 내려갔다.

복도 맞은편 커다란 방에 늑대들이 만장일치로 맨 앞에 배치되었다. 틸은 셀레나와 타라, 이사벨라, 마니투와 함께 그 뒤쪽에 있었다. 수컷 알파이자 대통령으로서 지금은 직접 앞에 나서는 대신 병사들이 싸워야 했다.

하지만 틸은 마음에 들지 않는 것이 역력했다. 적들을 죽이지 못한다면 어떻게 사랑하는 여자의 눈을 반짝이게 할 수 있단 말인가! 셀레나가 적과 싸우는 것보다 곁에 있는 것이 더 좋다고 한다면 몰라도. 또다시 마지스터에게 잡혀가면 미치고 말 거라면서 틸에게 도움을 청했던 셀레나가 아닌가!

셀레나는 방어가 한계에 이를 경우 틸에게 깨물어달라고 했었다. 늑대인간이 되기 위해서였다. 틸은 암컷 늑대가 되겠다는 셀레나의 생각이 마음에 들지 않지만, 불안해진 그녀의 어두운 얼굴을 보면서 하는 수 없이 수락했다.

셀레나와 틸은 타라에게 말하지 않고 있었다. 타라는 어머니의 문제 말고도 걱정할 일이 너무 많기 때문이었다.

얼마 전에 타라는 자신이 일종의 발전기가 될 수 있다는 걸 알게 되었다. 그래서 에너지를 축적해놓은 현재 상태에서는 보통 때보다 마법의 강도를 열 배 가량 높일 수 있었다.

문제는 마법의 강도를 조절하기 힘들어 섣불리 공격할 수 없다는 것이었다. 타라는 이를 악물고 억제하고 있지만 화산처럼 정수리가 약간 벌어지는 느낌이 들었다.

모우르무르가 기계를 조절하자 마치 가마에서 나오는 것처럼 진흙 인형이 나타났다. 발명가는 나무 의자 위에 올라서서 떼었다 붙였다

할 수 있는 것으로 보이는 머리를 열고 작은 종이쪽지를 집어넣었다.

그 즉시 진흙인형의 눈이 반짝이더니 삐걱거리면서 일어났다.

"명령에 복종하겠습니다!" 진흙인형이 고함을 질렀다.

모두 두 손으로 귀를 틀어막았고, 타라는 집중력을 약간 잃었다. 도대체 저건 또 뭐지?

"고맙다!" 모우르무르는 우거지상을 하면서 대꾸했다. "그런데 말 좀 작게 해주겠니?"

"명령에 복종하겠습니다." 진흙인형이 어찌나 작은 소리로 속삭이는지 아무도 알아들을 수 없었다.

"목소리 볼륨을 맞춰봐." 모우르무르가 눈을 굴리면서 말했다.

"명령에 복종하겠습니다." 진흙인형이 끈기 있게 반복했다.

"골렘이잖아. 진흙인형 골렘." 이사벨라가 구시렁거렸다. "어떻게 된 거예요? 제정신이에요? 골렘이 믿을 만한 존재가 못 된다는 걸 모르세요?"

"그래서 개선했으니까 골렘은 내 지시에 복종할 거야." 모우르무르가 대답했다. "자네가 지원을 받지 못했으니 싸우는 것이 어렵지 않겠나?"

"오무아와의 통신이 끊겨 있잖아요." 이사벨라는 발끈했다. "랑코비트와는 연결이 됐는데 한다는 말이 '가능한 한 빨리 엘프 전사들을 보내겠다. 하지만 왕과 왕비가 공격을 받았기 때문에 지금은 왕가를 보호하는 데 전력을 기울이고 있으니 나중에 다시 연락하겠다'는 거예요. 기가 막혀서! 관료들은 하나같이 골통들이라니까!"

타라의 눈이 동그래졌다. 할머니가 저런 말을 한다는 건 상황이 정말 심각하다는 건데!

　타라는 눈을 감고 마법에 정신을 집중했다. 가슴속에서 뜨거운 덩어리 같은 것이 점점 커지는 게 느껴졌다.

　타라는 한숨 돌렸다. 마법에 집중하면서 이렇게 기분이 좋기는 정말 처음이었다. 마법이 완전히 다른 차원에 이르러 있는 것 같았다. 어떤 임무를 위해 마법을 사용하는 것이 아니라 믿어지지 않을 정도로 감미로운 에너지에 잠기는 것 같았다. 타라는 눈살을 찌푸리면서 이 새로운 감각을 강화하려고 애를 썼다.

　"이건 정상이 아냐."

　옆에서 나는 목소리에 타라의 집중력이 깨졌다.

　"네?" 타라는 불만이 가득한 어조로 물었다. "또 뭐가 이상한데요?"

　모우르무르는 타라의 짜증에 반응하지 않았다.

　"상그라브의 시체를 연구했지. 악마의 마법 원리와 마지스터가 하는 걸 여러 번 볼 수 있었기 때문에 힘을 높이기 위해 마법을 어떻게 이용하는지 궁금해서."

　그래, 맞아! 마지스터와 맞닥뜨린 것이 벌써 여러 번이었지. 특히 마지스터가 오무아 평원에서 맞서 싸울 때 악마 군단을 불러들이는 데 성공한 것처럼 믿게 했던 장면은 영화로도 만들어졌다는 걸 타라는 깜빡 잊고 있었다. 따라서 마법사들과 최고 마구스들은 마지스터가 악마의 마법을 사용하고 있다는 걸 알지만, 정확한 원리를 모르고 있었다. 모우르무르는 악마의 마법의 원리를 밝히려고 애를 썼는데…… 얼굴을 보니 실패한 모양이었다.

"그 시체는 얼마 전까지만 해도 상그라브가 아니었어. 아주 최근에 악마의 마법에 지배를 받은 것 같아. 살 속 깊이 박혀 있지도 않고."

무슨 말인지 이해한 자르가 타라를 위해 대꾸했다.

"우리를 공격하려면 인원이 많이 필요하기 때문에 군대를 모집한 게 틀림없어. 나는 이렇게 많은 상그라브를 본 적이 없어! 통치자들에게 들키지 않기 위해 천 명 이상을 곁에 두는 적이 거의 없었거든. 딱 한 번 상그라브들이 굉장히 많았던 적이 있는데 마법사들의 자식들을 유괴해서 잿빛 요새에 가뒀을 때야. 하지만 일시적이었어. 그리고 내가 이해할 수 없는 게 또 하나 있어. 우리를 공격한 상그라브들 중에 뱀파이어는 없어. 그런데 아까 킬라 얘기를 하면서 뱀파이어 군대가 악마의 마법에 감염되어서 마지스터의 명령을 받고 있다고 했지? 뱀파이어들이 왔다면 우리는 상대가 안 돼. 짧은 시간 내에 우리를 정복했을 테니까. 그런데 왜 마지스터는 약한 병사들을 보냈을까?"

"내 말이 그거야. 그들을 모집하기 위해 무슨 짓을 한 걸까?" 모우르무르가 말했다. "물론 누구나 강력한 마법 능력을 원하지. 하지만 아무리 강한 마법이라도 악마의 마법을 좋아하는 사람은 거의 없어. 너무 두렵기 때문에. 그런데 어떻게 마지스터가 단기간에 그 많은 사람을 상그라브로 만들었을까? 동시에 뱀파이어들까지? 온통 의문투성이야. 이런 거 아주 싫은데."

실험실로 이르는 복도의 문을 걷어차는 소리가 났다. 그들은 서로를 쳐다봤다.

상그라브들이 그들이 있는 곳을 찾아낸 것이다.

10
빌랭 왕국의 용병

*용병에게는 미션이 끝났을 때
잊지 말고 대가를 치러야 하는데*

*

 저택이 지하실로 이르는 통로란 통로를 모조리 막아놨지만, 상그라브들은 미련하지 않았다. 무작정 벌컥벌컥 문을 열었다가 정글, 바다, 소용돌이 등을 만나 신체 일부를 잃는 부상을 입게 되자 상그라브들은 일단 후퇴했다가 만반의 준비를 하고 돌아왔다.
 탐지기를 이용하여 최종 목적지에 이른 상그라브들은 마법과 무기를 휘둘렀다. 그중 권총으로 무장한 이들을 보고 타라는 경악했다. 지구에서야 권총이 특별한 무기라고 말할 수 없지만 아더월드 사람들이 권총을 소지한다는 건? 지구에서는 마법이 불안정하다는 걸 알기 때문에 정말 치밀한 계획으로 권총을 구입했다는 것이 아닌가! 하지만 어디서, 어떻게 구했을까?
 상그라브들은 늑대들을 보면서 앞서의 패배를 의식하는지 잠시 머뭇거렸다. 그중 한 명이 파란 기를 들고 앞으로 나왔는데 지구의 백기와 같은 의미였다. 가슴 부위에 원이 검붉은 색깔인 것으로 보아 서열이 높은 상그라브인 모양이었다.

"항복해야 할 타이밍이다!" 상그라브가 거만하게 말했다.

이쪽에서는 모우르무르가 거들먹거리면서 나섰다.

"그건 내가 하려던 말이다." 모우르무르는 평온하게 말했다.

타라는 고개를 갸우뚱했다. 지금 무슨 말을 하는 거지?

"좋다!" 마스크를 쓴 상그라브가 말했다. "늑대들은 변신한 다음 무기를 버리고, 모든 공격을 중단하라."

모우르무르는 눈살을 찌푸렸다.

"내가 하려던 말이다. 늑대들에 대한 요구는 제외하고."

"뭐라?"

"지금 항복하겠다고 우리를 찾아온 게 아니었나?" 모우르무르는 아주 천연덕스럽게 물었다.

그 말에 어이없어하는 상그라브를 보면서 타라는 하마터면 웃음이 터질 뻔했다.

"뭐, 뭐라고? 항복은 당신들이 해야지! 우리가 수적으로 훨씬 우세한데!"

"하지만 우리가 더 세지!" 모우르무르는 뒤에 있는 타라를 가리켰다.

그러고는 상그라브를 향해 몸을 숙이면서 속삭였다.

"너희를 해치고 싶지 않지만, 내 뒤에 있는 금발 소녀는 너희 보스를 한두 번 죽인 적이 있거든. 소녀가 공격하면 끔찍한 일이 벌어질 텐데!"

상그라브의 마스크가 창백해졌다. 그는 목소리를 가다듬기 위해 마른기침을 했다.

"알려줘서 고맙지만 타라 덩컨 양이 누군지 잘 알고 있다. 그리고 당신의 협박은 소용없어. 우리는 덩컨 양의 마법이 두렵지 않다. 우리 악마의 마법도 그 못지않게 강력하니까."

"이런, 그렇게 말할까 봐 정말 걱정했는데!" 모우르무르는 마지못해서 말했다. "타라?"

"네, 모우르무르 할아버지?"

"남자인지 여자인지 모를 이 사람에게 너의 마법에 비하면 악마의 마법은 아무것도 아니라는 걸 보여주겠니?"

오, 모우르무르, 농담이 좀 심한 거 같은데. 어떻게 혼내줘야 잘했다고 소문이 나려나? 타라는 상그라브를 쳐다보다가 좋은 생각이 떠올랐다.

타라가 발사하는 마법에 상그라브들이 뒷걸음쳤다. 타라 쪽의 사람들도 잔뜩 긴장하면서 뒤로 약간 물러섰다.

모우르무르와 상그라브는 물론이고 타라 앞에 있다가 마법이 몸에 닿은 이들은 모두 짧은 양말에 팬티만 달랑 입은 낯 뜨거운 차림이 되었다.

마스크도 사라졌기 때문에 텁수룩한 머리에 아연실색한 상그라브들의 얼굴이 드러나 있었다.

희끗희끗한 머리의 대장을 제외하고는 상그라브들이 아주 젊었다.

모우르무르는 잠자코 있다가 얼이 빠진 상그라브에게 말했다.

"뭐, 요 정도 갖고! 우리 타라는 홀랑 다 벗겨서 너희들의 살과 근육, 뼈까지 모조리 드러낼 수 있다. 자, 이제 어떤 선택을 할지 잘 생각해서 결정하기 바란다."

블루 코끼리 무늬가 있는 팬티만 달랑 입고 있으니. 그렇지 않아도 죽을 맛인 상그라브에게 던지는 이 말은 확인사살이나 다름없을 텐데.

"이제 항복에 대해 논의해볼까?" 모우르무르가 말을 이었다.

상그라브는 잠자코 있다가 입을 열었다.

"천만의 말씀! 후계자가 우리 모두를 상대로 마법을 사용하지 못한다는 걸 알고 있다. 너무 마음이 약하기 때문에."

타라는 딸꾹질을 했다. 맙소사, 맞는 말이었다. 그리고 타라는 방어할 수는 있어도 사람들을 죽일 수 없었다. 그건 타라의 방식이 아니었다.

타라 쪽에서 아무런 반응을 보이지 않자 상그라브는 가능한 한 품위 있게 돌아서서 부하들과 합류했다.

그리고 나서 그들은 복도에서 사라졌다. 모우르무르는 한숨을 내쉬었다.

"애들이었어. 애들을 보내다니, 비열한 마지스터!"

"우리도 애들이에요." 자르가 퉁명스럽게 응수했다. "애들이라고 싸우지 못하는 건 아니거든요!"

뜻밖의 말에 타라는 깜짝 놀랐다. 뭐? 오늘 얘가 왜 이러지? 놀랄 일이 한두 가지가 아니었다. 인정이라곤 없는 자르가 스스로 애라는 걸 인정하질 않나, 오늘은 오래도록 잊지 못할 기념비적인 날이군.

"저들이 어떻게 나올까요?" 타라가 실력을 보여주었는데도 여전히 하얗게 질려 있는 셀레나가 물었다.

"끈질긴 놈들이니까 또 공격해올 겁니다." 테올크가 기분 나쁜 미소를 지으면서 대답했다.

불행히도 테올크의 말이 맞았다. 복도에 유형화된 상그라브들이 떼거리로 돌진했고, 타라가 마법을 사용할 겨를도 없이 곧장 늑대들에게 달려들었다. 늑대들은 힘이 열 배로 증가하는 반인간 반늑대로 변신했다. 갈퀴발톱과 마찬가지로 송곳니는 강철도 구부릴 수 있었다. 늑대인간들이 앞다투어 상그라브들을 물어뜯으면서 가차 없이 해치우고 있었다.

상그라브들과 늑대인간들이 뒤죽박죽으로 섞여 있어서 타라는 아군이 다칠까 공격할 수 없었다.

비명소리가 울려 퍼지고, 피가 흘렀다. 상그라브들은 마법을 사용하지만, 순간적으로 인간에서 늑대로, 늑대에서 인간으로 변신을 거듭하는 상대가 어찌나 재빠른지 공격하기가 쉽지 않았다. 늑대가 건드리기만 하는 것 같은데 상그라브들이 픽픽, 쓰러졌다.

그렇지만 상그라브들은 마법으로 복도를 휩쓸면서 전진하고 있었다. 결국 싸움터에 골렘이 투입되었다. 마법의 광선이 빗발치는 속에 골렘은 아군, 적군 할 것 없이 모조리 쓰러뜨리는 경향이 있었다. 타라는 할머니가 골렘이 믿을 만한 존재가 아니라고 말한 이유를 알아차렸다. 골렘을 멈추게 해야 했다.

타라는 이를 악물고 파랄리수스 주문을 날리는 것으로 앞에서 싸우고 있는 이들을 모조리 마비시켰다. 성난 늑대들까지 옴짝달싹하지 못했다. 하지만 예상하고 있었다는 듯 새로운 상그라브들이 투입되었다. 자르와 타라는 불안한 시선을 주고받으면서 마법을 작동했다.

타라의 파란색 광선과 자르의 잿빛 광선이 표적들을 향해 날아갔다. 상그라브들이 쓰러지면 또 다른 상그라브들로 대체되었다. 타라는 혈관 속에서 윙윙거리는 마법의 에너지가 머리로 올라오는 걸 느꼈다. 타라가 마법의 강도를 높이기 위해 살아있는 돌에게 도움을 청하자 눈빛이 아주 새파래졌다. 타라는 자신도 모르게 공중 부양하면서 상그라브들의 표적이 되었다. 타라는 방패를 만들어서 빗발치는 광선을 막았고, 체인지라인은 여기저기서 날아오는 총알을 차단했다. 체인지라인 덕분에 타라는 위험을 면했다.

모우르무르의 조수들은 타라에게 공격이 집중되는 틈을 타서 상그라브들을 공격했지만, 애석하게도 수적으로 열세였다.

침입자들에게 혼란을 주기 위해 타라는 근육을 부풀리게 하는 포르시수스 마법을 불러내서 바닥에 내려선 다음 앞으로 걸어나갔다. 마법으로 싸울 수도 있지만 타라는 상그라브들과 육탄전을 벌였다. 황제에게서 훈련을 받은 타라는 뛰어난 전사가 되어 있었다. 소녀에게 당해서 하나둘 쓰러지자 상그라브들은 어찌할 바를 몰라했다.

하지만 상그라브 한 명이 쓰러지면 두 명으로 대체되었다. 타라 쪽이 열세였다. 딜이 이제는 정말 싸움에 뛰어들어야겠다는 얼굴로 셀레나를 향해 돌아섰다.

그러나 셀레나는 다른 계획이 있었다. 그녀는 공포에 질린 눈빛으로 딜에게 손을 내밀었다. 셈보르가 으르렁거리면서 머릿속으로 암컷 늑대 모습의 셀레나 이미지를 보냈지만 그녀는 모른 척했다.

"틸, 지금이에요."

틸은 이맛살을 찌푸렸다.

"암컷 늑대가 되면 구속을 받아야 해요. 나는 수하의 늑대들에게 행동방침을 주입시켜야 다스릴 수가 있어요. 당신은 자유로운 의지가 가장 중요한 사람이란 걸 내가 아는데……."

셀레나는 이를 악물었다.

"마지스터는 다른 종족을 혐오하는 사람이에요. 내가 늑대인간이 되었다는 걸 알면 우리가 붙잡히더라도 더는 나에게 집착하지 않을 거예요. 틸, 제발 부탁이에요! 그렇게 해서 내 힘이 강해지면 고분고분한 인형처럼 갖고 놀지 못할 거예요. 앞으로 다시는!"

셀레나가 씁쓸한 미소를 짓는 사이에 타라와 자르는 싸움에 뛰어들었다.

"게다가 내 자식들이라도 보호해줄 수 있잖아요. 그것만으로도 할 만한 가치가 있어요."

늑대로 변신한 틸은 허리를 숙이고 셀레나의 손을 잡고 냄새를 맡았다.

그리고 깨물었다.

불행히도, 바로 그 순간 타라는 어머니가 무사한지 보기 위해 고개를 돌렸다. 타라가 방금 물리친 상그라브는 소녀의 방패를 뚫지 못한다는 걸 알기 때문에 아주 단순한 공격을 시도했다.

상그라브가 타라의 턱에 레프트 훅을 날렸다.

한눈을 팔지 않았다면 문제없이 피했겠지만, 한 늑대인간이 어머니를 깨무는 모습을 보고 놀라던 타라는 푹 쓰러졌다.

의기양양한 상그라브가 반쯤 기절한 타라를 들쳐 업더니 바닥에 쓰러진 사람들과 싸우는 이들을 요리조리 피하며 복도를 따라 출구 쪽으로 달아났다.

타라가 정신을 차리려고 애쓰고 있을 때 갑자기 상그라브가 멈춰 섰다. 그러고는 허리를 굽히면서 아주 조심조심 타라를 내려놓고 일어서더니 두 손을 드는 것이 아닌가. 이어서 오른손에 쥐고 있던 권총을 공손하게 타라에게 내밀었다. 어리둥절한 타라는 기계적으로 권총을 받아서 마법복 호주머니에 넣었다. 타라의 심장이 콩닥콩닥 뛰었다. 로빈과 친구들이 도와주러 온 걸까? 미소를 지으면서 일어난 타라는 돌아봤다.

그리고 어찌나 놀랐는지 딸꾹질이 나왔다.

눈앞에 잘 아는 청년이 상그라브의 가슴을 향해 장검을 겨누고 있었고, 그 양쪽에서 뾰족한 뿔 모자를 쓴 거인 해적 둘이 도끼를 들고 에워싸고 있었다.

실버.

그리고 빌랭 왕국의 용병들이었다.

금빛 눈에 캐러멜색 머리, 완벽한 얼굴, 아름다운 입술, 반듯한 코, 오팔보석 같은 광택이 나는 피부, 몸을 보호하는 거의 보이지 않는 비늘. 여전히 잘생긴 용모였다. 전에는 몇 겹의 옷으로 위험한 비늘을 감추고 있었는데 지금은 노출증이라도 생긴 건지 미개인처럼 가능한 한 살을 많이 드러내놓은 옷차림이었다. 조끼와 근사한 가슴 장식, 장검, 히믈리아의 철갑을 두른 팔, 딱 달라붙는 가죽 바지, 장딴지까지 올라오는 부츠, 드러나 보이는 복부 근육.

와우, 완벽한 초콜릿 복근!

홀린 듯 쳐다보던 타라는 실버와 눈이 마주치자 민망해서 시선을 피했다.

"너희 군대는 전멸했다." 실버가 상그라브를 노려보면서 차분한 목소리로 말했다. "따라서 항복하라. 이 혈검이 피를 먹으려고 안달이 나 있으니까. 뭔가…… 결정적인 일을 하기 전에."

정말로 상그라브의 가슴에 박히고 싶어서 안절부절못하는 것처럼 검이 진동하고 있었다. 상그라브는 무슨 일인지 이해가 안 된다는 듯 눈을 깜박거렸다.

그때였다. 아주 이상한 일이 일어났다. 쓰러져 있는 상그라브들의 몸에서 피어오르는 시커먼 연기 같은 것이 용병들을 스치면서 출구 쪽으로 사라졌다.

상그라브는 눈을 깜박이면서 비틀거렸다.

"항복하겠나?" 실버는 방금 일어난 일 때문에 더욱 경계하면서 혹시라도 손아귀를 빠져나갈까 걱정이 되는 듯 혈검을 잡은 손에 힘을 주었다.

"네, 항복해요." 상그라브가 검에서 눈을 떼지 않은 채 잔뜩 겁먹은 목소리로 대답했다. "네, 무조건 항복합니다. 그런데 여기 내가 왜 와 있는지 전혀 모르겠어요. 당신들은 누구입니까? 여기가 어디죠?"

실버는 이맛살을 찌푸렸고, 용병들은 구시렁거렸다.

"너희는 지구에 있는 타라 덩컨을 잡으려고 이사벨라 덩컨의 저택을 공격했다." 실버가 검을 치우지 않은 채 친절하게 알려주었다. "너희 군대는 타격을 입었고 많은 수가 부상당했다. 그렇지만 너희의 공격은 성공할 수도 있었다. 우리가 개입하지 않았다면."

상그라브는 무심코 머리를 긁으려다가 마스크에 걸리자 손을 더듬거려서 버튼을 찾았다. 찰칵, 하는 소리가 나자 상그라브는 욕설을 내뱉으면서 마스크를 벗었다.

"나는 정말 모르는 일입니다." 파란 눈의 상그라브는 어리둥절한 얼굴로 금발을 문지르면서 반박했다. "오무아의 황궁 도서관에서 카흠보움 트란쿨루스와 함께 도서 목록을 작성하고 있는데 갑자기 펑! 하더니 내가 여기…… 당신의 검 앞에 있는 겁니다. 그 칼날 조금만 옆으로 치워주면 안 될까요? 너무 날카로워서 무서워 죽겠는데."

"당신은 주먹으로 나를 때렸어요." 타라가 아직도 얼얼한 턱을 가리키면서 말했다. "그리고 나를 업고 복도를 따라 도망쳤어요. 내 질문에 대답하지 않으면 이 칼끝은 그대로 당신을 겨누고 있을 거예요!"

상그라브는 어안이 벙벙한 듯 눈이 동그래졌다.

"때려요? 내가요?" 상그라브는 믿기지 않는 목소리로 말했다. "농담하지 마요, 난 싸움이라곤 할 줄 모르는 사서……."

갑자기 상그라브가 숨 막히는 소리를 내더니 쓰러져 있는 상그라브들과 함께 눈 깜짝할 사이에 사라졌다.

깜짝 놀란 실버가 뒷걸음치다가 거인 해적 둘에게 부딪혀서 하마터면 넘어질 뻔했다.

갑자기, 타라는 어쩌다가 상그라브의 주먹에 맞았는지 기억이 났다.

"미안해, 실버. 네가 용병들을 데리고 여기 온 이유는 나중에 들을게. 지금 빨리 가서 어머니부터 봐야 하거든."

타라는 휙 돌아서서 뛰어가다 다시 뛰어와서 턱이 아픈데도 실버의 뺨에 입맞춤을 했다. 실버가 전투를 위해 세우고 있던 비늘을 재빨리 사라지게 했기에 망정이지 타라의 얼굴이 찢길 뻔했다.

"그리고 고맙다는 말도 하고 싶어." 타라는 부끄러워서 얼굴이 붉어졌다. "내 목숨을 구해줬잖아!"

그렇게 말하고 타라는 뒤도 안 돌아보고 뛰어갔다.

두 용병의 놀리는 눈초리를 받으면서도 실버의 얼굴에는 바보 같은 미소가 번졌다. 그중 한 용병이 손바닥으로 등을 치는 바람에 실버는 넘어질 뻔했다.

"아하! 네가 선발대로 가겠다고 주장한 이유를 이제야 알겠다!"

"그래, 금발 소녀를 구하기 위해서였어." 다른 용병은 한술 더 떴다. "잘했어, 동지. 소녀는 너에게 넘어올 거야!"

두 용병이 히죽거렸다.

실버는 한숨을 쉬면서 손가락을 약간 베어 칼날에 핏방울을 떨어뜨린 다음 유연한 동작으로 칼집에 검을 집어넣었다. 휴, 빌랭의 용병들은 뛰어난 전사들인 건 틀림없지만 아주 멍청한 데가 있단 말이야.

실버는 실험실로 이르는 복도에 들어섰다. 이미, 저택은 싸움의 흔적을 없애기 위해 애쓰고 있었다. 벽들이 물결치듯 일렁거리면서 파괴되었거나 불에 탄 흔적을 지웠고, 바닥은 쓰레기를 치우고 있었다. 푸프푸프들은 너무 커서 벽이 흡수할 수 없는 것들을 삼켰고, 요정들은 파손된 부분을 보수하기 위해 마법을 발사했다. 싸움이 끝났기 때문에 괴물 대신 벽에 나타난 유니콘의 지휘를 받아 벽돌들이 날아다니다 제자리를 찾아 내려앉았다. 여전히 칼날이 부러진 검을 쥐고 있는 진흙인형 골렘은 어찌할 바를 모르는 것 같았다. 누군가가 날린 파랄리수스 주문 때문에 마비되어 있다 서서히 풀려난 늑대들도 몸을 흔들고 있었다. 실버는 인상을 찌푸렸다. 검에 끄떡도 하지 않는 늑대인간들이 너무 싫어서였다.

늑대인간들이 냄새를 맡고 접근하지 못하게 금속에 은이 충분히 함유된 검 두 자루를 만들 필요가 있었다.

실버는 실험실로 보이는 곳에 이르렀는데 투명한 방이 굉장히 많았다.

타라가 어머니 앞에 서 있는데 손에서 피가 나고 있었다.

실버는 돌진하다 카홈보움의 촉수에 얼굴을 다칠 뻔했지만 가까스로 중심을 잡고 셀레나의 손을 들여다봤다.

"다치셨어요, 부인?" 실버가 걱정하는 어조로 물있다. "내가 치료해드릴까요?"

갈색 머리 소년이 실버를 쏘아봤다. 실버는 셀레나와 닮은 얼굴을 보면서 아들이라는 걸 알아차렸다.

"됐어." 소년이 퉁명스럽게 내뱉었다. "내가 할 거니까! *레파루스!*"

소년의 마법이 작동하면서 셀레나의 손이 제 모습을 되찾았다.

"엄마, 어떻게 된 거예요?" 타라가 질겁한 목소리로 물었다.

"나는 뭘 하는지 다 봤으니까 친애하는 타라처럼 묻는 건 제대로 된 질문이 아니죠." 자르가 비난하는 어조로 말했다. "왜 그랬어요?"

어머니의 얼굴이 창백하고 눈빛이 어두웠다.

"그 괴물에게 또다시 붙잡히고 싶지 않았어. 그래서 틸에게 깨물어 달라고 부탁했다. 더 강해지기 위해서. 누군가가 이렇게 우리를 도와주러 올지 알 수 없었으니까. 진심으로 고마워요, 젊은이. 젊은이와 친구들이 타라를 마지스터에게서 구해줬어요. 이 고마움을 절대 잊지 않을게요."

실버는 몸 둘 바를 모르겠다는 표정을 지었다.

실버 뒤에 서 있는 용병 둘이 웃음을 터뜨렸다.

"마지스터? 이거 아주 재미있네." 1번 용병이 말했다.

"코미디가 따로 없군." 2번 용병이 맞장구쳤다.

"에이, 꾸물거리지 말고 이제 말해, 실버." 1번 용병이 재촉했다.

"밤을 샐 줄 알았는데 예상보다 빨리 끝냈으니까 우린 돈을 챙길 수 있어. 쓰러진 상그라브들이 귀신같이 사라졌으니 액수는 좀 깎이겠지만." 2번 용병이 덧붙였다.

1번 해적의 귀에서 뭔가가 윙윙거리자 용병이 대답했다. 옷차림은 중세시대인데 하는 행동은 현대판 경호원의 모습이라니.

"여기는 비보르그, 무슨 일인가?"

"상그라브 군대가 후퇴하고 있습니다." 귓속에서 작은 목소리가 흘러나왔다. "추적할까요, 대장님?"

"지휘관의 생각은?" 용병들의 대장이 물었다.

"피곤하게 헛수고할 필요는 없다고 생각합니다."

대장이 활짝 웃었다.

"그럼 내버려둬. 우리의 고용주는 소녀를 도와주라고 했지 추적하라는 말을 하지 않았다. 통신 끝."

타라가 쳐다보자 실버는 눈길을 피했다.

"실버, 우리에게 무슨 할 말이 있는 거지?"

실버는 마른기침을 하면서 목소리를 가다듬었다.

"어, 그게 사실은……."

실버는 말을 잇지 못했다.

"사실은……?" 타라가 재촉했다.

"너를 구하라고 우리를 보낸 사람은……."

"그래, 말해!" 친구의 어조에서 불길한 징조를 느낀 타라가 대꾸했다.

"네가 생각하는 사람이 아냐."

"나는 생각하는 사람 없어. 누군지 전혀 모르니까. 네가 우리를 구해줬다는 것 말고는 전혀 몰라. 우리가 처음 만났을 때 네가 말했던 대로 너는 협객이고, 흑기사야. 랑코비트? 오무아? 어디서 보냈는데?"

실버는 모우 르무르, 이사벨라, 마니투, 타라, 조수들을 쳐다보다 한 발짝 물러서서 외쳤다.

"사실은 마지스터가 보내서 왔어!"

11
실버

한 여자를 두고 두 남자가 사랑을 다투면
골칫거리가 생기기 십상인데

*

충격 때문에 모두 말문이 막혔다.

재빨리 다가온 실버가 타라를 끌어안으면서 멋진 금빛 눈으로 쪽빛 눈을 지그시 응시했다.

"타라, 너는 나를 잘 알아. 내가 얼마나 신의를 중요하게 여기는지를. 나를 믿어. 네가 생각하는 그런 거 아냐."

타라의 몸에 닿은 실버의 몸이 뜨거웠고, 비늘을 사라지게 한 피부는 아주 보드라웠다. 타라는 긴장하면서 침을 삼켰다.

"또 내 여친의 품에 안겨 있다니! 벌써 두 번째야, 하프드래곤! 이번엔 좀 심한데!" 냉랭한 목소리가 외쳤다.

실버와 타라는 동시에 소스라쳤다. 실버가 돌아섰다. 화살이 심장을 겨누고 있었다.

타라는 숨이 멎을 뻔했다. 로빈이 방금 도착한 것이다.

하여튼 절묘한 타이밍이야. 하필이면 이러고 있을 때. 늘 이런 식이라서 익숙해지고 있지만.

타라는 실버에게서 몸을 빼고, 괴로워하는 시선을 외면한 채 로빈에게 달려갔다. 그러고는 어찌나 열렬하게 포옹하는지 로빈은 화살을 떨어뜨릴 뻔했다.

"와우!" 해적 중 한 명이 부러워했다. "내가 집으로 돌아갈 때 마누라도 저렇게 맞아주면 정말 좋겠다!"

"허구한 날 술에 취해 엉금엉금 기어들어가는데 마누라가 뭐 때문에 안아주겠나? 몽둥이로 얻어맞지 않으면 다행이지."

로빈의 패밀리어 소우르브가 반갑다는 표시로 괴성을 질러대는 통에 모두 귀를 틀어막아야 했다. 로빈이 축소하지 않았기 때문에 몸집이 큰 히드라는 일곱 개의 머리를 복도에 들여놓으려고 낑낑대고 있었다. 보다 못한 저택이 공간을 확장했다. 그 즉시 소우르브는 열정적으로 모두를 핥기 시작했다. 예기치 않은 상황에 놀란 늑대들이 후닥닥 뒷걸음쳤다.

"가볍게 뽀뽀는 해도 되겠지?" 로빈 뒤에서 또 다른 목소리가 말했다.

"칼!" 세 번째 목소리가 소리쳤는네 나무라는 듯한 어조였다.

"넌 누구냐?" 칼이 즐거워했다. "하나, 둘, 셋 셀 것도 없이 다 모였네."

이렇게 기쁠 수가! 타라는 마지막으로 로빈의 뺨에 한 번 더 입을 맞추고 친구들을 차례로 얼싸안았다.

칼과 패밀리어인 여우 블롱딘, 파프니르, 무아노와 표범 쉬바, 그리고 파브리스13까지 와 있었다.

잿빛 눈의 면허 받은 도둑은 장난기 가득한 표정으로 타라를 쳐다보는 반면에 빨간 머리 난쟁이 파프니르는 사탕에 눈독을 들이듯 실버의 검에서 눈을 떼지 못하고 있었다.

"너의 망치가 맑은 소리로 울리기를! 불굴의 전사!" 파프니르가 실버를 보면서 인사했다.

"너의 모루가 맑은 소리로 되울리기를!" 실버도 의례적인 인사말로 화답했다.

무아노와 금발의 지구인 파브리스는 맨 뒤에서 미소를 지었다. 갈랑도 패밀리어 친구들을 반갑게 맞았다.

매직 6총사, 일명 '매직갱'이 모두 모인 것이다. 타라는 어깨에 무거운 짐이 덜어지는 느낌이 들었다. 친구들이 와주었으니 모든 것이 잘될 것이다. 친구들과 함께하면 거의 물리칠 수 없다고 생각되는 적들과도 과감하게 맞서 싸우지 않았던가.

"얼마나 보고 싶었는지 몰라!" 타라가 외쳤다. "너희와 얘기도 나눌 수 없어서 미치는 줄 알았어!"

무아노가 타라의 두 손을 잡았다. 기쁜 나머지 긴 머리 소녀의 눈에 눈물이 글썽였다.

"오, 타라! 나도 보고 싶어서 미치는 줄 알았어!"

....
13. 파브리스의 패밀리어 바룬은 드래곤들의 행성 드란보우글리스펜쉬르에서 쿠데타가 일어날 때 죽었다. 패밀리어를 잃은 슬픔에 파브리스는 힘들어하고 있다.

"와! 너 그사이에 키가 더 큰 거야?" 칼이 키 차이 때문에 서글픈 어조로 말했다.

"키 얘기는 하지도 마!" 타라가 이맛살을 찌푸리면서 말했다. "이렇게 계속 크다가는 거인이 되게 생겼어!"

"우리는 거인을 아주 좋아하는데!" 해적 중 한 명이 팔꿈치로 동료를 툭 치면서 혀 짧은 소리를 냈다. "특히 가슴이 아주 큰……."

해적은 모두의 시선이 자신에게 쏠리자 입을 다물었다.

실버는 하늘을 쳐다보는 시늉을 했다. 멍청한 해적들과 다니다 보니 최근에 가장 많이 하는 동작이었다.

로빈은 활을 치웠지만 라이벌에게서 눈을 떼지 않았다. 타라가 살며시 손을 잡자 하프엘프는 따뜻한 손을 느끼면서 조금 긴장을 풀었다.

"무슨 일인지 누가 설명 좀 해줄래?" 로빈이 물었다. "빌랭 왕국의 용병들이 왜 여기 있지? 누가 고용한 건지도 모르는 사람들에게 대가를 계산해줄 수는 없잖아."

두 용병이 미소를 지었다. 크레디트-무트 금화가 눈에 선했다. 수북이 쌓인 금화.

"누가 계산할지 그건 중요하지 않아." 실버의 말에 해적들의 미소가 쏙 들어갔다.

"아, 그래?" 로빈이 크리스털 눈으로 실버를 노려보면서 응수했다. "그럼 너는 여기서 나의 타라와 뭘 하고 있는 건지 설명해보지?"

"우리는 타라와 가족을 구했어." 실버가 로빈의 눈을 뚫어져라 쳐다보면서 자랑스럽게 말했다. "가짜 상그라브들이 우리의 타라를 납치하려는 순간이었지."

로빈이 눈살을 찌푸렸다.

"가짜 상그라브들?"

실버는 고개를 끄덕였다.

"가짜 상그라브들이었어. 설명하기 복잡하지만 사실이야."

"이제 우리에게 설명을 해줘야지?" 차가운 눈초리로 모두를 지켜보고 있던 이사벨라가 말했다. "실험실이 많이 파손되었으니 복원할 수 있게 일단은 여길 나가야겠다. 블루 응접실로 갈 거니까 나를 따라와. (이사벨라가 목소리를 높였다.) 저택, 모두 앉을 수 있게 안락의자를 충분히 준비해놓기 바란다."

로빈은 소우르브가 몹시 불편해하는 걸 알기 때문에 타라의 방식대로 히드라를 축소해서 어깨에 올려놨다. 마구 핥아대는 열정적인 패밀리어의 지나친 애정 표현에 난감해하던 늑대들은 안도하는 눈빛이었다.

모두 이사벨라를 따라 위층으로 올라갔다.

이사벨라를 따라 일렬로 줄지어 가는 사이에 타라는 친구들과 정보를 주고받았다. 현재 망질 일가와 다비일 일가, 달 살란 일가는 파브리스의 아버지 브주아 지롱 백작의 성에 은신해 있었다.

귀를 세우고 있던 이사벨라가 즉시 부모들의 거처를 저택으로 옮기라고 지시했다. 백작의 낡은 성은 튼튼한 편이지만 상그라브의 공격을 막아낼 정도는 아니었다. 그리고 백작은 마법 능력이 전혀 없었다.

로빈은 고개를 끄덕이면서 크리스털 볼로 어머니와 통화했다. 메보라는 가능한 한 빨리 저택으로 옮기겠다고 말했다. 상그라브들의 군대는 사라지고 없었다. 따라서 저택으로 이르는 길은 뚫려 있었다. 여러 명의 난쟁이 전사들이 달 살란 일가와 망질 일가를 호위했다(파괴력으로 말하면 전차부대와 맞먹는 수준이었다). 로빈이 파프니르의 부모 벨리르와 탑두르에게 지구로 피신하자고 제안했을 때 난쟁이 부부는 코웃음쳤다. 타도르 산을 버리고 떠나지 않겠다는 부부를 아무도 설득하지 못했다.

게다가 부부는 파프니르가 빌어먹을 마법 때문에 위험한 모험가로 변했다고 생각했다. 벨리르는 두 번의 전쟁과 두 번의 광산 폭발을 겪으면서도 그토록 원해서 얻은 자식들이건만 이렇게 부모 말을 안 들을 줄이야, 하면서 울먹였다.

파프니르는 그 지적에 반박했다. 성인 선서식 엑소르드를 했기 때문에 난쟁이들 사회에서는 성인으로 간주되기 때문이다.

더군다나 결혼도 할 수 있는 나이인데.

따라서 파프니르는 부모님이 가지 않겠다고 하는 것을 은근히 기뻐하면서 마법사들을 보호하기 위한 호위대를 요구했다. 자신의 능력을 믿지만 상대가 수적으로 우세하기 때문에 약간의 도움이 필요하다는 걸 인정할 수밖에 없었다.

파프니르는 타라가 상그라브들과의 싸움에 끼어들지 말라고 했다는 것과 로빈이 그 말에 복종했다는 사실에 몹시 불쾌해했다. 난쟁이 전사들과 함께 싸우면 누구도 자신들을 당해낼 수 없을 텐데 바보 같은 하프엘프 때문에 멋진 전투를 놓쳤으니!

그들은 응접실로 들어갔고, 고대하던 근사한 간식이 둥둥 떠다니고 있었다.

보이지 않는 바람의 원소들이 음식이 떠 있게 균형을 잡아주고 있는데 머리털이 헝클어질 정도로 부는 바람만 빼면 마치 투명한 존재에게 시중을 받는 느낌이었다.

그것도 살아 있는 저택의 속임수였다. 저택은 지구에 있는 살아 있는 원소들과 접촉했고, 원소들은 여분의 마법을 교환하면서 서로 돕자는 제안을 기꺼이 받아들였다.

모두 의자에 앉았다. 틸이 다정하게 셀레나를 포옹했다. 타라는 늑대인간에게 깨물린 어머니가 지금은 어떤 느낌인지 궁금했다. 틸은 많이 기쁘면서도 몹시 불안한 얼굴이었다. 셀비는 미래의 암컷 알파를 깨물 필요가 없게 된 것에 만족하는 표정이었다.

자르는 반항적인 눈초리로 유심히 어머니를 관찰했다. 어머니가 마음에 들지 않는다는 눈치였다. 전혀. 자르는 어머니를 하찮고 약하고 멍청한 여자라고 생각하면서 이사벨라를 훨씬 좋아했다. 그런데 지금은 늑대인간이 되었으니 뭔가가 달라질 것이 아닌가. 어머니가 엄격해질까? 어머니가 자신의 계획에 방해가 될까?

지구에 처박혀 있는 지금은 별 볼일 없지만 자르 자신이 언제 어떻게 될지 아무도 모르는 일이 아닌가.

마니투는 과자에 눈독을 들이고 있었다. 그리고 개의 신진대사로는 소화를 못 시키는데도 푸아그라를 좋아했다. 실버는 로빈과 마찬가지로 타라에게서 눈을 떼지 않고 있었다.

하지만 로빈은 타라의 손을 잡고 있었다. 놓을 생각이 없었다. 로빈은 실버의 품에 안긴 타라를 또다시 보게 된 것이 너무 싫었지만 타라가 전혀 난처해하지 않는 것도 보았다. 그렇더라도 열렬한 포옹을 떠올리면 아직도 돌아버릴 것 같았다.

무아노와 파브리스는 나란히 앉아 있었다. 그래서 타라는 둘이 화해했는지 무아노에게 물어봐야겠다고 생각했다. 정말 잘 어울리는 예쁜 커플이라고 생각하면서 파브리스의 술책14 때문에 커플이 깨지는 일이 없기를 바랐다. 파프니르는 실버 옆에 자리를 잡고 여전히 검에 시선을 고정했다. 칼은 그 옆에 앉아 있었다. 타라는 친구들을 둘러보면서 또다시 강렬한 기쁨을 느꼈다. 마법을 작동할 때와 거의 비슷한 강렬한 느낌이었다.

그래도 아직은 마음이 편치 않았다. 유혹 주문에 대해 얘기하면 친구들이 뭐라고 할까? 특히 로빈과 실버는 어떤 반응을 보일까? 지금은 주문이 제거되었는데 아직까지는 둘 다 태도가 달라진 것 같지 않았다. 칼과 파브리스도 평소와 다름없이 다정한 눈길로 타라를 쳐다봤다.

타라는 친구들이 기분 나빠하지 않기를 바랐다. 사랑하는 친구들을 실망시키고 싶지 않았다.

이어서 타라는 실버를 주의 깊게 살폈다. 하프드래곤은 우스꽝스러운 용모의 해적 두 명을 거느리고 있었다. 해적들은 무지막지하게 커다란 손으로 도끼를 움켜잡고 있는 것으로 보아 마법사들이 흥분하면 언제든지 개입할 기세였다.

....

14. 무리에서 가장 마법 능력이 약한 파브리스는 강력한 마법 능력을 얻기 위해 애를 썼다. 늑대에게 물려서 늑대인간이 된 뒤에 친구들을 배신하고 악마의 마법을 받는 조건으로 마지스터와 결탁했다. 무아노의 공격을 받고 붙잡힌 파브리스는 마침내 마지스터를 거역하게 된다. 이때부터 불쌍한 소년은 자기 자신보다도 훨씬 더 자기를 믿어주는 친구들이 있다는 것 말고는 뭐가 뭔지 분별력을 잃고 있다.

아니, 마법사들이 흥분하길 바라고 있는 건가? 하프드래곤을 보호하는 데 따른 특별수당이 있을지도 모르는데.

실버는 심호흡을 했다.

"나는…… 우리는 마지스터가 보내서 왔습니다." 실버가 차분하게 입을 열었다.

그건 겉모습에 지나지 않았다. 타라는 실버의 손이 약간 떨리는 걸 보았다. 예민해진 상태였다. 하긴 공공의 적 넘버원의 아들이라는 걸 받아들이기가 그리 쉬운 일은 아니겠지! 더군다나 아주 최근에야 자신이 누구인지 알게 됐는데! 그렇다고 그것이 실버가 떠는 이유를 설명해주는 것은 아니었다. 비밀리에 훈련을 받았기 때문에 공식적으로 인정받은 것은 아니라도 명색이 불굴의 전사인데 이런 모습은 정상이 아니었다. 불굴의 전사들은 검뿐만 아니라 감정을 다스릴 줄 알았다.

"여러분을 공격한 사람은 마지스터가 아닙니다." 실버가 말했다.

"마지스터가 보내서 왔다고 말할 때 그럴 줄 알았지. 그리고 샹그라브들을 공격한 것도 그렇고!" 자르가 짜증스럽게 인정했다. "나의 아버…… 마지스터가 또 무슨 짓을 꾸미고 있는 게 틀림없어!"

타라가 어찌나 손을 세게 잡는지 로빈의 얼굴이 일그러졌. 맙소사! 자르가 '내 아버지'라고 말할 뻔하다니! 아무리 마지스터가 친아들인 것처럼 키웠다지만 거짓이었다는 걸 안 지가 벌써 1년이 넘어가는데. 마지스터는 걸핏하면 아이들을 어머니 셀레나에게서 떨어지게 했고, 자르와 마라가 자기에게만 복종하게 만들기 위해 관계를 아는 모든 사람의 기억을 지워버렸다. 그래서 자르와 마라는 마지스터가 친아버지라고 믿고 자랐고, 이에 셀레나는 경악했었다. 그러다 그것이 날조되었음을 알게 되었다. 셀레나는 납치되었을 때 임신한 상태였고, 자르와 마라는 단비우와 셀레나의 자식이었다. 하지만 10년 넘게 믿어온 사실이 몇 달 만에 지워질 수는 없는 걸까. 거짓임이 드러났는데도 자르는 아직도 마지스터의 아들이라고 느끼는 것 같았다. 자르는 자신에게 한 짓을 생각하면 마지스터를 증오하다가도 실버가 친아들이라는 사실이 기분 나쁜 모양이었다.

실버는 마지스터와 드래곤 왕의 여동생 사이에서 태어난 아들이었다. 인간과 드래곤의 혼혈이 어떤 힘을 지니는지 아직은 아무도 가늠할 수 없었다. 난쟁이 전사들이 키웠다는 사실은 도움이 되지 않았다. 하프드래곤은 세상에 단 하나밖에 없는 존재였다. 실버도 그걸 잘 알고 있었다. 검 다루는 솜씨는 여전히 뛰어나지만, 타라는 실버가 촉수에 걸려서 넘어질 뻔한 걸 봤다. 실버는 하프드래곤[15]이라는 걸 알기 전에는 너무나 서툴고 어눌했다. 지금은 부모가 누구인지 알아서일까, 실버가 완전히 달라진 느낌이 들었다. 타라는 실버의 몸을 공유하는 키틴질의 끔찍한 괴물 거시기[16](실버도 정체를 알지 못하는 동물)가 또다시 튀어나오지 않기를 바랐다. 타라는 로빈의 손을 놓았다. 실버는 타라가 슬그머니 마법을 작동하는 것을 보면서 눈살

----

15. 미치광이 왕의 눈을 피해서 여동생의 지지자들이 아무도 모르게 실버를 난쟁이 부부에게 맡겼는데 난쟁이들 중에서 가장 뛰어난 불굴의 전사들이었다. 실버는 자신이 하프드래곤이라는 것도, 친아버지와 친어머니가 누구인지 모른 채 자랐고, 자는 동안에는 괴물로 변하기 때문에 다른 사람들, 특히 여자들과는 가까이 지내지 못했다.

16. 드래곤으로 변신하지 못하는 실버의 욕구불만의 표현으로 나타나는 육식동물이다. 타라는 여러 번 거시기를 상대했기 때문에 두 번 다시 싸우고 싶지 않았다.

을 찌푸렸다. 거시기는 마법이 거의 통하지 않기 때문에 쓸데없는 짓인데.

실버가 많이 긴장한 상태인데도 송곳니와 갈퀴발톱이 무시무시한 키틴질의 괴물로 둔갑하지 않자 타라는 안도했다. 마법이 저절로 꺼졌다.

"타라와 함께 마지스터에게 돌아가야 해요." 실버는 마치 날씨 얘기를 하듯 태연하게 말했다. "중요한 정보가 있는데 타라에게 꼭 알려야 한다고 했어요. 타라와 관련된 일이라면서. 마지스터가 숲에서 기다리고 있어요."

죽음 같은 침묵이 흘렀다. 모두 믿기지 않는 얼굴로 실버를 쳐다보고 있었다.

타라가 가장 빨리 입을 뗐다.

"농담이지?" 타라는 자신 없는 목소리로 물었다. "아니, 너는 농담하지 않는다는 걸 잘 알아." 타라는 불안해하는 실버의 얼굴을 보면서 덧붙였다.

"마지스터와 협상을 했어. 다시 만났을 때 내 요구를 받아주기로."

"네 요구가 뭔데?"

"대화하는 것."

실버의 목소리에 담긴 슬픔 때문에 타라는 심장이 오그라드는 것 같았다. 타라는 다가가서 실버의 팔을 잡았다.

"미안해. 마지스터는…… 그렇게 쉬운 사람이 아냐."

"타라 너를 데려오면 내 요구를 생각해보겠다고 했어." 실버는 타라의 눈을 응시하면서 말했다. "마지스터는 셸렌바를 보내고 싶어하지 않았어. 네가 용병들의 말을 듣지 않을 거라고 생각했거든."

"실버, 너를 이용하는 거야." 타라가 말했다. "너도 알잖아?"

"물론 알아." 실버는 심각하게 말했다. "뭔가 비정상적인 일이 일어나고 있는 건 사실이야. 상그라브들, 공격받는 아더월드의 정부들, 이 모든 것과 관련된 일이야."

"우리도 짐작하고 있었어." 함정에 빠진 느낌이 드는 타라는 인정했다. "하지만 실버, 마지스터가 원하는 게 뭔지 너도 알잖아? 너와 함께 간다는 건……."

"내 검이 네 안전을 책임질 거야." 실버가 말을 끊었다. "이 용병들도 너를 보호하기 위한 사람들이야."

"마지스터가 고용한 용병들인데 타라를 보호해? 천만에!" 이사벨라와 셀레나가 말하기 전에 로빈이 끼어들었다. "타라, 거절해야 돼. 그 괴물을 너 혼자서 만난다는 건 말도 안 돼!"

실버는 무표정했다.

"나는 타라틸랑넴 덩컨에게 메시지를 전하는 거지 너에게 말한 게 아냐, 하프엘프!"

로빈이 눈을 부릅떴다. 이렇게 거만한 어조로 대놓고 하프엘프라고 내뱉는 경우는 아주 드문데.

로빈이 한 발짝 앞으로 나갔다. 타라가 중재했다.

"나 때문에 너희 둘이 싸우는 걸 원치 않아. 하프드래곤에 대해서는 잘 모르지만 실버, 너는 늘 아주 침착해 보였어. 반면에 엘프는 아주 다혈질이야. 그리고 내가 너의 보호를 받으면서 철천지원수를 만나러 가게 생겼으니 내 남친이 나를 걱정하는 건 당연한데 그렇게 모욕하면 안 되지."

실버는 한 발짝 물러섰다. 이사벨라가 마른기침을 했다.

"어른들에게 알리지도 않고 너희끼리 행동하는 데 습관이 들었다는 거 알아. 그리고 너희가 옳았다는 걸 여러 번 입증한 것도 안다. 하지만 이번에는 내가 개입해야겠다."

이사벨라가 끼어들자 로빈은 실버에게 의기양양한 눈길을 던졌다. 이사벨라가 타라에게 마지스터를 만나러 가지 말라고 하면 그것으로 문제는 해결되는 것이다.

최고 마구스 이사벨라가 초록빛 눈으로 타라를 응시하면서 말했다.

"내 생각에는 네가 가는 게 좋겠다."

"뭐라고요?"

너무 얼떨떨해서 로빈은 말문이 막혔지만, 셀레나가 펄쩍 뛰었다. 열 받은 셀레나의 얼굴이 붉게 달아올랐고, 두 손을 부르르 떨고 있었다.

"방금 뭐라고 했어요?" 타라의 어머니가 악을 쓰듯 외쳤다. "내 딸을 마지스터에게 넘기고 싶어요?"

"그게 아냐." 이사벨라가 차분하게 대답했다. "철천지원수가 왜 상그라브들을 잃으면서까지 우리를 구해줬는지 이유를 알고 싶어서 그래. 널브러진 시체들에서 나오는 그 시커먼 연기는 무엇이며, 어떤 마법을 썼기에 시체들이 사라졌는지 알아야겠어. 알고 싶은 게 너무 많아. 마법이 강력한 내 손녀가 마지스터를 만나러 갈 때 틸의 늑대들, 그리고 글로리아와 로빈의 부모님을 호위하는 난쟁이 전사들, 모우르무르의 조수들인 트롤과 뱀파이어들이 동행한다."

이사벨라는 타라를 쳐다봤다.

"너 혼자 가는 게 아냐, 타라. 나도 갈 거야."

이때부터 시끄러워졌다. 셀레나는 이사벨라도 타라도 아무 데도 못 간다고 소리를 질러댔다. 틸의 경호부대는 타라가 아주 소중한 하클라지만, 자기들의 임무는 대통령을 보호하는 것이라며 항의했다(틸과 타라를 동시에 지키기에는 병력이 부족하다고 생각했다). 마니투는 돌아가는 상황으로 보아 어디든 아무도 가지 말아야 한다고 반대했다. 테올크는 분위기를 고조시키면서 틸도 가야 한다고 부추겼다. 테올크에게는 하클라와 정적을 동시에 없앨 수 있는 절호의 기회가 아닌가.

실버는 침묵을 지키고 있었다.

칼이 타라에게 손짓 신호를 보냈다. 그들끼리 따로 얘기하고 싶을 때 다른 사람들이 알아채지 못하도록 엄지손가락을 아래로 내린 다음, 새끼손가락으로 출구를 가리키는 것이었다. 칼이 밖으로 나가자는 표시를 하면서 코를 긁는 것은 매직 6총사의 모임을 의미했다. 타라는 사팔눈을 뜨면서 알았다는 표시를 했다. 그들은 서로에게 사팔눈으로 신호를 전달했다.

무슨 일인지 몰라서 눈살을 찌푸리는 실버를 보면서 로빈은 속으로 웃었다. 그들은 어른들끼리 소리 지르게 두고 슬그머니 응접실을 나가기로 했다. 늑대에게 물린 뒤로 셀레나는 변덕이 죽 끓듯했다. 금방 부르르 끓다가도 잠시 후에는 언제 그랬냐는 듯 얼어붙었다. 몸속에서 모든 것이 변하는 중이라서 호르몬이 영향을 받는 것이었다. 그래서 이사벨라는 격분하는 딸과 맞서게 될 줄은 예상하지 못했다.

셀레나는 아직 변신할 수 없었다. 늑대 모습을 한 틸의 침에 함유된 바이러스를 몸이 흡수하려면 몇 시간이 걸리기 때문이었다. 따라서 셀레나는 누군가에게 화풀이하는 것으로 고통을 견디고 있는데 마침 어머니 이사벨라가 걸려든 것이었다.

타라와 친구들은 슬그머니 응접실에서 사라졌다. 자르가 힐끔 쳐다봤지만 모른 체했다. 실세인 할머니가 방 안에 있기 때문에 자르는 따라 나가지 않았다.

실버는 물러서 있었지만, 타라가 나가는 걸 보고 슬그머니 따라가면서 두 해적에게 방에 그냥 있으라는 손짓을 했다.

칼이 무슨 짓을 꾸미는지 알아야 했다. 칼이 보낸 신호가 무슨 뜻인지 모르지만, 타라가 반응을 보이고 있지 않은가.

칼이 이번에는 또 무슨 기발한 생각을 해냈을까?

칼

너무 무모한 생각은
난쟁이들의 모루와 망치로 두들겨도 바로잡기 힘든데

*

칼이 앞장섰고, 매직 6총사 외에 실버와 마니투가 합류했다. 그들은 그리 멀리 떨어지지 않은 또 다른 응접실로 들어갔다.

금빛과 은빛, 파란빛으로 조화를 이룬 격자 천장의 호화로운 응접실에 값비싸고 깨지기 쉬운 장식품이 가득했다. 상그라브들 때문에 파괴된 한쪽 벽이 복구 중이었다.

"저택, 어른들이 말다툼을 멈추면 알려줘." 타라가 지시했다.

유니콘이 벽에 나타나서 유감스러운 표정으로 머리를 끄덕였다. 저택은 전투로 인해 벽이 무너지고 여기저기 파손된 곳이 많아서 보수하려면 시간이 걸린다는 걸 알고 있었다. 저택은 이미 모우르무르를 통해 피레네 산맥의 한 채석장에 전화를 걸었지만 채석장 주민은 보름 후에야 돌을 보낼 수 있다는 답변이었다.

따라서 저택은 몹시 화가 나 있었다. 저택을 대변하는 유니콘의 털이 검은색으로 변해 있고, 절룩거린다는 건 벽의 상태를 반영한 것이다. 그런데도 인간들은 집수리를 도와주기는커녕 싸움이나 하고 있으니 기분이 상할 수밖에. 유니콘이 사라졌지만, 찻잔과 접시들이 둥둥 떠서 그들이 있는 방까지 찾아왔다. 그들이 블루 응접실을 나왔기 때문에 단념하고 있었는데…….

음식이 따라온 걸 보고 마니투는 환호성을 질렀다.

칼이 말문을 열려고 할 때 타라는 손을 들어서 막았다.

좀 전까지만 해도 친구들을 만난 걸 기뻐하던 타라가 갑자기 불안하고 흥분한 것처럼 보였다.

타라는 피고인으로 법정에 선 것처럼 친구들을 마주 보고 섰다.

그리고 어찌할 바를 모르는 마니투를 옆에 있게 했다. 검둥개가 귀를 늘어뜨리고, 눈길을 피하는 것으로 보아 쥐구멍이라도 있으면 도망치고 싶어하는 것 같았다.

칼은 의자에 앉아서 타라를 살폈다. 어딘가 달라진 것 같은데 뭔지 알 수가 없었다. 거의 1년 동안 만나지 못해서가 아니었다. 아니, 그건 분명히 아니었다. 훨씬 미묘한 무언가가 있었다.

칼은 도둑의 예민한 더듬이를 세우고 본격적으로 타라를 관찰하기 시작했다.

타라는 키가 훌쩍 커 있었다. 1미터 65센티미터 키의 칼보다 10센티미터는 더 큰 것 같았다. 하지만 칼은 직업상 키가 작을수록 불가능해 보이는 곳도 침투하기가 수월하기 때문에 작은 키에 대해서는 아무런 불만이 없었다.

타라의 어딘가가 다르게 보이는 것은 키가 더 컸기 때문이 아니었다.

얼굴도 약간 변해 있었다. 젖살이 차츰 빠지면서 광대뼈가 두드러져 보이고, 뺨이 쏙 들어가서 숙녀 티가 확연했다.

그것도 아니었다. 성장으로 인한 변화는 다른 친구들도 마찬가지였다.

갑자기 칼은 뭔지 알 것 같았다.

뱀파이어들의 카리스마처럼 얼굴에서 빛나던 광채가 약해진 것 같았다. 그리고 광채에 가려서 알아채지 못했던 것들이 드러나 보였다. 여드름 몇 개, 눈두덩에 난 흉터, 윗입술에 뽀송뽀송한 솜털.

칼은 깜짝 놀라서 입술을 깨물었다. 타라의 조상 중 뱀파이어의 유혹에 넘어간 사람이 있었나? 데미데루스의 직계 후손을 지켜주려는 오무아 사람들의 각별한 관심을 생각하면 가능성이 희박했다. 그럼 외가인 덩컨 가문 쪽인가? 그건 가능성이 있었다. 하지만 그 경우라면 광채가 왜 사라졌을까? 갈랑까지 빛이 약해진 것 같았다. 하지만 좋은 점도 있었다. 광채가 사라지면서 타라가 더 인간적으로 보였다. 더 약해 보이고, 더 정상적으로 보이고, 덜 위협적으로 보였다. 타리가, 돈 많은 귀족 사위를 얻으려는 이사벨라의 욕심에 대한 얘기를 시작하는 순간 칼은 자신이 타라에게 완전히 홀릴 정도는 아니었던 이유를 깨달았다.

타라가 유혹 주문에 대해 말했다.

우연히 칼이 로빈을 쳐다보는 바로 그 순간 타라가 할머니와 증조할아버지가 저지른 일을 고백했다. 마니투는 미안해서 죽겠다는 듯

주둥이를 내리고 있었다.

타라는 듣는 이들의 반감을 사지 않도록 신경을 쓰는 것이 아니라 유혹 주문이 로빈에게 영향을 주었던 것이라고 아주 솔직하게 털어놓았다. 칼은 로빈이 믿지 못하겠다는 표정으로 굳어버리는 걸 봤다. 엘프들은 난쟁이들과는 달리 마법을 좋아했다. 그러나 그렇게 강력한 유혹 주문에 걸려들었다는 건 완전히 별개의 문제였다.

타라도 뻣뻣해졌다. 로빈의 표정을 보고 알아차린 것이다. 타라는 애원하듯 로빈에게 다가갔다.

"미…… 미안해. 너는 유혹 주문 때문에 나에게 끌린 거였어. 다른 소년들도 다 마찬가지야."

"나도 미안하다." 마니투가 말했다. "내가 손녀딸에게 절대로 해서는 안 될 짓을 했다. 셀레나를 통해서 타라에게까지 전해졌으니 내가 정말 몸 둘 바를 모르겠구나."

"말도 안 돼요." 로빈이 중얼거렸다. "어떤 주문도 그렇게 효력이 강할 수는 없어요. 그리고 아더월드에서는 모든 사람이 유혹 주문으로부터 보호를 받고 있단 말입니다!"

"하지만 이 주문은 달랐어. 오랜 세월 성공했을 뿐만 아니라 어머니에서 나한테까지 영향을 미칠 정도로 강력한 거였어. 그래서 나에게 접근하는 남자들도 걸려들었던 거야. 내 어머니보다는 확실히 약하지만, 네가 영향을 받을 정도로 강력했어. 오, 로빈, 의도한 건 아니지만 이렇게 돼서 나도 정말 유감이야! 얼마나 괴로운지 몰라."

타라는 로빈이 안아주면서 그건 전혀 중요하지 않다고, 무슨 일이 있어도 사랑한다고 말해줄 거라고 생각했다.

하지만 하프엘프는 나무토막처럼 꿈쩍도 하지 않았다. 크리스털 눈의 광채마저 꺼져 있었다.

칼은 타라가 지금 하는 얘기가 아더월드에서 어떤 의미인지 전혀 모르고 있다는 걸 알아차렸다. 타라는 아더월드에서 자라지 않았기 때문에 법률과 법규를 이해하지 못하고 있었다. 누구나 한때 사용해보고 싶은 것이 유혹 주문이지만, 진정으로 사랑하는 사람을 만나기 위해 조심하는 주문이기도 했다. 사랑 받는 걸 싫어하는 사람이 있을까.

하지만 주문에 걸려서 누군가를 사랑했다는 걸 알면 얼마나 상심하는지 잘 알기 때문에 부모는 자식들에게 유혹 주문을 함부로 사용하지 못하게 교육을 시켰다.

심지어 로빈을 유혹하려고 혈안이 되어 있던 발라도 그 주문을 사용한 적이 없었다. 칼은 로빈이 얼마나 배신감을 느끼고 있을지 이해할 수 있었다. 타라를 향한 로빈의 사랑은 아무도 못 말리는 사랑이었다. 로빈은 타라를 위해서라면 죽음도 불사하고 온갖 위험과 맞서 싸웠다. 고귀하고 순수한 사랑이었다.

그런데 그 모든 것이 마법의 농간에 지나지 않다니, 하프엘프는 모욕당한 느낌이 들었다.

로빈이 팔짱을 꼈다. 전형적인 거부의 몸짓이 아닌가.

타라는 따귀를 얻어맞은 것 같은 느낌에 눈물을 흘리지 않으려고 이를 악물었다.

타라의 모습에 가슴이 아픈 칼은 또 다른 사실을 깨달았다.

칼과 무아노, 파브리스, 파프니르와 달리 타라는 무조건 사랑해주고, 자랑스럽게 여겨주는 가족의 품에서 자라지 않았다. 할머니 이사벨라는 약간의 관심을 주었을 뿐이다. 그녀는 손녀가 무엇을 하든 못마땅해하면서 셀레나의 죽음에 대한 책임을 전가했다. 10년 동안 타라는 할머니의 관심과 사랑을 얻기 위해 노력했다.

칼이 잘못을 저질렀을 때 부모님은 이유를 설명해주면서 사랑으로 용서해주지만(물론 칼이 바보 같은 짓을 하면 벌을 받았는데 심하게 볼기를 얻어맞았던 기억이 또렷했다), 빛나는 성과를 거뒀을 때는 칭찬을 아끼지 않았다.

하지만 타라는 잘못을 저지르면 며칠 동안 우울할 정도로 몹시 야단을 맞았다. 그리고 칭찬 받을 일을 해도 할머니는 관심조차 주지 않았다.

이사벨라가 관심을 보이기 시작한 것은 타라가 오무아 제국의 여제 후계자라는 걸 알았을 때부터였다. 그런데 추방돼서 지구로 돌아온 타라는 비싼 대가를 치르고 있었다.

그렇게 자랐으니 어떤 점에서 타라는 자르처럼 될 수도 있었다. 몰인정하고, 오만하고, 사납고, 탐욕스러운 아이로 자랄 수 있었지만, 셀레나에게서 물려받은 다정하고 상냥한 천성 덕분에 제2의 이사벨라가 되고 싶은 유혹에서 벗어날 수 있었다.

로빈의 거부는 이사벨라의 거부와 같은 것이었다. 부당한 거부. 칼은 타라가 할머니의 사랑을 얻으려고 애를 썼던 것처럼 로빈의 사랑을 되찾으려고 애쓰리라는 걸 잘 알았다. 할머니 집에서 사랑 받지 못하고 자랐기 때문에 그런 상황을 더는 참을 수 없을 텐데.

칼은 한숨을 쉬었다.

하지만 칼은 타라를 많이 사랑했다. 타라가 생각하는 것보다 훨씬 많이 사랑했다. 그래서 당장 보여주기로 했다.

칼은 타라를 끌어안기 위해 펄쩍 뛰면서 이번만은 작은 키를 저주했다.

"멍멍이처럼 너에게 복종하고 싶은 이유가 있을 줄 알았다니까!"

칼은 타라의 눈이 동그래지는 걸 보면서 깔깔대고 웃었다. 기분이 상한 마니투가 으르렁거렸다.

"하지만 그게 무슨 상관있어? 너는 우리의 친구고, 네가 주문에 걸려 있든, 아니든 우리가 사랑하는데!"

칼은 그렇게 말하면서 타라의 뺨에 입을 맞췄다.

이번에는 너무 놀라서 멍하니 서 있던 무아노가 달려와서 뜨겁게 포옹했다.

"우리 여자들에게는 그 주문이 통하지 않는다면서? 그리고 파프니르와 나, 너를 사랑하는 우리의 마음은 한결같아. 그 주문과는 아무 상관없어."

"넌 나의 소꿉동무야." 이번에는 파브리스가 나섰다. "어릴 적에 너를 좋아하지 않는 남자아이도 많았어. 네 머리를 잡아당기는 아이들도 있었던 기억이 나. 그때는 주문이 작동하지 않은 건가? 아무튼 나는 그따위 유혹 주문에 개의치 않아. 너는 타라야! 달라질 건 아무것도 없어!"

타라는 훌쩍거렸다. 로빈의 거부 반응에도 눈물을 꾹 참았건만, 칼과 파브리스, 무아노의 사랑에 눈물이 흘러내렸다. 파프니르가 달려와서 그들의 옆구리를 와락 끌어안았다.

"나도 너를 사랑해. 키다리 양!"

마니투가 다리에 대고 몸을 비비자 칼이 웃어 보였다. 타라는 울음을 터뜨렸고, 실연당한 슬픔 때문에 눈물이 하염없이 흘러내렸다.

칼은 더 활짝 웃었다. 타라가 따돌림을 당하게 내버려두지 않으리라. 절대로. 하프엘프가 융통성이 없어서 답답하게 굴면 따로 불러내서 상황을 설명하고, 필요하다면 목에 두세 개의 단도를 들이대고 협박이라도 할 작정이었다.

실버가 다가왔지만 타라를 둘러싸는 친구들을 보면서 얼싸안을 엄두를 내지 못했다.

"나는 그 주문이 뭔지 전혀 몰라." 실버가 말했다. "하지만 나한테도 느낌이라는 게 있어. 너는 에드라킨족의 나라에서 내 목숨을 구해줬던 뛰어난 전사야. 주문에 걸렸든, 저주에 걸렸든 너는 영원히 내 친구야."

무리에서 빠져나온 파프니르가 손바닥으로 찰싹, 실버의 등을 때렸다. 키 차이가 있는데 설마 등 아래쪽을 때린 거겠지. 아니, 정확하게 말하면 난쟁이는 실버의 엉덩이를 건드렸던 것이다. 그런데 파프니르의 얼굴이 일그러졌다. 난쟁이가 건드리는 순간 실버의 본능이 작동하면서 피부는 대리석처럼 단단해지고 날카로운 비늘이 섰기 때문이다. 파프니르는 손을 문지르면서도 씨익 웃었다.

"말 잘했어! 불굴의 전사! 나의 도끼와 너의 검이 함께하면 마지스터를 갈가리 찢어놓을 수 있어."

잠시 침묵이 흘렀다. 미묘한 문제를 무신경하게 말하는 데 있어서는 난쟁이들이 세계 챔피언감이었다.

"내 아버지야." 실버가 상기시켰다.

난쟁이도 당연히 알고 있었다.

"알아, 그래서 뭐?"

하프드래곤이지만 난쟁이들 속에서 자란 실버는 파프니르를 이해할 수 있었다. 난쟁이들을 잘 알기 때문에 실버는 빙긋이 웃었다.

"마지스터가 우리의 적이라면 기꺼이 그래야겠지, 파프니르 전사. 하지만 적이 아냐. 적어도 지금은. 아니, 이번에는 아냐. 정말 좋지 않은 상황인 것 같아. 마지스터가 직접 설명하겠다고 했어."

몸을 숙인 실버의 부리부리한 눈과 파프니르의 초록빛 눈이 마주쳤다.

"적을 상대로 쉬지 않고 도끼를 휘두를 날이 올 거니까 걱정 마요, 파프니르 전사."

칼은 미소를 지었다. 난쟁이의 얼굴이 빨개질 텐데! 난쟁이들은 속내를 파악하기 힘들지만, 파프니르는 검뿐만 아니라 아름다운 실버에게도 반해버린 것이 틀림없었다.

"실버, 이 친구는 지금 네가 싸우는 모습을 보고 싶어서 죽을 지경이야." 칼이 짓궂게 끼어들었다. "지난번에는 네가 검을 사용할 기회가 없었잖아. 너는 드래곤으로 변신했고, 마지스터가 너를 쓰러뜨렸기 때문에."

"너 벌써 늙었어? 기억력이 그 정도밖에 안 되다니! 우리는 나란히 싸웠어." 파프니르가 발끈했다. "우리는 도끼와 검으로 유령들과 맞서 싸웠단 말이야!"

칼은 낄낄거렸다. 드디어 난쟁이의 광대뼈가 붉어지고 있었다.

"하지만 그건 진짜 싸움이 아니었어." 칼이 웃음기가 가시지 않은 어조로 말했다. "최고 마구스들의 육신이 유령에 들렸기 때문에 조심해야 했잖아. 그러니까 있는 힘을 다해서 제대로 싸웠던 게 아니지."

"그래, 정말 보고 싶어." 파프니르가 어쩔 수 없이 항복했다.

"나도 그래." 실버가 눈을 반짝이면서 말했다. "나보다 훨씬 유명하다는 거 알아, 파프니르 전사."

"오! 그냥 파프니르라고 불러. 너도 불굴의 전사인데!"

칼은 짓궂은 미소를 지었다. 뭐야? 파프니르가 속내를 들키지 않으려고 애를 쓰는 건가? 칼이 이렇게 두 친구를 놀려먹는 것은 그럴 만한 이유가 있어서였다.

칼의 예상대로 그사이에 타라가 진정이 되어 있었다. 상처를 받은 표정으로 시선을 떼지 않는 로빈을 외면하면서 타라는 칼을 향해 돌아섰다.

"네가 모이자고 했잖아. 무슨 좋은 생각 있는 거야?"

에이! 그래도 아쉽다, 놀려먹는 재미가 쏠쏠했는데! 칼은 심호흡을 했다. 브르리르의 꼬리를 잡아당기고는 잽싸게 줄행랑쳐야 햄버거 스테이크 신세를 면할 수 있는 것처럼 마지스터를 괴롭히는 일도 스릴이 넘칠 텐데, 뭐.

"응, 있어." 칼은 차분하게 대답했다. "마지스터가 너에게 할 말이 있다고 하잖아. 타라, 가서 만나. 하지만 실버 없이 가는 게 좋겠어."

"나 없이?" 어리둥절한 얼굴로 실버가 물었다. "하지만……."

"너는 아들이잖아. 마지스터가 아들에게 연연할 사람이 아니라는 거 알아. 하지만 실버 네가 아들이라는 걸 알고 놀라던 마지스터의 표정을 봤어. 좀 더 일찍 너의 존재를 알지 못한 걸 몹시 괴로워하는 얼굴이었어. 따라서 타라는 마지스터를 만나러 가고, 로빈이 너와 함께 여기 남아 있다가 타라가 돌아오지 않을 경우 네 목을 단칼에 앗아버리는 거야. 마지스터는 로빈이 너를 좋아하지 않기 때문에 주저하지 않으리라는 걸 알아. 유혹 주문에 대해 알든 모르든 상관없이."

로빈의 시선이 타라를 떠나 실버의 눈을 응시했다. 크리스텔 눈에서 차가운 빛이 반짝였다. 로빈은 일어나서 팔짱을 풀었다. 실버와 키가 거의 비슷하다는 것, 로빈은 기분이 나빴다. 실버보다 힘이 세지 못하다는 것, 그것도 기분이 나빴다. 게다가 하프드래곤이 유혹 주문 따위에는 개의치 않는다고 큰소리치지 않았던가! 그래서 로빈은 더 큰 상처를 받았다. 놈의 목을 단칼에 가질 수 있는 명분이 있다면 절대 놓치고 싶지 않았다.

하지만 타라가 마지스터에게 납치될 가능성도 배제할 수 없었다. 그것도 좋은 생각이 아니었다. 로빈은 한숨을 쉬었다. 자신의 삶은 왜 이토록 순탄하지 않은지, 이따금 정말 마음에 들지 않았다.

놀라울 정도로 빠른 손놀림으로 로빈이 실버의 눈앞에 칼을 들이댔다.

"그래, 칼의 말대로 어른들이 싸우는 동안 시작하자. 실버, 네 크리스텔 볼로 마지스터가 있는 장소를 보여줘. 그리고 너와 나는 용병들이 찾을 수 없는 곳에 가 있는 거야."

로빈이 침울한 어조로 지시를 내렸다. 친구들은 로빈이 충격을 받은 상태라는 걸 알기 때문에 군말 없이 움직였다. 칼로 목을 겨냥하고 있다고 해서 무서워할 리 없는 실버도 순순히 따랐다.

타라가 반박하려고 했지만 실버와 로빈의 얼굴을 보면서 단념했다. 이번만은 둘의 의견이 일치한 것 같았다. 실버는 타라의 안전을 위해 흑기사 역할을 자처하는 것이기에 한발 물러서는 것이고, 로빈은 마지스터가 공격할 경우 타라를 보호하지 못하는 것이기에 한발 물러서는 셈이었다. 실버와 로빈에게는 나름 공정한 협상이었다.

타라는 이를 악물었다. 자신에게는 전혀 공정하지 않은 것 같았다.

칼은 몸서리가 쳐졌다.

이제 마지스터와 싸우러 가야 하는 것이 아닌가.

어쩌면 무모한 계획일지도 모르는데.

이따금, 칼은 자신이 덜 영악하길 바라건만…….

로빈의 딜레마

마법에 걸려서 사랑에 빠지는 것과
'매혹되었다'는 표현이 뭐가 다를까

*

　로빈은 괴로웠다. 정신적 충격이 어찌나 큰지 온몸이 아픈 것 같았다. 타라와 다른 친구들은 이사벨라의 침실에 있는 비밀 통로를 이용해서 방금 출발했다. 몇 년 전 맨 처음 마지스터의 공격을 받았을 때 타라는 이 통로를 이용해서 집 뒤쪽으로 나갈 수 있었다.
　물론, 타라는 저택에게 계획을 알렸다. 유니콘이 너무 무모하고 어리석은 생각이라고 강력하게 주장했기 때문에 저택은 내키지 않지만 억지로 하는 수 없이 침묵을 지키겠다고 약속했다.
　마지못해 타라의 지시에 복종하면서 저택은 타라의 할머니와 어머니가 맞서고 있는 응접실 앞을 피하여 실버와 로빈을 새로운 은신처로 안내했다. 마니투는 상황이 어떻게 돌아가는지 살피면서 용병들이 실버를 찾지 못하게 하라는 임무를 받고 블루 응접실로 돌아갔다.

로빈과 실버는 어렵지 않게 두 용병을 따돌릴 수 있었다. 두 용병은 이사벨라와 셀레나의 불꽃 튀는 공방전에 정신이 팔린 나머지 실버에게 관심도 없었다.

"한 번만 더 내 딸에게 마지스터를 만나라고 하면 지렁이로 둔갑시켜서 스파슌의 먹이로 던져줄 거예요." 하고 소리치는 셀레나. "어디 마음대로 해보렴! 정말 그럴 수 있는지 보고 싶구나. 그런데 너, 내가 어머니라는 거 잊지 마!" 하고 응수하는 이사벨라. 모녀의 싸움은 치열했다.

로빈과 실버는 문이 살짝 열린 응접실 앞을 지나치면서 재미있다는 눈길을 주고받았다.

이제 둘은 저택의 어딘가에 있는 방에 들어와 있었다.

마주 보고 선 하프드래곤과 하프엘프가 서로 경계하면서 탐색하는데 그 모습이 마치 영역 싸움을 위해 당장이라도 덤벼들 기세의 두 마리 표범 같았다.

여기서 '영역'이란 타라였다.

"너는 타라를 사랑하는 게 아냐." 실버는 사자의 눈으로 로빈을 노려보면서 말했다. "타라가 유혹 주문에 걸려 있었다고 고백할 때 너는 타라를 거부했어."

로빈은 이를 악물고 반응을 보이지 않았다. 지금은 머릿속이 너무 복잡해서 뭐라고 대꾸할지 막막하고 아무 생각도 할 수 없었다.

"나는 마법을 좋아하지 않아." 실버가 말했다. "마법을 싫어하는 난쟁이들과 마찬가지로. 어떤 면에서는 나도 난쟁이니까."

로빈은 말이 되는 소리를 하라는 표정으로 눈썹을 치켜 올렸다. 실버는 대번에 무슨 뜻인지 알아차렸다.

"그래, 난쟁이들과 닮은 데가 없다는 거 알아. 하지만 늑대들이 키운 인간 아이가 늑대 같은 행동을 하는 것과 마찬가지로 난쟁이들이 키운 하프드래곤은 난쟁이의 습성을 배웠어. 나는 인간들이나 드래곤보다 난쟁이들이 훨씬 이해가 돼. 그들의 습성도 이해해. 가끔 나의 태생에 대해 불만도 있지만."

"관심 없어." 로빈이 말을 끊었다.

"뭐라고?"

"네 생각, 네 느낌, 네 고통, 혼혈이라서 누구에게 배척을 당하든 말든 난 관심 없다고. 솔직히 그건 아무래도 괜찮아. 내가 지금 원하는 건 네가 입 닥치고 있는 거야. 나 방해하지 말고."

실버의 얼굴이 어두워졌지만 로빈에게 달려들지는 않았다. 아직은 아니었다. 실버는 로빈이 방금 한 말을 못 들은 채 넘어가기로 했다. 그러고는 화살처럼 말을 쏟아댔다.

하프엘프는 실버의 말을 듣지 않으려고 애쓰면서 창밖을 바라보고 있었다. 아더월드에 비해 아주 단조로운 풍경이었다. 로빈은 위험하고 환경오염이 심각한 지구가 마음에 들지 않았다. 그리고 하프드래곤이 제발 입을 다물기를 바랐다. 정말 정신을 집중하고 싶었다.

그런데 로빈은 강렬하게 느껴지는 불안감이 뭔지 알 수 없었다. 유혹 주문 때문이 아니었다. 불쾌한 건 사실이지만 그것 때문에 이 정도로 불안할 것까지는 없는데.

아직도 피부에 느껴지는 감각이 완전히 돌아오지 않았지만, 차츰 몸이 회복되기 시작했다. 그때쯤부터 활의 정령 릴란드릴은 로빈을 쉼 없이 훈련시켰다. 팔다리는 새살이 다시 돋았지만 근육은 여전히 아기처럼 말랑말랑했다. 엄청나게 노력했는데도 전사라는 말이 무색할 정도로 형편없었다.

로빈은 기절한 적도 있었다. 이런 일이 일어난 경우는 처음이었고, 그때부터는 발라와 훈련을 시작했었다. 그러나 몽타뉴크리스토에게 마음이 기운 바이올렛 엘프는 돌아오지 않았다. 여러 달 동안 치근덕거리던 발라가 없기 때문에 로빈은 혼자서, 아니 릴란드릴과 훈련했다.

때로는 집착이 너무 심한 고혹적인 엘프의 유혹에 넘어가지 않으려고 이를 악물고 버틴 적도 있었다.

로빈은 타라와 연락이 되지 않아서 반쯤 미칠 지경이었고, 타라가 보고 싶어서 반쯤 미칠 지경이었는데 그게 다 주문 때문이었다니! 타라를 알게 된 뒤로 타라를 생각하지 않은 날이 없고, 타라를 걱정하지 않은날이 없었는데 그게 다 주문 때문이었다니!

이렇게 힘들었던 시간들을 떠올리던 로빈은 도저히 앉아 있을 수가 없었다. 벌떡 일어나서 왔다갔다 서성거리기 시작했다.

"그러다 쓰러지겠어. 안색도 좋지 않은데." 실버가 로빈의 땀에 젖은 이마를 가리키면서 말했다.

하프엘프는 위협적인 눈초리로 실버를 노려보다 걸음을 멈추고 의자에 앉았다. 현기증이 일고 숨이 가빴던 것이다.

로빈은 타라에게 화가 나면서(타라도 피해자라서 잘못이 아니라는 걸 알면서도 로빈은 어쩔 수가 없었다) 이상하게 슬펐다.

로빈은 예전으로 돌아갈 수 없을 것 같았다. 타라와의 관계는 이제 끝나는 것이다. 타라를 괴롭게 할 것이고, 더 이상 사랑할 수도 없었다. 하지만 타라에게 나쁜 일이 일어나는 건 원치 않았다.

갑자기 로빈이 심호흡을 하면서 다시 벌떡 일어나는 바람에 실버가 깜짝 놀랐다.

"따라가야 했는데." 로빈이 중얼거렸다. "타라는 강력하지만 아주 약하기도 해. 타라의 마법은 작동하지 않을 때도 있기 때문에."

실버는 호기심이 가득한 얼굴로 하프엘프를 관찰했다.

"타라를 좋아하고 있으면서……."

로빈이 맹수처럼 홱 돌아섰다.

"무슨 생각하는 거야? 당연히 좋아하지! 하지만…… 하지만……."

"하지만 이전과 같지는 않다고?" 실버가 빙긋이 웃으면서 대신 말을 이었다. "오! 하프엘프, 나는 그렇게 생각하지 않아. 그래서 나는 타라를 내치지 않았던 것이고. 다른 친구들도 타라를 내치지 않았어. 그리고 내가 타라에게 마음이 끌린 것이 주문 때문이든, 순수한 사랑 때문이든 그건 중요하지 않아. 중요한 건 나는 유혹 주문 따위에 상관하지 않는다고 타라에게 말했다는 거야. 나는 굴복하지 않았어. 너는 졌어."

오무아에 이어 랑코비트에서 생활하면서 실버는 언어를 현대식으로 고쳤고, 더 이상 트라둑투스 통역 주문도 사용하지 않았다. 하지만 흥분한 상태에서는 이따금 언어가 다시 과장되거나 예스러운 표현이 튀어나왔다.

로빈이 위협적인 얼굴로 다가왔다.

"함부로 지껄이면 무슨 사고가 일어날지 몰라. 내 칼이 날아갈 수도 있고."

실버는 혈검을 멀리 치우면서 말했다.

"나는 무방비 상태야. 하프엘프, 난 엘프 종족이 얼마나 명예를 중시하는지 잘 알아. 무장해제된 인질을 죽이지 않아, 안 그래?"

하프엘프는 마지못해서 칼을 칼집에 도로 넣었다.

"그래, 네 말이 맞아, 지금은 아냐. 하지만 허튼짓했다가는 내 길을 가로막은 걸 후회하게 될 거야."

"뭘 어떻게 할 건데?"

"너를 결박한 다음 살아 있는 저택더러 지키게 하고 나는 친구들을 도우러 갈 거야."

실버는 로빈을 쳐다보면서 고개를 저었다.

"그러면 안 되지. 타라가 돌아오지 않으면 내 목을 베어버리겠다고 위협하는 것이 작전인데. 아들을 살리든 죽이든 마지스터에게 선택하라고 말하면서……. 그런데 네가 지금 가면 칼리반 달 살란의 작전을 망치는 거야."

로빈이 경멸하듯 코를 킁킁거렸다.

"나 그렇게 멍청하지 않아, 하프드래곤. 마지스터가 약속을 어기면 개입해서 타라를 구하고, 이곳으로 돌아와 네 목을 단숨에 앗아버릴 거야."

실버는 로빈을 쳐다보면서 미소를 지었다.

"글쎄, 잠이 들면 그 일을 어떻게 하려나?"

로빈이 눈을 치켜떴다.

"잠들어?"

"응." 실버는 천연덕스럽게 대답했다.

그러고는 로빈이 미처 반응할 겨를도 없이 주먹으로 하프엘프의 턱을 가격했다. 벌렁 나자빠진 로빈은 몇 미터 뒤로 밀려났다.

실버는 주먹을 문지르면서 오만상을 찌푸렸다.

"어휴! 다음번에는 비늘을 세워야겠어. 멍청한 녀석, 무슨 턱이 이렇게 단단해!"

실버가 조심스럽게 다가갔는데 로빈은 정말 까무러친 상태였다. 실버는 호주머니에서 꺼낸 거미 밧줄로 로빈을 묶고 재갈을 물렸다.

"다음에는 착하게 보인다고 싸우지 못할 거란 생각 따윈 하지 않는 게 좋아." 실버가 말하는 사이에 서서히 의식이 돌아온 하프엘프의 눈꺼풀이 파르르 떨렸다.

실버는, 파괴된 부분을 복원하느라고 너무 바쁜 저택이 알아채지 못하게 살금살금 홀을 지나서 현관문으로 나갔다. 일단 밖으로 나온 실버는 집을 한 바퀴 돌면서 타라가 남긴 흔적을 찾아냈다.

그렇게 많이 늦은 건 아니었다.

실버는 분명히 타라에게 말했었다. 검이 타라의 안전을 책임질 거라고. 타라는 그 말을 어떻게 생각했을까? 타라를 지키기 위해서 감히 아버지에게 맞서는 일은 없을 거라고 생각했을까?

그렇게 생각했다면 잘못 생각한 것이다. 눈이 너무나 아름다운 타라틸랑넴 덩컨을 위해서라면 그 어떤 적과도 싸울 각오가 되어 있었다.

실버는 타라 일행을 따라잡기 위해 달렸다.

14
사라진 반지

악마의 힘을 지닌 반지를 갖고 있을 때는
간수를 잘해야 하는데

*

타라는 실버가 준 지도를 저장했다. 살아있는 돌이 내비게이터 역할을 하면서 타라가 가야 할 길을 알려주었다.

"난 아더월드가 더 좋아." 살아있는 돌이 구시렁거렸다. "여기는 마법이 약해. 생각하기가 어려워. 저 나무를 지나서 우회전."

타라는 미소를 지으면서 순순히 따랐다. 다행히 여름의 끝자락이었고, 아직은 낙엽이 쌓여 있지 않았다. 공기가 향기롭지만, 바람이 불면 이따금 탄내가 느껴져서 타라는 코를 찡그렸다.

"언젠가는 아더월드로 돌아갈 거야." 타라는 영리한 석영 친구에게 말했다. "이쪽에 길이 있는 거 확실해?"

"아니, 길이 아냐. 멍청한 마지스터가 있는 빈터로 곧장 가는 거야. 그런데 놈들이 지켜보고 있는 길을 따라갈 필요는 없잖아?"

살아있는 돌의 예리한 상황 판단력에 타라는 늘 깜짝 놀랐다. 처음 발견했을 때도 살아있는 돌은 자신의 생각을 완벽하게 표현했다. 어리석은 것과는 거리가 먼 존재였다. 살아있는 돌이 맞았다. 적의 진지로 들어가는데 상황에 맞게 작전을 수정하는 융통성을 발휘한 뒤에 모습을 드러내도 되니까.

살아있는 돌과 함께하면 그리 어려운 일이 없었다. 기발한 기구가 많이 등장하는 지구의 공상과학영화와 텔레비전 연속극을 열렬하게 좋아하는 살아있는 돌은 그중 열 탐지기를 선택했다. 상그라브들의 마법복은 열 탐지기에 즉시 간파되기 때문이었다. 열 탐지기 역할을 해주는 살아있는 돌 덕분에 타라와 친구들은 마지스터의 보초들이 숨어 있는 위치를 정확하게 알 수 있었다. 지도에 빨간 실루엣 여섯 개가 나타났다. 갈랑이 칼의 여우 블롱딘, 무아노의 표범 쉬바와 함께 정찰을 나가려고 했지만, 패밀리어들이 함정에 빠지는 걸 원치 않는 타라가 막았다.

보초의 수가 너무 적기 때문이었다. 겨우 여섯 명. 상그라브들을 다 어디로 보냈기에? 실버는 '마지스터가 모든 걸 설명해줄 거야'라고만 했을 뿐 그 이상은 말해주지 않았다.

마음을 놓을 수 없었다.

타라는 친구들에게 손짓했다. 친구들이 의논했다. 무아노와 파브리스는 변신했고, 곧 숲 속에 발을 들여놓은 우람한 늑대와 덩치 큰 야수가 친구들을 내려다보고 있었다.

매직 6총사는 칼과 무아노, 로빈의 부모님에게 알리지 않고 떠난 것이 마음에 걸렸다. 따라서 난쟁이 전사들의 지원도 없이 상그라브들과 대적해야 했다. 하지만 실버는 분명히 마지스터가 싸움이 아니라 면담을 청하는 거라고 말했다.

마지스터는 너무 오만하기 때문에 이런 식으로 만나자고 청한 적이 없었다. 타라는 명치가 답답할 정도로 불안했다.

운이 좋으면 이번만은 싸움을 하지 않을지도 몰랐다.

하지만 싸움이 일어날 수도 있었다.

타라는 차라리 마지스터에게 고마운 마음이 들었다. 마지스터가 꾸미는 계략이라면 모두 환영이었다. 하도 부딪치다 보니 이제는 웬만큼 익숙해져 있었다. 안 돼, 로빈을 생각하지 말자. 가슴 아파하지 말자. 울지 말자. 유혹 주문에 걸려 있었다는 걸 알았을 때 타라가 얼마나 큰 충격을 받았는지 친구들은 알지 못했다.

어떤 점에서 타라는 로빈의 반응을 예상하고 있었기 때문에 사실은 그리 심하게 놀라지 않았다. 누군가를 사랑하는데 그 사랑이 가짜였다는 걸 알면 타라도 로빈과 똑같은 반응을 보이지 않았을까.

그러니까, 타라는 로빈이 다시 사랑하게 만들어야 했다. 타라가 나무뿌리에 발이 걸려서 비틀거리는 바람에 소리를 죽이고 살금살금 전진하던 파프니르의 깜짝 놀라는 눈과 마주쳤다. 이런, 로빈을 생각하지 말자. 로빈을 생각하지 말자.

오른쪽과 왼쪽에서, 상그라브 두 명이 방금 갑자기 꿈나라로 들어갔다는 신호가 왔다. 그들은 계속 전진했다. 잠시 후, 늑대와 야수의 주먹에 얻어맞은 상그라브 두 명이 또 잠들었다. 이윽고 살아있는 돌이 보여주는 지도에 나타난 작은 빈터에서 세 번째로 빨간빛과 장밋빛의 실루엣 둘이 나타났다.

타라는 두 실루엣이 누군지 대번에 알아차렸다. 빛깔의 차이가 나는 이유는 체온의 차이 때문이었다.

마지스터.

그리고 마지스터에게서 거의 떨어지지 않는 악랄한 사냥꾼이자 해결사인 인간의 피를 먹는 뱀파이어 셀렌바.

악마 커플을 상대해야 한다는 생각만으로도 타라는 등골이 오싹해졌다.

갑자기 타라는 눈살을 찌푸렸다. 땅바닥에서 두 실루엣을 둘러싸는 붉은빛의 덩어리가 움직였다.

칼과 파브리스, 무아노가 숲에 숨어 각각 자리를 잡자 타라는 심호흡을 하고 나서 마법을 작동했다. 그러고는 빈터로 들어서다 아연실색했다.

칼과 무아노, 로빈의 부모님들을 발견한 것이다. 그들을 호위하던 난쟁이 전사들도 있었다.

그들이 마지스터와 셀렌바의 발치에 널브러져 있었다.

결박되고 재갈이 물린 채로.

숲에서 나뭇가지 부러지는 소리가 들렸다. 무아노도 위협받는 부모를 발견한 것이다. 타라는 파브리스가 부모를 구하려고 달려드는 무아노를 제지하는 과정에서 나뭇가지들이 부러지는 소리라고 생각했다. 훈련이 잘된 칼은 아무 소리도 내지 않았지만, 타라는 등 뒤에서 용광로처럼 타오르는 칼의 분노를 느낄 수 있었다.

빨리, 교란작전을 펴야 하는데.

"만나자면서 이런 준비를 해놓다니, 취향 한번 독특하네요." 타라는 몹시 떨리지만 내색하지 않으려고 땅바닥을 가리키면서 큰 소리로 외쳤다.

상그라브가 타라를 향해 마스크 쓴 얼굴을 돌렸다. 거의 검은색이나 다름없는 잿빛 마법복, 감정에 따라 색이 변하는 금빛 마스크, 빨간색 원……

아니, 가슴에 빨간색 원이 없었다. 마지스터의 가슴 부위에 원이 없다니, 이례적인 상황 때문에 타라는 눈살을 찌푸렸다.

옆에 있는 셀렌바도 새로운 차림이었다. 그러니까 악당들은 변화를 좋아한다는 건가? 아더월드의 동물 스팔렌디탈**17**의 검은색 가죽 옷이 아니라 빨간색이었다. 창백한 피부만큼 희끄무레한 머리, 루비처럼 빨간 눈과 차가운 얼굴은 그대로였다. 셀렌바는 여전히 인간의 피를 먹는 위험한 뱀파이어였다.

붙잡혀 와 있는 포로들도 위험을 감지하고 있었다. 난쟁이 전사들은 적들을 노려보면서 필사적으로 몸부림쳤고, 엘프 전사 탕딜루스 망질은 결박한 밧줄을 풀려고 애쓰고 있었다(아내를 안전한 곳으로 피신시키기 위해 지구에 데려다 주러 왔다가 봉변을 당했다). 면허 받은 도둑이라서 산전수전 다 겪은 탓인지 달 살란 부부는 모험을 즐

....

17. 자이언트 전갈. 땅신령들이 말처럼 타고 다닌다. 스팔렌디탈의 털과 다리, 침과 함께 가죽은 아더월드 사람들이 가장 선호하는 것이다. 지구에서 소가죽을 선호하는 것과 비슷하다.

기고 있는 듯 보였다. 이런 경험이 없는 무아노의 부모는 충격을 받은 상태였다. 셀렌바가 몸을 숙이면서 송곳니를 드러내자 자드라와 주스티니르는 공포에 질려서 부들부들 떨었다.

"그래, 내 취향대로 독특하게 준비해놓은 거니까 너는 그 자리에서 한 발짝도 떼지 마!" 마지스터가 타라에게 말했다. "아니면 셀렌바가 가차 없이 이자들의 목을 벨 것이다."

"알았어요, 당신이 인간의 목숨에 동정심이라고는 없다는 걸 나도 잘 아니까." 타라는 빈손을 보여주면서 응수했다. "왜 나를 보자고 했죠?"

"안녕하셨냐, 잘 지내셨냐, 인사도 안 하고?" 마지스터가 이죽거렸다. "셀레나가 교육을 잘 시켰을 거라고 생각했는데!"

"어머니가 그럴 시간이 없다는 거 누구보다 당신이 잘 알면서!" 타라가 빠르게 받아쳤다.

마지스터의 마스크가 갈색으로 변했다.

"그래, 네가 이겼다." 마지스터가 인정했다. "실버는 어디 있니?"

"목에 칼을 들이대고 있는 로빈과 함께 저택에 남아 있죠." 타라가 비웃음을 흘리면서 말했다. "내가 돌아가지 않으면 푹! 실버는 살아남지 못하겠죠. 우리도 나름 준비를 했거든요."

마지스터는 미동도 하지 않았다. 하지만 마스크가 점점 빨갛게 변하고 있었다. 오, 예! 기분이 몹시 안 좋다는 거군.

"그런다고 내가 눈 하나 깜빡할 것 같으냐?"

"아뇨." 타라는 짤막하게 대꾸했다.

마지스터는 침묵을 지켰다. 타라는 마지스터가 너무 오래 생각하게 내버려두고 싶지 않았다.

"실버는 당신이 나에게 할 얘기가 있다고 했어요." 타라가 재빠르게 말을 이었다. "자신의 목숨이 내 목숨을 보장해줄 거라면서. 우리는 적이지만 서로 경계를 늦추지 않는 한 얘기는 할 수 있겠죠. 자, 시간 낭비하지 말고 할 말 있으면 빨리 하시죠."

마지스터가 심호흡을 했는데 마스크가 검붉은 색깔로 변한다는 것은 화가 치밀지만 꾹 참고 있다는 뜻이었다. 그리고 아픈 것처럼 옆구리를 잡고 있었다. 마지스터의 발치에 웅크리고 앉은 셀렌바가 파르르 떨었다.

타라는 마지스터와 셀렌바를 유심히 살폈다. 뭔가 이상했다. 마지스터의 마스크가 거의 하얗게 보일 정도로 창백해졌다. 아픈가? 왜?

"시작하기 전에 친구들을 나오라고 해." 마침내 마지스터가 말하면서 숲을 가리켰다. "네 친구들은 나의 상그라브들을 때려눕힐 때 너무 소리를 냈어. 친구들의 부모를 봐, 저게 어디 겁먹은 얼굴인가. 나는 너를 해치려고 여기 온 게 아니라 해줄 말이 있어서다."

타라는 망설였다. 친구들이 자제하리라 믿지만 파프니르는? 난쟁이는 안전핀을 뽑은 수류탄 같아서 언제 폭발할지 몰랐다. 그래서 타라는 친구들에게 약속된 신호를 보냈다.

칼과 여우 블롱딘, 무아노와 표범 쉬바, 파브리스와 파프니르가 숲에서 조심스럽게 나왔다. 그들은 조용히 움직였는데(마지스터를 배신했던 파브리스는 새파랗게 질린 얼굴로 가능한 한 멀리 떨어졌다) 순식간에 셀렌바와 마지스터를 포위했다. 그런데 타라는 왜 자신이 위험에 빠진 느낌이 드는 걸까?

마지스터는 타라의 친구들을 향해 돌아서서 소리쳤다.

"너희가 나를 도와줘야겠다. 타라 덩컨과 재회했을 때 뭔가 이상한 점을 알아채지 못했니? 뭔가 다른 점이 있었을 텐데?"

"주문에 대해 말하는 거예요?" 칼이 거만하게 물었다. "좀 늦으셨네요. 우리는 이미 알고 있는데."

타라를 만날 때는 늘 이런 식이었다. 마지스터는 타라가 무슨 말을 할지, 어떻게 반응할지 도무지 예측할 수 없었다. 보통 짜증나는 일이 아니었다! 아더월드의 마법사들이나 최고 마구스들과 달리 타라는 지구에서 자랐다. 말과 행동이 이상한 것은 사고방식이 다르기 때문이다. 그 이상한 언동이 지금은 친구들에게도 영향을 주는 것 같았다. 이 건방진 녀석이 지금 뭐라는 거야?

따라서 마지스터는 칼이 하는 말에 반응하지 않았다. 마스크는 의아해하는 오렌지빛을 띠었다.

"무슨 주문?"

타라는 심호흡을 했다. 마지스터가 어찌나 잔인한 짓을 많이 하는지 타라는 될 수 있으면 폭력을 사용하지 않고 복수하는 방법을 늘 궁리했다. 그런데 마침내 보복할 기회가 온 것이다.

최근 몇 년 동안 받은 고통만큼 되돌려줘야 했다.

"당신은 사랑하기 때문에 내 어머니에게 끌렸던 게 아니에요." 타라는 거칠게 말했다. "당신이 어머니에게 매혹당한 것은 내 할머니와 증조할아버지가 어머니에게 날린 유혹 주문이 15년 넘게 효력이 강력했기 때문이에요. 그 유혹 주문에는 어떤 보호 주문도 통하지 않죠. 그래서 모든 사람이 어머니를 사랑하는 거예요. (타라는 목소리를 낮췄다.) 그래서 모든 사람이 나를 사랑하는 것이고요."

숲 속 빈터에 죽음 같은 침묵이 흘렀다. 인질들도 꼼짝 않고 있었다. 마지스터를 쳐다보는 셀렌바의 빨간 눈에서 희망의 빛이 번뜩였다. 셀렌바는 오래전부터 마지스터를 미치도록 사랑하고 있었다. 셀레나에 대한 마지스터의 사랑이 주문 때문이라면 셀렌바에게 기회가 생기는 것이 아닌가.

"뭐라고?" 마지스터가 드디어 격분했다. "그 늙은 마법사가 또 무슨 짓을 꾸민 모양인데 상관없어!"

노발대발하는 목소리에 타라는 몇 발짝 물러섰다.

"당신은 이해력이 좀 떨어지는군요." 타라는 부드러운 목소리로 당차게 말했다. "그래서 다시 말할게요. 당신은 내 어머니를 사랑하는 게 아니라 함정에 빠진 거라고요. 거미줄에 걸린 무력한 새처럼."

아, 이번에는 알아들은 건가? 충격을 받은 마지스터가 비틀거렸다. 셀렌바가 피를 빨아 먹을 기세로 포로들 가까이에서 대기하고 있지 않았다면 타라는 단숨에 마지스터를 쓰러뜨릴 수 있었는데. 절호의 기회였건만!

"시간 낭비를 너무 많이 했어요. 이런 얘기 하러 온 게 아닌데." 타라가 신랄하게 말했다. "나한테 해줄 말이 있다면서요? 우리가 공격받는다는 걸 당신은 어떻게 알았죠? 우리를 구하기 위해 용병을 고용할 정도로 상그라브들이 당신에게 복종하지 않는 이유가 뭐죠? 우리를 죽이려고 하는 것이 당신이 아니면 대체 누구라는 거예요?"

하지만 마지스터는 타라의 질문을 무시했다.

"내 마법은 그 빌어먹을 이사벨라보다 훨씬 강력해." 마지스터는 미친 듯이 분노했다. "그 누구도, 그 어떤 마법도 나를 사랑에 빠지게 할 수 없어. 절대로 불가능한 일이야!"

고양이였다면 타라는 가르랑거렸을 것이다.

"내 말은 믿어도 돼요. 거짓말이면 지금 당장 림보로 가면 되니까. 지금은 어머니에게 걸려 있던 주문이 제거됐어요. 이제부터 어머니를 사랑할 남성은 늑대인간들의 대통령 틸이니까."

"아냐! 아냐, 말도 안 돼!"

"거짓말이 아니에요, 나리." 셀렌바가 끼어들었다. "나는 거짓말을 느낄 수도, 볼 수도 있어요. 타라는 진실을 말한 거예요."

타라 일행은 주먹을 꽉 쥐는 마지스터를 보면서 한순간 그가 셀렌바를 후려칠 거라고 생각했다.

여전히 웅크린 채 마지스터를 쳐다보는 셀렌바는 애원하는 눈빛이었다.

마침내 마지스터의 어깨가 축 늘어졌다. 쓸데없이 나선 것에 대해 셀렌바를 응징하려는 것이 아니었다. 그 정도로 막돼먹은 사람은 아니었다. 마지스터가 타라를 향해 고개를 돌렸다.

"그 주문이 제거됐다고 했니?"

"네, 엄마와 나는 그 사실을 알고 우리의 발명가 모우르무르를 설득했거든요. 주문에서 벗어나게 해달라고. 힘들었지만 성공했어요. 따라서 당신은 이제 내 어머니를 납치할 이유가 전혀 없어요. 어머니는 당신을 사랑하지 않고, 당신은 마법 때문에 어머니를 사랑한 거니까요."

마지스터의 마스크가 잿빛으로 변했다.

"타라 덩컨, 그 결정은 내가 하는 거야. 언젠가 네 어머니와 내가 만날 날이 올 거다. 내가 주문 때문에 그녀를 사랑하는 건지, 아닌지는 그때 가면 알겠지."

마지스터는 끔찍하게 빨리 정신을 차렸다. 사실 그가 마음만 먹으면 언제든 어머니를 만날 수 있지 않은가.

좀 전에 마지스터가 질문했을 때부터 생각에 잠겨 있던 파프니르가 끼어들었다.

"우리가 재회했을 때 그걸 알아차렸는데 아더월드로 돌아갔다가 멍청한 상그라브들이 부모님을 공격하는 바람에 잊고 있었어. 타라, 너 반지 어쨌어?"

타라는 파프니르를 쳐다봤다.

"무슨 반지?"

"크라에토비르의 반지. 네가 손가락에 끼고 다니던 반지 말이야. 그거 어쨌는데? 안전한 곳에 둔 거지? 예를 들어 드래곤들에게 맡겼다거나. (난쟁이는 우거지상을 했다.) 나는 드래곤들을 좋아하지 않지만, 그 파충류들은 물건을 간수할 줄 아니까. 드래곤들이 보물을 얼마나 잘 숨겨놓는지 내가 알거든."

타라는 어리둥절한 표정이었다. 모두 쳐다보고 있었다.

"무슨 반지를 말하는 거냐고?" 타라가 되물었다.

마지스터는 한숨을 쉬었다. 타라와 유혹 주문에 대해 좀 더 말하고 싶은데 더 큰 걱정거리가 생겼으니. 마지스터가 손짓을 하자 마법이 작동하면서 공중에 반지 이미지가 나타났다. 악마들이 새겨 있는 검은색 철 반지.

"이 반지 기억나지?" 마지스터가 또다시 부드러운 목소리로 말했다. "셀렌바가 붉은 여왕에게서 훔쳤다가 뱀파이어들에게 체포되면서 빼앗긴 다음 네가 다시 가져간 크라에토비르의 반지 말이다. 타라, 네가 달라진 걸 알아차렸는지 네 친구들에게 묻고 싶었는데. 너 도대체 반지를 어떻게 한 거니? 타라 덩컨, 어쨌는지 말해!"

"엄마의 유혹 주문에 대해 말하다 왜 갑자기 내가 알지도 못하는 반지 얘기를 하는지 누가 설명 좀 해줘." 타라가 짜증을 냈다.

무아노가 부모님에게서 눈길을 떼지 않은 채 쿵쿵 걸어오는데 야수의 발소리에 나무들이 흔들렸다.

"마지스터의 말이 맞아." 무아노가 나섰는데 야수의 몸이라서 목소리가 이상했다. "그리고 검은색 철 반지가 아니라 은빛 유니콘 장식이 있는 반지였는데 정말 모르겠어? 그 반지는 사악한 힘, 즉 악마들의 영혼에서 끌어내는 힘을 타라 네 마법에 합해주면서 여러 번 네 목숨을 구해줬어."

타라는 금반지와 빨간 보석반지를 낀 두 손을 내밀었다. 하나는 가문의 반지인데 지금은 어떤 에프리트도 잠들어 있지 않아서 타라를 보호해주지 않았다. 다른 하나는 로빈에게서 선물로 받은 뒤로 손가락에서 한 번도 뺀 적이 없는 반지였다.

"내 반지는 이게 전부야. 그런 눈으로 쳐다보지 마. 나 미치지 않았어. 너희가 무슨 말을 하는지 난 정말 모르겠어."

파프니르가 걱정이 가득한 얼굴로 타라에게 다가갔다.

"내 전사들을 생포해서 스파숀처럼 결박해놓은 저 작자, '나 마지 스터, 예민한 사람'이라고 광고하는 M이란 저 작자를 정말 좋아하지 않지만, 한 가지는 알아. 너는 우리가 싫어하던 사악한 반지를 분명히 끼고 다녔어. 내가 걱정하는 건 네가 그걸 기억하지 못한다는 거야. 뱀파이어들이 반지를 도로 빼앗고서 너에게 기억상실 주문을 날린 거 아냐?"

갑자기 창백해진 타라가 하마터면 쓰러질 뻔했다. 바로 옆에 있던 칼이 아슬아슬하게 타라를 잡아주었다.

"어휴……. 갑자기 왜 이래?" 칼이 키가 더 큰 타라의 몸을 받쳐주면서 말했다.

"나도 모르겠어." 타라가 힘없는 목소리로 말했다. "누군가가 망치로 머리를 내리치는 것 같아."

"망치로 내리쳤는데 어떻게 머리가 남아 있어?" 파프니르가 천연덕스럽게 끼어들었다.

"파프니르, 누가 망치로 정말 내리쳤다는 게 아니라 머리가 그 정도로 아프다는 말이야." 파브리스가 말했다.

"파브리스." 칼이 죽는소리를 했다. "나 좀 도와줘. 너무 무거워서 나 혼자서는 안 되겠어."

그 말에 타라가 벌떡 일어나다가 비틀거렸다.

"무겁다고? 뭐가 무거워?"

"휴. 브르르르아아아 못지않아. 엄청 무겁다니까!" 칼이 우거지상을 하면서 타라를 붙잡아주려고 두 팔을 뻗었다.

"여자에게 말할 때는 예의를 좀 지켜야지!" 무아노는 어머니에게서 눈길을 떼지 않은 채 지적했다. "내가 야수의 몸으로 있을 때라도 무겁다는 말은 하지 않는 게 좋아!"

파브리스는 머리를 크게 끄덕였다. 목숨을 아껴야지!

"난 무겁지 않아!" 타라는 입안에서 어물어물 말했다. (타라는 칼을 째려보면서 심호흡을 했다.) "반지 얘기로 돌아가자."

타라가 허리를 구부렸다.

"아파!"

친구들이 타라에게 다가가는 반면에 마지스터는 움직이지 않았다. 셀렌바는 여전히 웅크린 자세로 인질들을 감시하고 있었다. 하지만 마지스터의 마스크가 파란색으로 변했다는 것은 주의 깊게 관찰하고 있다는 뜻이었다.

칼이 이번에는 타라의 허리를 감싸면서 구시렁거렸다.

"제발 쓰러지지는 마. 나보다 키도 크고 정말 무겁……."

"기억상실 주문이 틀림없어." 마지스터가 느닷없이 말했다. "기억하려고 하면 고통이 따르는 주문에 걸려 있는 거야. 반지가 어떻게 된 건지 알려면 타라를 치료부터 해야겠다."

파프니르가 양손에 도끼를 움켜잡고 마지스터의 앞을 가로막고 나섰다.

"크라에토비르의 반지가 어떻게 됐는지 왜 그렇게 알고 싶은데요? 당신이 빼앗으려고?"

마지스터가 난쟁이 전사를 내려다보면서 말했는데 목소리에 웃음기가 있었다.

"악마의 마법을 사용하다 내가 부상…… 공격을 받았지. 그런데 현재 사용할 수 있는 악마의 사물은 크라에토비르의 반지밖에 없어. 오무아에서 악마의 속바지**18**를 드래곤들에게 돌려줬기 때문에. 다른 사물들은 엄중한 감시를 받고 있어서 접근이 불가능한 상태이고. 그리고 악마의 셔츠는 영원히 내 피부에 결합되어 있지. 따라서 내 생각에 셔츠를 지배하는 데 성공한 나와는 달리 크라에토비르의 반지가 타라를 장악한 것 같아. 타라가 반지의 힘을 이기지 못한 거야. 셔츠는 공격이 아니라 방어 기능의 사물이라서 제압하기가 쉬웠다. 내가 그 힘을 변환시켜서 공격적으로 이용하고 있기는 해도."

그들이 마지스터를 쳐다봤다. 악마의 마법을 그런 식으로 이용하고 있단 말이지! 셔츠와 마지스터가 결합되었기 때문일까? 필요할 때 악마의 영혼들을 자유롭게 쓸 수 있고, 잃어버릴 위험도 없지만, 무게 때문에 셔츠를 착용하는 것은 고역이었다.

마지스터가 반쯤 돌아버린다고 해도 놀랄 일이 아닐 정도였다.

"셔츠 안에 악마의 영혼이 얼마나 되는데요?" 무아노가 충격받은 얼굴로 물었다.

"필요한 것보다 훨씬 많지." 마지스터가 냉소적으로 말했다. "50만 정도. 하지만 적은 수의 영혼만 이용할 수 있지. 아니면 내가 죽게 되니까."

. . . .

18. 림보의 악마들은 악마의 사물을 발명할 때 인간들에게서 발견한 것을 만들기도 했다. 셔츠, 속바지 등이 있는데, 물론 입는 용도로 만든 것이 아니다. 잘 휘어지는 철로 만든 속바지는 구멍이 뻥 뚫린 냄비 모양이었는데 오무아의 여제가 간직하려고 했지만 드래곤들이 아주 완강히 거부했다. 리스베스 여제는 하는 수 없이 속바지를 드래곤들에게 돌려주었다.

아! 기억해둬야 할 정보! 칼이 영악한 미소를 지었다. 상대에 대한 정보는 많이 알수록 좋지.

"와우, 당신을 좀 더 약 올리면 폭발한다는 뜻인가요?"

"내가 폭발하면, 도둑아, 내 주위에 있는 것도 모조리 폭발하지. 그러니까 충고하는데 나를 자극하지 마."

타라는 너무 고통스러워서 눈물이 나지만, 포기하지 않았다. 누군가가 뇌에 장난을 친 거라면 사실을 알아야 했다. 칼의 부축을 받아서 타라가 기억을 더듬는 사이에 다른 친구들은 마지스터를 감시했.

갑자기 장벽 같은 것이 무너졌다.

이미지들이 주마등처럼 스쳐갔다. 몸을 비틀어대는 뱀파이어들, 뱀파이어들을 치료하게 마법을 더해주는 악마의 힘, 개구리들, 목숨을 구해주는 악마의 힘. 속바지의 힘인가? 악마의 힘이 건드리자 빛을 반짝이는 속바지. 타라는 기억나기 시작했다. 어찌할 바를 모르는 얼굴로 숨을 들이쉬었다. 이렇게 많은 것을 잊고 있었다니! 기억이 꼬리를 물고 이어졌다. 정보를 교환하면서 의견을 나누는 악마의 사물들, 타라를 죽이려고 하는 드래곤들, 타라를 사로잡으려고 하는 마지스터, 매번 타라를 도와주러 날아오는 악마의 힘.

마침내 타라의 기억이 한 이미지를 재현했다. 손에 끼고 있는 크라에토비르의 빈지가 또렷이 보였다. 핏빛 눈의 악마 장식이 있는 검은색 철 반지가 선해 보이는 유니콘 장식이 있는 은빛 반지로 변했다. 타라가 마법의 힘이 약해지는 행성으로 떠난다는 사실에 격분하는 반지. 솟구쳐 나온 악마의 힘이 충격을 주면서 자신의 몸을 장악하는 반지를 보며 타라는 경악했다. 이어서 오무아의 복도를 전진하여 반지가 어느 곳에 이른 다음 손을 내미는 자신의 모습이 보였다.

"맙소사!" 타라가 외쳤다. "이럴 수가!"

"왜 그래?" 친구들이 소리쳤다.

"기억났어! 반지를 누구에게 넘겼는지, 그리고 반지가 무슨 짓을 했는지도!"

"오, 흉측한 벤드룩이여!" 마지스터가 성질을 부렸다. "타라 덩컨, 너 또 무슨 짓을 저지른 거니?"

타라가 그들을 쳐다봤는데 유령처럼 얼굴이 창백했다.

"오무아의 여제에게 반지를 넘겼어!"

15
마지스터
괴물 같은 인간과 뜻밖에
친구가 되기도 하는데

*

 파브리스와 야수가 동시에 으르렁거렸다. 깜짝 놀란 마지스터와 셀렌바는 딸꾹질을 했다. 인질들도 질겁해서 눈을 굴렸고, 칼은 한숨 짓는 것으로 만족했다.
 "내가 생각한 게 맞았어."
 타라가 놀란 얼굴로 칼을 돌아봤다.
 "네가…… 짐작하고 있었단 말이야?"
 "응. 팅가푸르의 황궁에 피신해 있을 때 안티 트란스미투스에도 불구하고 우리는 공격을 받았어. 그래서 궁전 안에도 공범이 있는 게 틀림없다고 생각했어. 크산디아르 친위대장이 경비 문제로 신경이 곤두서 있는 것으로 보아 공범이 아주, 아주 높은 지위에 있는 존재임이 분명했지. 어찌나 높은지 산소마스크가 필요할 정도로. 하지만 여제라고는 미처 생각하지 않았어. 장관 중 한 명일 거란 추측은 했어도. 물론 반지는 생각도 못했고! 그냥 막연히 마지스터와 결탁한 배신자일 거라고 생각했지. 매번 우리를 공격하고 죽이려다 실패하면 부상을 당했든 죽었든 온데간데없이 사라지는 통에 심문도 부검도 할 수 없는 상그라브들이었으니까."

타라는 칼이 영리한 친구라는 걸 알고 있었지만, 뛰어난 추리력에 새삼 혀를 내둘렀다.

"너희들 부모님이 공격을 받았다고?" 마지스터가 놀라서 물었다. "그래서 지구로 피신한 건가? 음, 이제야 이해가 되는구나."

"우리는 당신이라고 생각했어요." 마지스터에게 집중하느라고 다른 생각을 할 수 없었던 타라가 대꾸했다.

"그러니까 아더월드에서 가장 강력한 통치자, 거대한 제국을 다스리는 여제에게 악마의 반지를 넘겼단 말이니? 지금 이 상황은 반지가 타라 너와 나, 그리고 네 친구들의 부모를 제거하기로 작정했다는 건데. 그렇다면 의문이 생겨. 너와 나는 이해가 돼. 하지만 네 친구들의 부모는? 이해가 안 돼. 크라에토비르의 반지가 도대체 뭘 원하는 거지? 반지는 나보다 악마의 마법을 훨씬 잘 사용할 수 있어. 반지는 악마의 마법 덕분에 내 상그라브들을 장악한 거야. 반지가 어떻게 했는지 모르겠지만, 귀신같이 우리 상그라브들을 찾아내고 있어. 그러고는 납치한 상그라브들을 조종해서 아더월드의 모든 정부를 공격하게 하고 그 잘못을 나에게 덮어씌우고 있어. 나는 이미 공공의 적이고, 무슨 수를 써서라도 제거해야 할 대상이니까! 이대로 당할 수야 없지. 반지의 힘에 맞서 싸울 방법을 찾아야 한다."

"악마의 마법에 감염된 상그라브들이 있죠?" 좋은 생각이 떠오른 타라가 제안했다. "그 마법에서 벗어나게 하세요. 그리고 더는 감염시키지 마세요. 그러면 반지는 상그라브들을 찾지 못할 거예요. 내가 당신을 잡기 위해서 반지를 이용하여 악마의 마법을 탐지할 수 있는지 시험해본 적이 있거든요. 반지는 '난 할 수 없다'는 표시를 했지만, 나는 거짓이라고 생각했어요. 악마의 마법으로 만들어진 크라에토비르의 반지는 틀림없이 림보의 마법을 탐지할 수 있어요."

"아, 그래? 구체적인 정보를 줘서 고맙구나, 타라 덩컨." 마지스터가 다정한 어조로 말했다. "그렇다면 반지가 나를 찾을 수 있겠지. 하지만 셀렌바는 찾지 못하겠지?"

셀렌바는 악마의 마법이 너무 싫기 때문에 지금까지 감염되길 거부해왔다. 더군다나 뱀파이어는 누군가를 죽이기 위해 마법을 사용할 필요가 없지 않은가. 갈퀴손톱과 송곳니로도 충분한데.

게다가 욕망까지 채울 수 있으니 일석이조가 아닌가.

"그건 모르겠어요." 타라는 진지하게 대답했다. "셀렌바는 늘 당신과 함께 다니고, 당신은 악마의 마법을 많이 사용했는데 어쩌면 감염되었을지도 모르죠. 악마의 마법에 감염되지 않은 상그라브들을 보호하고 싶다면 그들에게서 멀리 떨어져 있는 게 좋을 거예요. 아니면 반지가 모두 없애버릴 테니까요."

마지스터의 마스크가 어두워졌다.

"그러기 전에 내가 그놈의 반지를 파괴하고 말 테다!"

생각이 날 듯 말듯하기 때문에 타라는 정신을 집중하다가 말했.

"반지가 상그라브들을 납치했다고 했죠? 하지만 우리를 공격한 상그라브는 평소에 당신 주위에 있는 상그라브보다 훨씬 많았어요."

"그래, 나도 알아. 반지가 많은 사람을 감염시켜서 조종하는 게 틀림없어. 그렇기 때문에 통치자들과 네 친구들의 부모를 동시에 공격할 수 있는 것이고."

"엄마!" 이제야 반지의 의도를 알아차린 타라가 외쳤다. "엄마!"

그리고 그들이 반응하기 전에 타라는 트란스미투스 주문을 읊으면서 사라졌다.

"타라?" 마지스터가 어리둥절한 얼굴로 소리쳤다.

"오, 내 조상들이시여!" 파브리스가 구시렁거렸다. "아, 또 무슨 일이지?"

"오, 젤리소르의 충치여! 타라의 생각이 맞았어! 타라의 어머니!"
이번에는 파프니르가 알아차리고 외쳤다.

"타라의 어머니가 뭐?" 파브리스가 물었다.

"우리를 공격하는 사람이 마지스터라고 생각했기 때문에 우리는 타라의 어머니가 위험하다는 생각을 전혀 하지 않았어. 마지스터는 타라의 어머니에게 미쳐 있으니까." 파프니르가 도끼 두 개를 뽑으면서 대꾸했다. 그런데 마지스터가 아니라면…….

"셀레나가 위험해!" 이번에는 마지스터가 트란스미투스 주문을 읊으면서 사라졌다.

파프니르는 셀렌바를 쳐다봤다. 뱀파이어가 격분한 얼굴로 일어섰다.

"그냥 가버리면 나는 어떡하라고!" 셀렌바가 소리쳤다. "그 여자 때문에 또 시작이야!"

파프니르는 미소를 지었다. 인간, 뱀파이어 등의 사랑은 진짜 재미있군.

"인질들은 나한테 맡겨요." 난쟁이는 상냥하게 말했다. "내가 인질들을 풀어줄 테니까 당신은 나리를 따라가요, 어서."

셀렌바는 인질들의 목을 모조리 물어 피를 빨아 먹을 수도 있지만 아무런 보호 없이 마지스터를 혼자 내버려둘 수 없었다. 뱀파이어는 하는 수 없이 트란스미투스 주문을 읊으면서 사라졌다.

파프니르와 무아노, 칼이 재빨리 뛰어갔다. 무아노와 칼이 갈퀴발톱과 칼을 사용하여 결박된 부모들을 풀어주는 사이에 파프니르는 화가 많이 난 난쟁이 전사들에게 몸을 숙였다.

"셀렌바가 절대로 떠나지 않을 거라고 생각했는데." 파프니르가 멋쩍은 얼굴로 중얼거렸다.

파프니르는 어디선가 꺼낸 단도로 난쟁이들의 밧줄을 잘랐다.

난쟁이들이 벌떡 일어나더니 숲 가장자리로 돌진해서 도끼를 찾아온 다음 어떻게 마지스터의 함정에 빠졌는지 이야기했다.

재갈이 풀리자 자드라는 남편 주스티니르와 무아노의 품에 안겼고, 알리아나 레인드린은 아들 칼과 함께 신장이 좋지 않은 남편을 살폈다. 다른 자식들은 친구 집에 가서 숨었고, 벤자민은 키시와 함께 도둑 대학으로 피신했다. 탕딜루스 망질은 아내 메보라를 일으켜 주는데 생포되었다는 것 때문에 엘프의 눈이 분노로 이글거렸다.

"마지스터가 자기 아들과 내 아들이 있는 저택으로 떠났다면 우리도 서둘러야 해." 엘프가 말했다.

"괜찮으세요?" 빨리 가고 싶어 미칠 지경인 무아노가 물었다. "다친 분 없으면 떠날까요?"

부모들이 고개를 끄덕였다. 그들은 오랫동안 움직이지 못해서 몸이 약간 마비되었지만 무사했다.

"저택을 향해 출발!" 파프니르가 늑대와 야수에게 말했다. "칼과 내 전사들이여, 돌격 앞으로!"

무아노와 파브리스는 즉시 달려갔고, 쉬바가 뒤따랐다.

무아노는 의도적으로 트란스미투스 주문을 읊지 않았다. 마법의 힘이 약한 지구에서 사고가 일어나는 걸 원치 않을 뿐만 아니라 파브리스를 배려한 것이었다.

쏜살같이 달리던 늑대와 야수는 심각한 상황인데도 가속도가 붙을수록 즐거웠다. 파브리스는 무아노야말로 자신에게 정말 어울리는 짝인데 어쩌자고 헤어질 생각까지 했는지 이해할 수가 없었다. 어떻게 해야 무아노의 마음을 완전히 돌릴 수 있을까?

셀레나의 목숨이 위험한 상황이지만, 파브리스는 이렇게 사랑하는 여자친구와 달리니까 힘이 나고 날아갈 것 같았다.

그런데 갑자기, 늑대가 제동을 거는 바람에 야수를 깜짝 놀라게 했고, 뒤따르던 표범과 충돌할 뻔했다.

"왜 그러는……?"

"쉿!" 파브리스가 말을 잘랐다. "뭔가 냄새가……."

나무 뒤쪽으로 뛰어가려던 파브리스가 그대로 멈추고 목을 겨냥하는 장검 때문에 뒷걸음쳤다.

"내가 좀 늦었나 보네." 실버의 차분한 목소리였다. "타라는 어디 있어? 어떻게 된 거야?"

"타라와 마지스터는 타라의 어머니를 보호하러 저택으로 날아갔어." 늑대인간이 대답했다.

실버의 금빛 눈이 반짝이는 것으로 보아 무슨 말인지 알아차린 얼굴이었다.

"아! 그 생각을 했어야 하는데."

"너는 우리 부모님들이 인질로 잡혀 있다는 걸 말하지 않았어!" 야수가 위협적인 어조로 외쳤다.

"그래, 말하지 않았어." 실버가 천연덕스럽게 대꾸했다. "너희가 화내는 것이 싫었으니까. 그리고 나는 불굴의 전사로서 약속했어. 내 검은 타라와 마찬가지로 부모님들의 목숨도 보장해주는 거였는데 너희는 내 말을 듣지 않았어. 그래서 입을 다물기로 했던 거야."

"로빈은 어떡하고 왔어?" 파브리스가 검을 무시하고 다가서자 하는 수 없이 실버가 물러섰다.

"이 검은 아주 날카로워." 실버가 한 발짝 물러서면서 경고했다. "늑대인간의 약점에 대해서는 나도 알아. 내가 목을 베어버리면 넌 소생하지 못해. 그러니까 예의를 좀 지켜줘. 로빈은 턱이 좀 아픈 것 말고는 괜찮아. 저택의 한 방에 로빈을 결박하고 재갈을 물려놨어. 전혀 위험하지 않으니까 걱정하지 않아도 돼."

실버의 말에 파브리스는 안도했다.

"말싸움하고 있을 시간 없어, 파브리스. 빨리 가야 해!" 무아노가 재촉했다.

늑대가 하프드래곤을 쏘아보면서 어깨를 으쓱했다.
"그래 무아노, 가자."

그렇게 말하면서 둘이 달려가버리자 실버는 버림받았다는 느낌에 멍하니 서 있었다. 인간들은 정말 이상했다. 오, 어머니의 수염이여! 트란스미투스 주문을 읊으면 간단한데 왜 힘들게 달려가는 거지? 실버가 트란스미투스를 사용하지 않은 것은 몰래 뒤따라가다 타라와 친구들을 지켜주기 위해서였지만, 파브리스와 무아노는 왜 사용하지 않는지 이유를 알 수 없었다.

실버는 저택까지 늑대와 야수의 뒤를 따라가기로 했다. 저택에 자신이 원하는 사람이 다 있기 때문이다.

타라와 아버지 마지스터.

저택은 도와주러 오는 것이라고 생각하면서 용병들을 기꺼이 통과시킨 다음 건물에 안티 트란스미투스 마법을 걸어놓은 상태였다. 마지스터는 공원에 유형화되었는데 저택에서 꽤 멀리 떨어진 위치였다. 마지스터는 앞으로 걸어가다가 초록색의 물컹한 것을 밟았는데 지독한 냄새가 났다.

어린 드래코-티라노사우루스가 길 한복판에 싸놓은 똥이 뿌지직거렸다.

마지스터는 욕설을 뱉었지만 부츠를 닦지 않았다. 시간이 없었다. 속된 말로 쪽팔리지만 마법복 자락을 걸어 올렸다. 할 일은 한 가지

밖에 없었다.

마지스터는 냅다 뛰기 시작했다.

이렇게 달리는 것은 정말 체면을 구기는 일이지만 상관하지 않았다. 숨을 헐떡이면서 저택의 현관문 앞에 이른 마지스터는 심각한 피해 상황에 잠시 아연실색했다.

용병들은 어디로 간 거지? 마지스터는 셀레나와 타라를 보호하기 위해 해적들을 용병으로 고용했는데 모조리 사라진 것 같았다.

문지방을 넘어서려는 순간 갑자기 날아온 도끼가 머리를 스치면서 등 뒤쪽에 있는 공원의 조각상에 박혔다. 조각상이 흔들거리다 요란한 소리를 내면서 두 동강이 났다.

마지스터의 마스크가 초록색으로 변했다. 하마터면 머리가 날아갈 뻔했으니.

이어서 그림자 셋이 나타나자 마지스터는 욕설을 내뱉었다.

용병들이 어디 있는지 알아차렸던 것이다.

크라에토비르의 반지가 용병들마저 장악한 것이다.

해적들의 눈빛은 전통적으로 파란색이나 초록색이었다.

그런데 이 세 명의 눈빛은 굶주린 짐승들이 어슬렁거리는 시커먼 호수 같았다.

"안녕하시오?" 1번 용병이 탐욕스러운 미소를 흘렸다.

"시킬 일이라도?" 2번 용병이 물었다.

"말씀만 하시죠." 키가 2미터 50센티미터에 이르는 3번 용병이 비웃음을 흘렸다.

마지스터는 반지가 어떻게 상그라브들을 지배하고 있는지 알았다.

반지가 마지스터에게도 승리와 영광, 정복 등 유혹하는 이미지들을 보내고 있었다. 늘 권력욕을 드러내는 상그라브들이 그 유혹에 넘어간 것이다. 마지스터도 하마터면 그 환영에 굴복할 뻔했다. 하지만 잠시 흔들리다가도 냉철한 정신 덕분에 착각이나 환영에 넘어가는 일이 거의 없었다. 또 누군가에게 충성을 서약하기에는 고집이 너무 셌다.

마지스터는 사실 반지의 영향력에서 벗어나기 위해 비싼 대가를 치르고 있었다.

마지스터는 착용하고 있는 셔츠와 자신을 연결하는 마법의 끈을 잘라 버렸다.

그때부터 특히 가슴 아래쪽으로 피가 계속 흘러내렸다. 셀렌바가 치료했지만 소용없었고, 통증은 갈수록 심해졌다. 악마의 마법만 치료할 수 있지만, 악마의 사물에 접근할 수가 없었다.

그런데 해적 용병들이 반지가 보낸 이미지에 굴복했다면…….

마지스터는 손을 폈다. 손바닥에 크레디트-무트 금화 몇 개가 놓여 있었다. 다른 손을 폈다. 보라색과 파란색, 빨간색 보석들이 놓여 있었다. 경험이 많은 해적들이라서 먼저 진짜인지 확인해봤다. 금과 보석은 진짜였다.

"수고비를 준다는 걸 깜빡했다. 자, 받아라." 마지스터가 말했다.

해적들의 시커먼 눈이 금빛으로 물들어 있었다. 금을 갖고 싶은 욕망과 악마의 마법이 잠시 싸웠지만 해적들은 보석 앞에서 마음이 완전히 흔들렸다. 분노의 고함소리가 나더니 벼락을 맞은 떡갈나무처럼 비틀거리는 해적 세 명의 몸에서 시커먼 연기 같은 것이 빠져나갔다.

"오, 오딘이여!" 1번 해적이 외쳤다. "이게 무슨 일이야?"

"오, 토르여!" 2번 해적이 불평했다. "여자들이 다 어디로 간 거지?"

"오, 내 발의 티눈! 편안한 구두가 어디로 갔지?" 3번 해적이 아쉬워하는 소리를 했다.

"뭐라고?" 마지스터는 소스라쳤다. "너희 셋 다 최고의 보석을 갖고 싶은 게 아니었어?"

"당연하죠." 2번 해적이 따분하다는 어조로 대답했다. "나는 세상에서 가장 아름다운 여자들을 갖는 것이 꿈이었는데. 하지만 보석도 좋죠!"

"당연하죠." 3번 해적이 난처한 얼굴로 두 동료를 쳐다보면서 말했다. "나는 발의 티눈 때문에 세상에서 가장 편안한 신발을 갖는 게 꿈이었어요. 하지만 돈이 있으면 신발을 많이 살 수 있으니까 좋죠!"

마지스터는 침을 삼켰다. 완전히 잘못 짚은 것은 아니었다. 용병들이 무엇을 원하든 금을 1순위로 좋아해 천만다행이었다. 마지스터는 보석과 크레디트-무트를 해적들의 손에 쥐어주었다. 그러고는 용병들을 거느리고 저택으로 들어갔다.

"나는 셀레나 덩컨과 그녀의 딸을 보호하기 위해 너희를 고용했다." 마지스터가 사방을 둘러보면서 상기시켰다. "대체 이게 어떻게 된 일이야? 지금 두 여자는 어디 있나?"

해적 셋이 당황해서 자기들끼리 눈길을 주고받았다.

"그게…… 기억이 잘 안 나서요." 1번 해적이 피 묻은 도끼를 감추면서 말했다.

"우리에게 현관문을 지키고 있으라고 했기 때문에……." 2번 해적이 등 뒤로 검을 숨기면서 맞장구쳤다.

"지나가다가 불빛을 봤는데……." 3번 해적은 말을 맺지 못했다.

갑자기 비명소리가 울렸다. 마지스터는 소리가 난 방향으로 쏜살같이 달려갔다.

마지스터는 네 계단씩 층계를 올라가서 커다란 방에 이르렀는데 늑대가 우글우글했다.

정확하게 말하면 늑대가 잔뜩 널브러져 있었다.

그리고 타라가 셀레나의 몸 위에 엎드려 있었다.

타라가 유형화되었을 때는 격렬한 싸움이 벌어지고 있었다. 모우르무르의 조수들과 늑대들이 빌랭의 용병들과 미친 듯이 싸우고 있었다.

누구도 예상하지 못한 일이었다. 좀 전까지만 해도 평온한 분위기 속에서 저택은 벽을 복원하는 중이었다. 그런데 엄청난 수의 용병들이 느닷없이 뻣뻣해지더니 허공을 쳐다보면서 뭔가에 홀린 듯 미소를 짓는 것이 아닌가. 곧이어 눈살을 찌푸리면서 저택의 거주자들을 향해 눈길을 돌렸는데 눈빛이 멍하고 시커멨다.

이사벨라는 번개같이 반응했다. 영혼 약탈자[19]의 공격을 경험한

....

19. 악마들과 손잡고 세상을 정복하고 싶어하던 사악한 영혼으로 아더월드의 적이다. 2권 「비밀의 책」에서 타라와 친구들, 마지스터가 물리쳤다.

적이 있어서 누가 감염되었는지 알아볼 수 있었다. 자르도 마찬가지였다. 악마의 마법에 감염된 경험이 있기 때문에 자르는 마법을 작동해서 많은 용병 중 아무나 한 명을 목표로 삼아 반사적으로 반응했다.

두 사람이 없었다면 저택의 거주자들은 모조리 당할 뻔했으니 천만다행이었다.

상그라브들을 상대하기 위해 들이닥칠 때 빌랭 왕국의 용병들은 저택 안에 늑대인간들이 있다는 걸 모르고 있었다.

그래서 해적들의 무기는 은으로 만든 것이 없었다. 늑대들이 방어하는 사이에 다른 사람들은 2층에 있는 틸의 방으로 피신해서 저택의 도움으로 바리케이드를 쌓았다. 셀레나, 이사벨라, 틸과 테올크, 셀비, 모우르무르, 타쉴과 망구스, 마니투, 자르, 조수들은 저택이 빈틈을 없애기 위해 사라지게 한 문 앞에 모여 있었다. 하지만 벽 너머에서 새로운 공격자들이 추격해오고 있었다. 그런데 저택은 이미 녹초가 된 상태라 평소처럼 모든 복도를 조종하면서 층계를 바꾸거나 그들이 피신하게 도와줄 수 없었다.

불행히도, 악마의 마법에 감염된 용병들은 많은 폭발물을 회수했다. 그들은 나중에 도착했기 때문에 폭발물 설치하는 걸 목격하지 못했는데도 어떻게 작동하는지 이내 알아차렸다.

정말 유감천만이었다.

'깜박거리는 요 불빛 귀엽지?' 하고 말하는 기폭 장치 옆에서는 강렬한 생존 본능이 일어나지 않기 마련인데.

호기심이 많은 건지, 겁이 없는 건지, 용병들은 폭발물이 터지면서 유독한 연기를 뿜어내는 데도 눈 하나 깜짝하지 않았다.

타라가 나타난 것은 용병들이 폭발물로 벽에 낸 구멍을 통해 저택으로 들어오고 있을 때였다. 또다시 뒤죽박죽으로 섞여서 싸우기 때문에 타라는 공격자들을 단숨에 쓰러뜨릴 수가 없었다.

해적들은 상그라브들보다 훨씬 강했고, 머리를 가격하는 것은 쉽지 않았다. 아나자시족이 오히려 작아 보일 정도로 거인들이고, 머리가 돌덩어리처럼 단단한데 투구까지 쓰고 있으니.

파브리스를 제외하고 늑대들은 마법을 사용하지 않았다. 갈퀴발톱 대 도끼, 장검 대 송곳니…… 참혹한 혈전이 벌어지고 있었다.

타라는 조수들의 도움을 받으면서 해적 몇 명이 사용하는 마법에 대응하고 있었다. 어머니 셀레나, 마니투, 틸과 셀비가 소파 뒤에 숨어서 기회를 엿보았다.

얼어붙게 하는 글라시우스, 사정없이 때려눕히는 아솜무스, 불에 태우는 카르보누스, 파괴하는 데스트룩투스 주문을 차례로 날리면서 타라는 천천히 어머니가 있는 쪽으로 다가갔다. 이런, 맙소사! 갑자기 소파 위로 가뿐하게 뛰어오른 틸과 테올크, 셀비, 어머니가 싸움에 가담한 것이다.

다른 늑대들이 알파 늑대들을 방어해줄 수 있는 상태가 아닌데. 타라는 그들이 왜 갑자기 싸움에 뛰어들었는지 알 수가 없었다.

알파 늑대들이 공격하기 시작했다.

그리고 상황이 달라졌다.

아무도 예상하지 못한 일이었다. 상상도 하지 못한 일이었다. 셀레나가 마법으로 용병 한 명을 공격했다. 용병이 쓰러지자 그 뒤에 있던 다른 용병이 거칠게 반격했다. 그 순간 갑자기 날아온 검이 셀레나의 상체와 가슴을 뚫었다. 신나게 용병의 엉덩이를 물어뜯던 셈보르가 뻣뻣해지더니 주인과 동시에 쓰러졌다.

틸이 고함치면서 셀레나에게 달려갔다. 타라는 분노가 치밀었다. 눈빛이 새파래졌고, 살아있는 돌이 타라의 머리 위에 올라앉았는데 눈부시게 번쩍거렸다.

타라는 계속 참으면서 자제하고 있었다. 자신의 마법은 너무 강력하고 예측할 수 없기 때문이었다. 타라는 원하는 것보다 훨씬 많은 걸 파괴할 위험이 있음을 잘 알고 있었다.

하지만 더는 참을 수 없었다. 타라의 광선을 맞은 용병이 참혹하게 나동그라지면서 벽을 뚫고 나갔다. 저택이 고통스러운 비명을 질렀고, 지붕이 폭발했다. 이윽고 타라의 파란 광선이 점점 위로 올라가더니 수백만 개로 나뉜 빛의 화살들이 목표물을 향해 날아갔다.

공원으로 날아간 빛의 화살들이 용병들에게 꽂혔고, 저택을 향해 달려오던 셀렌바는 가까스로 화살을 피했다. 바로 뒤이어 무아노와 파브리스도 도착했다.

적들을 모조리 제압한 뒤에 타라는 공중에서 내려왔다. 눈빛이 정상으로 돌아오자 냅다 뛰어갔다.

"엄마…… 엄마는 괜찮은 거죠?" 타라가 셀레나를 품에 안으면서 말했다. "늑대인간이 되있으니까 이거낸 수 있는 거죠?"

틸이 괴로운 시선으로 타라를 쳐다봤다. 자르가 이미 레파루스 주문을 날린 상태였다.

"모…… 모르겠어요. 깨물린 지가 그리 오래되지 않아서 신진대사가 아직은……. 나는 원치 않았지만, 셀레나가 한사코 우기는 바람에. 오, 내가 대체 무슨 짓을…… 다 내 잘못이야."

틸은 절규하면서 셀레나의 아름다운 얼굴을 어루만졌다.

하지만 셀레나는 움직이지 않았다.

피가 많이 흐르고 있었다. 자르가 소생시키는 레비부스 주문을 날렸다.

하지만 셀레나는 움직이지 않았다.

"타라!" 갑자기 자르가 외쳤다. "타라, 엄마를 살려내! 네가 살려내야 해! 형질 전환이 완전하지 않은 상태인데 검이 심장을 건드렸으니까 뭐든 해야 된단 말이야! 빨리!"

타라는 심호흡을 하고 나서 마법을 날렸다. 강력한 레파루스의 빛이 셀레나의 몸을 감싸면서 번쩍거렸다.

하지만 셀레나는 움직이지 않았다.

모두 힘을 합해서 애를 썼다.

하지만 셀레나는 숨을 쉬지 않았다. 그 여파로 셈보르도 까무러쳤다.

타라는 어머니의 몸에 엎드려서 흐느껴 울기 시작했다.

마지스터가 그들을 발견한 것은 바로 그 순간이었다.

 16
출발

돌아가고 싶어도
이동하는 데 문제가 생기면

*

"안 돼애애애애!" 상황을 알아차린 마지스터가 외쳤다. "안 돼애애애애!"

쓰러진 셀레나 앞에 꿇어앉은 마지스터는 생각을 할 수도, 숨을 쉴 수도 없었다.

이 순간에 누군가가 셀레나를 죽인 검을 집어 들고 마지스터에게 들이댄다면 꼼짝없이 항복할 텐데.

갑자기 마지스터가 타라를 옆으로 밀쳐내고 셀레나를 향해 두 팔을 뻗으면서 주문을 읊었다. 여러 개의 코드가 달린 복잡한 기계가 셀레나를 에워쌌다. 코드들 중 하나는 셀레나의 심장에, 다른 하나는 폐에 연결되었는데 마지스터의 정맥에서 나온 한 줄기의 피가 공중으로 솟아오르다 셀레나의 팔을 따라 정맥으로 들어가고 있었다.

마지스터의 피는 빨간색이었다. 다른 인간들의 피와 같은 빨간색. 이 피에는 악마의 마법이 전혀 섞여 있지 않았다.

아주 느리게, 셀레나의 심장이 뛰기 시작했다. 쿵 쿵. 쿵 쿵. 쿵 쿵. 그들은 깜짝 놀랐다. 심장박동이 규칙적으로 들렸다. 쿵 쿵. 쿵 쿵. 하지만 그들은 셀레나의 의식이 빨리 돌아오지 않아서 기계가 멈추면 심장도 멈추리라는 걸 알고 있었다. 셀레나의 창백한 얼굴에 서서히 혈색이 돌아오는 듯했다. 레파루스 치료에도 불구하고 피를 많이 흘렸기 때문에 수혈과 영양 보충을 위한 두 번째 기계가 나타났다. 노폐물을 처리하기 위한 세 번째 기계에 이어 생명 지수를 살피기 위한 네 번째 기계가 연달아 나타났다.

인상적이면서 끔찍했다. 셀레나의 육신은 다시 숨을 쉬면서 소생하고 있지만 여전히 의식불명이었다. 다섯 번째 기계가 머리 주위에 떠 있었다. 날카로운 소리를 내는 기계의 불빛이 검은색으로 변했다.

"영혼이 떠나버렸어." 마지스터가 질겁한 목소리로 말했다. "말도 안 돼! 이렇게 빨리 떠나버리다니!"

"그걸 당신이 어떻게 알아요?"

"이건 머리 주위에서 감도는 아우라를 측정하는 기계야. 그런데 아우라가 사라졌으니까."

침묵이 흘렀다.

"이제부터는 무슨 일이 있어도 나는 절대로 죽으면 안 돼."

여전히 충격에 빠져 있는 타라가 옆구리를 만지면서 의아한 얼굴로 마지스터를 쳐다봤다.

"내가 죽으면 내 주문도 사라지기 때문에." 마지스터는 셀레나를 에워싸는 보호막 같은 것을 가리키면서 말했다. "그러면 내가 사랑하는 여인도 죽는 거니까."

"당신이 죽으면 내가 교대하겠다고 약속하겠소." 이사벨라가 힘없는 목소리로 말했다. "내 딸이 죽게 내버려두지 않을 거니까. 절대로."

마지스터는 두 주먹을 불끈 쥐고 이사벨라 앞에 버티고 섰다.

"그렇게 단순한 것이 아니에요. 내가 죽으면 주문이 사라지고, 셀레나의 육신도 몇 분 만에 소멸되니까."

이사벨라는 고개를 끄덕였다.

"그런 일은 절대 일어나지 않아요! 내가 그렇게 되도록 내버려두지 않을 거니까!"

"안 돼요!" 타라는 부르르 떨면서 외쳤다. "엄마의 영혼이 떠났다는 건 비욘드월드로 갔다는 뜻이잖아요! 그건 안 돼애애애!"

타라의 마법이 부풀어 오르면서 슬픔을 표현할 방법을 찾고 있었다. 저택은 즉각적으로 반응했다. 저택은 아직 남아 있는 지붕을 확장했고, 타라는 하늘을 향해 두 팔을 뻗으면서 주위가 훤해질 정도로 강렬한 광선으로 분노와 고통을 표출했다.

타라는 살아있는 돌이 지원해줄 필요가 없이 마법의 에너지를 많이 축적해놓은 상태였다.

타라가 위험한 말벌처럼 진동하고 있어서 아무도 움직이지 않았.

이윽고 차츰 마법의 물결이 약해지더니 가물거리다가 꺼졌다.

타라는 눈물을 흘리기 시작했다. 너무 가혹했다. 죽은 어머니를 보는 것만으로도 힘든데, 마지스터가 희망을 주었다가 도로 앗아가는 것인가. 참을 수 없었다.

마지스터가 또다시 주문을 읊자 보호막 같은 것(좀 전에 셀레나를 에워쌌던)이 주인 옆에 널브러진 금빛 눈의 퓨마를 휘감았다. 패밀리어의 영혼은 주인을 따라 비욘드월드로 가지 않는다는 걸 알지만 마지스터는 셈보르를 잊지 않았다. 셀레나를 소생시킬 때 그녀의 패밀리어도 살아나길 진심으로 바라는 것이었다. 마법사가 사망하면 패밀리어도 죽는다는 걸 알기 때문이다.

"쓰러지고 나서 뇌에 산소 공급이 되지 않은 시간이 얼마나 됐습니까?" 마지스터가 이사벨라에게 물었다.

"2, 3분 정도 흘렀을까." 이사벨라는 잠시 생각하다가 대답했다.

마지스터는 다시 주먹을 쥐었다.

"이렇게 빨리 포기하다니! 영혼이 즉시 떠났다는 건 정상이 아닌데. 몇 분 전에 사망한 사람들을 소생시킨 적이 한두 번 아닌데 셀레나는 왜 안 되죠? 레파루스 치료도 했다면서요?"

"모르겠소." 이사벨라가 무기력한 표정으로 대답했다. "늑대로 형질 전환이 일어나는 초기라서 그런가?"

"그 반대입니다." 틸이 단호한 목소리로 끼어들었다. "오히려 생명을 유지하게 도와줬을 텐데 이해할 수가 없습니다."

"뭐가 일어나요?" 마지스터는 충격을 받은 얼굴로 외쳤다.

"셀레나의 요구로 내가 깨물었소, 상그라브." 틸이 냉담하게 대답했다. "셀레나는 나의 암컷 늑대, 나의 사랑, 나의 연인, 나의 아내가 되었을 텐데 당신의 적들이 모든 걸 앗아갔단 말이오!"

"우리의 적이오!" 마지스터가 응수하는데 목소리가 위협적이었다. "나의 적도, 당신들의 적도 아니고, 우리의 적이오. 우리는 같은 행성에 살고 있으니까 당신이나 나나 위험하기는 마찬가지란 말이오. 셀레나를 늑대인간으로 만들면 내가 떨어져나갈 거라고 생각했다면 큰 오산이오. 셀레나는 내 여자니까! 그리고 영원히 그럴 거니까!"

"엄마가 돌아가셨단 말이에요!" 타라가 눈물을 펑펑 흘리면서 폭발했다. "당신, 당신의 행성, 당신의 사랑, 당신은 내게서 모든 걸 앗아갔어! 내 아버지, 어머니, 나의 사랑……. 정말 지긋지긋해!"

눈이 새파랗게 변한 타라가 거대한 말벌처럼 다시 진동하기 시작했다. 자르는 타라가 좀 전에도 화나 있는 걸 봤다. 짧은 시간에 벌써 두 번째로 목숨을 위태롭게 만들고 있었다. 자르는 타라가 동생을 상대로 싸우지 않으려고 자제하고 있다는 걸 잘 알았다. 그래서 냅다 달려들어서 타라를 한 방에 때려눕혔다. 그러고는 기절한 상태로 쓰러지는 타라를 품에 안아서 바닥에 눕혔다.

"오, 내 조상들이여!" 이사벨라가 뛰어와서 타라의 이마를 만지면서 소리쳤다. "자르, 너 이게 무슨 짓이니?"

"죄송해요." 자르가 말했다. "하지만 타라가 화가 많이 나 있을 때는 폭탄이나 다름없어서 폭발하게 가만히 보고 있을 수 없었어요. 이 지구는 그리 강한 행성도 아닌데."

"*레파루스의 이름으로 상처는 사라지고 의식이 돌아올지어다!*" 이사벨라는 주문을 읊으면서 자르를 쏘아보았다.

타라가 흐릿한 눈을 떴다.

"내…… 내가 왜 이러고 있지?" 타라는 일어나려다가 얼굴을 찡그렸다.

"어머니가 살해됐고, 마지스터는 어머니를 구하려고 했어. 화가 머리끝까지 나 있는 너를 보고 가만히 있을 수가 있어야지. 그래서 내가 한 방에 때려눕혔어." 자르가 짤막하게 설명했다.

타라는 눈을 동그랗게 떴다. 화가 났던 기억이 났다. 이제는 너무나 슬펐다. 눈물이 하염없이 줄줄 흘러내렸다.

여전히 충격에 빠진 마지스터는 셀레나의 시신을 쳐다보고 있었다. 틸이 그 곁을 지켰다.

두 남자의 눈에 희망의 빛이 반짝였다.

타라는 놀랍게도 자르의 부축을 받아서 일어났다.

"미…… 미안해." 자르가 말했다. "때리고 싶어서가 아니라 그렇게 화나 있는데 또 무슨 짓을 저지를지 몰라서 내버려둘 수 없었어."

자르로서는 나름대로 최선을 다해 사과하는 것이었다. 타라는 동생의 노력이 가상하다는 얼굴로 피식 웃었다.

"그래, 고마워." 타라가 말했다. "잘했어. 내가 정신을 잃었던 거 같아."

"양피지는 어디 있니?" 마지스터가 절박한 어조로 물었다.

"네?"

"양피지. 다시 말해 유령들을 소생시키기 위해서 사용했던 양피지 말이다. 그걸 어쨌니?"

"묘약 조제법이 적힌 양피지요? 그건 오무아에 있죠. 칼과 나는 양피지를 돌려줘야 했거든요. 그리고 우리의 머릿속에서 묘약의 재료 목록을 지워버리는 아주 특별한 민투스 주문을 날렸어요. 그건 왜요?"

"네 어머니를 소생시켜야 하니까."

피와 연기 냄새가 진동하지만 타라는 꾹 참고 심호흡했다.

타라는 어머니와 보낸 시간이 떠올랐다. 어머니가 건더왔던 모든 것. 타라가 아버지를 소생시켜서 함께 행복하게 살기 위해 했던 모든 것. 어머니가 그렇게 쉽게 비욘드월드로 떠났다는 것은 그곳에 마음을 끄는 무언가가 있기 때문은 아닐까? 혹시 남편 단비우의 사랑을 찾아간 것이라면? 갑자기 슬픔이 사라지는 느낌이었다. 어머니가 행복하다면 그게 가장 중요한 것이 아닐까?

타라는 고개를 들었다.

모두 타라를 보고 있었다. 희망을 품은 눈빛의 늑대들, 흥분한 마지스터, 신경이 날카로워진 할머니, 눈살을 찌푸리는 남동생 자르.

"안 돼요."

"따라서 우리는……."

"아무도 데려오면 안 돼요."

마지스터의 마스크가 검은색으로 변했다.

"뭐라고 했니?"

"엄마는 돌아가셨어요. (목소리가 흔들렸지만 타라는 애써 차분하게 말했다.) 나는 엄마를 찾으러 비욘드월드로 가지 않아요. 죽은 사람들은 평온하게 놔둬야 해요. 그리고 나 지금은 혼자 있고 싶어요."

"안 돼." 딸을 포기할 수 없는 이사벨라가 고함쳤다.

"안 됩니다!" 사랑하는 사람을 떠나보내고 싶지 않은 틸이 소리쳤다.

"안 된다니?" 뜻밖에도 타라의 반대에 격분한 마지스터가 외쳤다.

"타라!" 자르가 반박했다. "너만의 어머니가 아냐. 어머니를 돌아오게 할 수 있다면 우리는 뭐든 해야 돼!"

타라는 어머니가 이 기회에 아버지를 만나러 떠난 거란 말을 해줄 수 없었다. 어머니는 이기적인 여자가 아니었다. 어머니는 늘 다른 사람들을 먼저 생각했다. 그러나 너무 고통스럽게 살던 어머니는 평온해질 기회가 오자 이번만은 견딜 수가 없었을지도 몰랐다.

어머니는 마음이 약했다. 타라는 너무 약한 어머니가 답답해서 소리를 지르고 싶을 정도였다. 하지만 어머니의 생각을 모른 채 무작정 찾으러 가고 싶지는 않았다.

그렇지만 타라는 불안했다. 자신이 잘못 생각한 거라면? 어머니가 선택한 것이 아니라 끔찍한 사고로 어쩔 수 없이 떠난 것이라면?

그리고 다른 사람들의 생각이 옳다면?

마스크가 새까맣게 변했지만 마지스터는 말을 이었다.

"단념하지 마, 타라 덩컨." 마침내 마지스터가 말했는데 슬픔 때문에 목소리가 쉰 것 같았다. "너와 달리 나는 누구에게도 빚이 없어. 내 행동은 내가 책임지니까. 그리고 먼저 반지 문제부터 해결해야 돼. 네 어머니에 대해서는 나중에 다시 얘기하자."

타라는 지친 손으로 이마를 만졌다. 헝클어진 금발에 눈물과 먼지로 얼룩진 얼굴, 옷에는 어머니의 피가 묻어 있었다.

"반지가 작전에 성공했어!" 마지스터가 질책했다. "반지가 아더월드에서 세력을 확장하게 놔두면 반지의 마법 때문에 황폐화된 세상, 지옥 같은 세상으로 셀레나를 데려올 우려가 있어. 어린 나이에도 불구하고 당돌하게 나에게 맞섰던 너, 이제 어떡할 거니?"

마지스터는 단념하지 않을 것이 틀림없었다.

"엄마는 별개의 문제로 하죠." 타라는 피곤한 어조로 말했다. "나는 어떻게 해야 될지 모르겠어요. 당신에게는 군대가 있고, 동맹군도 있는데 왜 나한테 이러죠?"

"네가 반지를 여제에게 줬으니까! 결자해지라고 우리 세계에서는 자기가 저지른 일은 자기가 해결해야 하니까."

타라는 소스라쳤다. 비겁하게 잘못을 들추다니!

어쨌든 방법을 찾아야 했다.

마지스터는 타라가 피곤하지만 단호한 표정으로 머리를 쓸어 넘기는 순간 자신이 이겼다는 걸 알았다. 그의 마스크가 흡족한 파란색으로 변했다.

"마지스터의 말이 맞아요. 여러분 반지를 파괴해야 돼요. 오무아로 가겠어요." 타라가 대꾸했다.

"그런데……." 마지스터가 말했다.

유감스러운 표정으로 머리를 끄덕이던 틸이 말을 자르고 끼어들었다.

"우리는 여기 남아 있을게요, 하클라. 내 늑대들은 오무아에 가봐야 별로 도움이 되지 않을 것이고, 두 나라 사이에 갈등을 일으킬 수는 없으니까요. 유령들과 싸울 때와는 달라요. 지금은 반지가 공격하고 있지 않지만, 가짜 상그라브들을 내세워 우리를 공격할 정도로 반지는 교활하기 짝이 없어요. 따라서 우리는 반지에 대한 공격이나 오무아의 통치자들에 대한 공격에 동참할 수 없어요. 우리는 여기서 무슨 일이 있어도 암컷 늑대 알파를 지킬게요. 셀레나가 소생하면 축제를 벌이고, 셀레나가 죽으면 애도할 겁니다."

타라는 내색하지 않았지만 틸이 어머니를 암컷 늑대라고 표현할 때 몸이 부르르 떨렸다. 마지스터가 말하려는데 이번에도 방해를 받았다.

"하지만 우리는 지구에 오랫동안 머물 수 없습니다." 테올크가 끼어들었다. "대통령이 우리 대륙을 계속 비워둘 수는 없으니까요."

테올크의 목소리에 자신이 대통령 자리를 대신할 수도 있다는 저의가 느껴졌다. 물론, 호의적인 뜻으로 들릴 거라고 한 말이겠지만. 어쨌든 두고 보면 알 일이다.

틸은 테올크가 보여주는 위선적 호의에 걸려들지 않았다.

"고맙소, 테올크. 하지만 그리 오래 걸리지 않을 것이오. 필요하다면 아더월드로 돌아가야지요. 셀레나는 호위대가 지키게 하고."

테올크는 잠시 틸의 눈을 쳐다보다가 눈길을 내렸다. 틸의 권한에 복종하기로 했다. 지금은 때가 아니기 때문에.

모우르무르는 셀레나와 셈보르를 살피면서 마지스터의 응급처치에 대해 칭찬을 늘어놓은 다음 말했다.

"타라, 나도 네가 악마의 반지를 파괴하러 떠나야 한다고 생각한다. 출발하기 전에 실험실에 들러. 너에게 필요한 것을 한두 가지 준비해주마. 우선 이것부터 받아. 생존 가능성 자가 검진 장비 세트 중 일부니까 잘 간직하고 있다가 요긴하게 사용하기 바란다."

모우르무르가 빨간 끈으로 묶은 파란색 상자를 내밀었는데 '위급 상황이나 죽음이 임박한 경우에만 풀어볼 것'이라고 적혀 있었다. 타라는 상자를 받아서 체인지라인의 깊이를 알 수 없는 주머니 속에 집어넣었다. 사실, 타라는 성공하면 굉장히 기발한 장비가 되지만 그만큼 실패율도 높은 모우르무르의 발명품들에 대해 큰 기대를 하지 않았다.

"나도 같이 갈게." 자르가 마지못해서 말했다. "네가 너무 바보 같은 짓을 하지 못하게 막을 사람이 옆에 있어야 하니까. 그리고 우리는 도와줄 사람들이 필요한데 오무아의 새로운 후계자 마라는 너보다 내가 더 친하잖아."

"하지만……." 벌써 세 번째로 말하려다 방해를 받은 마지스터의 마스크가 빨간색으로 변하기 시작했다(말문을 열기만 하면 번번이 누군가가 치고 들어오는데 마지스터에게는 정말 익숙한 일이 아니었다).

타라는 정신을 집중하면서 생각을 정리했다. 일단 반지 문제를 해결하러 갔다가 최악의 경우 반지가 내 목숨을 살려주지 않는다면 어머니를 만날 방법이라도 찾을 수 있겠지.

"좋아요." 타라는 지친 어조로 말했다. "이제 작전을 짜야겠어요. 반지는 리스베스 여제의 손가락에서 온갖 권력을 누리면서 경계하고 있을 게 틀림없어요. 내가 추방된 몸이라는 걸 문제 삼지 않아도 반지에 접근하는 것이 그리 쉽지 않을 거예요. 자르, 너 마라와 연락할 수 있지? 궁전으로 들어가려면 마라를 밖에서 몰래 만나야 해."

타라가 말하는 사이에 모우르무르는 주문을 읊었다. 그러자 죽은 이미니와 퓨미의 몸이 발명가를 따라가기 위해 둥둥 떠올랐다. 타라는 가슴이 미어졌다.

"잠깐!" 마지스터가 간청하는 목소리로 말했다. "샤먼들이 말하기를 영혼은 비욘드월드로 떠났다고 해도 육신이 아직 이승에 머물러 있는 동안은 사람들이 하는 말을 들을 수 있다고 했어요. 그러니까 부탁인데 그녀를 혼자 어둠 속에 내버려두면 안 됩니다."

모우르무르는 셀레나는 전혀 알아듣지 못한다는 말을 하려다가 마지스터의 마스크가 너무나 슬픈 잿빛으로 변하는 걸 보고 입을 다물었다. 모우르무르는 말없이 고개를 끄덕였다.

타라는 몸을 추스르다가 옷에 묻은 핏자국을 발견하고 주문을 읊어서 사라지게 했다. 움직여야지 로빈이 죽었을 때처럼 속수무책으로 가만히 있을 수 없었다.

자르가 타라의 질문에 대답했다.

"마라는 수십 명의 친위대 없이 혼자서 궁전을 나오지 못해. 따라서 몰래 마라를 만나기가 쉽지 않을 거야."

타라가 다른 방법을 제안하려는 순간 여성 뱀파이어가 헐떡이면서 나타났다.

셀렌바.

잔혹하고 공격적인 셀렌바는 즉시 마지스터 옆으로 갔다. 이어서 들이닥친 무아노와 파브리스는 당장이라도 싸울 기세였다. 늑대들이 뱀파이어 냄새를 맡고 으르렁거렸다. 늑대는 뱀파이어 종족을 몹시 싫어했다.

틸은 너무 지쳐서 자극적인 냄새에 놀랄 기력이 없는지 아무런 반응도 보이지 않았다. 테올크는 생각이 많은 표정으로 뱀파이어를 쳐다보고 있었다. 이번에는 검을 빼어 들고 뛰어들어오던 실버가 충격을 받고 멈춰 섰다.

그 순간 칼과 함께 한 무리가 들이닥쳤는데 모두 아연실색한 얼굴이었다. 그들은 타라가 있는 곳에서는 늘 일어나는 사건 사고에 익숙하지 않은 칼과 무아노, 로빈의 부모들이었다.

"휴……. 밖에 시체가 널려 있어." 칼이 말했다. "무슨 일이야? 용병들이 공격받았어?"

그러고는 눈살을 찌푸리면서 천장을 쳐다봤다.

"근데 지붕은 또 왜 없는 거야?"

칼의 어머니 알리아나 레안드린은 의혹이 가득한 표정으로 눈을 찡그리면서 한술 더 떴다.

"우리를 이곳으로 오자고 한 게 정말 좋은 생각이었니?"

타라는 어머니의 죽음, 피, 격렬한 싸움 등을 짤막하게 설명했다. 책 속에 묻혀 있지 않을 때는 더없이 다정한 메보라가 타라를 따뜻하게 안아주었는데 향수 냄새가 진동했다. 타라는 로빈의 어머니에게 슬픈 미소를 지어 보였다.

"타라, 어머니 일은 정말 뭐라고 말해야 할지 모르겠구나. 그런데 내 아들은 어디 있지? 설마 그 아이도……." 메보라는 말을 잇지 못했다.

마음이 약한 메보라는 책에서 일어나는 일이라면 몰라도 모험이란 걸 아주 싫어했다. 필요할 때는 개입해서 강한 모습을 보여주긴 했지만.[20]

"아니, 그런 일은 없어요." 타라는 메보라를 안심시키기 위해 재빨리 대답하면서 검을 칼집에 집어넣고 있는 청년을 가리켰다. "실버

---

[20] 엘프들에게서 젊음을 빼앗는 미친 셈사나쉬에게 억류된 아들을 구출하는 작전에 참여했을 때였다. 기습 작전을 벌일 때 아내 메보라를 위험한 곳으로 침투시키면서 남편 탕딜루스는 책에 빠져 있는 아내의 모습이 얼마나 보기 좋은 것인지 깨달았다. 그 일이 일어난 뒤로 탕딜루스는 마음이 약한 건 자신임을 알아차렸다.

가 용병들의 눈을 피해 로빈을 안전한 곳으로 데려가서 지키기로 했거든요. 실버가 풀어줬을 테니까 로빈은 곧 올 거예요."

실버는 어깨를 으쓱하면서 고개를 숙였다.

"어, 그게 사실은 내가 때려눕혔어."

모두 실버를 쳐다봤다.

"뭐?" 타라가 소리쳤다. "왜 그랬는데?"

"너를 보호하러 가고 싶은데 로빈이 못 가게 했어. 나를 정말 싫어하는 것 같았어."

"쯧쯧." 파브리스가 빈정거리듯 중얼거렸다. "이유가 궁금하다."

"가서 데려와, 당장!" 타라가 눈을 부릅뜨면서 말했다. "정말 격분한 로빈에게 뼈도 못 추리게 얻어맞고 싶지 않으면!"

실버는 반박하려고 했지만 타라가 말을 못 하게 막았다.

"지금 당장!"

하프드래곤은 정중하게 허리를 굽히고 나서 방을 나갔다. 타라는 한숨을 내쉬면서 눈을 비볐다. 하지만 이런다고 둘의 싸움이 끝나는 건 아닐 텐데.

칼은 입을 꾹 다물고 있다가 화제를 돌리기 위해 말했다.

"워워워! 아까 하던 얘기로 돌아가자. 추방되었는데도 악마의 반지를 파괴하러 정말 황궁으로 돌아갈 생각이야? 그건……."

이번만은 칼도 뭐라고 할 말이 없었다.

"좋은 생각이 아냐." 알리아나 레안드린이 냉담한 어조로 말했다. (아들과 마찬가지로 면허 받은 도둑인 알리아나는 작전의 허점을 대번에 알아봤다.) "너는 추방되었어, 타라. 친위대는 너를 황궁에 들여놓지 말라는 명령을 받고 있지. 불과 일주일 전 황궁에서 아더월드의 모든 크리스털비전 방송을 통해 발표했어."

"악마의 반지가 압박을 강화하고 있군요." 마지스터가 말했다. "우리에게 조금의 기회조차 주지 않겠다는 겁니다."

"하지만 해결 방법이 전혀 없는 건 아니지." 이사벨라가 끼어들었다. 애지중지하는 딸의 죽음을 막지 못한 자책 때문일까, 폭삭 늙어버린 것 같았다. 기분이 나쁠 때 늘 그렇듯 이사벨라는 공격적이었다.

"마지스터를 붙잡아서 오무아로 데려가면 돼. 어쨌거나 마지스터는 아무짝에도 소용없고, 아더월드에서 가장 이름난 공공의 적 1위니까 타라는 영웅으로 환영받겠지."

셀렌바가 손가락 꺾는 소리를 내면서 음흉한 미소를 흘렸다.

"마지스터를 잡아가신다? 오, 예! 어디 그래 보시지, 덩컨 부인. 재미있을 것 같은데 한번 붙어보게."

마지스터가 벌떡 일어나서 고함쳤다.

"아하! 시끄럽고! 모두 내 말을 들어요! 당신들은 내가 필요해요. 악마의 반지와 싸울 수 있는 사람은 나밖에 없으니까. 타라의 힘으로 충분하지 않을 거요. 반지는 타라에게 자신의 존재를 잊게 하면서 타라의 의식을 지배하는 데 성공했기 때문에 현재로서는 가장 강하니까."

"당신은 물리칠 수 있고?" 이사벨라가 물었다.

"나요? 지금 이 상태로는 안 되죠."

그렇게 대답하면서 마지스터가 마법복을 펼치고 윤곽이 확실하게 드러나는 근육질의 상체를 보여주는데 한 줄기의 피가 끊이지 않고 흘러내렸다.

"반지가 나를 장악하지 못하게 지금은 내 몸과 악마의 셔츠를 결합시키는 마법의 끈을 잘라버린 상태지만 맞설 기회가 있으면 나는 반지를 파괴할 수 있어요. 그런 의미에서 부인의 말은 맞아요. 타라 덩컨과 내가 손을 잡고 악마의 반지를 물리쳐야 합니다."

"내가 당신을 도와요?" 타라는 깜짝 놀랐다.

"너는 황궁으로 몰래 들어갈 수 없어, 타라 덩컨." 마지스터가 대꾸했다. "네 몸에는 반지가 지닌 악마의 마법이 스며들어 있어. 따라서 네가 발을 들여놓는 순간 반지가 알아차릴 거다."

"슬루르크!" 타라는 이제 거리낌 없이 아더월드의 욕설을 내뱉었다. "그 생각을 못 했네. 반지가 정말로 나를 알아차릴 거라고 생각해요?"

"장담할 수는 없지만 그럴 가능성이 높아. 내 경우가 그랬으니까. 나도 몰래 황궁에 들어가려고 했지만 실패했거든."

"아! 하지만 난 도둑이잖아요." 칼이 눈살을 찌푸리면서 끼어들었다.

"그래서?"

"도둑이 하는 일이 뭐죠?"

"착한 사람들의 집을 털어서 망하게 만들지." 늑대인간 중 한 명이 중얼거렸는데 양심이 없는 도둑에게 당한 모양이었다.

칼은 공격적인 눈길을 던졌다.

"그건 좀도둑이고요. 우리는 정부를 위해서 일하는 면허 받은 도둑이에요. 기밀 정보나 묘약, 무기 같은 중요한 것들을 빼내죠. 물론 일반 가정집이 아니라 경비가 삼엄한 궁전에서 말이죠. 한낱 반지잖아요? 반지 정도는 쥐도 새도 모르게 가로챌 수 있을 텐데요?"

반지를 훔칠 거란 생각에 칼의 눈빛이 반짝였다.

"오무아의 여제에게서 반지를 훔치겠다고?" 파브리스가 미덥지 않다는 듯 물었다. "상그라브가 너를 가만 내버려두겠어? 내가 보기에는 잘될 것 같지 않은데."

마지스터가 신경질적인 손짓으로 그들의 대화를 끊어버렸다.

"누구도 반지를 훔치지 못해. 원치 않는 자가 건드릴 경우 반지가 누구든 지렁이로 둔갑시킬 수 있으니까."

칼이 우거지상을 지었다.

"반지를 건드리지 않고 훔칠 수 있어요. 나는 바보가 아니라고요."

"핀셋을 사용해도 통하지 않아."

마지스터는 칼의 반박을 무시하고 상황을 짤막하게 간추렸다.

"나를 도와주기 위해 침투해 있는 상그라브들이 없으면 나도 황궁에 들어가지 못해. 그러니까 타라 너의 할머니가 말한 대로 하자."

셀렌바와 이사벨라가 동시에 소스라쳤다.

"네?" 뱀파이어가 믿기지 않는 얼굴로 외쳤다.

"정말이오?" 마지스터가 자신의 생각을 따르겠다는 말에 깜짝 놀란 이사벨라기 소리쳤다.

"네." 마지스터가 대답했는데 그 목소리에서 비웃음이 느껴졌다. "타라, 너에게 패배해서 붙잡힌 철천지원수로서 너와 함께 가겠다. 그러면 리스베스는 더 이상 막지 못하고 황궁으로 우리를 들여놓을 거야. 반지도 반대하지 않을 것이고. 이사벨라 부인의 작전과 다른 점이 있다면 나는 죄수가 아니니까 내 손에 채운, 히믈리아의 철로 만든 수갑을 네가 남몰래 풀어주는 거야. 그리고 너와 내가 반지를 파괴하는 거지. 반지의 힘에서 벗어나면 리스베스는 아마 더 이상 우리의 적이 아닐 거다. 너를 해치지 않을 테니까 그 양피지를 찾아서 이곳으로 돌아와 네 어머니를 치료하자. 그다음, 그다음은 그때 가서 보면 알 테고."

마지스터가 방금 제안한 것에 대해 사람들이 논의하는 동안 타라는 곰곰이 생각한 끝에 마침내 말했다.

"첫 부분은 동의해요. 하지만 두 번째 부분, 당신을 도와 어머니를 소생시키는 일은 하지 않겠어요. 죽었으면 죽은 사람으로 지내야 해요. 아니면 세상이 너무 혼란스러워져요. 아무튼 나는 그걸 깨달았어요. 어머니에 대한 내 사랑 때문에 이기적이 될 권리는 나한테 없어요."

마지스터의 마스크가 타라 쪽으로 방향을 돌렸다.

"하지만 나는 이기적이야." 마지스터는 부드럽다 못해 징그러울 정도로 다정하게 말했다. "사람들은 나를 이기적이고, 위험하고, 반미치광이라고 하지. 난 남의 충고를 듣지도 않아. 내 가슴과 머리는 네 어머니 없이는 살 수 없다고 말하지. 이미 너무 비싼 대가를 치른 너를 위해서 결정은 내가 내리겠다. 네가 어머니를 품에 안았을 때 나에게 고맙다는 인사 따위는 요구하지 않겠다고 약속하마."

타라의 정곡을 찌르는 말이었다. 마지스터의 제안은 유혹적이었다. 책임지지 않아도 되는 것은 얼마나 솔깃한 제안인가. 타라는 입술을 깨물면서 대답하지 않았다. 아니 대답할 수 없었다.

무아노와 파브리스가 다가왔다.

"우리도 같이 갈게." 무아노가 부드러운 목소리로 말했다. "너에게 야수의 힘과 무적의 늑대가 필요할 거야."

파브리스는 미소를 지었다.

"나도 갈 거야." 칼이 덧붙였다. "'빌우모죽'이거든."

"뭐라고?" 파브리스가 물었다.

"빌우모죽, '빌어먹을, 우리 모두 죽는구나'의 약자. 타라와 매직갱, 우리 6총사가 연루된 대부분의 사건에 내가 붙이는 이름이야."

칼이 잿빛 눈을 동그랗게 뜨면서 천사 같은 표정을 지었다. 미소만 보면 성자로 착각할 정도로 순수했다. 파프니르도 빙긋이 웃었다.

"나도 물론 갈 거야. 그리고 칼이 말한 '빌우모죽', 그거 내 마음에 쏙 든다. 그래서 나는 이렇게 이름 붙이려고. '아싸놈싹쓸'. '아싸, 놈들을 싹쓸이하자!' 어때? 이왕이면 이게 더 통쾌하잖아."

웃을 때가 아니지만, 어쩔 수 없이 타라와 파브리스, 무아노는 킥킥거렸다.

그 순간, 야단법석이는 소리가 울려서 그들은 동시에 소스라쳤다.

갑자기 누군지 알아볼 수 없을 정도로 격렬하게 싸우는 두 형체가 방에 들이닥쳤다. 타라와 사람들은 무슨 일인지 금방 알아차리지 못했다.

하프엘프 로빈은 완전히 실성한 것 같았다.

"가만두지 않겠어! 가만두지 않겠어!" 로빈이 실버에게 주먹을 날리면서 고래고래 소리를 질러댔다.

"로빈! 실버!" 타라가 소리쳤다. "둘 다 정신 차려! 정말 그렇게 죽일 듯이 싸울 거야?"

"로빈!" 하프엘프의 어머니 메보라가 외쳤다.

"가만두지 않겠어!" 로빈은 계속 씩씩거렸다.

싸움을 멈추게 하려면 1미터 앞에다 폭탄이라도 터뜨려야 할 정도로 길길이 뛰는 로빈의 귀에는 아무 소리도 들리지 않았다.

주먹질을 요리조리 피하느라고 몸을 비틀던 실버의 몸이 점점 부풀어 오르면서 드래곤의 형태를 띠기 시작했다. 무지갯빛 비늘과 가슴 부위에 검은색 별 무늬가 선명하게 드러났다.

로빈은 성난 드래곤에게 올라탄 상태로 천장에 거의 닿을 듯 높이 올라가 있었다.

하프엘프는 몹시 흥분해 있지만 어리석지 않았다. 드래곤에게서 뛰어내리며 릴란드릴의 활을 불러냈고, 활이 유형화되자 실버의 한쪽 눈을 겨누었다.

드래곤으로 변신하느라고 아직 그로기 상태인 실버는 하마터면 애꾸눈이 될 뻔했다. 아니, 어쩌면 목숨까지 잃을 뻔했다. 싸움을 멈출 기미가 보이지 않자 파프니르가 나섰다. 난쟁이가 팔꿈치로 무릎을 가격하자 로빈이 비명을 지르면서 뒷걸음쳤다.

"오, 젤리소르의 썩은 송곳니여! 파프니르, 너까지 왜 이러는데?" 로빈이 난쟁이를 노려보면서 소리쳤다.

"실버를 왜 그렇게 때려?" 성난 파프니르가 응수했다. "너, 돌았어?"

"갑자기 기습해서 때려눕히더니 나를 꽁꽁 묶었다고! 배신자!" 로빈이 분을 삭이지 못하고 내뱉었다. "그러고는 도망쳐버렸어, 비겁하게!"

드래곤은 눈을 깜박였다.

"나는 비겁하지 않아." 실버가 연기 같은 분노의 입김을 뿜어내면서 대꾸했다. "타라를 보호하러 가고 싶었는데 네가 못 가게 했잖아, 하프엘프. 아무런 도움이 되지는 않았지만 내 행동을 후회하지 않아. 그리고 방금 너를 풀어줬잖아!"

"어휴, 머리 아파!" 머리가 복잡해진 파프니르가 말했다. "그렇다고 활을 쏘겠다고? 그건 이유가 되지 않아!"

"돼! 이유가 되고도 남아!" 로빈은 물러서지 않았다. "이 엉큼한 파충류에게 본때를 보여주겠어. 나를 공격한 것에 대한 응분의 대가를 치러야 하니까!"

실버는 하늘을 쳐다보는 시늉으로 머리를 쳐들었다. 천장과의 거리가 10센티미터밖에 되지 않았다.

로빈이 격분하거나 말거나 아랑곳없이 실버는 마지스터를 향해 돌아섰는데 마스크가 오렌지빛으로 변해 있었다. 아, 상그라브가 깜짝 놀랐다는 건데 왜 그러지?

"정말 많이 닮았어." 마지스터가 드래곤을 올려다보면서 중얼거렸다. "네 어머니도 비늘이 환상적인 무지갯빛이었는데."

감동한 마지스터가 비늘을 향해 손을 내밀고 드래곤의 피부를 만졌다.

"네가 드래곤이라는 것에 개의치 않아!" 로빈이 위협적인 어조로 말하면서 활을 들었다. "엘프들은 비대한 파충류 따위에 겁먹지 않으니까!"

"로빈!" 파프니르가 앙칼지게 외쳤다. "난쟁이들은 날마다 치고받고 싸워. 그렇다고 원한을 품는 이유가 되지는 않아! 그리고 실버는 아무나가 아니라 불굴의 전사란 말이야!"

머리끝까지 화가 난 난쟁이의 얼굴이 뻘게졌다. 실버는 난쟁이 전사 파프니르에게 난생처음으로 마음에 드는 이성이었다. 아주, 아주 귀엽고, 잘생긴 미남, 물론 키는 좀 크지만.

"인간으로 돌아와, 불굴의 전사." 파프니르가 말했다. "로빈은 너에게 아무 짓도 하지 않을 거야."

로빈이 알아들을 수 없는 말을 중얼거리는 사이에 드래곤의 몸이 줄어들기 시작했다. 드래곤으로 변신하면서 옷이 갈가리 찢어졌기 때문에 이사벨라가 재빨리 실버에게 바지를 입히는 주문을 읊지 않았다면 발가벗고 있을 뻔했다. 파프니르는 실버의 떡 벌어진 어깨와 초콜릿 복근을 보면서 침을 흘리지 않으려고 입술을 꼭 다물어야 했다. 그리고 정신을 바짝 차렸다. 이런 게 사랑이라면 사랑은 정말 골치 아픈 거야!

"이제부터는 아무도 들이지 마!" 방에 누가 들어올 때마다 놀라는 것이 지겨워진 이사벨라가 저택에 명했다. "잘 생각해봅시다. 틸 대통령, 테올크 수석 족장, 우리가 당신들의 늑대인간들을 믿어도 되겠소? 늑대인간들이 비밀을 지킬 수 있느냐 말이오? 우리가 선택하는 작전은 절대로 알려지면 안 되는 극비 사항인데 비밀이 조금만 누설되어도 내 손녀딸이 죽게 됩니다!"

로빈이 소스라쳤다.

"네, 그게 무슨 말이에요?"

파브리스가 로빈에게 몸을 숙이고 상황을 말해주는 사이에 이사벨라의 말에 충격을 받은 늑대들이 머리를 숙였다. 이사벨라가 감히 하클라에 대한 그들의 충성심을 의심하다니 참을 수 없는 일이었다. 하지만 이사벨라는 늑대들을 쏘아보면서 제압했다.

"내가 보증하는데 우리는 배신할 이유가 전혀 없습니다." 틸이 대답했다. "우리를 믿으세요."

이사벨라는 어깨를 으쓱했다. 그녀가 보기에 늑대인간들이 대통령을 배신할 이유는 50만 개도 넘을 것 같았다.

특히 대통령 자리를 빼앗기 위해서라면.

정치적 수완이 뛰어난 이사벨라는 예전에 금지된 대륙으로 불리던 타투말렌쉬바르의 상황에 대해 타라와 많은 얘기를 나눴었다. 틸과 테올크의 관계에 대해서도 완전히 파악하고 있었다. 테올크는 별 반응을 보이지 않았다. 자기 자신에 대한 약속도, 자신의 부족에 대한 약속도 하지 않았다. 이사벨라는 테올크를 주시했다.

마지스터가 일어나더니 과장된 몸짓으로 두 팔을 벌렸다.

"덩컨 부인, 여기는 듣는 귀가 너무 많아요. 부모들, 친구들, 늑대인간들. 이렇게 많으면 쓸데없이 상황을 복잡하게 만들 뿐이죠. 이 많은 사람들 앞에서 우리의 작전에 대해 의논할 수는 없으니 공간이동의 문을 통해 아더월드로 돌아가자. *트란스미투스!*"

그들이 반응하기 전에 트란스미투스 주문이 작동했다. 깜짝 놀라는 이사벨라와 부모들, 늑대들의 눈길을 받으면서 마지스터와 셀렌바, 타라, 파프니르, 실버, 로빈, 파브리스, 무아노, 칼은 패밀리어들과 함께 사라졌다.

사라지기 전 매직 6총사가 마지막으로 들은 것은 이사벨라와 자르가 동시에 내지르는 분노의 고함소리였다.

이사벨라는 갑작스러운 출발을 예상하지 못했고, 자르는 또다시 따돌림을 받았기 때문이다.

마지스터와 타라 일행은 브주아 지롱 성 앞에서 유형화되었다. 더 정확하게 말하면 장총으로 무장한 브주아 지롱 백작 앞이었다.

백작은 즉시 마지스터의 배를 겨누었다. 릴란드릴의 활이 옆구리를 찌르고 있기 때문에 마지스터는 가만히 있었다.

마지스터는 손짓으로 셀렌바가 용감한 노인을 건드리지 못하게 했다.

백작의 짙은 눈썹이 찌푸려지고, 대머리에 주름살이 졌다. 백작은 상그라브들의 보스를 거만한 얼굴로 노려봤다.

"내 아들을 타락하게 만든 비열한 작자!"

백작의 모욕적인 언사에 타라는 딸꾹질이 나왔다. 백작의 목숨이 위태로울 수도 있었다. 마지스터를 모욕할 경우 장총 정도의 방어로는 잔혹한 셀렌바의 공격을 막아내기 힘들 텐데.

"아빠!" 파브리스가 달려가서 마지스터의 배를 겨냥한 장총을 옆으로 밀었다. "우리 편이에요. 지금은 우리에게 필요한 사람이에요. 우리는 아더월드로 돌아가야 해요. 지금 당장이요. (파브리스는 로빈을 돌아봤다.) 로빈, 너도 활을 내려. 네가 실버와 싸우는 동안 마지스터와 타라는 아더월드로 가서 반지와 맞서 싸우기로 결정했어. 트란스미투스를 사용한 것은 빨리 가야 하기 때문이야. 그리고 타라의 어머니가 돌아가셨어."

충격을 받은 하프엘프가 활을 내렸다.

"어쩌다가?"

"용병들이 반지의 공격을 받고 악마에 들렸다." 마지스터가 눈썹 하나 까딱하지 않고 대답했다. "악마의 지배를 받는 용병들이 저택을 공격했는데 그 과정에서 셀레나의 심장이 칼에 찔렸다. 레파루스 주문과 지구의 의료 기기 덕분에 셀레나의 시신을 온전히 보존하는 데 성공했지만, 셀레나의 영혼을 비욘드월드에서 돌아오게 할 양피지를 손에 넣으려면 반지를 물리쳐야 해."

로빈은 유령 때문에 큰 고통을 겪었고, 유령에 들린 후유증으로 아직도 몸이 약한 상태였다. 팔다리 상처가 어찌나 깊은지 1년이 되어가는 데도 완전히 회복되지 않았다.

로빈이 창백한 얼굴로 활을 내렸다.

"타라? 마지스터의 제안대로 할 거야? 아니지?"

로빈의 성난 어조에 타라는 기분이 상했다. 자기 어머니였다면 로빈은 어떻게 했을까?

"당연하지." 타라는 쌀쌀맞게 대답했다. "난 이미 마지스터에게 생각할 수도 없는 일이라고 말했어. 이제는 아더월드와 비욘드월드, 두 세계 사이의 소용돌이 통로를 열지 않을 거야. 나는 반지를 파괴해서 리스베스 여제를 구하기 위해 오무아로 가는 것뿐이야. 이제 떠나자. 너 때문에 시간을 허비하고 있어. 정신 나간 것처럼 실버와 싸우지 않았다면 너도 알고 있었을 일이야!"

하프엘프는 파랗게 질렸다. 타라는 모른 체했다. 타라를 위해서라면 죽음을 무릅쓰고 싸웠던 로빈은 유혹 주문 얘기를 듣고 나서 거부하다가 다시 타라에게 돌아가려고 애쓰는 중이었다. 하지만 타라는 이제 더는 로빈이 어떻게 나오든 신경 쓰고 싶지 않았다. 도저히 용서가 안 된다면 어쩔 수 없는 일 아닌가.

셀렌바가 킥킥, 웃음을 참는 듯한 소리를 냈지만, 타라는 뱀파이어에게 눈길조차 주지 않았다.

할머니가 곧 나타날 텐데 너무 정치적인 사람이 연루되는 것은 문제가 복잡해질 위험이 있었다. 그 점에서 타라는 마지스터와 의견이 일치했다.

"따라오시오." 백작이 장총을 내리고 안전장치를 다시 채웠다. "그렇게 급하면 미리 설명했어야지. 타라?"

"네?"

"네 어머니 일은 정말 뭐라고 애도를 표해야 할지 모르겠구나. 사랑스러운 부인이었는데……."

"네, 고맙습니다."

브주아 지롱 백작은 아들 파브리스를 끌어안은 다음에 모두를 데리고 공간이동의 문이 있는 탑으로 들어갔다.

다섯 장으로 이뤄진 태피스트리들이 윙윙거렸다. 지구와 아더월드, 두 세계를 연결하는 통로가 되어주는 마법의 태피스트리들이었다. 타라는 공간이동의 문을 이용할 때마다 태피스트리들 속에 감춰진 마력에 놀랐다. 백작이 태피스트리 중 하나의 한복판에 왕홀을 갖다 대자 번쩍번쩍 빛나기 시작했다. 모두 한가운데에 섰다.

"먼저 내 요새로 가자." 마지스터가 말했다. "아무도 우리를 찾지 못하도록 요새를 옮겼지. 그다음에 오무아의 황궁으로 가자. 나를 결박해서 끌고 가는 것처럼 데려가는 거야. 내가 반지와 싸우기 시작하면 너희는 친위대를 무력화시켜야 한다. 그게 너희를 데려가는 이유니까. 너희 모두 필요해."

"요새를 재건했어요?" 무아노가 깜짝 놀라서 물었다.

"그래. 아더월드의 내 잿빛 요새!" 마지스터가 이동할 장소에 정신을 집중하면서 외쳤다.

태피스트리가 번쩍거리면서 현란한 광선들이 승객들을 건드렸고, 왕홀이 빛나다가 사라졌다.

그런데 승객 전원이 사라진 게 아니었다.

갈랑과 타라만 남아 있었다.

어리둥절한 타라는 책상 뒤에 숨어 있던 백작과 눈길을 주고받았다.

"어떻게 된 거지? 둘만 남았네!" 백작이 일어나면서 외쳤다.

"그러네요." 타라도 깜짝 놀랐다.

태피스트리가 다시 번쩍거리기 시작할 때 타라는 펄쩍 물러섰다. 친구들과 마지스터, 셀렌바가 다시 나타났다.

"어떻게 된 거야?" 로빈이 얼이 빠진 얼굴로 타라에게 다가왔지만 몸에 손을 대지 않으려고 조심하면서 물었다. "어디 있었어?"

"왜 따라오지 않았어?" 실버도 놀란 얼굴로 물었다.

하지만 실버는 타라에게 다가와서 다정하게 팔을 잡았다.

"나도 모르겠어." 로빈의 태도에 기분이 상한 타라가 대답했다. "마지스터가 목적지를 외쳤을 때 나도 너희와 같이 떠나야 했는데 이해가 안 돼!"

칼이 호주머니에서 꺼낸 이상한 기구로 태피스트리를 살폈다.

"아, 그거였구나! 알았어!"

"뭘 알았다는 거야?" 로빈이 물었다.

"황궁에서 안티 타라 주문을 걸어놓은 거야." 칼이 대답했다. "타라의 DNA를 지니고 있는 사람은 아더월드로 돌아오지 못하게 하는 주문."

"뭐라고?"

마지스터와 타라는 동시에 외쳤다. 타라는 상그라브를 흘겨봤다. 마지스터가 왜 '뭐라고'라는 말을 사용하지? 마법 능력이 있다는 걸 알면서부터 타라가 입에 달고 사는 말인데.

"네 고모가 우리, 아니 너를 아더월드로 돌아오지 못하게 하려고 공간이동의 문을 봉쇄한 거지. 너는 이제 돌아갈 수 없어."

"영악한 반지의 짓이에요, 나리." 셀렌바가 끼어들었다. "공간이동의 문에 폭발물을 설치해놓지 않은 게 더 놀랍네요. 타라의 DNA를 가진 사람이 통과할 때 폭발하게 만들면 간단한데. 아니면 공간이동의 문이 동시에 여러 곳으로 보내버리게 만들든가. 그러면 타라가 여러 토막으로 나뉘어 여기저기 도착할 텐데. 훨씬 간단하게 어린 계집애를 영원히 없애버리는 건데, 안 그래요?"

타라는 소름이 끼쳤다. 그런 끔찍한 생각을 하다니 역시 기대를 저버리지 않는 뱀파이어였다.

마지스터는 고개를 흔들었다.

"공간이동의 문에 주문을 걸어놓을 때는 반지가 리스베스를 완전히 장악하지 못한 상태였을 텐데. 순순히 말을 들을 리스베스가 아닌데 이상하군. 그렇다면 오무아 제국이 표면적으로는 권력자들이 지배하고 있지만, 반지의 통제를 받고 있다는 거잖아."

잠시 곰곰이 생각하던 마지스터가 분통을 터뜨렸다.

"반지가 우리를 꼼짝 못하게 할 계획인 모양인데…… 어디 누가 이기나 보자!"

갑자기 마지스터가 두 팔을 벌리더니 망토를 바닥에 내팽개쳤다. 전사의 단단한 상체, 마스크 밖으로 빠져나온 목덜미의 금발, 딱 붙는 스팔렌디탈 가죽 바지가 드러났다. 가슴에서 피가 줄줄 흘러내리고 있는데도 인상적인 모습이었다. 무아노는 셀렌바의 조롱 섞인 눈빛을 보면서 딸꾹질을 참았다.

"눈길 주지 마, 어린 계집!" 셀렌바는 입속말처럼 중얼거리지만 무아노가 들을 수 있게 말했다. "내 거니까!"

무아노는 야수의 모습이라서 얼굴이 빨개지지 않았다. 아니 빨개질 수 있시만 눈에 보이지 않았다.

파브리스는 적의에 찬 눈초리로 쳐다봤지만, 마지스터는 지구소년을 본 척도 하지 않았다.

홀린 듯이 쳐다보는 모두의 시선을 받으면서 마지스터의 근육이 뒤틀리기 시작하더니 뭐라고 형언할 수 없는 시커먼 물결 같은 것이

상체를 휘감았다. 눈 깜짝할 사이에 끈적거리는 베일 같은 것이 피부에서 나왔다가 이내 사라졌다. 악마의 셔츠였다.

가슴에서 흘러내리던 피도 흔적도 없이 사라졌다. 마치 피부가 모조리 빨아들인 것처럼.

타라는 알아차렸다. 마지스터가 악마의 셔츠를 불러내서 마법의 끈을 다시 연결시킨 것이다.

"반지가 다시 장악하려고 달려들면 어쩌려고 그래요? 그게 걱정돼서 셔츠와 결합되는 마법의 끈을 잘라버린 거 아니었어요?"

마지스터가 비틀거리면서 두 손으로 머리를 부여잡았다.

"어휴! 얼마나 고통스러운지. 이렇게 통증이 심할 줄 몰랐어."

마지스터의 가슴에서 흐르는 피가 멈췄다. 그리고 낯익은 빨간색 원이 나타났다.

셀렌바가 망토로 가슴을 덮어주었다.

"아니." 마지스터가 마침내 타라의 질문에 대답했다. "반지는 나를 장악하지 못해. 반지가 따라오지 못할 곳으로 갈 거니까."

"그래요? 어디인데요?" 칼은 금방 후회할 질문을 했다.

"악마의 림보로."

여행

낯선 곳에서 가이드도 없이 길을 잃고 헤맬 때
주민들이 활짝 반기면서 목에 냅킨을 두른 채
"와, 이게 웬 떡이야?" 하고 소리치면 어떻게 해야 하나

*

 칼은 입을 멍하니 벌리고 있다가 침을 삼켰다. 정말이지 웬만해선 겁날 게 없는 도둑이지만, 으윽 악마들의 세상 림보만은…….
 타라는 의외로 침착했다. 아, 림보! 어련하겠어. 마지스터가 대부분의 시간을 들락거리며 지내는 곳인데. 드래곤들과의 협약에 따라 악마들은 출입이 봉쇄되어 있지만, 인간은 림보를 드나들 수 있었다. 그리고 금지법을 교묘히 빠져나가서 지구나 아더월드로 몇몇 악마를 불러내는 영악한 무리[21]

・・・・・・・・・・・・・・・

21. 잘 모르는 이들은 마법사들이 악마를 불러내서 오각형 별무늬 안에 가두고 '나는 금/여자/남자/아름다움/젊음/지성/매력/코끼리를 원해'(코끼리를 원하는 경우는 아주 드물지만) 하고 외치며 소원을 성취할 거라고 생각한다. 하지만 멋모르고 섣불리 그런 소원을 빌었다가는 악마에게 잡아먹히는 경우가 많다. 이 경우 마법사가 죽으면서 주문이 끊어지는 바람에 부상을 입은 악마는 붕대로 친친 감은 신세로 림보로 돌아가는 일이 발생한다.
추신: 오각형 별무늬 이야기는 악마들 스스로 꾸며낸 것이다.

도 있었다.

타라는 빙긋이 미소를 지었다. 완벽했다. 원하던 대로 상황이 돌아가고 있었다. 어쩌면 어머니와 얘기할 수 있게 해줄 유일한 존재를 만나고 싶은 무의식적 욕망이 작용하는 걸까? 타라는 림보로 가는 것에 거부 반응이 일어나지 않았다.

어머니를 불러낼 수 있는 재판관은 림보에 가야 만날 수 있었다. 악마들이 만든 경이로운 조각상인 재판관은 죽은 마법사들의 영혼을 불러내는 능력을 지니고 있었다. 재판관은 예전에 칼을 곤경에 빠뜨린 브란디스와 타라의 아버지 단비우를 불러준 적이 있었다. 타라는 재판관이 어머니도 기꺼이 불러줄 것이라고 믿었다. 말이 통해서 타협이 가능한 조각상이 아니었던가.

"가자. 지금 움직이지 않으면 금방 할머니와 부모님들, 모두 들이닥칠 거야."

눈에 흰자위가 드러날 정도로 공포에 질린 파브리스가 외쳤다.

"타라, 너 미쳤어? 지난번에 거기서 죽을 뻔했잖아. 게다가 셈 선생님이 마왕을 깔아뭉갰던 거 기억 안 나? 우리를 보면 악마들이 잡아먹으려고 생난리를 칠 거야!"

"나랑 같이 있으면 악마들이 너희를 해치지 않을 거야." 마지스터가 개입했다.

"왜요?" 무아노가 물었다.

"뭐라고?"

"악마들은 왜 당신을 해치지 않을까요? 왜 당신이 악마의 마법을 사용하게 내버려두고 있을까요? 왜 당신에게서 악마의 셔츠를 빼앗지 않을까요? 이용당하고 있다는 느낌 안 드세요?"

마지스터는 비웃음을 흘렸다.

"악마들은 아주 원초적이지. 악마들은 아주 최소한의 충동으로 만족하고, 문명도 발전하지 않았어."

"하지만 우주선을 이용할 정도면 기술력은 우리보다 훨씬 앞서 있는 것 같은데요." 무아노는 차분하게 대응했다.

"도둑놈들이야. 훔쳐온 것들을 이용하는 거니까." 마지스터가 반박했다.

"당신은 그들의 들러리니까 위험하지 않지만, 우리의 경우는 다르죠. 무엇보다 타라는 악마들을 림보에 가둬버린 사람의 후손이잖아요. 따라서 거기 가면 타라는 무사하지 못할 거예요."

"셈 선생도 너희를 림보로 데려갔던 것으로 아는데."

"그때는 죽느냐 사느냐, 누군가의 목숨이 걸린 문제였으니까요!" 무아노가 응수했다.

마지스터는 '거봐! 반박의 여지가 없지?' 하는 얼굴로 두 팔을 벌렸다.

무아노는 한숨을 내쉬었다. 또 마지스터의 함정에 걸려든 것이다. 그래, 지금도 죽느냐 사느냐의 문제잖아. 마지스터 승!

타라가 무아노를 바라보았다. 전투 때문에 마법을 많이 사용해서 피곤한 타라는 쪽빛 눈을 비볐다. 좀 전에 깨끗하게 하는 주문을 읊었는데도 얼굴에 시커먼 것이 묻어 있고, 눈 밑에는 다크서클이 내려앉았다.

"네 말이 맞아, 무아노. 나는 너희에게 같이 림보로 가자고 할 수 없어. 그러니까 너희는 공간이동의 문을 통해서 아더월드로 돌아가."

타라 덩컨

실버가 타라에게 몸을 숙이고 금빛 눈으로 쪽빛 눈을 뚫어져라 쳐다봤다.

"안 돼, 타라. 너는 보호받아야 해. 내가 같이 가겠어. 아버지와 함께. 나는 림보가 두렵지 않아."

마지스터는 한숨만 내쉴 뿐 아무런 말이 없었다. 로빈은 뭔가에 찔린 것처럼 소스라쳤다.

하프엘프는 하프드래곤 옆으로 가서 타라의 얼굴을 쳐다보지 않은 채 말했다.

"나도 갈게. 하프드래곤의 말이 맞아. 너는 보호받아야 해. 마지스터는 반지와 싸울 수 있을 거야. 네가 없으면 우리는 아무 문제없이 궁전으로 돌아갈 수야 있겠지. 하지만 여제를 접견하지는 못할 거야. 따라서 우리는 함께 있어야 해."

타라는 이를 악물었다.

그런데 놀랍게도 이제는 슬프지 않았다. 오히려 로빈을 때려주고 싶은 충동이 일었다. 마법이 나쁜 영향을 준 것이다.

"우리도 갈 거야." 칼이 무아노와 파브리스를 대신해서 말했다. "네가 말했던 구호 있잖아?『삼총사』의 구호라고 했던가? 나를 위한 모두, 모두를 위한 나!"

"하나를 위한 모두, 모두를 위한 하나!" 타라가 고마워하는 얼굴로 대답했다. "그래, 우리는 여러 번 함께했어. 우리 중 한 사람을 구하기 위해 죽음을 무릅쓰고 달려간 게 한두 번이 아니잖아. 고마워. 너희를 믿을 수 있다는 거 알아. 그래도 림보에 체류하는 시간이 얼마 안 되면 좋을 텐데. 그렇겠죠, 마지스터?"

림보에 도착하는 즉시 타라는 트란스미투스 주문을 사용하여 궁전 안의 재판관을 찾아 어머니와 말할 수 있는 기회를 달라고 청할 생각이었다. 그다음 필요하다면 악마 몇 명을 때려눕히고 빠르게 돌아올 생각이었다. 10여 분 정도 걸릴 것으로 예상했다.

"림보에서는 우리의 마법이 불안정할 거다." 마지스터가 말했다. "그래도 짧으면 몇 초, 길면 30분쯤 걸리겠지. 그러고는 곧바로 내 요새에서 유형화될 거다. 준비됐니?"

"아뇨." 칼이 깜짝 놀라면서 대답했다. "하지만…… 그래도 가요."

마지스터가 피가 들어 있는 유리병을 꺼내더니 그 피로 허공에 원을 그렸다. 피로 그린 빨간 선이 허공에 정지되어 있었다. 주문을 읊는 마지스터의 언어를 들으면서 매직 6총사는 등골이 오싹해졌다. 악마의 언어였다. 거친 피리 소리 같다고 할까. 소름 끼치는 억양이었다.

피로 그린 원의 중앙에서 불꽃이 피어났다. 패밀리어들이 싫은 기색을 했다. 블롱딘이 캥캥거리고, 쉬바가 으르렁거리고, 갈랑은 발톱이 타라의 어깨를 파고들 정도로 달라붙었다.

'그래, 알아.' 타라가 정신적으로 페가수스에게 말했다. '나도 너 못지않게 싫어. 하지만 지금은 다른 방법이 없어. 용기를 내자, 알았지?'

마지스터가 먼저 원 안으로 들어가서 이동 준비를 했다. 눈 깜짝할 사이에 그들은 주문에 걸려 있었다. 셀렌바는 주저 없이 원 안으로 들어갔다. 무아노와 쉬바가 그 뒤를 이었고, 파브리스는 공포에 질린 얼굴로 따라갔다.

칼과 블롱딘도 들어갔다.

이어서 정지. 로빈은 타라와 함께 들어가기 위해 실버에게 먼저 가라는 손짓을 했다. 물론 실버도 로빈에게 먼저 들어가라는 손짓을 했다.

로빈이 거절하면서 실버에게 먼저 가라는 손짓을 했다.

실버가 거절하면서 로빈에게 먼저 가라는 손짓을 했다.

기가 막힌 타라가 하늘을 쳐다보면서 갑자기 원 안으로 뛰어들지 않았다면 승강이는 한참 계속되었을 것이다.

타라는 모든 것이 지긋지긋했다. 마법에 휘둘려서 돌이킬 수 없기 전에 정말 다 집어치우고 싶은 심정이었다.

평소에 공간이동의 문을 넘을 때는 무슨 일이 일어나는지 알아차릴 겨를이 없었다. 숨 한 번 크게 들이쉬고 나면 어느새 짠! 도착해 있었는데.

하지만 지금은 평범한 문이 아니었다. 문이라기보다 끝없이 펼쳐지는 긴 터널 같았다.

그 순간 눈앞으로 추억들이 스쳐 지나가기 시작했다.

아주 이상했다. 요람을 내려다보면서 미소 짓는 아버지와 어머니의 모습이 보였다. 은빛 칼날처럼 날카로운 하얀 머리털이 섞인 금발의 단비우, 행복해 보이는 아름다운 셀레나. 이어서 이사벨라의 패밀리어인 호랑이가 보였다. 할머니에게 귀를 잡힌 호랑이는 꼬리를 바닥에 늘어뜨린 채 재롱을 떨고 있었다. 아기의 몸을 감싸는 마법의 물결도 보였다. 셀레나는 활짝 웃는 귀여운 아기를 보면서 행복한 얼굴로 콧노래를 흥얼거리고, 그 옆에 금빛 눈의 패밀리어 셈보르가 앉아 있었다.

이어지는 이미지는 그림을 그리고 있는 단비우의 모습이었다. 아기가 물감이 묻은 붓을 입에 넣으려고 하자 웃으면서 빼앗는 아빠의 모습, 그림을 만지려는 아기를 답삭 들어 올리자 바동거리며 까르륵 까르륵 웃는 아기의 모습.

세월이 흐르면서 잊히기도 했고, 할머니의 민투스 주문 때문에 지워진 기억들을 하나둘 되찾으면서 타라는 자신과 마찬가지로 아버지도 마법을 좋아하지 않는다는 걸 알았다. 아버지는 마법을 사용하지 않았다. 어쩌다 필요할 때 나타나는 마법의 물결은 아주 강력하지만 아버지는 마법을 감추는 것 같았다.

단비우는 지구에서 살고 싶어했다. 셀레나는 원치 않았다. 남편이 왜 마법의 행성을 떠나려고 하는지 이해가 되지 않았다. 장모 이사벨라도 원치 않았다. 단비우는 여러 번 솔직하게 말했지만, 장모와는 말이 통하지 않았다.

"단비우, 당신 정말 지독하네요. 엄마는……."

"당신 어머니가 까다롭고, 무정하고, 소름이 끼칠 정도로 야심가인 거 나도 알아요."

단비우가 웃는데 파란 눈빛에 비웃음이 담겨 있었다.

아버지와 어머니의 대화는 지구에 대한 토론이 아니라 지구에 가서 살고 싶어하는 이유에 대한 것이었다. 셀레나는 남편이 마법을 할 수 없는 행성에 가서 살려고 하는 이유를 이해하지 못했고, 단비우는 셀레나가 원치 않는다는 걸 알고 더는 우기지 않았다. 그리고 몇 달이 흐르면서 랑코비트의 트라비아에 있는 아담한 집에서 셀레나와 단비우는 안정된 생활을 보냈다.

할머니의 호랑이에게 너무 가까이 갔다가 깃털 몇 개가 뽑히면서 깍 깍 울어대는 아버지의 독수리. 오, 패밀리어들도 그 주인들만큼이나 사이가 좋지 않았다. 아기 타라가 사랑과 기쁨으로 넘치는 걸 느꼈다.

뒤뚱거리면서 걸음마를 배우기 시작한 아기의 모습. 할머니가 이상한 표정을 지으면서 아기를 향해 몸을 숙이고 있었다. 오, 아더월드의 신들이시여, 이사벨라가 웃고 있었다! 그러니까 웃을 줄도 안단 말인가? 믿기지 않았다. 할머니는 아기를 어르고 있다가 셀레나가 방으로 들어오는 순간 180도로 돌변했다. "응석이 너무 심하구나. 이렇게 버릇없이 키우면 어쩌려고 그래? 그리고 이 많은 장난감 좀 봐. 너 장난감 가게를 털어왔니?" 하지만 이미 눈치를 챈 셀레나는 시치미를 떼는 어머니에게 미소를 보냈다.

아기는 쑥쑥 자라서 어느새 두 살이 되었다. 동화 속 이야기처럼 행복한 생활이 여기서 끝날 줄이야 누가 알았을까. 불쑥 나타난 마지스터가 잠든 아기 타라를 유괴하려는 순간 단비우가 달려들었다. 아기는 쿵쿵, 싸우는 소리를 듣고 있었다.

호랑이가 죽자 아기는 울었다. 아버지가 쓰러지자 아기는 자지러지게 울었다. 이때부터 아기 타라의 가슴속에 고통이 자리를 잡았다. 이사벨라는 단비우와 셀레나의 딸 타라가 지구에 가서 살 것이며, 마법을 피하고 최고 마구스가 되는 일이 없게 하겠다고 빈사 상태의 사위에게 맹세했다.

그리고 할머니와 타라는 떠났다. 하지만 그날부터 타라의 할머니는 웃지 않았고, 어쩌다 웃는다고 해봐야 미소에 불과했다. 또 몇 년이 흘렀다. 이사벨라는 늙지 않았지만, 타라는 자랐다. 지구에서 가장 친한 친구들, 파브리스와 베티와 함께 있는 자신의 모습이 보였다. 첫 번째, 두 번째 마법 경험, 이어서 타라의 기억에서 마법 경험을 지워버리는 헤아릴 수 없이 많은 민투스 주문. 마침내 등장한 마지스터, 마지스터에게 쫓기는 타라, 두려움, 아더월드 여행, 태어난 나라에 대한 발견, 패밀리어로 맞은 페가수스 갈랑, 억류된 어머니를 기적적으로 구출, 실루르의 옥좌 파괴, 브란디스의 죽음, 감옥에 갇힌 칼, 땅신령들, 트실, 림보 여행, 마왕과의 두 번째 만남, 마지스터의 음모, 도서관 폭발 사고, 카샤, 재상 일파봉, 살테렌스족의 노예들, 저주받은 왕홀, 좀비 장군, 지진, 공포에 질린 국민, 가짜 악마 군단.

기억이 빨라졌다. 타라는 배반하는 드래곤과의 싸움에 이어 금지된 대륙에서 붉은 여왕과의 싸움, 사랑에 빠진 셀레나와 타라를 납치하기 위해 마지스터가 놓은 함정, 뱀파이어로 변신, 마지스터의 죽음, 아버지를 소생시키기 위한 묘약 조제 실패, 유령들의 습격, 마지스터의 유령에 들린 리스베스 여제, 지구로 추방된 타라.

타라는 딸꾹질을 했다. 몇 년 사이에 어찌나 많은 일이 일어났는지 책으로 쓰면 열두 권도 모자랄 지경이었다! 타라는 정체된 상태에서 치명적일 가능성이 있는 위험한 상태로 넘어가는 느낌이 들었다.

열여섯 살이 된 아침부터 타라는 한꺼번에 여러 가지 삶을 살아온 느낌이 들었다. 그리고 타라를 위해서라면 죽음을 무릅쓰고 모험에 뛰어들 준비가 되어 있는 최고의 친구들이 고마웠다.

마침내 기억 여행이 멈췄다. 드디어 어딘가에 도착했을 때는 부모님의 사랑으로 충만해 있고, 새로 태어난 것처럼 힘이 났다. 목가적인 분위기와는 거리가 먼, 악마들의 림보를 향해 출발했던 걸 생각하면 이상한 일이었다.

눈을 뜨는 순간 타라는 아더월드가 아니라는 걸 알았다.

림보에 와 있는 것도 아니었다.

도대체 어디에 와 있는 거지?

그들은 금빛 태양 아래 아름다운 초원에 서 있는데 초록색 풀이 허리를 숙이고 있었다. 첫 번째와 두 번째 방문했을 때 본 시커먼 태양, 독한 가스, 갈라진 땅바닥, 기형적인 도시, 아래위가 거꾸로 된 해괴한 궁전은 보이지 않았다.

하지만 최악은 그것이 아니었다. 최악은, 마지스터가 사라진 것이었다. 셀렌바도 보이지 않았다.

"오, 내 조상들이시여!" 칼이 말했다. "여기가 어디지?"

타라는 입술을 깨물었다.

"마지스터 본 사람 있어?"

그렇게 물으면서 타라는 철천지원수를 걱정하는 말 같아서 이상한 느낌이 들었다.

초원의 풀은 바람결에 휘어져 있고, 그들 말고는 아무도 없기 때문에 땅바닥에 누워도 몸을 숨길 수 없었다. 그들은 지평선과 풀밭을 살폈다. 어디를 둘러봐도 그들밖에 없었다.

"마지스터를 잃어버렸어. 셀렌바도 없어." 칼이 중얼거렸다. "잿빛 요새에 온 것도 아닌 것 같아. 아무래도 우리가 길을 잃었나 봐."

타라와 친구들은 서로를 쳐다보면서 엄습해오는 불안과 싸웠다.

바람에 소녀들의 긴 머리와 파프니르의 땋은 머리 타래에서 빠져나온 몇 가닥의 머리가 휘날리고, 일곱 친구들의 파란색 또는 주홍색 마법복이 펄럭였다.

"좋은 쪽으로 생각하자. 지난번처럼 악취가 나는 악마들의 궁전에서 길을 잃은 것일지도 모르니까." 칼이 말했다.

"트란스미투스를 이용하여 지구로 돌아가자" 무아노는 불안한 얼굴로 주변을 살피면서 제안했다.

그들은 차례로 트란스미투스 주문을 날렸지만 마법이 가장 강력한 타라의 마법도 통하지 않았다.

"아무래도 림보에 와 있는 게 아닌 것 같아. 여긴 냄새가 너무 좋아!" 파브리스가 경계하는 표정으로 냄새를 맡으면서 말했다.

또 위치 측정에 문제가 생긴 건가? 마법을 사용할 때 자주 일어나는 일이었다. 타라는 아더월드를 맨 처음 여행할 때 사두길 정말 잘했다고 생각하면서 비밀 병기를 꺼냈다.

타라는 살아 있는 지도를 펼쳤다.

"어휴!" 흥분한 지도가 소리를 질렀다. "나를 또 어디로 데려온 것임? 불을 내뿜는 드래곤의 배 속[22]은 아니기 바람!"

타라는 지도가 무슨 말을 지껄이거나 말거나 무시한 채 말했다.

"지도. 여기가 어디야?"

"음, 여기는……." 지도가 으스대는 어조로 말하다가 중단했다.

---

22. 붉은 여왕에게 삼켜졌던 일 때문에 살아 있는 지도는 타라를 몹시 원망하고 있다. 아더월드의 지도는 대부분 한 성깔 한다.

양피지에 그려진 지도가 싹 지워졌다.

"오, 나를 구성하는 양피지와 잉크여!" 지도가 성난 어조로 소리쳤다. "내가 어디에 와 있는 것임?"

"우리가 물었잖아?" 칼이 핀잔을 주었다.

"나…… 나……. 태양은 어디 있음? 별들은? 오, 별자리 지도여! 악마들의 림보에 올 생각을 했음? 악마들은 존재하는 모든 것, 살아 있는 지도를 포함해서 모조리 잡아먹는다는 걸 모른단 말임?"

"여기가 림보라니!" 파브리스가 외쳤다. "말도 안 돼! 전혀 림보 같지 않아."

"지구와 비슷해." 타라가 풀을 뜯으려고 몸을 숙이면서 말했다. "녹색 초목, 금빛 태양, 덜 오염된 공기, 전체적으로 보면 내 집…… 지구에 있는 느낌이야. 몹시 더운 것만 빼고. 해가 이렇게 뜨거운데 어떻게 풀이 새파랗지?"

도착한 지 몇 분밖에 안 됐는데 그들은 땀이 줄줄 흘렀다. 게다가 해를 쳐다보는데, 물론 간접적으로 바라보는데 뭔가 이상했다. 마치 부글부글 끓는 것 같다고 할까.

"오도가도 못 하게 된 거면 어떡하지?" 무아노가 걱정했다.

타라는 입술을 깨물었다. 재판관은 궁전 안에 있는데 궁전이 보이지 않았다.

"잠깐 기다려봐." 타라는 지도를 집어넣고 호주머니에서 작은 상자를 꺼냈다. "모우르무르 발명가가 떠나기 전에 이걸 주셨어. 새로 발명한 거라서 전적으로 믿을 수는 없지만 대체로 작동은 하는 편이니까."

칼이 이맛살을 찌푸렸다.

"'대체로'라는 표현, 진짜 마음에 안 드네. 그냥 깔끔하게 '작동한다'고 말하면 안 되겠어?"

"지금 우리는 다른 방법이 없어. 내가 죽을 위험에 처했을 때 사용하라고 주신 거야. 악마들의 림보는 죽을 위험이 많잖아, 안 그래?"

칼은 어이없다는 얼굴로 타라를 뚫어져라 쳐다봤다. 블롱딘이 캥캥거리자 갈랑도 성난 울음소리로 맞장구쳤다.

"네 말이 맞으면 정말 짜증나는 일이지." 칼이 항복했다. "그래, 기구를 작동해봐. 하지만 미리 말해두는데 내가 죽어서 흙으로 돌아가더라도 내 유령이 너를 영원히 쫓아다니면서 후회하게 만들 거니까 알아서 해."

타라는 고개를 끄덕이면서 모우르무르가 준 상자의 봉인을 떼었다.

상자가 펼쳐졌다. 눈 깜짝할 사이에 파란색의 커다란 공처럼 변하다가 그들 모두를 집어삼키더니 하늘을 향해 둥둥 떠올랐다. 날아가는 데 문제가 없는 것으로 보아 마법의 발전기가 내장되어 있는 것 같았다.

일단 수 킬로미터 상공으로 오르자 공 모양의 기구는 투명한 거품 장막 같은 것을 만들었다. 칼은 곡예사라고 해도 될 정도로 붕붕 날아다니면서도 의외로 고소공포증이 있어 숨을 죽였다. 타라와 파브리스, 무아노, 로빈, 파프니르도 공포에 질려서 모두 얼굴이 푸르뎅뎅했다. 실버만 아주 편안해 보였다. 드래곤 어머니로부터 물려받은 유전인자의 영향이겠지.

거품의 벽에서 튀어나온 매직컴이 음울한 목소리로 알렸다.

"이동하기 전에 모두 안전벨트를 맨다."

타라가 안전벨트는 없다고 알리려는 순간 거품 벽에서 안락의자들과 패밀리어들을 위한 의자들이 튀어나왔다. 그들은 지시대로 안전벨트를 맸다. 아더월드 사람들이 평소에 안전벨트보다는 보호 장막을 사용하기 때문에 마법이 약해지거나 사라지는 경우를 대비한 일종의 비행선이라고 할 수 있었다.

"소용돌이 통로 5, 4, 3, 2, 1, 이동!"

타라와 친구들이 불안한 눈길을 주고받는 순간 이미 소용돌이 통로가 열렸다. 날카로운 소리가 울려 퍼질 때 그들은 소스라치게 놀랐다.

"이동 실패! 출발점에서 너무 멀리 떨어져 있는 곳이다."

그리고 소용돌이가 닫혔다.

"슬루르크!" 제일 먼저 정신을 차린 칼이 욕설을 내뱉었다. "비축된 마법 에너지가 충분하지 않은 게 틀림없어."

"매직컴?" 타라가 물었다. "나의 마법과 살아있는 돌의 마법을 공급하면, 아니 우리 모두의 마법을 너의 엔진에 공급해주면 우리의 집으로 보내줄 수 있겠니?"

매직컴에서 나온 빨간색 빛이 그들의 몸에 차례로 내려앉았다.

"아니, 충분하지 않다. 생존할 가능성이 적다. 시간 단위 10 이내에 착륙. 9, 8, 7, 6, 5, 4, 3, 2, 1. 가장 위대한 최고의 발명가 모우르무르의 발명품을 이용해줘서 고맙다."

땅바닥에 착륙한 뒤에 거품 공은 그들을 뱉어냈고, 다시 작은 상자로 줄어들었다.

타라가 일어나서 먼지를 털었다. 그러고는 몸을 숙이고 상자를 집어서 체인지라인에 넣은 다음 빤히 쳐다보고 있는 친구들의 시선과 마주쳤다.

"뭐? 기술적으로는 문제없이 작동했잖아! 마법의 에너지가 부족한 것을 제외하고. 그건 발명가의 잘못이 아냐!"

"지도를 다시 꺼내줄래?" 무아노가 말했다. "여기가 어디인지는 알아야 움직이든 말든 하지."

타라는 지도를 다시 꺼냈다. 그들이 유심히 들여다보고 있는 사이에 지도는 주변의 지형을 그리기 시작했다.

"지난번에 왔을 때는 궁전의 지도를 그릴 시간이 없었음." 살아 있는 지도가 짜증스러운 목소리로 말했다. "나의 새로운 주인이 이런 불길한 세계로 나를 데려올 정도로 어리석고 경솔한 사람일 거라고는 생각하지 않았음. 위험한 여행을 좋아하는 것 같으니까 앞으로 행성 전체에 관심을 두겠음. 오, 인간들!"

"이것 봐." 윤곽이 그려지는 선을 살피던 칼이 말했다. "멀지 않은 곳에 도시가 있어. 이 도시에 가면 돌아갈 방법을 찾을 수 있지 않을까?"

"하지만 도시로 가면 잡아먹힐지도 몰라." 파브리스가 말했다.

"그래서 말인데 변장해야겠어." 타라가 제안했다. "무슨 일인지 모르지만 림보에 와 있는 거니까 악마의 모습으로 변신하자. 두리번거리며 돌아다니다 마왕에게 발각되면 지난번처럼 쫓겨날 수 있으니까."

"좋은 생각이다." 파브리스가 말했다. "트란스포르무스의 이름으로 우리가 어디로 가든 악마의 모습으로 보이게 할지어다!"

즉시, 파브리스는 육식동물과 문어를 섞어놓은 흉측한 괴물로 변했다.

실버와 파프니르는 한숨을 내쉬었다. 모든 난쟁이와 마찬가지로 실버(진짜 난쟁이는 아니지만)는 마법을 혐오했다. 실버는 어쩔 수 없이 마법을 사용하여 여러 개의 입과 털북숭이 다리들이 달린 소름 끼치는 괴물로 변했다. 로빈은 이맛살을 찌푸리면서 더 흉악스러운 괴물로 변했다. 타라와 칼, 무아노도 싫다고 난리 치는 패밀리어들을 둔갑시켰다.

타라는 30초마다 넘어져 여기저기 다칠까 봐, 다리가 너무 많지 않은 괴물을 상상했다. 작달막한 쇳빛 회색 몸뚱이에 집게발들이 달려 있고, 전갈의 꼬리, 날카로운 송곳니들이 무시무시한 코요테의 아가리, 빨간 도가머리의 괴물.

다행히 늑대의 모습으로 변신해서 네 발로 다닌 경험이 있어 타라는 그리 힘들지 않았다. 로빈과 칼은 변신하는 데 시간이 가장 많이 걸렸는데 너무나 자연스럽지 못했다. 다리가 얽히면서 세 번째로 넘어진 칼은 툴툴거리면서 모습을 수정했다. 괴물 게의 형상인데 입이 있어야 할 자리에 튼실한 엉덩이를 만들고, 몸뚱이 위에 머리를 붙였다. 모습을 그렇게 바꾸자 네 번째 넘어졌을 때는 확실히 덜 아팠다.

변신한 그들은 목가적인 풍경에 전혀 어울리지 않는 모습이었다. 그들은 집게발에 지도를 낀 채 앞장서는 타라를 따라 도시를 향해 전진했다.

그들 모두 네 발 달린 괴물을 선택했기 때문에 빨리 갈 수 있었다. 첫 번째 언덕을 지나자 살아 있는 지도가 표시한 도시가 보였다. 그리 멀지 않은 곳에 웅장해 보이는 도시가 있었다. 그 순간 아주 이상한 일이 일어났다. 태양이 뭔가를 하는 건가? 살에 닿는 햇살이 느껴지는 순간 갑자기 주위가 변하는 것 같았다. 태양의 영향을 받은 식물이 갑자기 쑥쑥 자라기 시작했다. 전혀 예상하지 못한 칼은(물론 다른 친구들도 그랬지만) 미친 듯이 자라는 덤불숲에 부딪혔다.

"아야아아아!" 나뭇가지에 발이 걸려서 꼼짝 못하는 칼이 소리쳤다. "누가 나 좀 도와줘!"

하지만 타라와 친구들도 상황이 좋지 않았다. 타라는 지나가다 만난 꽃 위에 올라앉아 있고, 파브리스와 무아노는 과일 배처럼 생긴 열매에 매달려 있고, 실버와 파프니르는 자이언트 풀과 싸우고 있었다. 로빈은 질겁한 얼굴로 데이지 꽃잎에 앉아 있었다.

"이…… 이게 어떻게 된 거지?" 로빈이 얼빠진 목소리로 외쳤다.

"태양 때문이야." 무아노가 으르렁거리는 소리로 말했다. "태양이 이 행성의 식물을 쑥쑥 자라게 하면서 문제가 생긴 거야."

"그게 왜?" 타라가 외쳤다. "그래 봐야 식물들인데!"

무아노가 대꾸하려는 순간 타라는 친구가 두려워하는 것이 무엇인지 정확하게 알았다.

나무, 꽃, 풀만 엄청나게 자라는 것이 아니었다.

벌레도 마찬가지였다. 민달팽이, 전갈, 거미, 무당벌레, 지네, 풍뎅이, 지렁이, 파리, 나비, 말벌, 꿀벌, 뒤영벌, 무늬말벌, 개미, 흰개미들이 모두 자이언트로 변해 있었다.

게다가 움직이는 것은 무엇이든 물어뜯고 집어삼킬 기세였다.

"마법을 사용해서 방어해!" 타라가 외쳤다. "가능한 한 빨리 여길 도망쳐야 해!"

다행히 지구에서 본 영화들과는 달리 벌레들은 자기들끼리 싸우거나 꽃에서 꿀을 빨아들이느라고 너무 바빠서 타라 일행에게 신경 쓸 겨를이 없었다. 그들은 꽃과 나무에서 조심스럽게 내려왔고(원래의 모습과 크기를 되찾은 갈랑이 칼을 구하러 날아갔었다), 커다란 풀잎 사이를 지그재그로 빠져나갔다.

그들이 개미집 위에 넘어질 때까지는 순조로웠다.

개미가 작을 때는 아무도 위협받는 느낌이 들지 않는다. 하지만 개미의 길이가 2미터에 이르고 몸뚱이보다 더 긴 턱으로 누구든 마음에 들지 않으면 집어삼킬 듯이 기분 나쁘게 쳐다볼 때는 느낌이 완전히 달랐다.

"오, 내 조상들이시여!" 로빈이 외쳤다. "이럴 수가, 우리가 포위되다니!"

실제로 타라 일행을 발견한 개미의 신호로 병정개미 수백 마리가 개미집에서 전속력으로 나오고 있었다. 타라는 하는 수 없이 마법을 작동했다. 개미들도 나름대로 침입자에 대한 방어를 하는 것이기 때문에 죽이고 싶지 않았지만 선택의 여지가 없었다. 이미 개미 떼가 몰려오고 있으니.

마법의 광선이 개미들을 쓰러뜨리려는 순간, 갑자기 둔탁한 소리에 땅이 흔들렸다. 그 소리에 개미들이 마치 주문에 걸린 것처럼 꼼짝하지 않았다. 이어서 경악할 정도로 빠르게 개미들이 되돌아갔고, 일개미들도 개미집으로 돌진했다.

타라와 친구들은 머리를 들었다.

어디선가 나타난 거대한 기계들이 열매와 꽃, 자이언트 곡식들을 싹둑싹둑 자르고, 베고, 밀어버리면서 수확을 시작했다. 주변이 점점 초토화되고 있었다. 개미들의 공격에 이어 이번에는 무시무시한 기계에 잘려나갈 판이었다.

"우리도 커져야 해." 칼이 소리쳤다. "아니면 우리도 기계에 빨려들고 말 거야! 어서, 타라, 우리를 도와줘. 변신한 상태를 유지하느라 에너지를 쓰고 있어서 우리의 마법으로는 힘이 약해."

"알았어." 점점 가까워지는 요란한 기계 소리 때문에 타라가 소리쳤다. "셋, 둘, 하나, 시작!"

타라가 날린 마법의 광선이 친구들을 후려쳤다. 그들은 거대한 기계에 이를 정도로 점점 커지기 시작했다. 그리고 기계가 그들을 감지했을 때 키가 멈췄다.

"성공이야!" 무아노가 탄성을 질렀다. "누군가 나타나서 여기서 뭐 하는 거냐고 묻기 전에 도망치자!"

하지만 이상하게도, 기계들은 누군가가 조종하는 것이 아니었고, 금속의 입 위로 툭 튀어나온 눈으로 멀뚱히 쳐다보고만 있었다. 그런데 그들이 초원을 떠나자마자 수풀의 키가 줄어들기 시작하더니 그들이 멀어지자 다시 정상으로 돌아갔다. 태양은 언덕의 일부분에만 영향을 준 것이었다. 친구들의 변신까지 책임져야 하는 타라는 보통 악마들과 비슷한 키로 변한 것은 정말 잘한 일이라고 생각했다.

"이 행성이 어디인지는 모르지만 정말 마음에 안 들어." 자이언트 거미 때문에 죽을 고비를 넘긴 뒤로 벌레라면 질색하는 파브리스가 부르르 떨었다.

그들은 도시에 이르는 데 두 시간쯤 걸렸고, 너무 덥기 때문에 목이 말라서 죽을 지경이었다.

하지만 눈앞에 펼쳐진 도시를 보면서 이내 갈증을 잊었다.

도시가 악마들에게 포위되어 있었기 때문이다.

하지만 도시를 방어하는 이들은 인간이었다.

그리고 젊은이들이었다.

더 정확하게 말하면 청소년들이었다. 그들은 검과 몽둥이, 활과 화살 등 무기를 들고 싸우고 있었다. 총기를 소지하고 악마들을 공격하는 이도 몇 명 있었다. 하지만 악마 하나가 쓰러지면 대신 악마 둘이 나타났다. 인간들은 그리 오랫동안 버티지 못할 것 같았다.

"와우." 칼이 게의 몸뚱이 앞으로 자리를 옮긴 입으로 거품을 내뿜으면서 말했다. "저게 무슨 뜻이지? 악마들의 림보에 있는 도시에 인간들이라니! 저것들이 뭘 하고 있는 거야?"

그들은 방어선 가까이 다가갔다.

갑자기 트럼펫 소리가 울렸다. 타라는 눈을 깜박였다. 에드라킨족의 나라에서 트럼펫 소리[23]에 놀란 뒤로 타라는 그 비슷한 소리를 들을 때마다 깜짝깜짝 놀랐다.

청소년들이 무기를 내리고 문을 열었다. 갑옷 차림의 늠름한 청년이 모습을 드러냈는데 갈색 머리가 햇빛을 받아 반짝거렸다. 파프니

----

23. 에드라킨족의 나라에서 '흡수의 꽃'들이 가하는 음파 공격 때문에 곤경에 처했을 때 마지스터의 지령을 받은 붉은 악마가 트럼펫 소리를 내면서 등장하는 바람에 타라 일행은 하마터면 죽을 뻔했다.

르의 눈보다 훨씬 진한 초록빛 눈이 기쁨으로 번득였다.

"우리가 이겼다!" 청년은 미소를 지으면서 말했다. "약속한 사흘 동안 너희 군대를 막아내는 데 성공했으니까!"

타라는 코요테의 눈을 크게 떴다. 인간들이 오무아 언어로 말하고 있어서 무슨 말인지 이해할 수 있었다.

"속임수를 썼잖아, 아르칸즈." 자이언트 하이에나의 몸에 올라탄 곰치같이 생긴 악마가 소리쳤다.

아르칸즈라고 불린 청년의 얼굴이 어두워졌다. 그의 손에 불쑥 나타난 검의 칼끝이 목을 겨냥하자 곰치 악마가 침을 삼켰다.

"내가 속임수를 썼다고?" 아르칸즈가 부드럽게 말했다. "내가 뭘 속였는데?"

"지구의 무기를 사용했잖아!"

"금지된 건 아니잖아."

"하지만 나한테 없는 무기잖아!"

"너는 송곳니에다 강력한 몸뚱이가 있고, 우리보다 수적으로도 우세해. 너희는 우리를 물리칠 수도 있었어. 너희와 우리의 차이는 무기가 아니라 연대의식이야. 우리는 함께 싸웠는데 너희는 아냐."

"너희를 침수시킬 수도 있었어. 그랬으면 이놈의 벽을 넘어갔을 텐데."

"앞으로도 너희에게는 지구의 무기가 없을 거니까 까불지 마, 투덜이 대장. 함부로 덤비지 말란 말이다!"

악마는 칼끝을 쳐다보다가 물러섰다. 그리고 허리를 굽혔다.

"좋을 대로. 아르칸즈, 이번은 네가 이겼다."

목소리에서 입 밖에 내지만 않았지 '그런데 말이야, 나는 다음 판을 승리해서 네놈의 머리통을 둔갑시켜서 만든 금테 두른 잔으로 짠물[24]을 마실 생각이거든'이라고 말하는 것이 느껴졌다.

아르칸즈는 총기를 집어넣은 다음, 타라와 친구들을 향해 다가왔다. 그들은 도망칠 작정으로 뒷걸음쳤다.

하지만 아르칸즈는 타라 일행이 반응하기 전에 악마들을 헤치고 나왔다. 눈 깜짝할 사이에 그들 앞에서 걸음을 멈췄다. 누가 누군지 모를 텐데, 아르칸즈는 코요테의 머리에 빨간 도가머리가 있는 괴물 앞에서 미소를 지어 보이더니 경의를 표하듯 허리를 숙였다.

"아, 이렇게 기쁠 수가!" 아르칸즈는 쾌활하게 말했다. "친애하는 내 아버지의 가장 사나운 적이자 아름답고 독특한 타라 덩컨을 만나다니!"

하권에서 계속……

....

24. 악마들이 지구를 침략하려는 이유는 아쿠알릭, 즉 바닷물에 중독되어 있기 때문이다. 악마들에게 바닷물은 귀하고 맛있는 알코올과 같다.

아더월드의 용어 해설

🌿 **아더월드_** 아더월드는 지구 표면적의 1.5배에 이르는 마법 행성으로 태양 주위를 공전하며, 하루 26시간, 1년 454일, 14개월로 이루어져 있다. 위성으로는 두 개의 달 마딕스와 타딕스가 아더월드의 주위를 돌고 있으며, 춘·추분에 조수간만의 차가 몹시 크다.

아더월드의 산들은 지구의 산보다 훨씬 더 높으며, 채굴되는 광물은 대체로 마법의 폭발성이 있어서 추출하는 것이 상당히 위험하다. 지구(육지 29%, 바다 71%)보다 바다가 차지하는 비율은 적으며(아더월드: 육지 45%, 바다 55%), 그중 두 개의 바다는 민물이다.

아더월드를 지배하는 마법은 동물상, 식물상과 마찬가지로 기후에도 영향을 미친다. 그로 인해 계절을 예측하기가 아주 힘들다(아더월드에서는 한여름에도 폭설이 내려 1미터나 되는 눈에 덮일 수 있다!).

아더월드의 7계절 분류: 계절 1 카일로스(지역에 따라 −30∼−50℃까지 내려간다), 계절 2 보탄트(지구의 봄 날씨와 유사하다), 계절 3 트레보, 계절 4 파이초, 계절 5 플루초, 계절 6 모인초, 계절 7 살탄(우기).

아더월드에는 인간, 난쟁이, 거인, 트롤, 뱀파이어, 땅신령, 꼬마도깨비, 엘프, 유니콘, 키마이라, 타트리스, 드래곤 등 수많은 종족이 살고 있다.

그 밖의 다른 행성

드란보우글리스펜쉬르_ 드래곤들의 행성. 지능이 높은 거대한 파충류인 드래곤은 마법 능력을 타고나서 어떤 형상으로든 변신할 수 있으며, 대체로 인간으로 변신해 있다.

마법사들 편에 서서 림보의 악마들과 싸우고 있다. 세계의 영토를 점령하기 위해 악마들과 대립하면서 드래곤들은 지구의 마법사들과 충돌하는 순간까지는 알려져 있는 모든 세계를 정복했다. 끊임없이 악마들과 싸워야 하는 드래곤들은 지구인 마법사들과 전쟁을 벌인 뒤에 지구인들과 동맹을 맺는 것이 유리하다는 결론을 내렸다. 지구를 지배하겠다는 계획은 포기했지만, 마법사들이 지구를 지배하는 것도 인정할 수 없는 드래곤들은 지구의 마법사들에게 아더월드에서 더 많은 마법사를 양성하고 훈련시키자고 제안했다.

수년 동안 드래곤들을 경계하면서 고심한 끝에 지구의 마법사들은 결국 그 제안을 받아들이고 아더월드에 정착했다.

드래곤들은 드란보우글리스펜쉬르를 비롯해 지구, 아더월드, 마딕스와 타딕스 등 많은 행성에 살고 있으며, 특히 인간들의 일에 사사건건 참견한다. 드래곤들이 가장 끔찍하게 싫어하는 적은 림보에 사는 악마들이다.

림보_ 악마의 세계로 악마들의 영역. 림보는 서클이라고 불리는 여러 세계로 나뉘어 있으며, 서클에 따라 악마들의 능력과 학식이 차이 난다. 제1, 2, 3서클의 악마들은 거칠고 아주 위험하다. 제4, 5, 6서클의 악마들은 마법사들과 정해진 조건 내에서 서로 도움을 주고받는다(마법사는 필요한 것을 악마에게서 얻을 수 있으며 악마의 경우도 마찬가지다). 제7서클은 마왕이 군림하는 서클이다.

림보에 사는 악마들은 저주받은 태양이 제공하는 악마의 에너지를 먹고산다. 다른 세계로 가기 위해 림보를 나갈 경우엔 생명력이 강한 존재의 살과 정신을 먹어야 한다. 전 세계를 침략하던 중 갑자기 나타난 드래곤들과의 전쟁에서 패배한 뒤로 악마들은 림보에 갇히게 되었고, 마법사나 마법 능력이 있는 존재의 긴급 요청이 있어야만 다른 행성으로 갈 수 있게 됐다. 악마들은 이런 활동범위 제한을 견디기 힘들어서 끊임없이 해방될 방법을 모색하고 있다.

악마들이 지구를 침략하려는 이유는 아쿠알릭, 즉 바닷물에 중독되어 있기 때문이다. 악마들에게 바닷물은 알코올과 같은 작용을 하는데 림보에는 바다가 없다. 게다가 지구의 바닷물 맛을 특히 좋아하기 때문이다. '모든 인간을 죽이고 짠물을 실컷 마시겠다'는 것이 악마들의 신조다.

🌿 **산티보르_** 텔레파시 능력이 있는 식물성 존재 진실의 입들이 사는 얼음 행성.

🌿 **지구_** 인간과 비밀 임무를 맡은 마법사들이 살고 있다.

☀ 아더월드의 나라들과 종족

🌿 **간디스_** 거인들의 나라로 수도는 제오폴. 세력 있는 그로아르 가문이 통치하며 흑장미 섬과 황무지 늪이 있다. 나라의 문장은 '주문방지' 돌로 쌓은 벽에 아더월드의 태양이 올라앉은 형상이다.

🌿 **랑코비트_** 인간이 지배하는 가장 큰 왕국으로 수도는 트라비아. 왕국의 문장은 은빛 초승달 아래 금빛 뿔의 하얀 유니콘이다. 베어 왕과 티타니아 왕비가 통치하고 있으며, 타라와 어머니 셀레나의 조국이다. 약 8천만의 주민이 살고 있고, 뱀파이어들을 받아들이는 드문 나라 중 하나다.

🌿 **멘탈리르_** 보우 대륙 동쪽의 광활한 평원이며 유니콘들과 켄타우로스들의 나라. 유니콘은 생김새와 크기가 말과 같고, 이마에 나선형 뿔이 하나 있으며 발굽은 갈라져 있고 털은 흰빛이다. 지능이 떨어지는 유니콘도 간혹 있지만, 대부분은 영리하며 그 지능은 드래곤들의 지능에 견줄 수 있다. 유니콘의 이 특성을 어떤 종족의 지능이

나 동물의 지능으로 분류하기는 힘들다.

켄타우로스는 반은 남자나 여자의 형상, 반은 말의 형상을 하고 있는데 두 종류가 있다. 상반신은 인간, 하반신은 말의 형상을 한 켄타우로스와 상반신은 말, 하반신은 인간의 형상을 한 켄타우로스. 켄타우로스가 어떤 마법에 걸려 있는지는 알 수 없으나 소금이나 향유 같은 생필품을 얻기 위해서가 아니면 다른 종족들과 섞이기를 싫어하는 까다로운 종족이다. 사납고 거칠어서 영역을 침범하는 이방인들을 발견하면 가차 없이 화살을 쏘아댄다. 켄타우로스의 샤먼 부족은 평원에서 하얗고 파란 맹독성 개구리 플로프들을 잡아 그 등을 핥는 것으로 미래를 점친다고 전해진다. '찌르레기 대전'이 벌어지는 동안 켄타우로스들이 엘프들에게 몰살되었다는 것은 이 방법이 100퍼센트 믿을 만한 것이 아님을 말해준다.

살테렌스_ 살테렌스들의 나라로 수도는 살라. 나라의 문장은 파란색 투명한 소금을 물고 곤추서 있는 커다란 벌레. 왕은 없고 위대한 카샤라고 불리는 족장과 재상 일파봉이 통치하며 여러 부족으로 나뉘어 있다. 노예제도를 주장하는 종족으로 사자와 표범의 잡종인 두 발 동물이다. 침투할 수 없는 사막에서 숨어 지내면서 마법의 소금 광산을 개발한다.

셀렌다_ 엘프들의 나라로 수도는 세보른. 문장은 대각선으로 시위를 메긴 두 개의 활 위로 보이는 은빛 보름달.
엘프들은 마법사들과 마찬가지로 마법에 재능이 있다. 겉모습은 인간이며 뾰족한 귀와 고양이의 눈처럼 동공이 수직으로 움직이는 크리스털 눈, 은발이 특징이다. 아더월드의 숲과 평원에서 살며 가공할 만한 사냥꾼이다. 엘프들은 전투와 싸움, 상대를 유인하는 온갖 종류의 게임을 좋아하기 때문에 그들의 에너지를 적절히 이용하기 위해 경찰국이나 국가정보국에 고용된다.

하지만 엘프들이 옥수수나 마법의 귀리를 경작하기 시작하면 아더월드의 종족들은 불안해한다. 그건 엘프들이 전쟁을 시작할 거란 뜻이기 때문이다. 실제로 전시에는 사냥할 겨를이 없기 때문에 엘프들은 곡식을 재배하고 가축을 기르며, 일단 전쟁이 끝나면 예전의 생활로 돌아간다.

또 다른 특성으로 아이들이 걸어 다닐 수 있을 때까지 남성 엘프들은 배에 달린 육아낭 같은 작은 주머니에 아기를 넣고 다닌다. 여성 엘프는 남편을 다섯 명 이상은 가질 수 없다. 엘프는 거의 죽지 않기 때문에 아이들이 별로 없다. 하프엘프 로빈은 혼혈이라는 이유로 엘프들에게 따돌림을 받고 있다.

스몰컨트리_
땅신령, 꼬마도깨비 파보, 요정, 고블린의 나라로 수도는 스몰빌. 문장은 원 안에 도안한 꽃, 새, 거미. 땅신령은 파란색, 꼬마도깨비는 초록색, 고블린은 회색, 요정은 여러 가지 색이다.

땅신령은 작달막하고 단단한 체구이며 오렌지색 털이 나 있다. 돌을 먹고 살며, 난쟁이들과 마찬가지로 광부들이다. 땅신령의 오렌지색 털은 고성능 가스 탐지기이다. 털이 곤두서면 별 탈이 없지만, 털이 내려앉는 순간부터 땅신령은 광산에 가스가 있다는 걸 알아채고 도망치기 때문이다. 또한 알 수 없는 이유로 인해 땅신령들만 '진실의 입들'과 교감할 수 있다.

스몰컨트리의 익살꾼인 꼬마도깨비 파보들은 키디코이라는 막대사탕을 만들어낸 이들이다. 착시 현상을 일으키거나 일시적으로 보이지 않게 할 수도 있으며 금을 좋아해 비밀주머니에 숨겨둔다. 그 주머니를 찾아낸 자는 두 가지 소원을 빌 수 있고, 귀한 금을 회수하려면 반드시 그 소원을 들어줘야 한다. 하지만 꼬마도깨비들은 반대로 해석하는 데 선수여서 예측 불허의 결과가 일어날 수 있으므로 소원을 비는 것에는 항상 위험이 따른다.

요정들은 꽃을 가꾸면서 작지만 효과적인 마법을 날리며, 고블린들은 요정과 움직이는 것은 무엇이든 잡아먹으려고 한다.

오무아_ 인간이 지배하는 가장 큰 제국으로 수도는 팅가푸르. 제국의 문장은 100개의 금빛 눈을 가진 주홍빛 공작이다. 타라의 고모인 여제 리스베스틸랑넴 탈 바르미 압 산타 압 마루와 삼촌인 황제 산도르 탈 바르미 압 마르치 압 브레비스가 통치하고 있다. 제국을 설립한 최고 마구스 데미데루스의 후손들이다. 오무아에는 약 2억의 주민이 살고 있다. 다른 나라들과 교역하고 있으며, 셀렌다를 제외하고 가장 많은 수의 엘프 군단을 거느리고 있다.

크라살비_ 뱀파이어들의 나라로 수도는 우를라. 나라의 문장은 천문관측기 위에 무한을 상징하는 누운 8자와 별이 올라앉은 형상이다.

뱀파이어는 총명하고, 인내심이 많으며, 학식이 깊다. 수명이 아주 길고, 수학과 천문학에 몰두하며, 대부분의 시간을 명상하는 데 보내면서 삶의 의미를 추구한다.

아더월드의 뱀파이어는 동물의 피를 먹고 살기 때문에 가축을 키운다. 브르르르아아아, 모오오오우우우, 지구에서 수입한 말, 염소, 양 등. 하지만 몇몇 피는 금지되어 있다. 유니콘이나 인간의 피를 먹으면 미치게 되며, 수명이 절반으로 줄고, 햇빛을 쐬면 치명적인 알레르기가 일어나기 때문이다. 반면에 뱀파이어에게 물리면 독이 퍼지게 되며, 뱀파이어에게 물린 인간은 그들의 노예가 된다. 게다가 독성 피가 전이되면 뱀파이어가 되는데 이 경우의 뱀파이어는 파괴적이고 악독하기 때문에, 저주에 희생된 뱀파이어는 동족으로 구성된 특별수사대는 물론 아더월드의 모든 종족에게 쫓겨 다닌다.

크랑카르_ 트롤들의 나라로 수도는 크리아. 나라의 문장은 나무 꼭대기에 몽둥이가 걸려 있는 형상이다. 트롤 외에 식인귀, 오크, 고블린 들이 살고 있다.

트롤은 거대한 몸집에 납작한 이빨이 있는 초록빛 털북숭이로 채식주의 종족이지만, 고기를 흡수할 경우 식인귀가 될 수 있다. 식인귀가 되면 크랑카르에서 쫓겨난다. 먹고살기 위해 나무를 마구 죽이며(이것이 엘프들의 울화를 치밀게 한다), 쉽게 자제력을 잃어버리는 성향이 있어서 한번 성질이 나면 닥치는 대로 짓뭉개버리기 때문에 평판이 나쁘다.

타트란_ 타트리스, 카흠보움, 타츠보움의 나라로 수도는 시티

빌. 문장은 양피지 위에 놓인 직각자, 컴퍼스, 크리스털 볼.

타트리스는 머리가 둘인 특성을 가지고 있다. 관리 능력이 뛰어난 데다 신체적 특성 덕분에 행정관이나 정부 고위층에서 일하고 있다. 오로지 일을 중요하게 여기면서 헛된 꿈을 꾸지 않는 현실주의자들이다. 또한 꼬마도깨비 파보들이 즐겨 놀리는 대상 중 하나이며, 이 장난꾸러기들은 유머가 결핍된 종족이라는 소리를 듣지 않기 위해 수세기 동안 끈질기게 타트리스 종족을 웃기려고 애쓰고 있다. 게다가 파보들은 웃기는 데 성공한 자들 중 1등에게는 상까지 수여하고 있다.

카흠보옴은 빨간 눈과 촉수들이 있는 노란색 덩어리 모습을 하고 있으며 주로 도서관 사서로 일한다. 타츠보옴은 촉수로 놀라운 멜로디를 연주하는 음악가들이다.

파트로크_ 에드라킨족이 사는 나라로 수도는 키크로크. 나라의 문장은 바람의 원소에 올라앉은 불새. 에드라킨족은 강력한 마법사들이며, 생김새는 인간과 비슷하지만 귀가 뾰족하고 털로 덮여 있는 육식동물에 가깝다. 머리털은 두상의 절반 정도까지만 자라며, 코는 거의 보이지 않는다. 다른 종족을 싫어하지만 의무적으로 여러 나라와 교역하고 있다. 에드라킨족은 아더월드를 정복하기 위해 네 번이나 침략을 시도했다.

히믈리아_ 난쟁이들의 나라로 수도는 미나트. 대장장이 씨족이 통치하고 있다. 나라의 문장은 광산 지하의 전쟁용 모루와 쇠망치.

키와 몸통 폭의 길이가 똑같은 단단한 체구가 난쟁이들의 신체적 특징이다. 아더월드의 광부, 대장장이로 활동하고 있으며, 뛰어난 금속 가공업자, 보석 세공인도 거의 난쟁이들이다. 성격이 몹시 까다로운 것으로 알려져 있고, 마법을 싫어하며 아주 길고 복잡한 노래를 즐겨 부른다. 또한 돌을 통과하거나 돌을 용해시키는 특별한 재능을 지니고 있는데 마법과는 다른 차원의 힘이다.

☀ 아더월드와 주변 행성의 동·식물상 및 속담

가즈즈_ 사슴뿔이 달린 네 발 짐승으로 털이 빨간색(트롤들의 나라에서는 초록색)이다.

간다리_ 대황에 가까운 식물이며, 꿀처럼 단맛이 난다.

갬볼_ 마법에 흔히 이용되는 파란 이빨의 설치류 동물. 그 살가죽과 피에 마법이 침투하지 못할 정도로 땅을 깊이 파고 들어간다. 건조시키면 딱딱해졌다가 가루처럼 변하며, '갬볼 가루'는 힘든 마법을 실행할 수 있게 한다. 몇몇 마법사들은 갬볼 가루를 식용하는데, 그 가루가 환각 증세를 일으키기 때문이다. 갬볼 가루 복용은 아더월드에서 엄격하게 금지되어 있으며 위반할 경우 엄중한 처벌을 받는다.

🖙 **글로우톤_** 털북숭이 동물. 길게 늘어나는 특성이 있어서 목을 조르는 밧줄로 사용한다.

🖙 **글루릅스_** 머리가 아주 갸름한 초록색과 갈색의 도마뱀으로 호수와 늪 근처에서 서식한다. 식욕이 왕성하며, 물속에서 숨을 쉬지 않고 몇 시간을 견딜 수 있어 목을 축이러 오는 순진한 동물을 잡아먹는다. 물가의 은신처에 굴을 파놓고 살며, 호수 바닥의 구멍 속에 먹이를 숨겨놓는다.

🖙 **글리이르_** 새지만 날지 못한다. 포식동물들을 피하기 위해 트라둑과 같은 방식으로 생존한다. 냄새로 가장 끈질긴 흡혈파리 떼도 물리칠 수 있는 식물 예록을 먹고 산다.

🖙 **늑대인간_** 드래곤들의 왕이 납치해서 금지된 대륙에 정착한 아나자시족. 마음대로 늑대로 변신하며, 인간 모습일 때도 힘과 민첩성과 유연성이 굉장히 뛰어나다. 늑대인간은 깨무는 것으로 감염시킬 수 있다. 지구의 늑대인간들과는 달리 아더월드의 늑대인간들은 보름달에 의존하지 않고 언제든 변신할 수 있다. 타라 덩컨이 해방시켜준 늑대인간들은 아더월드 사람들의 마법 공격을 두려워하고, 금속 중에서는 은에만 약하다. 늑대인간을 죽일 수 있는 방법은 목을 베는 것

이다. 알파 늑대들이 다스리고 있다.

🐾 **드래코-티라노사우루스_** 뱀과 공룡의 잡종. 드래곤의 사촌이지만 지능은 많이 떨어지며, 날개가 작아서 날지 못한다. 가공할 만한 포식동물로 움직이는 것뿐만 아니라 움직이지 않는 것조차 닥치는 대로 잡아먹는다. 오무아 제국의 따뜻하고 습한 숲에서 살며, 이 지역은 관광 개발이 불가능하다.

🐾 **디스쿠타리움/데비자투아르(사용하는 국민에 따라 다르다)_** 지구와 아더월드, 드란보우글리스펜쉬르, 악마들의 림보와 관련된 모든 책, 영화, 예술 작품에 관한 정보를 조회할 수 있다. 디스쿠타리움에서 나오는 목소리는 어떤 질문에도 답변을 못 하는 경우가 거의 없다.

🐾 **로크 새_** 공중에서 사는 자이언트 새로, 커다란 독수리 콘도르와 비슷하다. 인공위성을 궤도에 올려놓거나 아더월드에서 마딕스와 타딕스로 여행할 때 이용한다. 다행히 아더월드의 태양빛을 먹고 살기 때문에 배설하지 않는다. 로크 새의 똥이 머리 위로 떨어질 일은 없다.

🐾 **마누릴_** 마누릴의 하얀 싹은 즙이 많아서 아더월드 사람들이 즐겨 음식에 곁들여 먹는다.

🌠 **모오오오우우우_** 뿔은 없고 머리가 둘 달린 고라니. 머리 하나가 먹을 때 다른 하나는 포식동물들을 감시한다. 이동할 때는 게처럼 옆으로 걷는다.

🌠 **무슈티크_** 벌처럼 쏘아서 아더월드 사람들의 피를 빨아 먹는 공격적인 곤충. 흡혈파리보다 크기가 더 크며, 트라둑이나 브르르르아아아에 앉아 있다가 살 속을 파고드는데 치명적인 독을 분비하기 때문에 아주 위험하다.

🌠 **므르르르_** 초록색 귀가 달린 오렌지빛 고양이. 같은 능력을 가진 빨간 생쥐 뿌익을 잡기 위해 공간이동을 할 수 있다.

🌠 **므르모움_** 나무들이 숲 모양으로 거대한 군락을 이루고 있어서 따기가 아주 힘든 과일이다. 므르모움나무는 접근하는 것이 있으면 괴상한 소리를 내면서 땅속으로 파고들기 때문에 붙여진 이름이다. 아더월드에서 산책을 하다 보면 므르모움나무 숲이 통째로 사라지고 벌판만 남는 아주 놀라운 광경을 목격할 수 있다.

🌠 **미암_** 크기가 복숭아만 한 빨간 체리.

🌠 **발로르키데_** 꽃이 아주 화려한 기생식물. 이름은 개화하기 전의 노란빛과 초록빛의 봉오리에서 따온 것이다. 성장 속도가 아주 빨라서 몇 계절 만에 나무 한 그루를 죽

일 수 있으며, 뿌리로 이동해서 그다음 나무를 공격한다. 그래서 아더월드의 나무들은 발로르키데들이 들러붙지 못하게 부식시키는 물질을 분비하는 것으로 생존 경쟁을 벌이고 있다.

발분_ 거대한 고래로 붉은색이며 지구의 고래보다 두 배로 크다. 발분은 잊지 못할 멜로디의 노래를 부르며, 젖이 아주 풍부하다. 발분의 젖으로 만든 버터와 크림은 영양가가 높은 인기 식품이어서 물에 사는 트리톤과 사이렌들과 육지에 사는 거주자들 사이에 무역 교류의 대상이 되고 있다. 노래를 아주 잘 부를 때 '발분처럼 노래 부른다'는 말로 칭찬한다.

뱅뱅_ 붉은색 나무로 인간이 이 식물에서 추출한 빨간 가루를 먹을 경우 행복을 느끼다가 황홀경에 빠져 죽음에 이른다. 트롤들은 이빨이 아플 때 복용한다.

버디 드라이어_ 바람의 원소를 이용한 무형물로 욕실에서 주로 사용한다.

베에에_ 아름다운 흰털 양. 마법 행성의 변화무쌍한 계절에 적응력이 뛰어나서 몇 시간 만에 털이 빠지거나 털을 자라게 할 수 있다. 그래서 털 깎는 시

기에 사육자들이 그 특성을 이용해 날씨가 갑자기 몹시 더워졌다고 하면 베에들은 즉시 털을 홀랑 벗어버린다. 아더월드에서 '베에 처럼 순진하다'는 표현을 쓰는 것은 여기서 유래한다.

🐾 **벤드룩_** 림보의 여러 우상 중 하나인 벤드룩은 생김새가 어찌나 흉측한지 다른 우상들조차 그 끔찍한 모습에 두려움을 느낄 정도다. 벤드룩은 내장이 몸 밖으로 나와 있어 먹을 때 소화되는 과정을 구경할 수 있다.

🐾 **벨루르 목재_** 내구성이 좋고, 아름다운 금빛 색깔 때문에 아더월드에서 실내 바닥재로 많이 사용한다. 겉보기에는 차가운 느낌이지만 양탄자처럼 푹신하다.

🐾 **보벨_** 앵무새와 유사한 아더월드의 화려한 새로 마법사들의 마음을 사로잡는 마법 능력이 있다.

🐾 **보우둘 필터_** 파란색 자루처럼 생긴 유기체. 아더월드의 항구에서 온갖 쓰레기를 먹어치우는 것으로 맑고 깨끗한 물을 유지해준다.

🐾 **부이브르_** 야행성의 날개 돋친 도마뱀으로 길이가 30미터에 이르며, 물고기를 먹는 동물이다. 부이브르의 이마에 박힌 보석에는 독을

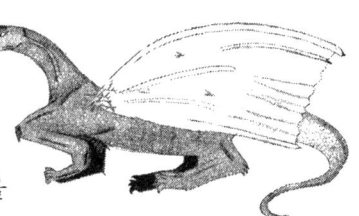

중화시키는 성분이 있고, 도마뱀의 부위들은 주로 묘약의 재료로 사용된다. 최초의 부이브르는 알에서 태어난 것으로 전해지고 있지만 생물학적으로 도저히 불가능한 일이다.

🐾 **북극 젤레_** 흰털의 작은 동물로 혈액 속의 동결 방지 성분 덕분에 영하 80도의 기온에서도 살 수 있다. 젤레는 두 봄을 보내고 나서 정확하게 플루초 1일에 죽는데 그 털이 희귀하기 때문에 사냥꾼들은 기온이 영하 20도로 오르는 북극으로 젤레를 잡으러 간다. 그러나 젤레가 구멍 속에 숨어서 죽는 습성이 있는 데다 털이 새하얗기 때문에 찾기가 힘든 것이 문제다. 빙산 속에 숨어 있다가 구멍 가까이 접근하는 것은 모조리 잡아먹는 '크로크라'라는 일종의 바다표범들 때문에 구멍마다 손을 집어넣는 것은 아주 위험하다.

🐾 **불사르딘_** 공격을 받으면 몸이 팽창하는 특성을 가진 일종의 정어리. 껍질은 칼이 들어가지 않을 정도로 아주 질기다. 아더월드에서 파괴되지 않는 것을 보면 '불사르딘 같다'고 말한다.

🐾 **불새_** 깃털에 불이 붙어 있지만 신기하게도 털이 재생된다. 아더월드의 불에 타지 않는 나무에만 둥지를 틀며, 물을 떨어뜨리면 불새를 죽일 수 있다.

🐾 **붉은 트르르_** 썩지 않는 목재. 부서지거나 맥주에 부식되지 않기 때문에 집과 술집에서 주로 사용한다.

🐾 **브룩스_** 드래코-티라노사우루스의 똥만 먹고 사는 도마뱀.

🐾 **브룸므_** 일종의 빨간 무로 아더월드 사람들이 즐겨 먹는다.

🐾 **브르르르아아아_** 거인들의 나라 간디스에서 생산하는 엄청나게 큰 소. 털은 숱이 아주 많아서 거인들이 그 털가죽으로 옷을 지어 입는다. 몹시 공격적이어서 움직이는 것이 있으면 뭐든 덤벼든다. 제 그림자를 쫓다가 녹초가 된 브르르르아아아를 보게 되는 것은 그 때문이다. 흔히 고집불통인 사람을 '브르르르아아아 같다'고 표현한다.

🐾 **브르리르_** 흰빛과 금빛이 어우러진 고양이과 동물로 다리가 여섯 개. 특히 브르리르를 사랑하는 오무아 제국의 여제는 이 동물들이 궁전에 갇혀 있다는 생각을 하지 않도록 주문을 걸어놨다. 그래서 브르리르들에게는 가구와 침대의자가 나무와 편안한 바위로 보인다. 브르리르에게는 궁인들이 안 보이며, 궁인들이 쓰다듬어주면 바람에 털이 살랑살랑 흩날리는 것이라고 생각한다.

🌿 **브르맥주_** 첫 모금에 몸이 부르르 떨리기 때문에 붙여진 이름이다.

🌿 **브리양트_** 요정의 사촌으로 아더월드의 조명 기구. 대륙에 따라 날개 달린 작은 요정 형상, 날개 돋친 뱀 형상 등 여러 가지 모습이 있다. 어둠 속에서 100와트 밝기의 빛을 발하며, 거리의 가로등이 되기도 하고 투명한 스탠드나 램프의 모습으로 아더월드의 모든 가정을 밝혀준다.

🌿 **브릴_** 브릴의 싹 요리는 아더월드에서 아주 인기가 높다. 브릴은 히믈리아에 있는 마법의 산골짜기에서 자라며 난쟁이들이 그 싹을 수확해서 아더월드의 상인들에게 비싼 값으로 판다. 게다가 히믈리아에서는 브릴을 잡초로 여겨 먹지 않기 때문에 난쟁이들은 이 불로소득에 즐거운 비명을 지른다.

🌿 **브볼_** 아더월드의 참새.

🌿 **블라즈_** 청소하는 푸프푸프와 비슷하지만 블라즈는 날아다니며 아더월드의 자이언트 거미들을 공포에 떨게 한다.

🌿 **블루릅스_** 갈색 가죽배낭 같은 모습으로 흙 속에 숨어 있다가 접근하는 곤충을 잡아먹는 식물. 어린 블루릅스들이 흰개미처럼 어미 블루릅스에

게 물과 먹이를 공급하며, 다 크면 둥지를 떠나 다른 데에 뿌리를 내리고 흙 속으로 파고 들어간다. 아더월드에서는 궁지에서 헤어날 방법이 전혀 없을 때를 가리켜 '블루룹스 둥지에서 헤맨다'고 표현한다.

블루투르_ 썩은 고기를 먹는 회색과 노란색 새로 무엇이든 소화할 수 있다. 블루투르가 죽어도 몇 달 동안 창자는 살아 있어서 먹은 것을 계속 소화시킨다. 블루투르의 창자는 독을 신선하게 보존하는 데 사용된다.

블릍_ 대부분 물속에서 생활하다 번식기에 물 밖으로 나오는 날개 돋친 물고기. 색이 아름다워 수영장 장식용으로 쓰인다.

블리르_ 아더월드의 금빛 자두. 지구의 자두와 아주 흡사하며 더 달콤하다.

비마_ 비마법사를 축약한 것으로 마법 능력이 없는 인간들을 가리킨다.

비즈즈즈_ 빨간색과 노란색의 커다란 벌. 지구의 벌들과는 달리 비즈즈즈는 독침이 없다. 독극물을 분비해 잡아먹으려고 달려드는 포식동물을 독살하는 것이 비즈즈즈의 방어 수단이다. 비즈즈즈

들이 아더월드의 마법 꽃에서 생산하는 꿀은 그 어떤
꿀에도 비길 데 없는 맛이다. 아더월드에서는 '비즈
즈즈 꿀처럼 달콤하다'는 표현을 자주 사용한다.

빠그락-땅콩_ 벌어질 때 나는 독특한 소리 때문에 붙여진 이름
이다. 이 땅콩에서 짜내는 기름은 향이 좋아 아더월드의 유명한 주방
장이나 숙련된 가정주부들이 주로 애용한다.

빨간 바나나_ 색깔을 제외하고는 지구의 바나나와 똑같다.

뿌익_ 이 장소에서 저 장소로 자신의 몸을 물리적
으로 전송할 수 있는 꼬리가 둘 달린 빨간 쥐.
천적은 같은 능력을 지닌 초록색 귀의 오렌
지색 뚱보 고양이 므르르르이다.

사카트_ 맹독성의 공격적인 빨갛고 노란 곤충으로 아더월드
에서 특히 좋아하는 꿀을 생산한다. 미식가들인 난쟁이
들만 사카트의 애벌레를 먹을 수 있다. 다른 종족이 먹었
을 경우에는 애벌레의 딱지가 인간이나 엘프의 소화액
에 용해되지 않아 배 속에서 벌떼를 분봉할 위험이 있다.

샤먼_ 아더월드에서 의사 역할을 하는 치료사. 마법사는 누구나
다쳤을 때 레파루스 주문으로 상처를 아물게 할 수 있지만, 이 주문만

으로는 치료할 수 없는 병도 많기 때문에 꼭 필요한 존재이다.

샤트릭스_ 일종의 하이에나. 검은색이며, 독이 든 이빨을 사용하는 아주 공격적인 동물로 밤에만 사냥한다. 길들일 수 있어 오무아 제국에서 샤트릭스들을 문지기로 이용한다.

세르팡 밀리에르_ 황무지 늪 근처에 서식하는 뱀. 납작한 비늘 덕분에 진흙 속에서도 이동할 수 있다. 물속에 집어넣으면 빠져버린다.

소포르_ 향기로운 꽃들이 탐스러운 식물. 최면 작용을 하는 꽃가루로 곤충과 동물을 함정에 빠뜨린다. 곤충이나 동물이 잠들면 꽃가루를 뿌려서 번식을 도와주는 매개체로 삼는다. 얼마 후 깨어난 곤충이나 동물이 다른 소포르 군락지를 지나가면서 꽃가루를 옮기기 때문이다. 소포르는 위험한 식물이 아니지만, 매개체들을 잠들게 하기 때문에 다른 포식동물에게 쉽게 노출되어 위험에 처하게 된다. 소포르 군락지 주변에서 육식동물이 자주 보이는 것은 그 때문이다.

스너피_ 생김새는 여우와 비슷하지만 두 발로 걸어다니며 누더기를 걸치고 옆구리에 배낭을 달고 다닌다. 닭이나 스파슌을 훔치기 때문에 아더월드의 농부들이 아주 싫어한다. 제 몸을 복제하는 특성이 있어서 감옥에 갇혀도 탈옥할 수 있다.

🖋️ **스쿠프_** 아더월드의 기술로 생산되는 날개 달린 작은 카메라. 스쿠프는 지능을 가지고 있어서 촬영한 영상을 크리스털리스트에게 전송한다.

🖋️ **스크로뉴플루프_** 수달과 토끼를 뒤섞어 놓은 듯한 생김새. 스크로뉴플루프는 아주 어리석은 사람이나 아주 멍청한 경우를 가리킬 때 흔히 사용하는 욕이다.

🖋️ **스트리둘_** 지구의 메뚜기에 해당된다. 몹시 파괴적이어서 구름같이 떼를 지어 이동할 때는 삽시간에 농작물을 휩쓸어버린다. 스트리둘은 아주 풍부한 점액을 생산하기 때문에 마법에 널리 사용된다.

🖋️ **스파슈니어_** 닭장처럼 스파슌을 가두어두는 우리.

🖋️ **스파슌_** 금빛의 자이언트 칠면조인데 시종일관 울음소리를 내면서 거드럭거리고 다니는 통에 사냥하기가 아주 수월하다. 흔히 '스파슌처럼 어리석다' 또는 '스파슌처럼 거드름피운다'고 표현한다.

🌿 **스팔렌디탈_** 일종의 전갈이며 스몰컨트리가 원산지이다. 땅신령들은 스팔렌디탈을 길들여서 말처럼 타고 다니며, 가죽이 아주 질기기 때문에 유용하게 사용한다. 새를 좋아하는(미각적 의미에서) 땅신령들은 스몰컨트리의 서식 동물을 절멸시킴으로써 곤충을 포함한 다른 동물에게 생태적 지위를 열어주었다. 천적들에게서 해방된 스팔렌디탈들은 위험 없이 자라면서 그 개체 수가 점점 더 늘어났다. 땅신령들 때문에 스몰컨트리는 결과적으로 자이언트 전갈, 자이언트 거미, 자이언트 다족류에게 점령되었다.

🌿 **슬루룹_** 멘탈리르 평원이 원산지인 식물이며, 그 즙은 신기하게도 후추를 친 쇠고기의 깊은 맛이 난다. 고기 맛이 나는 것은 초식동물인 유니콘 떼의 공격을 피하기 위해서다. 하지만 이 독특한 맛을 발견한 아더월드 사람들이 슬루룹 즙으로 요리하는 습관이 생겼다.

🌿 **아스토펠_** 장밋빛 작은 꽃으로 냄새를 맡으면 며칠 동안 후각을 마비시킨다. 특히 초식동물을 비롯한 모든 동물의 공격을 막기 위해 꽃향기로 후각을 마비시키는 능력이 발달되어 있다.

🌿 **에글롱_** 날 수 있는 포식동물로 포콩지르를 잡아먹는다.

🌿 **에프리트_** 지각단층을 둘러싼 전쟁이 일어났을 때 인간들 편에

서서 악마들과 싸웠던 악마 종족. 감사의 뜻으로 데미데루스는 마법사의 호출을 받는 에프리트에게 아더월드로 오는 것을 허락했다. 아더월드에 온 에프리트들은 자기들의 능력을 인간을 돕는 데 사용하기로 결정했고, 대부분 하인, 전령, 경찰로 일하고 있다.

🐾 **엠엠로움_** 아더월드에서 재배하는 과일로 즙이 아주 많고, 달콤한 살구와 바나나를 섞은 맛이다. 엠엠로움나무는 침입자가 다가오는 즉시 땅속으로 사라지는 능력이 있다.

🐾 **예륵_** 초식동물들이 도저히 먹을 엄두를 내지 못하게 썩은 냄새를 풍기는 식물. 후각이 없는 새, 글리이르만 먹을 수 있다.

🐾 **원소_** 불, 물, 흙, 공기 등 여러 종류의 원소가 존재한다. 성질이 포악한 불의 원소를 제외하고 원소들은 대체로 다정하며 일상생활에서 아더월드 사람들을 도와준다.

🐾 **위베른족_** 드래곤들의 시중을 드는 자이언트 도마뱀으로 금빛 비늘이 덮여 있고, 회전하는 엉덩이 덕분에 두 발로 걸어 다닐 수 있다. 드래곤보다는 덜 영리하며,

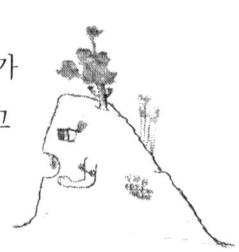

유머 감각은 전혀 없다. 드래곤의 세포 실험 과정에서 태어났으며, 드래곤의 먼 사촌으로 볼 수 있다.

유니콘_ 갈라진 쌍발굽과 이마에 뿔이 하나 달린 말. 멘탈리르 평원에서 자라는 지혜의 풀 덕분에 아주 영리한 동물이다.

자이언트 강철나무_ 마법을 사용하지 않고서는 파괴할 수 없다. 키가 무려 300미터까지 자랄 수 있으며 야생 페가수스들이 둥지를 짓는다.

자이언트 거미_ 스팔렌디탈과 마찬가지로 스몰컨트리가 원산지이다. 땅신령들이 말처럼 타고 다니며, 그 거미줄은 아주 질긴 것으로 유명하다. 여덟 개의 다리와 여덟 개의 눈, 전갈처럼 독침이 있는 꼬리가 달려 있는 것이 특징이다. 아주 영리하며, 잡아먹기 전에 먹이에게 수수께끼를 내는 것이 취미이다.

젤리소르_ 림보에서 숭배하는 신. 입김이 어찌나 센지 향기가 나는 천으로 주둥이와 얼굴을 가려야만 신전으로 들어갈 수 있다. 악취 때문에 젤리소르의 신전에서는 파리도 살 수 없다. 다른 신들과 회의가 있을 때는 실내 공기를 고려해 송곳니를 깨끗이 닦고 들어가야 하며, 젤리소르 옆에서는 담배를 피울 수 없다.

🎗️ **주르스탈_** 텔레크리스털이 방송하는 아더월드의 뉴스이며, 마법사와 비마는 크리스털 볼과 크리스털 전광판으로 받아 본다.

🎗️ **진비지블_** 보이지 않게 모습을 감출 수 있는 카멜레온. 오무아 황실과 여제를 위해 일하는 살아 있는 녹음기이자 스파이이다.

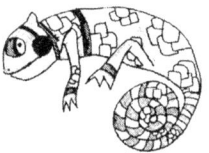

🎗️ **진실의 입_** 아더월드에서 가까운 얼음 행성 산티보르 원산의 식물성 존재. 텔레파시 능력이 있어서 어떤 거짓말도 탐지할 수 있다. 말을 못 하기 때문에 진실의 입들의 생각을 읽어낼 수 있는 파란 땅신령을 통해 의사소통한다.

🎗️ **진흙먹보_** 간디스의 황무지 늪에 사는 털북숭이 동물이며 진흙에 들어 있는 영양소와 곤충, 수련을 먹고 산다. 진흙먹보들의 원시족은 아더월드의 다른 거주자들과 거의 접촉이 없다.

🎗️ **친파프_** 콜라, 사과, 오렌지 맛이 나고, 콜라처럼 거품이 생긴다. 상쾌하게 해주고 활력을 주는 청량음료.

🎗️ **카멜레_** 하트 모양의 식물로 잎은 식용한다. 계절과 장소에 따라 색이 변한다. 카멜레 잎만 섭취하

고도 생존한 여행자가 많아서 '여행자의 식물'이라고 불린다. 치즈 샌드위치 맛과 비슷하다.

🌱 **카멜린_** 환경에 따라 색이 변하는 특성에서 이름이 유래한 희귀종 식물. 멘탈리르 평원에서는 파란색이고, 살테렌스 사막에서는 금빛이나 흰색이다. 꺾거나 옷감으로 짜도 그 특성은 유지되기 때문에 활용 가치가 높다.

🌱 **칵스_** 근육을 풀어주는 효능이 있는 약초로, 달여 마시며 잠자기 직전에만 복용하라고 되어 있다. 근육에 영향을 준다고 하여 아더월드에서는 '몰몰'이라고도 부른다. '이런 칵스 같은 놈!'이라고 말하면 아주 흐늘흐늘한 사람을 가리킨다.

🌱 **칸타루프_** 공격적인 식충식물이며, 주로 곤충과 설치류 동물을 잡아먹는다. 꽃잎의 색은 다양하지만 항상 눈에 거슬리는 빛깔이며, 날카로운 가시를 사용하여 마치 작살로 찍듯이 먹이를 잡는다. 크기는 큰 개만 해서 꺾기가 힘들고, 아더월드의 특선 요리에 들어가는 재료로 사용한다.

🌱 **칼로르나_** 숲에 피는 매혹적인 꽃. 달콤한 장밋빛과 흰빛 꽃잎으로 아더월드의 초식동물과 모든 동물에게 특선 요리를 제공해준다. 멸종을 피하기 위해서 칼로르나는 세 개의 꽃잎을 포식동물의 접

근을 감지할 수 있는 탐지기로 만들었다. 커다란 눈 모양의 이 꽃잎들 덕분에 칼로르나는 재빨리 모습을 감출 수 있다. 그런데 불행히도 호기심이 많은 칼로르나는 그 꽃잎들을 세우고 있다가 포식동물을 제때에 피하지 못하는 경우가 종종 있다. 호기심이 많은 사람을 보고 '칼로르나 같다'고 말하는 것은 바로 그 때문이다.

케빌리아_ 광채가 나는 투명한 보석. 다이아몬드와 비슷하지만 훨씬 반짝거리며, 파란빛, 초록빛, 장밋빛, 노란빛, 빨간빛 등 빛깔도 훨씬 짙다. 케빌리아는 아더월드에서 가장 귀한 보석이다. 엄청난 가치를 지니고 있다는 표현을 할 때 아더월드에서는 '케빌리아 같은 영향력이야'라고 말한다.

켈트릴_ 가볍고 아주 단단해서 갑옷과 보호대를 만드는 데 사용하는 은빛 금속. 난쟁이들이 만들어서 엘프와 인간에게 아주 비싼 값으로 판다.

크라켄_ 시커먼 다리들이 위협적인 자이언트 문어. 엄청난 크기 때문에 아더월드의 바다에서 발견되지만, 민물에서도 살 수 있다. 뱃사람들에게는 위험한 존재로 널리 알려져 있다.

크라크덴트_ 트롤의 나라 크랑카르 원산의 장밋빛 털북숭이 동물. 앞뒤가 분간되지 않지만, 세 배 크기로 늘어나는 입을 갖고 있어 무엇이든 거의 한입에 덥석 집어삼키므로 상당히 위험하다. 아더월드를 방문한 많은 관광객들이 "어머 어쩌면 이렇게 귀여울까!" 하고 감탄하다가 목숨을 잃었다.

☙ **크레크레크레_** 레몬빛 털의 설치류 동물로 생김새는 토끼와 비슷하다. 빛깔이 화려한 아더월드의 환경을 이용해서 포식동물들을 아주 쉽게 피한다. 고기는 맛이 없는데도 굶주린 여행가나 사냥꾼이 먹기도 한다. 아더월드에서는 크레크레크레를 사로잡아서 사육한다.

☙ **크렐_** 아더월드의 금빛 미모사나무. 놀랍게도 지나가다가 건드리는 동물이나 사람들의 감정을 색깔로 반영한다.

☙ **크로그로세이유_** 갈증을 풀어주는 청량음료. 아더월드 사람들이 즐기는 탄산음료 중 하나다.

☙ **크로쉬엥_** 살테렌스 사막의 재칼. 크로쉬엥은 무리를 지어 사냥한다.

☙ **크로아_** 두 가지 색의 개구리. 크로아는 글루릅스들의 주식이며, 신경을 거스르는 독특한 울음소리 때문에 쉽게 찾을 수 있다.

🌿 **크로우즈_** 향기가 짙은 야생 장미의 일종으로 꽃의 색깔이
다채롭다.

🌿 **크로크-르캥_** 아더월드의 바다 포식동물인 일
종의 상어. 날카로운 이빨을 무기로 주저치 않고 크라
켄을 공격한다. 크로크-르캥은 아더월드의 바다에
서 크라켄과 함께 뱃사람들에게 위협적인 존재이다.

🌿 **크루이크크크_** 빨간 상아가 돋친 파란색 잡식성 포유류 동물.
성질이 포악한 것으로 알려져 있으며, 고기가 맛
있어서 사육한다. 야생 크루이크크크
떼는 삽시간에 밭을 황폐하게 만들어놓
는다. 그래서 아더월드의 농부들은 곡물을 지
키기 위해 크루이크크크 퇴치 주문을 사용한다.

🌿 **크르룩_** 바닷가재와 게의 잡종으로 집게발 열
개가 달려 있다. 아더월드 사람들이 즐겨 먹는다.

🌿 **크리크리_** 보랏빛과 노란색의 메뚜기. 이 곤충들이 수
풀 속에서 울기 시작하면 어찌나 요란한지 잠을 잘 수가 없다.

🌿 **키디코이_** 장난꾸러기 꼬마도깨비 파보들이 만들어낸 막대사
탕. 겉을 빨아 먹으면 속에서 예언 글귀가 나타난다. 이 예언은 항상

346

실현되지만 그 순간에는 당사자가 이해하지 못하는 경우가 대부분이다. 모든 국가의 최고 마법사들은 그 기능을 이해하기 위해 신비한 키디코이를 연구하고 있지만 성과를 얻지 못했다. 파보들이 그 비밀을 잘 지키고 있기 때문이다.

🌿 **키마이라_** 아더월드 군주들의 고문관 역할을 하며, 사자 머리에 염소의 몸, 드래곤의 꼬리로 이뤄져 있다.

🌿 **타로데르_** 자는 동물의 살 속에 유충을 넣어서 번식하는 벌레. 타로데르에게 물리면 통증이 심하므로, 유충이 몸속으로 퍼지기 전에 즉시 소독해야 한다. '타로데르 같다'고 하면 들러붙는 사람을 가리키는 모욕적인 말이다.

🌿 **타오르미_** 얼굴이 개미처럼 생긴 쥐인데 깨물면 굉장히 아프다. 개미집처럼 생긴 타오르미 굴 하나가 이동할 때 숲 전체가 쑥대밭이 될 수 있다. 타오르미는 아더월드의 동물이 좋아하는 꿀을 생산하지만, 그 꿀을 얻으려면 목숨을 걸어야 한다.

🌿 **타춤_** 노란색 꽃이며, 꽃가루는 아더월드의 후추로 사용된다. 자극성이 아주 강해서 타춤의 냄새를 맡으면 어떤 상태의 코든 뻥 뚫린다.

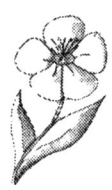

🐭 **타크_** 초록색 또는 회색 쥐로 항구 주변에서 많이 발견된다. 타크들이 며칠 만에 배를 갉아먹기 때문에 선원들이 아주 싫어한다.

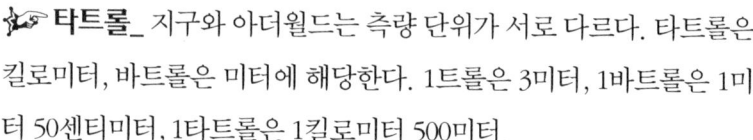

🐭 **타트롤_** 지구와 아더월드는 측량 단위가 서로 다르다. 타트롤은 킬로미터, 바트롤은 미터에 해당한다. 1트롤은 3미터, 1바트롤은 1미터 50센티미터, 1타트롤은 1킬로미터 500미터.

🐭 **탈루디_** 눈이 셋 달린 모자 모양의 작은 동물이며 무엇이든 녹화하는 능력이 있다. 촬영한 것을 보려면 머리에 쓰면 된다.

🐭 **테오디르_** 드래곤들이 즐겨 마시는 일종의 샴페인. 인간들은 부동액 맛을 느낀다.

🐭 **토예_** 마늘과 양파의 맛이 섞인 식물로 아더월드 사람들이 향신료로 사용한다.

🐭 **토쿨린_** 보석으로 이뤄진 꽃이며 수시로 색이 변한다. 보석-꽃은 아더월드에서 가장 아름다운 꽃이며, 위험한 파트로크 섬에서만 재배되기 때문에 구하기가 몹시 힘들다.

🪶 **톨리스_** 아더월드의 아몬드.

🪶 **트라둑_** 살코기와 털가죽을 얻기 위해 켄타우로스들이 키우는 동물. 악취를 풍기는 특성이 있어서 포식동물들로부터 자신을 보호한다. 그러나 트라둑의 냄새를 맡지 않기 위해 콧구멍을 막을 수 있는 늑대 크르르렉은 예외다. 아더월드에서 '병든 트라둑 같은 악취가 난다'라는 표현은 모욕으로 받아들여진다.

🪶 **트리_** 작은 새로 아더월드의 숲에서는 루비 빛깔이고, 트롤들의 숲에서는 초록 빛깔이다. '트리이이이이' 하면서 우는 독특한 울음소리를 따서 붙인 이름이다.

🪶 **트리크로크_** 표적을 정확하게 찾는 마법의 무기로 세 개의 치명적인 침이 달려 있다. 공격자가 표적을 죽이고 싶은가, 잠들게 하고 싶은가에 따라 세 개의 침에 독이나 마취제가 생성된다.

🪶 **트실_** 살데렌스 사막의 벌레. 모래 속에 숨어서 동물이 지나가기를 기다리다 동물에 들러붙어서 살갗이든 딱딱한 껍질이든 뚫어버린다. 그 알들은 혈관을 침투해서 숙주의 몸속에 퍼진다. 100시간이 지나면 알들이 부화하며, 새로 태어난 트실들이 숙주의 몸을

먹는다. 아더월드에서는 트실로 인한 죽음이 가장 끔찍한 죽음 중 하나다. 이런 이유로 살테렌스 사막을 여행하는 사람은 거의 없다. 일반적인 트실에 대한 해독제는 존재하는 반면에 금빛 트실에 대한 해독제는 없어서 공격을 받으면 죽음을 면할 길이 없다.

🐾 **페가수스_** 날개 돋친 말. 지능은 개의 지능에 가깝다. 발굽은 없지만 갈퀴발톱이 있어서 어디든 쉽게 올라앉을 수 있다. 야생 페가수스는 키가 무려 300미터까지 자라는 자이언트 강철나무에 거대한 둥지를 짓고 산다.

🐾 **포콩지르_** 아더월드의 포식동물로 날개를 회전시키는 놀라운 능력이 있다. 이름은 자이로스코프에 올라앉은 것 같은 모습에서 유래한다.

🐾 **푸프푸프_** 발이 여섯 개 달리고 커다란 뚜껑이 있는 작은 상자로 아더월드의 청소기이다. 바닥에 떨어지는 모든 쓰레기를 집어삼킨다. 마법과 과학기술로 만들어진 푸프푸프는 안드로메다은하의 블랙홀과 연결되는 작은 공간이동의 문을 통해 쓸모없는 쓰레기를 자동으로 배출한다.

🐾 **프르루트_** 아더월드의 식충식물로 하이에나와 포식동물을 유인하기 위해 짐승의 썩은 고기 냄새를 피운다. 동물이 다가와서 촉수

에 닿는 순간 꿀꺽 삼킨다. '트라둑처럼 악취가 난다'는 표현과 함께 '프르루트처럼 악취가 난다'는 표현도 많이 쓰인다.

플로프_ 맹독성의 하얗고 파란 개구리로 멘탈리르의 평원에서 볼 수 있다.

피크크크_ 이름이 가리키는 대로 피크크크는 흡혈파리처럼 피를 빨아 먹고 사는 아더월드의 곤충이다. 피크크크의 독침에 쏘이면 트라둑이나 모오오오우우우, 베에는 몸속의 피를 다 토해낸다. 다행히 피크크크는 늪 주위에 서식하면서 알을 낳는다.

흡혈파리_ 물리면 통증이 몹시 심하다. 많은 동물이 긴 꼬리를 발달시켜서 흡혈파리를 죽이는 데 사용한다.

히드라_ 아더월드에는 머리가 세 개, 다섯 개, 일곱 개 달린 히드라가 있으며, 강이나 호수에서 산다.

랑코비트의 덩컨 가문 가계도

-5015년 파이초 25일(아더월드력)을 기준으로 작성-

```
              마니투 덩컨 & 마젠티 발 아르젠몽 레틸라
              (4850 DA~∞)    (4849 DA~4928 DA)
              ┌──────────────────────┴──────────────────┐
메넬라스 트리 브란릴 & 이사벨라 덩컨            레벤탈 덩컨 & 테일러 압 잔
(4805 DA~4994 DA)    (4910 DA~)          (4901 DA~4998 DA) (4876 DA~)
              │                                         │
  셀레나 덩컨 브란릴 & 단비우 탈 바르미          배반자(라고 불리는) 바라우스 덩컨
  (4977 DA~)          압 산타 압 마루              (4952 DA~)
                      (4973 DA~5002 DA)
        ┌──────────────┼──────────────┐
  타라틸랑넴 탈 바르미   자르틸랑넴 탈 바르미   마라틸랑넴 탈 바르미
  압 산타 압 마루 탈 덩컨  압 산타 압 마루 탈 덩컨  압 산타 압 마루 탈 덩컨
  (1991 DT/5000 DA~)    (5003 DA~)           (5003 DA~)
```

DA = 아더월드력
DT = 지구력

오무아 제국의 탈 바르미 압 산타 압 마루 가문 가계도

-5015년 파이초 25일(아더월드력)을 기준으로 작성-

'불의 주먹' 데미데루스, 오무아 제국의 시조
(−2984 DT~)

5000년 이후의 후손

오무아 여제
리스베스틸랑넴 & 다릴 크라투스
탈 바르미 압 (4950 DA~5005 DA)
산타 압 마루
(4970 DA~)

전 오무아 황제
단비우 탈 & 셀레나 덩컨
바르미 압 (4977 DA~)
산타 압 마루
(4973 DA~5002 DA)

오무아 여제의 이복오빠, 이복형제 단비우를 계승한 현 오무아 황제
산도르 탈 바르미 압 마르치 압 브레비스 (4958 DA~)

타라틸랑넴 탈 바르미
압 산타 압 마루 탈 덩컨
(1991 DT/5000 DA~)

자르틸랑넴 탈 바르미
압 산타 압 마루 탈 덩컨
(5003 DA~)

마라틸랑넴 탈 바르미
압 산타 압 마루 탈 넝컨
(5003 DA~)

DA= 아더월드력
DT= 지구력